Harper
Collins

Karen Thompson Walker

DIE TRÄUMENDEN

Roman

Aus dem Englischen von
Urban Hofstetter

Harper
Collins

HarperCollins®

FSC
MIX
Papier
FSC® C014496

1. Auflage: Februar 2019
Deutsche Erstausgabe

Originaltitel: »The Dreamers«
Erschienen bei: Random House, New York

Published by arrangement with
Random House, New York

Umschlaggestaltung: Hafen Werbeagentur, Hamburg
Umschlagabbildung: chaoss, rawmn, AndreiZ / shutterstock
Lektorat: Maya Gause
Satz: GGP Media GmbH, Pößneck
Printed in Germany
Dieses Buch wurde auf FSC®-zertifiziertem Papier gedruckt.
ISBN 978-3-95967-260-3

www.harpercollins.de

*Für meine Töchter, Hazel und Penelope,
die beide während der Jahre, die ich an
diesem Buch geschrieben habe, auf die
Welt kamen und auf all seinen Seiten
zu finden sind.*

KAPITEL 1

Zuerst sagen sie, es sei die Luft.

Es ist eine althergebrachte Vorstellung: ein Gift im Äther, eine Gefahr, die der Wind heranträgt. In dieser ersten Nacht, als die Probleme beginnen, sieht man eigenartige Nebelschwaden durch die Stadt ziehen. Später wird es heißen, sie seien wie Regenwolken gewesen oder wie Rauch, nur dass niemand ein Feuer bemerkte. Manche geben der anhaltenden Dürre die Schuld, die seit Jahren den See austrocknet und die Luft mit braunem Staub erfüllt.

Was immer es ist, es kommt leise über sie: eine plötzliche Schläfrigkeit, schwere Augenlider. Die meisten Opfer werden in ihren Betten gefunden.

Aber es gibt Leute, die behaupten, diese Krankheit sei nicht wirklich neu und dass bereits unsere Ahnen gelegentlich von ähnlichen Plagen heimgesucht worden seien. In Briefen aus vergangenen Zeiten, die im Abstand von Jahrzehnten geschrieben worden sind, finden sich immer wieder Hinweise auf einen eigenartigen Schlummerzustand, einen mysteriösen, anhaltenden Schlaf.

1935 gingen zwei Kinder in einer Hütte im Dust Bowl zu Bett und wachten neun Tage lang nicht mehr auf. Ein anderes Mal breitete sich in einem kleinen mexikanischen Ort eine ähnliche Seuche aus. Sie nannten sie *El Niente*, das Nichts. Und dreitausend Jahre davor beschrieb ein griechischer Dichter eine Reihe merkwürdiger Todesfälle, die sich in einem Dorf in Küstennähe ereignet hätten. Sie seien gestorben, schrieb er, als hätte der Schlaf sie überwältigt – oder, wie es in einer anderen Übersetzung heißt: als wären sie in einem Traum ertrunken.

Diesmal fängt es an einem College an.

Mit einem Mädchen, das eine Party verlässt. Sie fühle sich nicht wohl, erklärt sie ihren Freunden, als hätte sie Fieber, sagt sie, wie bei einer Grippe. Und sie sei noch nie in ihrem Leben so müde gewesen.

KAPITEL 2

Mei, die Mitbewohnerin des Mädchens, wird sich später daran erinnern, dass sie vom Geräusch des Türschlosses aufgewacht ist. Und an den quietschenden Lattenrost, als das Mädchen – sie heißt Kara – in das Bett über ihr klettert. Sie wirkt betrunken, so langsam, wie sie von der Tür zum Stockbett geht, aber es ist dunkel, und wie gewöhnlich sprechen die beiden nicht miteinander.

Am Morgen bemerkt Mei, dass Kara in ihren Klamotten geschlafen hat. Unter der Decke des oberen Betts ragen die schmalen schwarzen Absätze ihrer Stiefel hervor. Aber Mei hat das schon einmal bei ihr erlebt und achtet darauf, Kara nicht zu wecken, während sie sich anzieht. Auch mit dem Schlüssel und der Tür hantiert sie besonders leise. Sie versucht, an diesem Ort so wenig wie möglich auf sich aufmerksam zu machen; ihr ist wohler, wenn niemand sie bemerkt.

Mei kehrt tagsüber ganz bewusst nicht in ihr Zimmer zurück. Sie ist immer noch erstaunt, wie schnell sich ohne sie Freundschaften gebildet haben, wie eine dicke Schicht Blitzeis.

Jeden Abend stehen Kara und die anderen Mädchen vom Stockwerk in Handtücher gehüllt im Badezimmer und blockieren die Waschbecken, während sie zum Spiegel vorgebeugt Lippenstift und Lidstrich nachziehen. Von ihrem Schreibtisch auf der anderen Seite des Korridors aus hört Mei sie lachen und die lauten Stimmen, die das Föhngeräusch übertönen.

»Es braucht seine Zeit, bis man Leute kennenlernt«, sagt ihre Mutter am Telefon. »Manchmal dauert es Jahre.«

Doch Mei hat ihrer Mutter nicht alles erzählt. Unter anderem nicht von den Jungs, die in der ersten Schulwoche vor ihrer Tür aufgetaucht waren. Im Flur hinge ein übler Gestank, hatten sie gesagt, und dass sie ihn bis zu ihrem Zimmer zurückverfolgt hätten. »So als ob hier drinnen jemand gestorben ist«, sagte einer, während sie sich, ohne zu fragen, mit ihren Flip-Flops, den Surfer-Shorts und tief in die Stirn gezogenen Baseballkappen in den engen Raum drängten.

Ganz aufgeregt begannen sie, an Meis Schreibtisch herumzuschnüffeln. »Da haben wir es ja«, verkündeten sie mit zugehaltenen Nasen. »Der Geruch kommt ganz eindeutig von hier.« Sie deuteten auf die unterste Schublade. »Was zum Teufel bewahrst du denn darin auf?«

Es war der getrocknete Kabeljau, den ihre Mutter ihr geschickt hatte, in einem Paket mit drei Tafeln Zartbitterschokolade und zwei Stück Lavendelseife.

»Den macht meine Mom«, sagte sie. Dieses Gericht ist eine der wenigen Traditionen, die ihre Mutter von Meis Großmutter übernommen hat, die als Einzige aus der Familie in China und nicht in San Diego zur Welt gekommen ist. »Das ist ein Fisch.«

Sie weiß, dass diese Jungs sie *das ruhige Mädchen* nennen und Sachen sagen wie: »Hey, ruhiges Mädchen, du darfst ruhig mal den Mund aufmachen.« Sie selbst hält sich zwar gar nicht für besonders mundfaul, aber es ist, als ob sie Mei mit einem Fluch belegt hätten, denn mittlerweile spricht sie tatsächlich nicht mehr.

»O Gott«, sagte der Junge, der Tom heißt. Er ist größer als die anderen und spielt im Basketballteam der Schule. Er hatte sich ein rotes Halstuch vor Mund und Nase gebunden und sah aus, als wäre er in einem Bürgerkriegslazarett tätig. »Der ist verdorben.«

Jedes Mal, wenn Mei sich an das Tuch vor seinem Gesicht erinnert, möchte sie vor Scham im Boden versinken.

Letzten Endes warf sie die Tüte mit dem Kabeljau in den Müllschlucker am Ende des Gangs und lauschte dem schabenden Geräusch von Plastik auf Blech, während der Fisch zehn

Stockwerke tief fiel. Die Jungs blieben die ganze Zeit bei ihr stehen und passten auf, dass sie es auch wirklich tat.

»Ich wusste nicht, dass sie so sind«, sagte Kara anschließend. Sie hatte den Jungs vom Geruch im Zimmer erzählt, obwohl sie ihn Mei gegenüber mit keinem Wort erwähnt hatte.

Das ist einer der Gründe, wieso Mei ihre Nachmittage im Campus-Café verbringt. Und an diesem Tag im Oktober bleibt sie so lange dort, bis sie ganz sicher ist, dass Kara und die anderen Mädchen das Stockwerk verlassen haben. Sie wartet ab, bis ihre Föhne verstummt und ihre Glätteisen abgekühlt sind und sie sich alle mit den komplizierten Ritualen ihrer Schwesternschaft beschäftigen. Die Jungs, so hofft sie, sind derweil beim Abendessen.

Doch als Mei am Abend nach neun Stunden Abwesenheit zurückkehrt, findet sie eine Nachricht vor, die jemand mit rotem Stift auf die Tafel an ihrer Tür geschrieben hat. »Wir ziehen los«, liest sie. »Wo steckst du?« Diese Frage gilt – ganz offensichtlich – ihrer Zimmergenossin.

Als Mei die Tür aufsperrt, sieht sie, dass Kara genauso wie am Morgen zusammengerollt und mit dem Gesicht zur Wand im oberen Bett liegt. Auch ihre schwarzen Stiefel ragen immer noch unter der Decke hervor.

»Kara?«, fragt sie leise. Vor dem Fenster geht die Sonne unter, und der wolkenlose Himmel verfärbt sich rosa. Mei schaltet das Deckenlicht an. »Kara?«, wiederholt sie.

Aber Kara lässt sich nicht aufwecken. Weder von Meis Bitten noch von den lauteren Stimmen der beiden Rettungssanitäter, die sie rasch durch ihr völlig zerknittertes Kleid abtasten und feststellen, dass sie zumindest immer noch atmet und einen Puls hat.

Und Kara verschläft auch die Schreie, die die anderen Mädchen ausstoßen, als sie ihren Kopf auf der Rolltrage hin und her pendeln sehen, ihren offenen Mund und die braunen Haare, die ihr wirr über das Gesicht hängen. Ebenso verschläft sie den Krach, den die Grillen draußen in den Pinien veranstalten, und die kühle Nachtluft auf ihrer Haut.

Mei steht barfuß auf dem Gehweg, als die Sanitäter die Trage in den grellen Ambulanzwagen hineinbugsieren – ein wenig grob, wie sie findet. Seid vorsichtig, will sie ihnen gerade noch sagen, doch da schlägt die Hecktür auch schon vor ihrer Nase zu, und sie lassen Mei allein auf der Straße zurück.

In dem Bericht der Sanitäter wird stehen, dass das Mädchen auch vom Heulen der Sirene und dem blendenden Blaulicht nichts mitbekommen habe. Oder von den Schlaglöchern, durch die sie auf dem Weg ins St. Mary's rumpeln, wo zwei Ärzte nach mehreren vergeblichen Versuchen zu Protokoll geben, dass sie die Patientin auch nicht aufwecken konnten.

In dieser Nacht liegen auf anderen Etagen des Krankenhauses Frauen in den Wehen, während Kara schläft. Babys werden geboren, während sie schläft. Sie schläft, während in einem weit entfernten Raum ein alter Mann stirbt. Ein erwarteter Tod. Seine Familie und ein Kaplan haben sich um ihn versammelt.

Sie verschläft den Sonnenaufgang und auch den Sonnenuntergang.

Und dennoch können die Ärzte während dieser ersten Stunden nicht herausfinden, was mit ihr nicht stimmt. Sie sieht wie ein gewöhnliches Mädchen aus, das ganz einfach schläft.

Später wird es einige Verwirrung geben, was ihr dort zugestoßen ist. Wie ihr Puls so langsam werden konnte, ohne dass eines der Überwachungsgeräte den Alarm auslöste. Man weiß nur, dass ihr flacher Atem im Verlauf mehrerer Stunden immer schwächer wurde.

Rückblickend lässt sich kaum nachvollziehen, warum diese Geräte ihre letzten Herzschläge nicht aufgezeichnet haben.

KAPITEL 3

Die Mädchen: Sie weinen und weinen – und sie schlafen nicht. Sie besuchen sich gegenseitig in ihren Zimmern und sitzen in Hausschuhen und Sweatshirts auf dem harten Teppichboden. Sie halten sich an den Händen. Sie trinken Tee. Wenn sie doch bloß früher nach ihr gesehen hätten, denken sie. Wenn sie nur auf sie gehört hätten, als sie sagte, es gehe ihr nicht gut. Alle haben das Gefühl, sie hätten es wissen müssen und etwas tun sollen. Vielleicht hätten sie sie retten können.

Die Jungs sagen nicht viel und trinken noch mehr als sonst – billiges Bier, das sie sich mit ihren gefälschten Ausweisen besorgt haben. Während der ersten Tage nehmen sie die Hände nicht aus den Hosentaschen und versuchen, den Mädchen aus dem Weg zu gehen. Es ist, als könnten die Jungs sie spüren – sogar bei diesen Mädchen, an ihrer selbstverständlichen Nähe und der Art, wie sie einander unterhaken –, die ganze Geschichte vom Leid der Frauen, die generationenlange Erfahrung mit Trauer.

Den Mädchen käme es falsch vor, sich richtig anzuziehen oder zu schminken. Haare werden nicht gewaschen, Beine nicht rasiert, und Kontaktlinsen schwimmen unberührt in ihrer Reinigungslösung. Die Jungs dürfen nun sehen, dass sie Brillen tragen.

Ihre arme Mutter, sagen die Mädchen zueinander und ziehen die Knie fest an die Brust, als wären sie durch den Schock wieder jünger geworden. Sie stellen sich ihre eigenen Mütter vor. Sie malen sich aus, wie die Telefone klingeln, bei ihnen zu Hause, in anderen Städten und Staaten: Arizona, Nebraska, Illinois. Ich kann mir das nicht vorstellen, sagen die Mädchen zueinander. *Ich kann es mir einfach nicht vorstellen.*

Die Beisetzung findet in Kansas statt. Viel zu weit weg.

»Wir sollten etwas für ihre Eltern tun«, sagt eines der Mädchen. Sie haben gehört, dass sie nächste Woche kommen werden, um Karas Sachen abzuholen. »Am besten bestellen wir Blumen.«

Damit sind alle Mädchen sofort einverstanden. Sie haben den dringenden Wunsch, das Richtige zu tun. Es fühlt sich an wie ihre Einführung in die Welt der Erwachsenen. Das ist das unverfälschte Leben, und plötzlich stehen sie mittendrin.

Sie einigen sich auf Lilien, zwei Dutzend, weiße. Alle unterschreiben die Karte.

Danach fällt ihnen nichts mehr ein, was sie noch tun könnten, aber das Bedürfnis ist noch da. Unterdessen ist eine neue Großzügigkeit zwischen ihnen entstanden. Wie klein ihre Sorgen plötzlich scheinen, wie bedeutungslos im Vergleich. Streitigkeiten enden, Kränkungen werden vergeben, und zwei der Mädchen versöhnen sich am Telefon mit den weit entfernten Jungen, die sie an der Highschool sehr geliebt haben und von denen sie bis jetzt glaubten, sie wären ihnen entwachsen.

Aber die Mädchen wollen immer noch mehr tun. Sie sehnen sich danach, nützlich zu sein.

Als Mei den Korridor entlanggeht, mit verschränkten Armen, gesenktem Kopf und ihren dunklen Haaren in einem straffen Zopf, bemerken die Mädchen sie, als wäre sie ihnen bislang noch nie aufgefallen.

Sie sollte sich keine Vorwürfe machen, darin sind sich alle einig. Keine von ihnen kennt ihren Namen, sie ist das chinesische Mädchen oder vielleicht eine Japanerin, die sich mit Kara das Zimmer geteilt hat. Sie habe auf keinen Fall wissen können, dass Kara Hilfe gebraucht hat.

»Wir sollten ihr sagen, dass es nicht ihre Schuld ist«, flüstert eine von ihnen. »Und dass sie sich deswegen nicht schlecht fühlen soll.«

Aber keine von ihnen rührt sich vom Fleck.

»Spricht sie unsere Sprache?«, fragt ein zweites Mädchen.

»Natürlich tut sie das«, entgegnet eine andere. »Sie stammt doch von hier, oder nicht?«

Aus irgendeinem Raum riecht es nach Mikrowellen-Popcorn. Niemand geht zu einem Seminar.

Nachmittags wird der Korb mit den Lilien geliefert, aber es sind weniger, als sie sich erhofft haben, und können leider nicht wie gewünscht ausdrücken, was für die Mädchen unsagbar ist, etwas Grundsätzliches, für das sie keine Worte haben.

Karas Eltern: Ihre Gesichter sind blass, ihre Wangen hohl. Die Mutter ist eine Frau in einem grauen Pullover. Sie ist Kara mit einer anderen Haut. Der Vater trägt einen Bart und ein Flanellhemd. Er ist ein Mann, der vor dreißig Jahren auch einer der Jungs auf dem Stockwerk hätte sein können, die mit den Händen in den Hosentaschen in der Tür stehen und nicht wissen, was die Zukunft für sie bereithält.

Langsam beginnen sie, die Habseligkeiten ihrer Tochter zu packen.

Die Mädchen werden bei ihrem Anblick schüchtern. Sie verstecken sich in ihren Zimmern, aus Angst, das Falsche zu sagen. Eine Zeit lang hört man auf dem Stockwerk nur das scharfe Geräusch, mit dem das Paketklebeband von der Rolle gerissen wird, und immer wieder das Klappern leerer Bügel, gefolgt vom leisen Rascheln der Kleider, die in Kartons verstaut werden.

Als sie die Eltern aus der Ferne beobachten, halten die Mädchen all die üblichen äußerlichen Merkmale von Menschen im fortgeschrittenen Alter – die Falten auf seiner Stirn, die dunklen Ringe unter ihren Augen – fälschlich für Anzeichen von Trauer. Und vielleicht haben sie zum Teil auch recht: Die Gesichter der beiden spiegeln die verstrichenen Jahre wider, die sie direkt zu dieser Aufgabe geführt haben.

Die Stimmen von Karas Eltern klingen heiser und dünn, als wären *sie* die Kranken. Plötzlich entfährt der Mutter ein Keuchen. »Hör auf damit, Richard«, sagt sie und beginnt zu schluchzen. »Du zerreißt es noch.«

Das ist der Moment, als Mei kurz zu den Eltern hinübersieht, so als beobachtete sie die beiden aus großer Distanz, was sie in gewisser Weise ja auch tut.

Der Vater hat Schwierigkeiten, eines von Karas Postern zusammenzurollen. Es zeigt Paris, in Schwarz-Weiß. Kara hat es mit Reißzwecken an der Wand befestigt und, wie Mei weiß, während der ersten Schulwoche im Buchladen auf dem Campus gekauft. Mei ist das Poster mittlerweile so vertraut, dass sie angefangen hat, Kara mit den Mädchen auf der Fotografie zu verbinden, die lachend und glamourös auf einer Kopfsteinpflasterstraße im Regen stehen.

»Fass es nicht mehr an«, sagt die Mutter zu dem Vater. »Bitte.«

Danach verstummt der Vater.

Mei bleibt im Korridor. Sie könnte sich den Eltern vorstellen. Das ist es, was ihre Mutter ihr sagen würde.

Aber es ist kaum zu ertragen, wie der Mann aus dem Fenster sieht. Meis Vater würde genau das Gleiche tun. Und wie er nicht zu wissen scheint, was er mit seinen Händen anstellen soll. Es ist die Art, wie er immer wieder seinen Bart berührt und schweigend in der Zimmerecke steht.

Ohne ein Wort mit ihnen zu wechseln, geht Mei rasch in ihr neues Zimmer.

Nur Caleb ist mutig genug, sich Karas Eltern zu nähern. Der große und dünne Caleb mit seinen braunen Haaren und Sommersprossen. Der Englisch im Hauptfach belegt hat und ein bisschen ernsthafter ist als die anderen Jungs.

Die Mädchen sehen zu, wie er Karas Vater die Hand schüttelt. Sie beobachten, wie er seine Baseballkappe mit dem Cubs-Logo seitlich neben den Körper hält, während er mit Karas Mutter spricht. Und die Mädchen – jedes einzelne von ihnen – sehnen sich danach, seine verschwitzten Haare glatt zu streichen, die dort, wo die Kappe gesessen hat, seitlich abstehen.

Die Mädchen verlieben sich vom Fleck weg in ihn, weil er sich mit diesen Eltern unterhält. Sie lieben ihn dafür, dass er weiß, was zu tun ist.

Caleb hilft dem Vater dabei, die Kartons zum Fahrstuhl hinauszutragen, und unbeteiligte Beobachter würden vermutlich annehmen, dass hier ein Vater seinem Sohn beim Umzug aus dem Studentenwohnheim zur Hand geht.

Amanda: Sie wohnt zwei Türen von Karas Zimmer entfernt und ist das nächste Mädchen, das Symptome an sich bemerkt. Schwindel, Müdigkeit und einen Schmerz, der sich langsam ausbreitet.

Ihre Mitbewohnerin ist mit dem gleichen Gefühl aufgewacht. Sie sehen beide blass und fiebrig aus. Ihre Augen sind leicht gerötet.

»Was, wenn es ansteckend ist?«, fragt Amanda, die im Bett liegt. »Was, wenn wir das Gleiche haben wie Kara?«

Die anderen Mädchen beruhigen sie von der Tür aus, aber sie trauen sich nicht, das Zimmer zu betreten.

»Ich bin mir sicher, dass mit euch alles in Ordnung ist«, sagt eine von ihnen, die kaum zu atmen wagt. Erstaunlich, wie schnell sich das Adrenalin im Körper ausbreitet, wie rasch die Hände zu zittern anfangen. »Aber vielleicht solltet ihr beide zum Arzt gehen. Nur zur Sicherheit.«

Als die Neuigkeit die Runde macht, ist auf dem Stockwerk bald Panik zu spüren: Unter ihnen befinden sich zwei kranke Mädchen. Bis jetzt hat noch keiner von ihnen darüber nachgedacht, dass Karas Krankheit übertragbar sein könnte.

Anrufe werden getätigt. Der Direktor des Studentenwohnheims kommt herbei. Die kranken Mädchen werden zum studentischen Gesundheitsdienst gefahren. Die anderen kriegen den Gedanken nicht aus dem Kopf, dass sie die beiden vielleicht nie wiedersehen werden.

Stunden vergehen.

Vor den Fenstern verändert sich allmählich das Licht, aber keiner von ihnen achtet auf das Wetter dort draußen, nur Sonne, kein Regen, ein weiterer trockener Tag ist vergangen.

Eine düstere Stimmung legt sich über das Stockwerk. Ein Mädchen ist davon besonders betroffen. Zu Hause und in der Kirche nennen sie alle Rebecca, aber hier kennt man sie seit sechs Wochen als Becca, Becks oder B.

Rebecca: Eine zierliche Rothaarige in geliehenen Jeans bemerkt nun ein leichtes Fiepen in ihren Ohren. Sie will es ignorieren. Niemand hat etwas von einem Fiepen gesagt.

Im Badezimmer setzt sie ihre Brille ab und spritzt sich Wasser ins Gesicht. Wahrscheinlich ist es gar nichts. Sie ist nur nervös. Sie hat Angst. Aber allmählich wird ihr auch schwindelig.

Sie stützt sich auf eins der Waschbecken. Es ist aus altem Porzellan, rissig und vergilbt, und sie kann noch die Flecken sehen, wo sie in der ersten Schulwoche den Kopf über das Becken gehalten hat, während zwei Mädchen ihr die Haare in einem schönen kastanienbraunen Ton färbten und die anderen um sie herumstanden und Ratschläge erteilten. Damals war das neu für sie, dieses Gefühl dazuzugehören und das Gelächter von zehn Mädchen auf kleinstem Raum. Bislang ist Rebecca nur einmal in die Kirche gegangen, am ersten Sonntag, als sie sich heimlich davongeschlichen hat und bereit gewesen wäre zu lügen, falls sie jemand nach ihrem Ziel gefragt hätte. Es ist nur so, dass sie sich noch nie so schnell geliebt gefühlt hat. Und schon gar nicht von Mädchen wie diesen.

Diese Mädchen haben Rebecca ihren ersten Drink gemixt. Sie haben mit ihren eigenen rosaroten Lippenstiften ihren unerfahrenen Mund verschönert und mit ihren Pinzetten die Augenbrauen gezupft und anschließend gezeigt, wie sie sie selbst in Form bringen kann. Ihre Anziehsachen haben sie Rebecca auch geliehen und ihr außerdem dabei geholfen, einen besseren BH zu kaufen. Und sie hat mit ihnen gelacht, als sie alle gleichzeitig bemerkten, dass sich ihre Menstruationszyklen aneinander angeglichen hatten.

Aber nun macht sich Rebecca Sorgen. Der Schwindel umhüllt sie wie ein Nebel. Sie wartet darauf, dass er vergeht, aber das tut er nicht. Hektisch denkt sie darüber nach, ob das vielleicht die Strafe für ihr Verhalten während der vergangenen Wochen ist. Dafür, dass sie die Kirche geschwänzt, so viel getrunken und ihre Eltern über all das im Unklaren gelassen hat.

Hinter ihr schwingt quietschend die Tür auf. Karas Mitbewohnerin, das ruhige Mädchen, betritt das Badezimmer. Unter einen Arm hat sie ein gelbes Handtuch geklemmt, und in der anderen Hand hält sie einen pinken Plastikeimer, in dem eine Shampooflasche klappert. Sie trägt ein Sweatshirt und Jeans. Rebecca ist aufgefallen, dass sie immer so zum Duschen geht und nicht im Bademantel oder in ein Handtuch gewickelt, wie alle anderen Mädchen. Plötzlich hat Rebecca den Wunsch, ihr eine Freundlichkeit zu erweisen. »Hey«, sagt sie.

Das Mädchen sieht nicht zu ihr her, und Rebecca hätte es früher genauso gemacht, aus reiner Überraschung, angesprochen zu werden.

»Hey«, wiederholt Rebecca. »Entschuldige, aber wie heißt du noch mal?«

Diesmal hebt das Mädchen den Kopf. Sie ist hübsch, auf gewisse Weise, mit dunklen Augen und guter Haut. Aber sie sollte ihre Haare offen tragen – Rebecca weiß, dass die anderen Mädchen das sagen würden –, anstatt sie immer so streng zurückzubinden. Und ein Pony wäre gut. Mit einem Pony sähe sie vielleicht ein bisschen fröhlicher aus.

»Ich heiße Mei«, erwidert das Mädchen.

Sie stellt ihre Sachen vor der Duschkabine ab, die am weitesten von Rebecca entfernt ist, und entflechtet ihren schwarzen Zopf. Aber ihre Haare behalten die Form bei und bleiben vom Ansatz bis zu den Spitzen gekräuselt.

»Ich möchte dir etwas sagen«, beginnt Rebecca. In letzter Zeit ist sie selbstsüchtig gewesen. Das ist wahr. Man muss den anderen geben, was sie brauchen, und sie hat diesem armen Mädchen überhaupt nichts gegeben. Wenn er dich nach deinem Hemd fragt, sagt ihr Vater immer, solltest du ihm auch deinen Mantel geben. »Ich wollte dir sagen, dass du dir keine Vorwürfe machen sollst«, fährt Rebecca fort.

Mei wirkt misstrauisch. »Weswegen?«, fragt sie.

»Du hast wirklich nicht wissen können, dass sie Hilfe braucht«, sagt Rebecca.

Mei beißt sich auf die Lippe. Sie blickt zur Seite und tritt in die Duschkabine. Rebecca sieht sie nicht mehr. »Es war nicht meine Schuld«, hallt Meis Stimme drinnen von den Kacheln wider. Sie spricht ganz vorsichtig, jedes Wort wirkt wie ein zerbrechlicher Gegenstand, den sie von einem hohen Regalbrett herunternimmt. »Ich habe nichts falsch gemacht.«

»Genau«, antwortet Rebecca. »Das versuche ich dir zu erklären.« Aber das Gespräch entgleitet ihr. Sie vermasselt es.

Mei zieht die Tür der Duschkabine hinter sich zu, und Rebecca hört den Riegel einrasten. Durch den Spalt unter der Tür sieht sie, wie das Sweatshirt und die Jeans neben Meis Füßen zu Boden fallen. Sie langt nach unten und hebt sie auf, danach quietschen die Armaturen, die Rohre scheppern, und das brausende Wasser bildet auf den Fliesen eine Pfütze.

Rebecca überlegt, ob sie noch etwas Nettes durch die Tür sagen kann.

Aber plötzlich sieht sie nicht mehr richtig. In ihren Augenwinkeln blitzt es. Ihre Sicht verzerrt sich, wie beim Blick durch eine unruhige Wasseroberfläche. Sie beginnt zu zittern.

Rebecca erzählt niemandem davon, als würde es nur noch wirklicher werden, wenn sie die Worte laut ausspricht – es verschreit.

Stattdessen kehrt sie in ihr Zimmer zurück und legt sich auf das Bett. Sie hat das Gefühl, sich entspannen zu müssen. Sie schließt die Augen. Es ist vier Uhr nachmittags. Eine Bibelstelle fällt ihr ein: Ihr kennt weder den Tag noch die Stunde.

Die erste Schlafphase ist die leichteste, einmal kurz loslassen, wie ein Stein, der über das Wasser springt. Sie ist der Kopf, der im Theater wegsackt. Das Buch, das im Bett aus der Hand fällt.

In diese oberste Schicht gleitet Rebecca ganz rasch. Zehn Minuten vergehen. Sie sinkt weiter und beginnt ihren Tauchgang in die Tiefe. Mit einem Mal schwebt ein Traum durch sie hindurch: Sie ist mit ihren Eltern in der Kirche. Ein Baby wird getauft. Aber etwas ist merkwürdig. Es ist die Stimme des Priesters – aus irgendeinem Grund ist sie im Traum nicht lippensynchron. Und auch das Geräusch des Wassers, das auf die Stirn des Säuglings spritzt, erreicht sie erst ein paar Sekunden nachdem sie gesehen hat, wie es passiert ist, wie Donner, der mit zeitlicher Verzögerung auf den Blitz folgt. Im Traum ist Rebecca die Einzige in der Kirche, die das bemerkt.

Aber dann wird der Traum unterbrochen, als draußen im Flur eine hohe Stimme erklingt. Rebecca öffnet die Augen.

Zu der Stimme, die sie geweckt hat, kommen rasch noch andere hinzu. Jemand lacht.

Als sie die Tür öffnet, wimmelt es im Flur von Jugendlichen. Und mittendrin sieht sie die beiden kranken Mädchen, die vom Gesundheitsdienst zurück sind. Ihre Pferdeschwänze wippen auf und ab, beim Lachen blitzen ihre weißen Zähne auf. In den Händen halten sie zwei riesige Burritos und Colas.

»Ich komme mir so blöd vor«, sagt eine von ihnen, die immer noch ihre Joggingsachen trägt, während die anderen um sie eine Traube bilden.

»Wir haben beide bloß eine Erkältung«, sagt ihre Mitbewohnerin.

»Gott sei Dank«, sagt Rebecca. Ihre Erleichterung fühlt sich an wie ein Drogenrausch. »Gott sei Dank ist alles okay mit euch.« Rebecca geht es auch gleich besser. Zumindest fiept es nicht mehr in ihren Ohren, und der Schwindel lässt nach.

Was immer sie hatten, jetzt geht es ihnen wieder gut. Es gehe ihnen gut, sagen die Mädchen. Hast du es schon gehört, fragen sie jeden, dem sie im Gang begegnen. Es geht ihnen gut, es geht ihnen gut, es geht ihnen gut.

Anschließend verändert sich etwas. Die Angst flaut ab wie ein Fieber, und in dieser Nacht, der dritten, drängen sich die Mädchen und die Jungs in Amandas kleinem Zimmer zusammen und betrinken sich. Ihre Wangen glühen vor Gelöstheit.

Die Mädchen haben Kahlúa und Milch und dazu tütenweise Eiswürfel. Außerdem gibt es Bier und Tequila und Wein mit Pfirsichgeschmack. Der Mixer surrt, die Schnapsgläser schlagen klirrend aneinander, und die Musik ist ein bisschen zu laut.

Sie sprechen darüber, dass man irgendetwas für Kara tun sollte, vielleicht eine Gedenktafel am Gebäude anbringen oder einen Baum pflanzen. Ja, sagen sie, einen Baum, sagen sie, oder vielleicht sogar einen kleinen Garten mit ihren Lieblingsblumen. Sie stoßen auf ihre kurze Freundschaft, auf die sechs schönen Wochen mit ihr, an. Sie war so lieb, darin sind sich alle einig, vielleicht die Liebste von ihnen.

Der Alkohol beginnt zu wirken, und es lässt sich nicht leugnen, dass die Stimmung in dem kleinen Zimmer allmählich ausgelassen wird. Sie sind jung und gesund, und sie haben etwas Schreckliches überlebt.

Rebecca lässt die Beine vom oberen Stockbett baumeln und fühlt sich mutig und ruhig. Aus irgendeinem Grund sitzt Caleb neben ihr.

»Was für ein beschissener Tag«, sagt er – so leise, dass nur sie ihn hören kann.

Sie nickt und nimmt sein warmes Bein neben ihrem wahr, seinen unter der Zimmerdecke geneigten Kopf.

»Ja, das kann man wohl sagen«, entgegnet sie. In ihrer angeheiterten Stimmung nimmt sie sich vor, am nächsten Tag einen weiteren Anlauf bei Karas Mitbewohnerin zu unternehmen. Wie heißt sie noch mal? Mei? Niemand hat daran gedacht, sie in dieses Zimmer einzuladen, wie ihr plötzlich mit einem neuerlichen Schuldgefühl klar wird.

Unten summt der Mixer, begleitet vom anhaltenden Geklapper der Eiswürfel.

Probier das mal, sagen alle zueinander, immer und immer wieder. Plastikbecher machen die Runde, jeder Mund nimmt einen Schluck. Schnapsgläser werden geleert und gleich wiederverwendet.

Diejenigen unter ihnen mit Biologie im Hauptfach würden es eines Tages im Unterricht durchnehmen: Bestimmte Parasiten können das Verhalten ihrer Wirte so beeinflussen, dass es ihren Zwecken dient. Wenn Viren das auch könnten, würden sie wohl das folgende Szenario herbeiführen: Siebzehn Menschen versammeln sich auf engstem Raum, siebzehn Lungen atmen dieselbe Luft, siebzehn Münder trinken immer und immer wieder aus denselben zwei Schnapsgläsern, stundenlang.

Schließlich endet die Party. Sie hört auf, wie ihre Partys es immer tun, mit einem Klopfen an der Tür und der Stimme ihres Wohnheimsprechers, der nur drei Jahre älter ist als sie – und geübt darin, keinen Alkohol zu sehen. »Okay, Leute«, sagt er hinter der Tür. »Für heute reicht es.«

Also strömen sie in den Flur hinaus, wo sie unter den summenden Leuchtstoffröhren einzeln oder zu zweit zu ihren Zimmern wanken.

Rebecca geht ein paar Schritte hinter den anderen Mädchen allein zu ihrem Zimmer zurück, als sie jemandes Atem an ihrem Ohr spürt.

»Komm mit«, sagt Caleb und nimmt ihre Hand in seine.

Sie ist überrascht von seinen Fingern, die sich mit ihren verflechten, von seinem Geruch so nah bei ihr, nach Kaugummi und seiner Seife, und von dem unglaublich schönen Gefühl, erwählt zu werden.

»Hier drinnen können wir uns unterhalten«, sagt Caleb und stößt die Tür zur Feuertreppe auf.

Als sie hinter ihnen wieder zufällt, schneidet sie das Licht und die Geräusche der anderen ab, sodass die beiden die stille Dunkelheit nun ganz für sich allein haben, ein Junge und ein Mädchen, die Seite an Seite auf einer kalten Stufe sitzen.

Die anderen Mädchen sagen, Caleb sei zu dürr, aber Rebecca findet ihn groß und schlank. Seine scharfen Gesichtszüge zeugen von Intelligenz und einer gewissen Effizienz, wie ein gutes Designobjekt.

Sie wartet darauf, dass er etwas sagt.

Caleb zieht eine Packung M&M's aus der Hosentasche. »Möchtest du welche?«, fragt er.

Im Treppenhaus ist es so leise, dass sogar das Knistern der M&M's-Packung von den Wänden widerzuhallen scheint. Er schüttet ihr ein paar in die Hand.

So sitzen sie eine Weile schweigend nebeneinander. Rebecca weiß nicht genau, was sie tun soll. Sie hört die M&M's zwischen seinen Zähnen knacken.

»Ich habe ein ganz schlechtes Gewissen, weil ich nicht mit ihren Eltern geredet habe«, sagt sie schließlich. »Ich hatte keine Ahnung, was ich zu ihnen sagen sollte.«

Caleb wirft ein M&M in den Treppenschacht hinunter. Zehn Stockwerke tiefer schlägt es mit einem befriedigenden Knall auf. »Die Leute wissen nie etwas zu sagen«, erwidert er.

Rebecca hat ein Gerücht gehört, dass Calebs Bruder gestorben sein soll, als er klein war.

Sie unterhalten sich noch eine Weile, betrunken und verträumt. Der Kahlúa erzeugt in ihrem Kopf ein Gefühl von angenehmer Leichtigkeit. Alles um sie herum, die Finsternis, das rostige Geländer und das weit entfernte Tropfgeräusch, wirkt bedeutungsvoll, so als wäre die ganze Nacht bereits jetzt eine Erinnerung.

Es gibt Dinge, über die sie reden möchte. Sie würde ihm gern alles erzählen über die Regeln, die sie zu Hause befolgen musste, dass sie keine Filme sehen und kein Make-up tragen durfte und dass sie nie eine reguläre Schule besucht hat. Dass sie Algebra mit ihren Brüdern am Küchentisch gelernt hat, während ihre Mutter sich mit den Lehrplänen für den Hausunterricht abmühte und ihr Vater vergeblich versuchte, ein Waisenhaus zu gründen. Aber sie erwähnt nichts davon in diesem Treppenhaus. Stattdessen lehnt sie sich stumm an Calebs Schulter, als könnte sie ihm ihre Gedanken auf anderen Wegen mitteilen, wie zum Beispiel durch die Wärme ihres Arms an seinem.

Caleb lässt immer noch M&M's in den Schacht fallen, wie jemand, der am Rand eines Brunnens sitzt und Glücksmünzen hineinwirft. »Keiner weiß, was er sagen soll«, erklärt er, »weil niemand etwas sagen kann.« Sie hat das Gefühl, durch ein Teleskop in seine Vergangenheit zu blicken. »Es gibt nichts zu sagen.«

Sie hört bereits jetzt ihr älteres Ich eines Tages, in vielen Jahren, diese Geschichte erzählen, über dieses schreckliche Ereignis in ihrer Jugend, das Mädchen namens Kara im Studentenwohnheim, im zweiten Monat ihres Freshman-Jahres, ihre erste Berührung mit einer Katastrophe. Das ganze Ereignis entwickelt sich rasend schnell zu etwas Vergangenem.

Während sie dem letzten hinabfallenden M&M hinterherschauen, stoßen sie mit den Köpfen zusammen. Als sie den Blick wieder heben, sind ihre verschatteten Gesichter nicht weit voneinander entfernt. Sie beginnen zu lachen, und Caleb berührt ihre Haare. Es geschieht. Ein Kuss. Sein Mund schmeckt nach Schokolade. Ihre Zähne berühren sich. Sie weiß nie, ob sie es richtig macht. Seine Hände liegen auf ihren Hüften. Seine Finger gleiten über die Haut an ihrer Taille, und sie spürt, dass er ein wenig zittert, als er sie berührt. Seine Nervosität ist viel liebenswerter als Selbstsicherheit. Und das hier wirkt wie ein Anfang, als würde jetzt alles beginnen. Ihr wird warm vor wilder Hoffnung, einem Hochgefühl, das nur die ganz Jungen kennen.

Die Mädchen schlafen lang, sie haben Kopfschmerzen vom Kahlúa. Eine nach der anderen stehen sie auf und gehen pinkeln oder Wasser trinken. Andere nehmen eine von den Schmerztabletten, die sie neben ihren Betten bunkern, oder schließen bloß die Vorhänge vor dem grellen Morgenlicht und blinzeln in die Sonne, die einen weiteren wolkenlosen Tag ankündigt.

Dann legen sie sich wieder in ihre Betten.

Bald darauf träumen sie unruhig in ihrem leichten Schlaf.

Gegen Mittag, darin sind sich alle Mädchen später einig, passiert etwas Merkwürdiges: Ihre Träume nehmen einen ähnlichen Verlauf und drehen sich ausnahmslos um ein entferntes Geräusch. Mit einem Mal träumt jede Einzelne von ihnen, dass irgendwo irgendwer schreit.

Es dauert ein paar Sekunden, bis sie die Augen aufschlagen und die Bedeutung des Geräuschs begreifen: Da schreit tatsächlich jemand.

Im Flur entdecken die Mädchen Caleb – in Boxershorts und ohne T-Shirt. Sie sehen, wie sich unter seiner Haut die Rippen heben und senken, während er brüllt. Es kann gut sein, dass bis zu diesem Moment noch keins der Mädchen echte Panik im Gesicht eines Jungen gesehen hat.

»Es ist was mit Rebecca«, ruft er und deutet auf sein Bett, wo sich ihre roten Locken auf seinem Kissen ausbreiten. »Es ist was mit Rebecca«, wiederholt er. »Irgendwas stimmt nicht mit ihr.«

KAPITEL 4

Schrecklich, was da am College passiert.

Das ist es, was die Leute in Santa Lora in den Gängen der Eisenwarenläden und Supermärkte zueinander sagen oder während sie ihre Hunde im Wald ausführen. Haben Sie gehört, was am College los ist? fragen sie über den Zaun hinweg ihre Nachbarn und auch die anderen Zuschauer auf der Tribüne an der Highschool. Ganz so, als wäre das College eine Insel jenseits der Stadt und die Stadttore undurchdringlich, sogar für Krankheitskeime.

Eine Schlafkrankheit. So nennen es die Lokalreporter. Ein Mädchen ist tot, ein zweites bewusstlos, beide auf derselben Etage des Studentenwohnheims.

In ganz Kalifornien breitet sich eine Dürre aus. Der letzte Niederschlag ist neunzig Tage her, und dabei hat es schon im Vorjahr zu wenig geregnet. Noch nie zuvor ist der Pegel des Sees in Santa Lora so tief gefallen, und keiner hat je die Sandbänke wie Dünen aus der Mitte des Gewässers herausragen sehen oder die alten Hafenanlagen so trocken und gut fünfzig Fuß von der Wasserkante entfernt.

Es ist die schlimmste Dürreperiode der vergangenen hundert Jahre. Vielleicht sogar seit mindestens fünfhundert Jahren, wie manche behaupten.

Aber das Wetter, dieses Wetter: Es ist prachtvoll. Sechs Wochen lang nichts als Sonnenschein.

Kaum vorstellbar, dass es bei so einem Wetter Leid geben könnte. Als wäre die Schönheit ein Zauber, der den Tod abwehrt. Doch sie wissen, dass drunten im Tal die Weintrauben absterben, und ihre Rasen werden mit jedem Tag brauner, ausgedörrt von derselben Sonne, die bis weit in den Oktober hinein ihre Hollywoodschaukeln erwärmt.

Und dennoch wollen sie es nicht so recht glauben: Wie sollte bei so einem herrlichen Wetter ein achtzehnjähriges Mädchen ums Leben kommen können?

Aber in Santa Lora kennt man sich mit Schicksalsschlägen aus.

Oft bebt die Erde, die Hänge der Hügel neigen zum Rutschen, und die Brandgefahr im hiesigen Wald ist so groß, dass ein paar vorsichtige Anwohner ihre Familienfotos in Seesäcken neben den Haustüren aufbewahren, um sich im Notfall sofort davonmachen zu können.

Der Indianerstamm, der einst in diesem Wald gejagt hat, wurde von den Windpocken der Pelzhändler dahingerafft, und einmal ist in den Bergen hier eine Siedlergemeinschaft verhungert. Zehn Jahre nach diesem Vorfall entdeckte man in den Hügeln Silbervorkommen und errichtete erste Holzhäuser, die jedoch bereits im darauffolgenden Frühling vom drei Fuß tiefen Schmelzwasser weggeschwemmt wurden. Die Beweise dafür kann man immer noch im Antiquitätenladen an der Straßenecke Mariposa und Klein begutachten: Fotografien von Frauen in dunklen Kleidern, Männern in zerschlissenen Mänteln und Kindern, die spindeldürr und mit ernsten Gesichtern knietief im Wasser stehen. Ihren Augen ist anzusehen, dass sie an Leid gewöhnt sind.

Eine Weile danach verschüttete ein Erdrutsch sämtliche Flachbauten an der Ostseite der Stadt, und das kleine Rathaus mit seiner Kuppel und der Glocke ist lediglich ein Nachbau. Das Original ist bei einem Erdbeben eingestürzt.

Auf dem Friedhof, der schon lange nicht mehr in Betrieb ist, liegen zahlreiche Opfer der Spanischen Grippe begraben. Manche glauben, dass ihre Geister in den heruntergekommenen Herrenhäusern an der Catalina Street spuken, in die mittlerweile Studenten-WGs eingezogen sind. Die Bewohner von Santa Lora wussten, dass diese Grippe sie heimsuchen würde, denn ihr Ruf eilte ihr westwärts von einer Stadt zur anderen voraus. Sie versuchten, die einzige Zugangsstraße zu blockieren, doch die Krankheit gelangte dennoch herein und verbreitete sich wie ein Lauffeuer in der Stadt. Dabei forderte sie doppelt so viele Menschenleben wie im Nachbarort, weswegen damals nicht wenige vermuteten, Santa Lora wäre verflucht.

Wer zum Aberglauben neigt, hält auch heute noch an dieser Vorstellung fest: Jedes Mal, wenn ein Teenager im See ertrinkt oder ein Wanderer im Wald verloren geht, fragt sich so mancher in Santa Lora, ob nicht all die Katastrophen mit dieser Gegend verknüpft sind. Wäre es nicht denkbar, dass ein Ort das Unheil regelrecht anzieht, so wie ein Metallstab die Blitzschläge?

KAPITEL 5

Wenn am vierten Abend dieser Woche ein Fremder Santa Lora besuchte und er bei Sonnenuntergang oder kurz davor zehn Querstraßen östlich vom College zu Fuß unterwegs wäre, würde er vielleicht ein großes gelbes Haus bemerken, das ungefähr hundert Jahre alt ist und früher einmal eindrucksvoll gewesen sein muss. Heute ist es das nicht mehr mit seinen verrosteten Regenrinnen, der durchhängenden Hollywoodschaukel und den grünen Bohnen, die im vorderen Garten wachsen. Und wenn er das Haus sehen würde, fiele ihm womöglich auch ein Mädchen auf. Und im Vorübergehen würde er sich wundern, so wie Fremde es manchmal tun, was es dort macht, dieses Mädchen am Fenster. Ganz ernsthaft und unbewegt steht sie da und sieht hinaus.

Das Mädchen am Fenster ist zwölf Jahre alt. Sie sieht dünn aus in ihren abgeschnittenen Jeans und hat dunkle Haare. Brille, Spange, Sonnenbrand. Sara.

Sie glaubt bereits jetzt, dass sie sich noch lange an diesen Abend erinnern wird. Aber dieses Gefühl nagt oft an ihr. In dieser Hinsicht denkt sie genau wie ihr Vater – jeden Moment kann ein Unglück geschehen, und man weiß nie, wann es so weit ist.

Heute Abend ist es so, dass ihr Vater sich verspätet.

Durch das Fenster beobachtet sie, wie andere Autos in andere Einfahrten in ihrer Straße einbiegen. Sie hört die Haustüren ihrer Nachbarn auf- und zugehen. Raschelnde Einkaufstüten, klimpernde Schlüssel und wie sie ruhig – andere Leute sind immer so ruhig – mit ihren Kindern, ihren Ehepartnern und ihren Hunden sprechen.

»Er hat vermutlich nur irgendwo auf dem Heimweg von der Arbeit angehalten«, sagt Libby, ihre Schwester. Sie ist zehn Monate jünger als Sara und oben bei den Kätzchen. Die sind fünf Wochen alt und schlafen in einer Kiste. »Du flippst jedes Mal aus. Aber es ist immer alles in Ordnung.«

»Er kommt nie so spät«, sagt Sara und sieht wieder auf die Straße hinaus.

Draußen in den Bäumen zwitschern Vögel, vielleicht Schwalben. Oder Meisen. Auf dem Gehweg laufen zwei Jogger vorbei. Die Studenten, die sich das große Eckhaus teilen, zünden auf der Veranda einen Grill an. Der blaue Pick-up ihres Vaters taucht nicht auf.

Sie kann das Abendessen riechen, das im Nachbarhaus auf dem Herd steht, dem grauen Gebäude mit der zum Wintergarten umgebauten Veranda und dem weißen Zierstreifen auf der Fassade, in dem die neuen Nachbarn mit ihrem Baby wohnen, diese Professoren, wie ihr Vater sie nennt, diese Professoren, die die Kiefer umgesägt haben, die so viele Jahre zwischen den beiden Häusern gestanden hatte, so lange, wie ihr Vater zurückdenken kann, seit vor seiner Geburt, fünfunddreißig Jahre bevor die Mädchen zur Welt gekommen sind. Immer wieder sagt ihr Vater: Das war unser Baum. Und er bleibt oft stehen und betrachtet den Stumpf. Sie hatten kein Recht, ihn zu fällen.

Am Himmel verblasst das letzte Licht. Die ersten Insekten prallen gegen das Fliegengitter.

Wenn sich ihre Brust so eng anfühlt wie jetzt gerade, kann sie nicht immer genau sagen, ob es am Asthma liegt oder an ihrer Stimmung. Sie fischt den Inhalator aus ihrem Rucksack. Zwei kurze Pumpstöße.

Erneut schaut sie zur Uhr an der Mikrowelle. Er ist eine Stunde und zehn Minuten zu spät.

Und dann endlich: das Knirschen von Reifen auf Kies und das beruhigende Grummeln des undichten Auspuffs.

Sie öffnet die Vordertür. Wie häufig scheint alles auf eine Katastrophe hinauszulaufen, und dann passiert doch nichts.

»Wir hatten Hunger«, sagt sie und zeigt ihrem Vater nicht, wie froh sie ist, ihn zu sehen. Sein brauner Bart wird allmählich grau, sein blaues Arbeitshemd ist abgewetzt. »Ich habe für Libby und mich Sandwiches gemacht.«

Ihr Vater schlägt die Tür des Trucks zu.

»Und die Katzen haben wir auch schon gefüttert.« Sie tritt barfuß auf den splitternden Holzboden der Veranda hinaus.

»Komm nicht hierher«, sagt er.

Sie macht keinen Schritt weiter. Er kann wütend werden. Richtig wütend. Aber normalerweise hat er einen guten Grund dafür. Sie wartet auf eine Erklärung. Er gibt ihr keine.

Statt hereinzukommen, läuft er ums Haus herum in den Garten. Seine Arbeitsstiefel knirschen laut auf dem Kies, während er durch das Dämmerlicht hetzt.

Hastig wickelt er den Gartenschlauch ab und dreht den Wasserhahn auf.

Sara öffnet die Hintertür. »Was tust du da?«, ruft sie ins Halbdunkel und hört, wie das Wasser aus dem Schlauch auf die Erde spritzt.

»Bring mir Seife«, sagt er, während er sein Hemd aufknöpft. »Und ein Handtuch. Schnell.«

Sofort schießt wieder Adrenalin durch ihren Körper. In der Badewanne liegt ein kleines Stück Seife. Ein Handtuch findet sie im Trockner, wo sie immer ihre saubere Wäsche aufbewahren, anstatt zusammengefaltet in Schubladen.

»Was macht er da draußen?«, fragt ihre Schwester. Das winzigste Kätzchen, ein Kater, liegt zusammengerollt auf ihrer Hand und zeigt mit weit aufgerissenem Maul seine scharfen Zähne. Sein leiser Schrei ist fast nicht zu hören.

»Ich weiß nicht«, sagt Sara. »Keine Ahnung, was er tut.«

Dann ist sie wieder unten und beobachtet ihren Vater durch das Fenster.

Das Fliegengitter und das Zwielicht erschweren die Sicht,

und er hat sich mittlerweile in die entlegenste Ecke des Gartens zurückgezogen, wo er hinter den Kartoffeln und Kürbissen steht. Aber als sie genauer hinsieht, erkennt sie, dass ihr Vater fast nackt ist.

Er trägt nur noch seine Boxershorts und hält sich den Gartenschlauch über den Kopf.

Unter dem fließenden Wasser sieht seine Brust ausgemergelt aus, und der Bart klebt ihm flach am Kinn. Seine restlichen Kleidungsstücke liegen auf der Erde verstreut, wie von der Leine gefallene Wäsche.

Sara sieht die neuen Nachbarn in der Küche sitzen. Auf ihrem Tisch stehen glitzernde Weingläser, und die Frau hat das Baby auf dem Arm. Sara möchte ihrem Vater sagen, dass sie ihn sehen können. Diese Frau kann dich sehen. Aber sie traut sich nicht, den Mund aufzumachen.

»Ich brauche die Seife«, sagt er. Über das Zirpen der Zikaden hinweg hört sie ihn in der Dunkelheit zittern. Zwischen den Gemüsebeeten blinken ein paar Glühwürmchen. »Komm mir nicht zu nah«, sagt er. »Wirf sie einfach herüber.«

Als die Seife durch die Luft segelt, gerät sie in den Schein des Verandalichts ihrer Nachbarn. Die Frau sieht zu ihnen her.

»Geh wieder rein«, sagt ihr Vater. »Sofort.«

Er schrubbt sein Gesicht fest mit der Seife ab. Er schrubbt die Arme, die Beine und die Hände, ganz besonders die Hände. Sie ist an die Einfälle ihres Vaters gewöhnt, und ihr ist bewusst, wie sehr sie sich von denen anderer Leute unterscheiden, aber jetzt bekommt sie es wirklich mit der Angst zu tun. Vielleicht hat er etwas angestellt. Vielleicht ist das der Grund, warum er sich von Kopf bis Fuß wäscht.

Neben ihr knarzt der Boden – ihre Schwester stellt sich neben sie, ihre Füße stecken in Socken. »Was soll denn das?«, fragt Libby.

In diesem Moment ist Sara froh, dass es ihre Schwester gibt, ihre braunen Augen, ihre klare Stimme und die Marienkäferstecker, die sie immer in den Ohren trägt. Die Schwestern glauben, dass sie ihrer Mutter gehört haben, wissen es aber nicht genau. Sara ist sogar froh über den Brezelgeruch in Libbys Atem, ganz einfach dafür, dass sie an ihrer Seite ist.

Eine ganze Weile stehen sie ohne zu sprechen nebeneinander und beobachten ihren Vater durch die Fensterscheibe, so wie sie abends manchmal Waschbären dabei zusehen, wie sie sich mit ihren merkwürdigen winzigen Händchen säubern.

Immer wieder fragt Libby, was ihr Vater da draußen mache, und jedes Mal schüttelt Sara den Kopf. Sie könnten fast Zwillinge sein. Das ist es, was die Leute über die zwei Schwestern sagen, die so kurz hintereinander geboren wurden, mit weniger als einem Jahr Abstand – und deren Mutter gestorben ist, bevor sie vier waren.

Endlich dreht ihr Vater den Gartenschlauch ab. Endlich hebt er das Handtuch vom Boden auf. Zuletzt stopft er noch seine Kleidungsstücke in den Abfall hinter dem Haus. Ihr Vater, der nie etwas wegwirft, entsorgt seinen guten braunen Gürtel im Mülleimer. Er steckt immer noch in den Schlaufen seiner Jeans.

Er will nicht darüber sprechen. Zumindest nicht gleich.

»Ich muss nachdenken«, sagt er und hebt die Hand, wie um eine Menschenmenge zurückzuhalten. Mit dem Handtuch um die Hüften sitzt er vorgebeugt am Küchentisch. Aus seinem Bart tropft Wasser auf das Linoleum, wie aus jedem Hahn im Haus. Sämtliche Installationen sind ein wenig marode, und das ganze Haus fällt allmählich auseinander. »Lasst mich nur einen Moment lang überlegen«, sagt er.

Er scheucht die Mädchen aus der Küche, und Libby geht

hoch zu ihren Kätzchen, aber Sara entfernt sich nicht weit von ihrem Vater, sondern wartet im Nebenzimmer darauf, was er sagen wird.

Fernsehen beruhigt sie. Nicht die Sendungen an sich, sondern die Stimmen, die Leute, das Wissen, dass sie nicht allein *Glücksrad* anschaut, nicht wirklich, weil gleichzeitig auch Tausende anderer zusehen, ein riesiges Netzwerk aus Menschen. Während sie vor dem Fernseher sitzt, kann sie sie fühlen und sich einbilden, dass die Verbindung in einer Krisensituation auch in die Gegenrichtung funktionieren würde und die anderen sie sehen und ihr Hilfe schicken könnten.

Über das Ticken des langsamer werdenden Glücksrads hinweg hört sie, wie die Finger ihres Vaters auf den Küchentisch trommeln. Er macht eine Dose Bier auf. Vom Wohnzimmer aus versucht Sara die Geräusche, die ihr Vater macht, zu deuten und herauszufinden, was ihm durch den Kopf geht: das Scharren seines Stuhls, sein Seufzen und die Art, wie er trinkt. Je leerer die Dose wird, desto leiser ist das Geräusch, mit dem er sie auf dem Tisch abstellt.

Als das Telefon läutet, rührt sich ihr Vater nicht. Sara ignoriert den Anruf, aber ihre Schwester geht dran. Gleich darauf kommt sie zu ihr heruntergelaufen. »Ein Junge will mit dir sprechen«, flüstert sie ihr ins Ohr.

Schlagartig verspannt sich Saras ganzer Körper. Sie wird nicht oft angerufen – und bislang noch nie von einem Jungen.

Sie merkt, wie ihre Stimme zittert, als sie in den Hörer spricht: »Hallo?«

»Sara?«, fragt der Junge. »Ich bin's, Akil.«

Akil: Sie ist überrascht und erfreut. Akil ist neu an ihrer Schule. Er spielt Saras Ehemann in dem Theaterstück *Unsere kleine Stadt*.

»Hey«, antwortet sie, aber sie atmet zu laut. Sie ist sich nicht sicher, wie man solche Unterhaltungen führt.

»Ist das deine Handynummer?«, fragt er. Dieser Junge hat eine förmliche Art zu sprechen, mit einem ganz leichten Akzent, der fast britisch klingt, aber sie hat ihn sagen hören, dass seine Familie aus Ägypten stamme und sein Vater Professor für irgendetwas sei. »Ich wollte dich auf dem Handy anrufen«, sagt er.

»Oh, ich habe gar keins.« Kaum sind die Worte heraus, bereut sie sie bereits. Weshalb stößt sie ihn noch extra mit der Nase darauf, wie seltsam sie ihren Mitschülern vorkommen muss?

»Oh«, entgegnet er.

Libby beobachtet sie und bemüht sich zu verstehen, was am anderen Ende gesprochen wird.

»Wie auch immer«, sagt er und räuspert sich. Während dieser kurzen Pause bekommt sie plötzlich große Sehnsucht. »Weißt du, wann morgen die Probe beginnt?«

Sie wird rot vor Verlegenheit – das ist also der Grund seines Anrufs.

»Ich habe vergessen, es mir aufzuschreiben«, erklärt er.

Das Gespräch dauert keine zwei Minuten, und anschließend holt sie die Realität in ihrem Haus wieder ein: ihr Vater mit diesem Handtuch am Tisch, der Ausdruck in seinen Augen und wie er sich weigert zu erklären, was los ist.

Im Hintergrund läuft immer noch *Glücksrad*. Ein Worträtsel ist gelöst, und sofort wird das nächste gestellt. Auf einmal merkt sie, dass ihre Kiefergelenke wehtun und wie fest sie die Zähne zusammenbeißt.

Endlich spricht ihr Vater. »Sara«, ruft er aus der Küche. Sie spürt einen Funken Hoffnung. Nun wird er alles erklären und die Einzelteile zu einem Gesamtbild zusammenfügen.

»Ich möchte, dass du nach unten gehst«, sagt er, »und nachzählst, wie viele Gallonen Wasser wir haben.«

Jetzt weiß sie, dass etwas Schreckliches geschehen ist.

Der Keller: Sie hasst den Keller. Er steht für alles, was schiefgehen kann. Hier heben sie die Lebensmittelkonserven auf, von denen sie sich ernähren werden, wenn ein atomarer Winter kommt. Das Wasser, das sie trinken, wenn alle anderen keins mehr haben. Munition zum Eintauschen, sobald das Geld seinen Wert verliert. Und auch die Gewehre, mit denen ihr Vater all das Essen, das Wasser und die Munition verteidigen wird, wenn jemand kommt, um sie zu stehlen.

Sie kann sich kaum vorstellen, wie sie hier unten schlafen sollen, mit den nackten Glühbirnen und den Spinnen, dem erdigen Geruch, der in der Luft hängt, und einem einzigen kleinen Fenster, das vernagelt ist. Doch für alle Fälle lagern in einer Ecke drei aufeinandergestapelte Liegen mit Decken und Kissen.

Als sie vor den Wasserbehältern an der hinteren Kellerwand steht, zittern ihre Hände. Sie zählt langsam. Zweimal hintereinander.

Das Klima ändert sich, sagt ihr Vater immer. Die Meeresspiegel steigen. Erdöl und Trinkwasser werden knapp. Die Asteroiden. Vor denen hat sie am meisten Angst. Wenn sie nachts im Bett liegt, kann sie die Sterne sehen, und manchmal spürt sie, wie sie näher kommen. Und vor dem Einschlafen hält sie immer Ausschau nach dem einen Stern, der in Wahrheit gar keiner ist.

»Aber es kann doch auch sein, dass nichts davon passiert, oder?«, fragt sie ihren Vater oft. Schließlich kann niemand die Zukunft voraussehen. Er kann es nicht mit Sicherheit wissen. »Vielleicht geht ja noch eine Zeit lang alles gut, oder?«

»Vielleicht«, antwortet er dann immer und schüttelt den Kopf, als wollte er eigentlich Nein sagen. »Aber früher oder später wird es irgendeine große Veränderung geben. Die Dinge können nicht ewig so weitergehen.«

Deswegen pflanzen sie Gemüse im Garten an. Sie füllen die

reifen Kürbisse in Einmachgläser und gefriertrocknen die Kartoffeln, sobald sie aus dem Boden sprießen. Und sie bewahren in einer Schachtel auf dem höchsten Kellerregal einen Zweijahresvorrat an Asthmamedikamenten auf.

Sonst weiß keiner, was sie hier unten haben. Nicht mal ihr Onkel Joe, der wie ihr Vater in diesem Haus geboren wurde und im letzten Sommer für zwei Wochen zu Besuch gekommen ist. Davor hat er sich jahrelang nicht blicken lassen, weil er, wie ihr Vater sagt, auf Drogen war – in Arizona. Während seines ganzen Aufenthalts haben sie die Kellertür zugesperrt gelassen. Denn das Wichtigste am Keller ist, dass sein Inhalt geheim bleibt.

Auf der Treppe hinter ihr ertönt ein leises Geräusch. Sie blickt auf. Es ist nur Daisy, die mit einer ausgestreckten weißen Pfote in der Tür steht und zu ihr herunterblickt. Auf der Treppe sieht ihr Schatten riesig aus.

Da fällt Sara ein, was ihr Vater über die Katzen gesagt hat. Dass sie sie loswerden müssen, wenn es losgeht. Weil sie nicht genügend Lebensmittel und Wasser haben, um mit ihnen zu teilen. Er wird es so schmerzlos wie möglich machen. Aber es kann sein, dass er sie erschießen muss. Das tut wahrscheinlich am wenigsten weh. Sie erinnert sich daran, wie die Kätzchen geboren wurden, mit ihren nadelspitzen Zähnchen und den noch geschlossenen kleinen Augen. Wie Daisy sie im Maul herumgetragen und sofort gewusst hat, wie sie die Kleinen an der locker sitzenden Haut in ihrem Nacken packen musste.

Sara wird die Kehle eng. Es sind doch noch Babys. Sie und ihre Schwester müssen ihren Vater dazu überreden, es nicht zu tun.

Ihr Vater starrt aus dem Küchenfenster. Sein Blick geht ins Leere. Er hat ungewöhnlich grüne Augen. Die Haare auf seiner nackten Brust sind grauer, als sie sie in Erinnerung hat.

»Und?«, fragt er.

»Fünfzig Gallonen«, antwortet sie. »Wir haben fünfzig Gallonen Wasser.«

»Okay«, sagt er und steht vom Tisch auf, wobei er weiterhin das Handtuch um seine Hüften festhält. »Okay.«

Ganz allmählich wird es klarer. Er erzählt die Geschichte nicht der Reihe nach. Die Fakten treten nur langsam zutage, wie die unsichtbaren Zitronensaftbuchstaben, die ihre Schwester im Sommer im Garten geschrieben hat – man muss die Wörter in der Sonne erwärmen, damit sie sich zeigen. Auf die gleiche Weise kommt an diesem Abend die Geschichte aus ihm heraus. Sie muss geduldig entschlüsselt werden und weist zahlreiche Lücken auf.

Irgendetwas ist ihm bei der Arbeit passiert.

»Sie haben uns überhaupt nicht informiert«, sagt er. Er ist einer von den Hausmeistern am College. »Kein Wort.«

Die Mädchen stehen in der Küche und hören ihm schweigend zu.

»Sie hätten uns sagen sollen, warum wir diese Zimmer mit Bleichmittel reinigen müssen.«

Seine Stimme wird immer lauter, und je mehr er redet, desto weniger sagen die Mädchen, als wäre Lautstärke etwas, das knapp werden kann. Wie Sauerstoff.

»Dann hätte ich eine Maske getragen«, sagt er. »Und Handschuhe.«

Es dauert lange, bis sie verstehen, worum es eigentlich geht.

Eine Schlafkrankheit – das sagt er immer wieder. Am College sei eine merkwürdige Schlafkrankheit ausgebrochen.

»Aber sie geben es nicht zu«, sagt er. »Sie versuchen, sie geheim zu halten.«

Außerdem breitet sie sich aus.

»Ist wer gestorben?«, fragt Libby. Sie ist die Ruhige und Gelassene, die immer glaubt, dass alles gut gehen wird. Ihr kann nichts so schnell Angst einjagen, aber jetzt fürchtet sie sich.

»Hört mir zu«, sagt ihr Vater und packt die beiden fest an den Schultern, zu fest. Sie weichen vor ihm zurück. »Ich möchte nicht, dass ihr rausgeht. Wenigstens ein paar Tage lang. Okay? Wir bleiben alle hier im Haus.« Er springt auf, als ob ihm plötzlich etwas eingefallen wäre, und läuft die Treppe in den Keller hinunter, wo sie ihn hektisch herumräumen hören.

»Was ist mit der Schule?«, flüstert Libby, und Sara kommt sich plötzlich älter vor als sie. Es ist zwar nur ein Jahr, aber aus Libbys Frage hört sie heraus, dass es einen Unterschied macht. Die Schule ist nun wirklich ihre geringste Sorge. Was immer getan werden muss, denkt Sara, wird sie, Sara, und nicht ihre Schwester tun.

Ihr Vater kehrt mit drei Tabletten in der Hand in die Küche zurück. »Nehmt die«, sagt er und reicht Sara eine, bevor er zur Arbeitsplatte geht und Libbys in zwei Teile schneidet. Sie kann keine großen Pillen schlucken.

»Was ist das?«, fragt Sara.

»Ein Antibiotikum«, antwortet ihr Vater. »Und jetzt geht ins Bett.«

Schlafenszeit: Sie hören, wie die Mäuse im Speicher herumtrippeln. Das Geräusch macht die Kätzchen unruhig. Sie laufen miauend im Kreis herum und recken die weißen Hälse zur Zimmerdecke.

Auch den Mädchen geht das Geräusch auf die Nerven.

»Dad«, rufen sie aus ihrem Schlafzimmer hinunter.

Keine Antwort. Sie hören, wie seine Finger auf der Tastatur tippen und das zittrige Piepen, mit dem sich ihr alter Computer mit dem Internet verbindet.

Wenn man mit dem Ende eines Besenstiels an die Decke klopft, geben die Mäuse eine Zeit lang Ruhe. Ihr Vater macht das oft, wie man an den mond- und halbmondförmigen Abdrücken sehen kann, die er in zahlreichen Nächten in den Putz gestoßen hat. Zusammen ergeben sie eine Zeitrafferkarte, mit der sich die kleine Wanderbewegung von einer Seite des Zimmers zur anderen nachvollziehen lässt.

»Dad«, ruft Libby noch einmal. »Dad, komm hoch.«

Sara sieht ihn förmlich vor sich. Wie sich das blaue Licht des uralten Monitors in seinen Augen spiegelt, während er endlos lange darauf wartet, dass Webseiten durch die Telefonleitung heruntergeladen werden.

»Was ist los?«, reagiert er endlich. Seine Stimme klingt weit entfernt.

»Die Mäuse«, rufen die Mädchen wie aus einem Mund.

In der darauffolgenden Stille malt Sara sich aus, wie er angestrengt versucht, nicht die Geduld zu verlieren.

»Heute Abend werdet ihr es ertragen müssen«, sagt er.

Es ist ein schabendes Geräusch, wie von einem winzigen Gefangenen, der irgendwo im Haus eingesperrt ist und mit den Fingernägeln Furchen in die Wand kratzt, weil er darauf hofft, sich so irgendwann den Weg in die Freiheit bahnen zu können.

»Wir lassen das Licht an«, sagt Libby. Sie kuschelt sich unter eine handgenähte gelbe Steppdecke. Möglicherweise hat ihre Mutter sie gemacht, vielleicht aber auch nicht. Sie sind ständig auf der Suche nach Dingen, die ihr gehört haben könnten.

Was sie wissen, stammt größtenteils aus einem Zeitungsartikel, den sie vor einiger Zeit zusammengefaltet in der Schreibtischschublade ihres Vaters gefunden haben: An einem Junimorgen hat eine Joggerin im Vorgarten eines Hauses ein weinendes dreijähriges Mädchen bemerkt und ein zweites, noch jüngeres, das mit einer ausgelaufenen Windel in der Eingangstür stand. Sara hat sich sämtliche Einzelheiten eingeprägt: Wie diese Joggerin ein nicht angerührtes Mittagessen in der Küche gefunden hat, Makkaroni mit Käse in drei Schüsseln, und eine Frau, die bewusstlos auf dem Boden lag. Wenn es eins gibt, was Sara ganz sicher von ihrer Mutter geerbt hat, dann ist es ihr Asthma.

In dieser Nacht bleiben sie noch lange wach und lauschen dem geschäftigen Treiben der Mäuse. Manchmal kann eine große Angst die kleineren Ängste noch schlimmer machen.

Schon bald wird der Tag anbrechen, aber sie werden sich dann nicht für die Schule anziehen und zur Bushaltestelle gehen. Wenn die Lehrer die Anwesenheitsliste durchgehen, wird sich bei ihren Namen niemand melden. Sara wird bei der Kostümprobe von *Unsere kleine Stadt* nicht ihren Text aufsagen und auch nicht – in der letzten Szene – üben, wie sie sich bei Akil unterhakt und von der Bühne geht.

Sara ist es gewohnt, nicht zu schlafen, weil sie oft schlimme Träume hat, die sie anschließend noch stundenlang beschäftigen – wie ein Nachglühen auf der Netzhaut. Aber es ist eigenartig, auch ihre Schwester so lange wach zu sehen. Libby starrt mit weit geöffneten Augen die Decke an.

Es gibt eine Sache, die in diesem Zimmer dringend ausgesprochen werden muss, aber niemand ist da, der es tut. Also macht Sara es schließlich selbst.

»Mach dir keine Sorgen«, sagt sie zu ihrer Schwester und erkennt ihre eigene Stimme kaum wieder. Der zittrige Ton entlarvt die Lüge. »Alles wird gut«, sagt sie. »Ich glaube, dass alles gut wird.«

KAPITEL 6

Nicht nur ansteckende Krankheiten können sich verbreiten. Am fünften Tag wird eine Spezialistin für psychiatrische Erkrankungen aus Los Angeles hinzugezogen.

Sie hat schon häufiger erlebt, wie intensiv ein Mädchen die Gefühle eines anderen nachempfinden kann. Es ist eine andere Art von Infektion, vergleichbar mit einem Gähnen, das von einem Mund zum anderen wandert. Eine Form von Empathie. Auf diese Weise sind auf einem Footballfeld in Dallas einmal hundert Cheerleaderinnen ohnmächtig geworden – und wie sich später herausstellte, war nur eine Einzige von ihnen wirklich krank.

Mit ihrem fünf Jahre alten Volvo dauert die Fahrt von der neuropsychiatrischen Klinik in der Innenstadt zwei Stunden. In den Ritzen der Ledersitze stecken Cracker-Krümel, auf dem Rücksitz rollen die Legosteine ihrer Tochter herum.

Ihre Kollegen nennen sie Catherine, ihre Familie Katie, und in ihrer geschlossenen Abteilung heißt sie Dr. Cohen.

Während sie auf Santa Lora zuhält, lässt sie den Stadtrand hinter sich und fährt mehrere Meilen weit durch Zitronenhaine. Nach vielen Haarnadelkurven erreicht sie schließlich die höheren Gebirgslagen und gelangt in einen dichten schattigen Pinienwald.

Als die letzten Funkmasten hinter ihr zurückbleiben, verliert ihr Handy den Empfang. Von hier an windet sich die Strecke weitere vierzig Meilen durch Waldgebiet.

Sie ist erleichtert, als neben der Straße ein Motel auftaucht. Aber die Fenster sind mit Brettern vernagelt. Ein verblichenes Schild wirbt immer noch mit *Farbfernsehern*.

Dann endlich sieht sie zwischen den Bäumen einen See glitzern. Der Wald lichtet sich. Der Campus kommt in Sicht und bald darauf von zahlreichen Studenten bevölkerte Rasenflächen. Das Gras ist so braun wie Weizen. Santa Lora.

Das Krankenhaus, bei dem sie schließlich ankommt, erscheint ihr kaum größer als das Motel.

Die Patientin schläft auf dem Rücken, mit einem Arm über dem Bauch. In dem Raum gibt es wenig Licht. Die Jalousien sind geschlossen. Dem Krankenblatt hat Catherine entnommen, dass das Mädchen Rebecca heißt. Sie schläft seit sechzig Stunden.

Ihre Mutter – sie muss die Mutter sein – sitzt neben dem Bett. Ihre Augen sind blutunterlaufen und stark geweitet. Mütter: Mit den Müttern zu sprechen ist das Schwierigste an ihrem Job.

»Darf ich die aufmachen?«, fragt Catherine und zieht, ohne eine Antwort abzuwarten, an der Jalousieschnur. Sonnenlicht erfüllt den Raum.

Diese Mutter scheint mit Erleichterung aufgenommen zu haben, dass das Leiden auch psychische Ursachen haben könnte. Vielleicht glaubt sie, die Gebrechen des Geistes wären weniger gravierend als die des Körpers.

»Wollen Sie damit sagen, dass sie vielleicht gar nicht wirklich krank ist?«, fragt sie.

»So würde ich es nicht ausdrücken«, entgegnet Catherine.

Laut den Internisten ist der Blutdruck des Mädchens im Normbereich. Bei dem ersten Mädchen, das gestorben ist, sei es genauso gewesen, haben sie ihr gesagt. Abgesehen von dem tiefen Schlaf weist die Patientin keinerlei Symptome auf. Dieses Mädchen wirkt, als könnte das leiseste Geräusch oder die sanfteste Berührung sie aufwecken.

Catherine hat Patienten erlebt, die wegen einer katatonischen Depression oder nach unerwarteten traumatischen Nachrichten ähnlich leblos geworden sind. Die Augen zu schließen ist für Menschen, die vor den Scherben ihrer Existenz stehen, oft der einzig mögliche Ausweg.

Catherine hat den Namen des Mädchens vergessen, aber sie glaubt nicht, sich jetzt noch danach erkundigen zu können. »Hat sie an irgendwelchen Angststörungen gelitten?«, fragt sie stattdessen. »Oder Depressionen?«

Die Mutter schüttelt nachdrücklich den Kopf. Aber Catherines Erfahrung nach wissen die Eltern nie, was tatsächlich los ist.

In die Armbeuge des Mädchens ist eine Bibel geklemmt, als könnte sie ihre Botschaften durch die Haut an die Seele übertragen.

Ihrem Mund entweicht ein kaum hörbarer Laut.

Die Mutter springt auf. »Rebecca?«

Die Lider der Patientin beginnen zu zucken.

Bei einem gesunden Menschen würden diese Augenbewegungen auf die REM-Schlafphase hindeuten, in der die meisten Träume entstehen. Aber ohne Untersuchungen kann Catherine nicht mit Gewissheit sagen, was im Gehirn des Mädchens vorgeht.

Also ordnet sie ein MRT an und verspricht, in zwei Tagen wiederzukommen.

Als Catherine zurück in Los Angeles ist, schläft ihre dreijährige Tochter bereits, und die Babysitterin liest auf der Couch. Doch genau wie im ganzen letzten Monat wacht ihre Kleine auch heute kurz nach Mitternacht schreiend auf. In ihrem Alter sind Albträume nichts Ungewöhnliches.

Es dauert eine Weile, bis sie sich wieder beruhigen lässt. »Mama«, flüstert sie Catherine ins Ohr und schlingt ihr fest die Arme um den Hals. Ein Nachtlicht, das dem Mond nachempfunden ist, beleuchtet ihre Wangen. »Ich glaube, mit meinen Augen stimmt was nicht.«

»Was meinst du damit?«, erwidert Catherine.

»Wenn ich sie zumache, sehe ich scheußliche Sachen.«

»Das sind Träume«, antwortet Catherine. »Darüber haben wir doch schon gesprochen.«

Was für ein verrückter Einfall, hat ihre Mutter gesagt, allein ein Baby zu bekommen – und das auch noch mit Absicht. Und auch Catherine ist sich jeden Tag bewusst, dass das falsch gewesen sein könnte.

Aber insgeheim liebt sie diese Momente auch, wenn sie den kleinen warmen Körper an ihrer Brust und den heißen Atem am Hals spürt und weiß, dass ihre Tochter nicht mehr braucht als ein Gespräch und eine Umarmung in der Dunkelheit, damit es ihr wieder besser geht.

»Diesmal habe ich geträumt, dass Schlangen aus meiner Haut herauskommen.«

»Wow«, antwortet Catherine. »Das würde mir auch Angst machen.«

Eine ihrer Patientinnen hatte oft die gleiche Vision, allerdings im Wachzustand. Auf einem MRT sieht das träumende Gehirn fast genauso aus wie das eines Schizophrenen.

Wieder einmal fällt ihr auf, wie häufig die Ängste eines Kindes rational erklärbare Reaktionen auf alltägliche Erlebnisse sind.

Sie singt ihr zwei Lieder vor und streichelt ihr über den Rücken. Dann ist ihre Tochter eingeschlafen.

Als Catherine wieder in ihrem eigenen Bett liegt, hört sie, wie eine SMS auf ihrem Handy eingeht: Mittlerweile haben in Santa Lora auf ein und demselben Stockwerk des Wohnheims drei Mädchen das Bewusstsein verloren.

KAPITEL 7

Bei Sonnenaufgang geht ein Biologieprofessor im Wald von Santa Lora spazieren.

Er trägt seine weißen Haare kurz geschoren und eine zehn Jahre alte Jacke. Dazu Wanderstiefel. Er heißt Nathaniel.

Kein Hund. Kein Telefon. Nur eine Thermoskanne mit Kaffee und eine Plastiktüte.

Der Himmel ist wolkenlos, die Luft kühl. Vogelgezwitscher erfüllt den Wald: Blauhäher, Diademhäher und Meisen.

An einer Biegung im Pfad liegt ein Baumstamm, in den eine Sitzbank geschnitzt ist. Zu dieser Stelle will Nathaniel in ein paar Stunden die Studienanfänger aus seinem Biologieseminar bringen, um ihnen ein paar Merkmale und Eigenheiten der Bäume nahezubringen: die besonderen Wurzelstrukturen der Pinien und wie der Borkenkäfer im Verbund mit der Dürre so viele Gewächse zerstört. Und dann das Highlight: der Zombiebaum.

So nennt er diesen uralten Stumpf, wenn er ihn den Kids zeigt. Kein Stamm, keine Äste, keine Blätter, nur ein hohler Stumpen, und doch überlebt er irgendwie. Die grünen Flecken in der Maserung sind Chlorophyll und ein Beweis für seine Vitalität. Es scheint, als wäre dieses Überbleibsel eines Baums gleichzeitig tot und lebendig. »Wie kann das sein?«, werden die Kids wissen wollen, oder zumindest die Klugen unter ihnen. Die aufrichtig Interessierten. Schon seit Jahren kommt er mit seinen Kursen hierher. Die meisten überrascht es, dass Bäume miteinander kommunizieren können, dass sie chemische Botschaften durch die Luft schicken und manchmal ihren Nachbarn beim Überleben helfen. »Die Verwandten dieses Stumpfs halten ihn am Leben«, wird er ihnen erklären. »Sie versorgen seine Wurzeln mit Nährstoffen.«

Wie so oft liegen auch heute überall Bierflaschen herum. Deswegen hat Nathaniel die Plastiktüte mitgenommen.

Er nimmt es den jungen Leuten nicht übel, dass sie Alkohol trinken. Oder dass sie es lieber hier im Wald tun wollen – zwischen Gelbkiefern und Heidekraut, Grautannen und Zedern – als auf den Pressspanmöbeln in ihren Wohnheimunterkünften. Er versteht, was sie herlockt: die Berge, die Sterne. In der Wildnis ist man ungestört. Aber der Müll – diese Kids sind wirklich alt genug, um selbst hinter sich aufzuräumen.

Als er sich bückt, um die Glasflaschen aufzuheben, bemerkt er ein paar Schritte neben dem Pfad eine Gestalt – ein Junge in einer Armeejacke, dunklen Jeans und Tennisschuhen, der mit dem Gesicht nach unten auf getrocknetem Laub liegt.

»Hey«, spricht Nathaniel ihn an. »Hallo.«

Er geht in die Hocke und schüttelt ihn an der Schulter. Der Junge dünstet Alkoholgeruch aus und schläft laut schnarchend seinen Rausch aus. Nathaniel zieht den Reißverschluss an seiner Jacke zu. Dann dreht er ihm noch den Kopf zur Seite, damit er wenigstens nicht erstickt, falls er sich im Schlaf übergibt.

Als er wieder zu Hause ist, ruft er bei der Polizei an. »Im Wald liegt ein völlig betrunkener Junge«, sagt er und erklärt dem Beamten genau, wo er zu finden ist. »Wahrscheinlich muss er nur seinen Rausch ausschlafen, aber ich wollte Ihnen trotzdem Bescheid geben.«

Eine Schüssel Haferflocken. Ein Glas Orangensaft. Pillen, die in einem Plastikbehälter rasseln: hoher Blutdruck. Vielleicht rührt er vom Stress her – zumindest glaubt seine Tochter das. Trauer, sagt sie, wenn sie aus San Francisco anruft, ist auch eine Form von Stress. So wie Altwerden, hält er dagegen. Alles, was lebt, geht irgendwann unweigerlich zugrunde.

Er schlägt ein kleines Notizbuch auf. Jemand anders würde vielleicht Tagebuch dazu sagen, aber Nathaniel tut das nicht. Dünn und klein liegt es in seiner Hand, ein Taschenkalender,

der fünf Jahre lang gültig ist, mit einer einzelnen beschreibbaren Zeile pro Tag. *Wozu soll das nützlich sein?* hat Henry ihn oft gefragt. *Was kann man denn schon mit einem einzigen Satz aussagen?* Aber Nathaniel tut diese Form der Destillation gut. Es ist, als würde man Salz aus dem Meerwasser herauslösen oder eine chemische Formel vereinfachen. Er schreibt schnell und ohne groß darüber nachzudenken. Denn genau darum geht es dabei ja: es gewohnheitsmäßig immer wieder einfach zu tun. »Gestern war ich bei Henry. Sein Husten scheint besser zu werden.«

Eine Dusche, ein Sakko, dunkle Socken.

Er hat bereits seine Vorlesungsskripte in die Tasche gepackt und hält die klimpernden Autoschlüssel in der Hand, als er sich endlich die Zeit nimmt, seine E-Mails zu checken.

Jetzt öffnet er eine, die als *dringend* gekennzeichnet ist: Eine Studentin in seinem Grundkurs namens Kara Sanders ist an einer unbekannten Krankheit gestorben, die womöglich ansteckend ist, und zwei weitere Studentinnen zeigen die gleichen Symptome. Weitere Details sollen folgen.

Er hat ein schlechtes Gewissen, weil er mit ihrem Namen kein Gesicht verbinden kann, aber das Unterrichtsjahr hat gerade erst begonnen, und bisher kennt er seine Studenten noch nicht. Doch dieses Gefühl der Verschwendung ist ihm vertraut. Diesen Kids passiert immer irgendwas: Mal ist es ein Selbstmord, dann wieder eine Überdosis oder Alkohol am Steuer. Es scheint schlimmer geworden zu sein. Aber ist es wirklich schlimmer als früher?

Als Nächstes findet er in seinem Posteingang eine Reihe von Warnhinweisen, die den gesamten Campus betreffen, mit Vorsichtsmaßnahmen und einer Aufzählung der Symptome. In einer der E-Mails steht, dass der Unterricht ausfällt. Bis auf Weiteres stellt das College den Betrieb ein. Die Verwaltung reagiert in solchen Fällen oft über und glaubt, Muster zu erkennen, wo es keine gibt. Im letzten Herbst war ein angeblicher Amokschütze auf dem Campus in Wahrheit nur mit einer Wasserpistole bewaffnet. Wenn es nach Gas riecht, kocht in den allermeisten Fällen bloß irgendwer in einer Wohnheimküche Wasser. Und ein plötzlicher Ausbruch von Meningitis bleibt oft nur ein Einzelfall. Aber da diese Entscheidungen nun mal nicht in seiner Hand liegen, schickt er seinen Studenten eine E-Mail, in der er die Anweisung für sie wiederholt: Heute findet der Kurs nicht statt.

Danach ist es still im Haus, zu still, und er hört, wie seine Schuhe über den Holzboden schlurfen. Einen Moment lang fühlt er sich verloren: Was soll er denn nun mit dem Tag anfangen?

Doch kurz darauf wartet er geduldig in der Bäckereischlange, wo noch niemand über die Krankheit spricht, und fährt anschließend die zwei Meilen bis zum Pflegeheim. Auf dem Beifahrersitz liegt ein eingepacktes Mandel-Croissant für Henry.

Die Restoration Villa, wie diese Einrichtung heißt, strahlt mit ihren Brunnen, den Säulengängen und dem Seepanorama eine gewisse Erhabenheit aus. Früher war sie ein Sanatorium für die Reichen und Tuberkulosekranken, ein Ort mit Geschichte also, der Nathaniel und auch Henry unter anderen Umständen gefallen hätte. Doch bei jedem seiner Besuche kommt unweigerlich der Moment, in dem er beginnt, aus Henrys Gesichtsausdruck eine an ihn gerichtete verschlüsselte Botschaft herauszulesen: *Wie konntest du mich nur an diesen deprimierenden Scheißort bringen?*

An diesem Vormittag wird hier alles so sein, wie es immer ist: das metallische Schaben und Klacken der Gehhilfen im Korridor, das leise Gelächter der Schwestern, die Fernsehapparate, die in den anderen Räumen wie Ventilatoren ununterbrochen laufen. Er wird die ganze Zeit aus Henrys Lieblingsteilen der *New York Times* vorlesen, während dieser kleine

Stücke des Croissants lutscht, als wären es Bonbons. Dabei wird Nathaniel auf den hinteren Seiten auf eine kurze Meldung stoßen und überrascht feststellen, dass dieses Vorkommnis in Santa Lora wie ein ins Wasser geworfener Stein weitere Kreise zieht. Die Menschen lieben Tragödien, solange sie sich nur weit genug von ihnen entfernt ereignen: An einem Campus in einer kalifornischen Kleinstadt ist eine merkwürdige Krankheit ausgebrochen.

»Sie hat bei mir studiert«, wird er zu Henry sagen.

Und Henry wird sich auf diese Neuigkeit hin zu Nathaniel umdrehen und ihn mit undurchdringlicher Miene ansehen. Sein Verstand ist wie ein Fischschwarm, der kaum sichtbar in dunklen Gewässern schwimmt. Doch hin und wieder zupft etwas an der Angelschnur.

An diesem Abend wird ihn seine Tochter aus San Francisco anrufen, und Nathaniel wird die Mailbox drangehen lassen. »Ich bin's, Dad. Ich habe gerade die Nachrichten gesehen und wollte nur sichergehen, dass es dir gut geht.«

Er wird ihr eine E-Mail schicken: »Ja, bei mir ist alles in Ordnung. Ich hab dich lieb. Dad.«

KAPITEL 8

Rebecca: Sie schläft immer noch, inzwischen seit fünf Tagen. Durch eine Kanüle fließt eine Salzlösung in einen ihrer Arme.

Wenn sie an diesem Tag die Augen aufschlüge, würde sie neben sich einen Herzmonitor und um sich herum vier weiße Wände sehen, zwei Blumenkörbe, einen glänzenden Luftballon und die Kreuze, so viele Kreuze, die ihre Eltern ihr zusammen mit der Bibel gebracht haben. In dem Stuhl neben dem Bett sähe sie ihre Mutter sitzen. Über dem Mund trägt sie eine Papiermaske, ihre Augen sind müde, und die Stirn ist gerunzelt. Sie könnte das leise Klappern von Stricknadeln hören, mit denen ihre Mutter ihre Hände beschäftigt hält, oder aber ihre leise Stimme, wenn sie erschöpft in den Telefonhörer spricht: »Nein, bislang noch nichts. Sie wissen immer noch nicht, was es ist.«

Aber auch heute bleiben Rebeccas Augen geschlossen.

Seit Tagen wird ihr Blut aus den Venen in Ampullen abgezapft. Immer und immer wieder nehmen die Krankenschwestern es Rebecca ab – für weitere Untersuchungen. Ärzte kommen und gehen, ohne Neuigkeiten berichten zu können, während sich in anderen Räumen ein paar andere Mütter über ihre schlafenden Kinder beugen und ihnen beim Atmen zusehen, als wären sie Neugeborene und ihre Lungenflügel noch ungeübt. Sie sehen so gesund aus, wie sie da in ihren Betten liegen, diese jungen Menschen mit ihren robusten Körpern, den rosigen Wangen und den Brustkörben, die sich so regelmäßig wie Metronome heben und senken.

Mittlerweile sind fünf erkrankt.

Noch leben sie, aber mit jeder Sekunde entfernt sich die Zukunft immer weiter von ihnen, die Zeit selbst eilt ohne sie voran.

An diesem Nachmittag betritt ein Priester Rebeccas Zimmer. Er und ihre Familie halten Rebeccas Finger umfasst, während der Klang ihrer Gebete den Raum erfüllt. Hände werden aufgelegt.

Fühlt sie es in ihrem Traum, wie die Handflächen auf ihre Schultern und die Stirn drücken? Kann sie die Hoffnung in den Berührungen spüren? Wer weiß das schon? Sie verschläft es.

Von allen unbemerkt, braut sich noch etwas anderes, Alltäglicheres in Rebeccas Körper zusammen, ein Eindringling ganz anderer Art. Erst später wird jemand erkennen, dass ein verborgener Zellhaufen in ihr treibt – noch ist er zu klein für einen Embryo, aber die Zellen vermehren sich rasch. Im Moment steht er kurz davor, sich in ihre Gebärmutter einzunisten.

KAPITEL 9

In früheren Zeiten hätten sie alles, was ihnen gehörte, verbrannt, aber inzwischen hat die reinigende Kraft von Chemikalien das Feuer abgelöst. Bleichmittel: All die üblichen Gerüche des Wohnheims müssen noch irgendwo sein, die Parfüms und das Popcorn, das verschüttete Bier und die Zigaretten, aber Mei kann von ihrem Zimmer aus nur noch den Geruch des Bleichmittels wahrnehmen, so rein und brutal wie Fluoreszenz.

Mit dem Bleichmittel halten auch neue Vorschriften Einzug, die für alle auf Meis Stockwerk gelten. Niemand darf es verlassen. Das ist die wichtigste Regel. Nur für den Anfang, sagen sie, um sicherzugehen. Außerdem sind keine Besucher erlaubt. Und es werden keine Kurse abgehalten.

Es darf auch niemand arbeiten gehen. Die Dekanin, deren Baby Mei regelmäßig hütet, reagiert am Telefon verärgert. Wer soll denn jetzt auf ihre Tochter aufpassen? Offenbar erklärt Mei es ihr nicht richtig. Sie drückt sich nicht verständlich aus. Diese Dekanin macht sie nervös, mit ihrem großen Haus und den vielen vollen Bücherregalen, und irgendwie ist es ihr peinlich, die Krankheit anzusprechen. Als sie es erneut versucht, wird die Stimme der Dekanin leiser: Moment mal, wohnst du etwa auf *dieser* Etage?

Mei merkt, dass die College-Leitung keine Ahnung hat, was zu tun ist. Ein verstörendes Gefühl: Wenn man entdeckt, dass die Erwachsenen nicht besser für eine Situation gewappnet sind als die Jugendlichen.

Niemand sagt, wohin die Studenten aus den anderen Etagen verlegt werden. Aber Mei sieht vom Fenster aus, was passiert. Zehn Stockwerke tiefer strömen diejenigen, die dem Erreger nicht ausgesetzt waren, wie Ameisen aus dem Wohnheim, vollgepackt mit schweren Lasten. Den ganzen Tag lang reißt der

Strom von Koffern über den Asphalt nicht ab. Und die ganze Zeit dringen die fernen Stimmen durch die Fliegengitter, während dort unten eine Reihe von Bussen am Straßenrand wartet. Es ist, wonach es aussieht: eine Evakuierung.

Ein paar, die gehen, sehen zum zehnten Stock herauf, aber die meisten halten die Köpfe gesenkt und die Blicke abgewandt, als wäre das, was in dieser Etage geschieht, für Außenstehende zu intim.

Keiner spricht von *Quarantäne*, aber Mei schlägt das Wort nach. Es kommt vom italienischen Begriff *quaranta giorni*, vierzig Tage. So lange mussten Schiffe einst warten, bevor sie in den Hafen von Venedig einfahren durften – da man damals hoffte, dass eine ansteckende Krankheit nach dieser Zeitspanne geheilt sein würde.

Am ersten Tag ihrer Gefangenschaft bringen zur Abendessenszeit zwei Männer aus der Mensa einen Wagen voller Sandwiches herauf. Sie tragen weiße Papiermasken, und ihre Stimmen klingen gedämpft, wie die von Chirurgen. Mei sieht genau, was ihnen durch den Kopf geht. Die Art, wie einer der beiden die Fahrstuhltür aufhält, während der andere die Kartons auf dem Teppich abstellt, lässt erahnen, dass sie sämtliche Bewegungen vorab geplant haben, um so wenige Sekunden wie möglich in der kontaminierten Luft verbringen zu müssen.

Bereits jetzt fühlt sich das Stockwerk kleiner an, zu klein. Und es kommt Mei so vor, als nähme die Zahl der Jugendlichen zu. Ihre Hände auf den Türgriffen. Ihre Finger, die die Lichtschalter betätigen. Ihre nackten Füße auf dem Teppich, ihr Speichel in den Waschbecken, und wo man hinschaut, schweben ausgefallene Haare durch die Luft.

Es ist schwer, Hunger zu haben. Mei konzentriert sich aufs Kauen und den kalten Salat zwischen ihren Zähnen, während die anderen Mädchen miteinander reden und sich beklagen.

Vom ersten Moment an drehen sich ihre Gespräche vor allem darum, was sie alles nicht tun und wen sie nicht treffen können. »Wenn wir es gewohnt wären, voneinander getrennt zu sein, würde es uns leichter fallen«, sagt eine von ihnen, deren Freund, wie sie sagt, in einem anderen Wohnheim lebt.

Bereits jetzt, nach gerade mal vierundzwanzig Stunden, scheinen sich die Tage länger hinzuziehen. Vielleicht ist ja ein Minimum an eigener Bewegung nötig, damit die Zeit voranschreitet. Und sie stecken alle an diesem Ort fest.

Meis Mutter ruft wieder an.

»Wir können nicht andauernd telefonieren«, sagt Mei und hält die Hand vor den Mund, während sie spricht, als wäre irgendwer bei ihr, der es sähe.

»Ich mache mir nur Sorgen«, entgegnet ihre Mutter. »Ich mache mir solche Sorgen.«

Ihre Stimme klingt hektisch und dünn und beruhigt Mei kein bisschen, stattdessen hat sie während ihrer Telefonate permanent das Gefühl, einen schmerzenden Zahn mit der Zunge zu berühren.

»Es geht mir gut«, sagt Mei.

Während sie spricht, ist sie sich ihrer eigenen Stimme bewusst, die wie verstärkt von den bloßen Wänden widerhallt. Beim Umzug in diesen Raum hat sie nur eine einzige Tasche mitnehmen dürfen. Das alte Zimmer, in dem Kara krank wurde, ist mittlerweile mit gelbem Absperrband versiegelt. Hier drinnen in der einsamen Akustik des leeren Raums gibt es nichts, was den Klang ihrer Stimme dämpfen könnte.

»Wissen sie inzwischen, was es ist?«, fragt ihre Mutter erneut.

Draußen im Korridor hört Mei einen der Jungen, einen Dauerläufer, der immer wieder auf seiner improvisierten Laufstrecke zwischen den gegenüberliegenden Enden des Stockwerks hin- und herjoggt. Schräger Matthew nennen ihre

Kommilitonen ihn, um ihn vom anderen Matthew zu unterscheiden. Aber warum sollte er nicht joggen?

»Ich habe es dir doch gesagt«, sagt Mei. »Ich habe keine Ahnung.«

Sie kann ihre Mutter am anderen Ende atmen hören. »Ich hab dich lieb«, hört sie sie sagen, aber es klingt steif. Da man so etwas in ihrer Familie nicht laut ausspricht, fühlen sich die Worte zwischen ihnen extrem an und wirken eher gefährlich als zärtlich.

»Ich dich auch«, antwortet Mei.

Anschließend lauscht sie eine Weile den Geräuschen, die der Junge beim Laufen im Gang macht. Sie hat einmal mitbekommen, wie er erzählt hat, er würde für einen Marathon trainieren. Er mag es, barfuß zu laufen, sagt er, wie die Kenianer oder die alten Griechen, so wie die Menschen es eigentlich tun sollten. Jetzt erklingen seine Schritte auf dem Teppich. Jedes Mal, wenn er die Tür passiert, fällt ein Schatten herein, der sich nähert, verschwindet und wieder zurückkehrt, wie das stetige Ticken einer Uhr.

Am zweiten Tag ihrer Quarantäne ist auf dem Parkplatz, zehn Stockwerke unter dem Fenster des Studierzimmers, eine Botschaft zu sehen. In riesigen weißen Buchstaben aus Kreide oder Mehl hat irgendwer den Namen eines Mädchens geschrieben: Ayanna. Und gleich daneben sticht noch etwas anderes, vielleicht ein Code oder eine Abkürzung, breit und blendend hell vom Asphalt ab. Ganz in der Nähe sitzt ein Junge blinzelnd in der Sonne und wartet darauf, dass sein Werk entdeckt wird.

Mei fühlt, wie viele Stunden in diesen Buchstaben stecken, in der Planung und der Arbeit, die dieser Junge mit gekrümmtem Rücken auf sich genommen hat. Für Mei hat sich noch kein Rücken derartig gekrümmt.

»Was für eine Zeitverschwendung«, sagt Schräger Matthew, der Dauerläufer. Er steht ebenfalls am Fenster, barfuß und verschwitzt, und trinkt Wasser aus einer Thermosflasche. »Oder?«, fragt er.

Nicht weit von ihnen entfernt geht geräuschvoll ein Fenster auf. Ayanna, das Mädchen von Barbados, trägt einen Pyjama und winkt dem Jungen mit weitausholenden Bewegungen zu. Dieses Mädchen, das meistens T-Shirts mit V-Ausschnitt über Jeans trägt und dazu Flip-Flops, die seine rosa Zehennägel zeigen, ist mit den weißen Zähnen und der samtigen Haut auf unspektakuläre Weise schön. Sie spricht mit einem süßen melodischen Akzent. Sämtliche Jungs sind in sie verliebt und vielleicht auch die Mädchen, die ihr verzeihen, dass sie so umwerfend ist – denn es ist nicht nur ihr Aussehen, das sie so strahlend macht, sondern auch ihre Wärme. Ihre Wangen glühen vor unverfälschter Freundlichkeit. Sie ist das einzige Mädchen auf dem Flur, das Mei freundlich behandelt.

Als er Ayanna erblickt, steht der Junge auf dem Parkplatz auf und winkt mit beiden Armen, wie jemand, der einen Rettungshubschrauber braucht. Ayanna ruft etwas zu ihm hinunter, aber er kann sie nicht verstehen. Er hält sich die Hand ans Ohr, und gleich darauf unterhalten sie sich am Telefon, wobei sie einander immer noch zuwinken. Es sieht aus, als kommunizierten sie durch die gespannte Schnur eines Dosentelefons.

Mei sieht ihnen durch das Fenster zu, bis mit einem Mal Traurigkeit in ihr aufsteigt, so schnell wie ein Adrenalinstoß, und sie den Vorhang zuzieht.

Sie ruft ihre alte Freundin Katrina an. Inzwischen sieht sie ein, dass sie mit Katrina nach Berkeley hätte gehen sollen. Oder an die CalArts, wie sie eigentlich vorgehabt hatte. Dort hätte sie einen Abschluss in ihrem Lieblingsfach machen können: Zeichnen, Malen oder vielleicht auch beidem. So ein Mist! sagt Katrina, als Mei ihr von Kara und den anderen erzählt, und da spürt Mei, dass ihre Kindheitsfreundin ihr entgleitet. Das Wort *Mist* klingt so gar nicht nach ihr. Alle entgleiten ihr.

Am selben Tag kommen zwei neue Ärztinnen zu ihnen aufs Stockwerk. Eine ist eine Spezialistin für irgendwas und stammt von der Ostküste. Sie trägt einen grünen Krankenhauskittel, grüne Handschuhe und einen dicken beigefarbenen Mundschutz, der so frisch und sauber aussieht, als hätte sie ihn gerade erst aus der Packung gezogen.

Sie betrachtet die Augen der Studierenden, leuchtet ihnen in den Rachen und hört ihren Herzschlag ab. Es scheint sie überhaupt nicht zu erleichtern, dass alle auf der Etage ohne Beschwerden aufgewacht sind.

»Die Inkubation könnte lange dauern«, sagt sie, so als wären ihre Körper Zeitmessinstrumente, was sie irgendwie ja auch sind. »Je länger es dauert, bis die Krankheit ausbricht«, erklärt sie, »desto weiter kann sie sich verbreiten.«

Als Mei mit der Untersuchung dran ist, gibt die Ärztin ihr eine Maske, von der Gummibänder baumeln. Sie sieht wie die aus, die sie aufhat. »Ab sofort«, sagt sie, »musst du sie immer aufsetzen.« Sie benimmt sich wie jemand, der es mit gefährlichen Chemikalien in einem Labor anstatt mit Menschen zu tun hat.

Mei fixiert ihr Gesicht auf die gleiche Weise, wie sie im Flugzeug während einer Turbulenz die Stewardessen im Auge behält: Solange sie noch Kaffee ausschenken, weiß man, dass alles in Ordnung ist, denn manche Unregelmäßigkeiten bringen nur die Unerfahrenen und Laien aus der Ruhe. Doch das angespannte Gesicht dieser Medizinerin lässt sie vermuten, dass eine Expertenausbildung den gegenteiligen Effekt hat.

»Und du solltest jeglichen Körperkontakt vermeiden«, sagt die Ärztin. »Keine Küsse«, fügt sie hinzu. »Und kein Sex.«

Mei spürt, wie ihre Wangen heiß werden. Manchmal fühlt sie sich wie ein Kind.

Die zweite Ärztin hat ein anderes Fachgebiet. Möglicherweise ist sie eine Psychiaterin oder so etwas. Sie fragt, wie

Kara sich vor ihrem Tod gefühlt hat. »Weißt du, ob deine Mitbewohnerin kürzlich irgendwelche verstörenden Nachrichten erhalten hat?«

»Ich habe sie nicht sehr gut gekannt«, antwortet Mei.

»Hat sie je irgendwelche düsteren Gedanken erwähnt?«

»Mir gegenüber nicht«, sagt Mei.

»Und was ist mit den anderen?«, will die Ärztin wissen.

Mei schüttelt den Kopf.

»Die kannte ich auch nicht.«

Anschließend wirken sie alle viel mehr wie Patienten als zuvor, mit den eng über die Gesichter gespannten Masken. Unter dem Papier wird Mei warm. Sie spürt ihren eigenen Atem, und es fällt ihr schwer, nicht darüber nachzudenken, wie gefährlich das Luftholen ist. Es fühlt sich an, als wäre die Wahrscheinlichkeit einer Ansteckung mit diesen Masken gestiegen und nicht gesunken.

Unterdessen breitet sich ein neues Leiden im Wohnheim aus – eine Langeweile, wie Mei sie noch nie erlebt hat.

Lange Zeit blickt sie aus dem Fenster des Studierzimmers auf den schimmernden See hinaus, der in der Ferne unter der Sonne immer weiter zusammenschrumpft. Das zurückweichende Wasser hat auf dem Sand eine Vielzahl von verlorenen Dingen hinterlassen: vor Jahrzehnten gesunkene Segelboote und auch einen alten, total verrosteten Lastwagen, der nur noch an seinen Umrissen zu erkennen ist. Plötzlich findet sie diese Landschaft, die ihr bislang so romantisch erschien, beunruhigend. Die kranken und vertrockneten Wälder, die die Hänge rund um den See säumen. Von ihrem Biologieprofessor weiß sie, dass die Bäume auch lange nach ihrem Tod noch stehen bleiben, selbst wenn ihre Äste vom Feuer geschwärzt sind oder Käfer ihre Stämme ausgehöhlt haben. Sie halten sich einfach weiterhin aufrecht, wie Grabsteine.

Auf einmal muss sie an Kara denken, an den Körper des Mädchens – ihre Knochen. Wie lächerlich es doch ist, dass heutzutage ein körperliches Leiden noch immer den Verstand auslöschen kann.

Nach einer Weile fragt eines der Mädchen: »Was schaust du dir da an?« Als ob Mei eine Möglichkeit der Zerstreuung entdeckt hätte, die sie nicht für sich behalten dürfte, sondern mit den anderen teilen müsste.

»Nichts«, erwidert Mei. Sie sieht zu, wie der Wind auffrischt und die Kreidebuchstaben von Ayannas Namen Stückchen für Stückchen wegweht.

In diesem Moment erklingt hinter ihr die Stimme eines Jungen. »Stell dir einen führerlosen Zug vor«, sagt er ohne jede Einleitung.

»Was?«, fragt sie.

Es ist Matthew, der Schräge Matthew, barfuß und in kurzer roter Laufhose. Seine Maske sitzt ihm schief auf dem Gesicht. »Stell dir vor, dass fünf Menschen an die Gleise gefesselt sind«, fährt er fort.

»O Gott«, sagt eins der anderen Mädchen im Studierzimmer. »Nicht schon wieder diese doofe Zuggeschichte.«

Er ist immer noch ganz verschwitzt von seinem Lauf durch den Korridor. Sie sieht es an seinen dunklen verklebten Locken und den Flecken auf seinem Shirt. Sie kann es riechen.

»Warum sind sie an die Gleise gefesselt?«, fragt sie.

»Das spielt keine Rolle«, sagt er und fixiert sie mit festem Blick, während er spricht. Mei schafft es nicht, ihm in die Augen zu schauen, und bemerkt, dass sein Shirt unter den Achseln Löcher hat.

»Und jetzt stell dir vor, dass es in der Nähe der Gleise einen Weichenhebel gibt. Wenn du ihn betätigst, kannst du den Zug auf ein anderes Gleis umlenken und diese Leute retten.«

Aber die Sache hat einen Haken: An das andere Gleis ist ebenfalls jemand gefesselt.

»Wenn du den Hebel umstellst«, sagt er, »rettest du fünf Menschenleben, tötest aber jemand anderen.« Matthews ganzer Körper vibriert. Ihn scheint eine Energie zu durchströmen, die er nicht kontrollieren kann. Und sie kommt in einem Wortschwall aus ihm heraus, den er an ein Mädchen richtet, mit dem er noch nie zuvor gesprochen hat.

»Legst du den Hebel um?«, verlangt er zu wissen.

Es tut gut, sich in ein Problem zu vertiefen, das so wenig mit ihr zu tun hat, und möglicherweise ist das bereits jetzt die längste Unterhaltung, die Mei je auf diesem Stockwerk geführt hat.

»Kenne ich diese Leute?«

Die Frage erscheint ihr relevant. Aber Matthew schüttelt den Kopf, als wäre dies ganz und gar nicht der Fall. Als wäre sie völlig bedeutungslos.

»Ich schätze, ich müsste den Hebel betätigen«, sagt sie.

»Ja, oder?«, antwortet er. Offenbar hat ihn ihre Antwort bestätigt und irgendwie erleichtert.

Plötzlich herrscht Unruhe im Flur. Die Krankenschwestern sind gekommen, um bei den Anwesenden erneut die Temperatur zu messen.

Matthew redet weiter. »Aber was ist, wenn es keinen Hebel gibt? Wenn du den Zug nur stoppen kannst, indem du etwas Schweres auf das Gleis wirfst? Und was, wenn das einzig Schwere in greifbarer Nähe ein wirklich dicker Mann ist?«

Ihr ist klar, worauf er hinauswill.

»Schubst du den Mann auf die Schienen?«, fragt er.

Diesmal fällt ihr die Antwort leicht. »Nein, auf keinen Fall.«

»Aber ist es nicht dasselbe, wie den Hebel umzulegen?«, hakt er nach. »In beiden Fällen tötest du einen Menschen, um fünf zu retten.«

»Ich finde, dass das gar nicht dasselbe ist.«

Eine der Krankenschwestern platzt in das Studierzimmer. »Hey«, ertönt ihre Stimme hinter der Maske. Während sie geht, raschelt ihr grüner Kittel. Sie droht ihnen mit ihrem grün behandschuhten Finger. »Das ist zu nah, ihr beide. Immer fünf Schritte Abstand halten.«

Mei tritt zurück, aber Matthew bleibt stehen, wo er ist. Entweder hat er sie nicht gehört, oder es ist ihm egal.

Die anderen liegen den ganzen Tag im Flur herum und warten darauf, dass etwas passiert, dass sich irgendwas verändert oder wenigstens die nächste Mahlzeit kommt. Nach nur wenigen Tagen sind sie alle schlapp und schläfrig geworden, aber wer kann sagen, woran das liegt: an der Krankheit oder der Tatenlosigkeit?

Ununterbrochen sprechen sie über das Wetter. Der Himmel scheint endlos, die Sonne lacht, und im Nachmittagslicht sehen die Blätter der Pflanzen fast transparent aus. Ohne auf die Fliegen zu achten, entfernen sie die Gitter vor den Fenstern und lassen die Arme über die Fensterbänke baumeln, nur um die frische Luft auf der Haut zu spüren.

Mei kann sich vorstellen, wie all diese Köpfe in den Fenstern aussehen müssen, wie von Leuten, die in einem brennenden Haus eingeschlossen sind. Aber sie muss sich den Anblick gar nicht vorstellen, denn auf dem Parkplatz haben zwei Lieferwagen mit Reporterteams Stellung bezogen, und ihre Live-Bilder werden landesweit übertragen. *Das sind wir*, sagen sie und deuten mit den Fingern. *Wir sind im Fernsehen.*

Aber die Aufregung ist bald wieder vorbei. In immer kürzeren Abständen kehrt die Langeweile zurück. Und erstaunlich schnell haben sie das Gefühl, dass diese Gefangenschaft niemals enden wird.

Am dritten Tag durchbricht schließlich einer von den Jungs die Monotonie. Es ist der Gitarrist, den sie Trinker Todd nennen. Da er meistens lange schläft, fällt bis zum Mittag keinem etwas auf.

Sie hören ihn atmen, während er rücklings auf der Trage durch den Flur gleitet. Die Sanitäter sehen wie Ruderer aus, und seine Augenlider sind so rosig wie die eines Kindes. Er ist seit drei Tagen der Erste, der das Stockwerk verlässt.

Diesmal nehmen die anderen die Nachricht ruhig auf, so als wären sie schon ihr ganzes Leben dieser Gefahr ausgesetzt. Sie sind siebzehn oder achtzehn, aber manche Fähigkeiten meistert man schnell, wie eine Universalgrammatik, die nur darauf wartet, verwendet zu werden.

Noch am selben Nachmittag sitzt Mei im Studierzimmer, um etwas zu lesen, als Ayanna plötzlich den Kopf auf den Tisch legt. Sie sind die beiden Einzigen im Raum, zwei Menschen, die sich im stillen Einvernehmen mit ihren jeweiligen Büchern beschäftigen. Und es ist keine große Sache, als Ayanna ihres zur Seite legt und sich noch die Zeit nimmt, sich die Seite einzuprägen, bevor sie ganz behutsam den Kopf senkt. Es ist kein Ohnmachtsanfall. Kein Kollaps. Ihre weiße Maske verrutscht nicht, sondern bleibt schön ordentlich in ihrem Gesicht.

»Alles in Ordnung bei dir?«, fragt Mei von der anderen Seite des Zimmers aus. Ihr Herz beginnt zu pochen.

Es kommt ihr übergriffig vor, jemand zu wecken, den sie kaum kennt. Mei berührt sie an der Schulter und flüstert ihren Namen. Ein Rechteck aus Sonnenlicht bescheint Ayannas Rücken. »Alles in Ordnung?«, fragt Mei noch einmal.

Ayanna flüstert etwas. Es klingt beruhigend. Und sie nickt leicht. Ganz eindeutig. Dieses Nicken wird Mei vor allem im Gedächtnis bleiben – und wie sehr es sie erleichtert.

Sie kehrt zu ihrem Stuhl am Fenster zurück.

Nicht lang danach schwingt die Tür auf, und Matthew tritt ein. Ihr fällt auf, dass sie sich darüber freut, diesen eigenartigen Jungen zu sehen. Vielleicht will er ihr ja noch einmal eine Frage stellen und wissen, was sie denkt.

Er hat tatsächlich eine Frage. Sie lautet:

»Was zum Teufel …?« Die Worte dringen gedämpft durch seine Maske. »Ayanna?«

»Ihr geht's gut«, sagt Mei und legt ihr Buch in den Schoß. »Ich glaube, sie ist bloß müde.«

»Ayanna«, sagt er. »Ayanna.«

Diesmal bleibt Ayanna still. Während Matthew sie schüttelt, rutscht einer ihrer Arme unter dem Gesicht weg, und ihre Wange klatscht leise auf den Tisch. Als Nächstes kippt ihr Kopf ein wenig zur Seite, und ihr Arm baumelt vom Tisch herab.

Matthew dreht sich zu Mei um. »Und du sitzt nur auf deinem Stuhl und tust nichts?«

Ihre Stimmen ziehen die anderen magnetisch an, und der Raum beginnt allmählich, sich zu füllen. »Ayanna«, sagen sie immer wieder durch ihre Masken. Einige haben Angst, sich ihr zu nähern. »Ayanna«, rufen sie von weiter weg. »Ayanna.«

Irgendwo in einem anderen Wohnheim macht der Junge, der dieses Mädchen liebt, in diesem Moment wahrscheinlich Popcorn oder seine Wäsche. Vielleicht denkt er gerade an sie.

»Sie hat gesagt, es ginge ihr gut«, erklärt Mei den anderen, aber sie hören ihr nicht zu. Ihr wird heiß unter der Maske, und ihre Augen fangen an zu brennen. »Sie hat gerade eben noch gesagt, dass bei ihr alles in Ordnung wäre.«

Ayannas Kopf ruht nun schwer auf der Tischplatte. Man muss ganz genau hinsehen, um zu erkennen, wie sich der Rücken beim Atmen ganz leicht hebt und wieder senkt. Es ist eine beunruhigende Entwicklung: zwei Fälle an einem Tag.

»Und die hier«, sagt Matthew und zeigt auf Mei, »sitzt einfach bloß rum und liest, als ob überhaupt nichts wäre.«

Als die Sanitäter eintreffen und Ayanna abholen, hat sich Mei bereits in ihr Zimmer verzogen und kuschelt sich in ihr Bett mit den leuchtend grünen Bezügen, die sie im August so sorgfältig ausgesucht hat, die Bettwäsche des Mädchens, das sie am College sein wollte, nicht mehr so ernst, vielleicht ein bisschen wunderlich und etwas mutiger.

Sie spürt einen Kloß im Hals. Tränen. Durch die Wand dringt das leise Murmeln des Fernsehers von nebenan. Gibt es ein noch einsameres Geräusch?

Da sie lange Zeit allein in ihrem Zimmer bleibt, erfährt sie das Neueste erst am nächsten Tag: Zwei weitere Mädchen sind erkrankt.

KAPITEL 10

Die Augenlider flattern. Die Atmung geht unregelmäßig. Der Muskeltonus ist sichtbar schlaff. Catherine bemerkt diese Symptome bei allen Patienten. Möglicherweise träumen die Schlafenden.

Was für eigenartige Fälle. Ihre Neugier ist der Hauptgrund dafür, dass sie immer wieder die zeitraubende Fahrt nach Santa Lora auf sich nimmt.

Bei ihrem dritten Besuch bestätigt es ein Schlafexperte: Die Aufzeichnung der Hirnaktivitäten zeigt, dass die Schlafenden tatsächlich träumen.

Catherine hat sich nie sonderlich für Träume interessiert, denn mittlerweile beschäftigt sich die Psychiatrie mit anderen Themen. Die meisten ihrer Kollegen würden erklären, Träume seien bedeutungslos, eine Art geistiger Abfall, der aus zufälligen elektrischen Impulsen des Gehirns resultiere. Bestenfalls, so würde der eine oder andere vielleicht noch hinzufügen, seien Träume wie die Religion ein Phänomen, das sich der wissenschaftlichen Überprüfung entziehe.

Doch während ihrer langen Heimfahrt an diesem Abend fragt sie sich immer wieder, wovon diese Jugendlichen wohl träumen mögen.

Vielleicht von den Verschwundenen und Verblichenen, den einst Vertrauten und nun Toten. Sicher träumen sie von ihren Geliebten, den echten und den eingebildeten, von jenem Mädchen in der Bar oder diesem Jungen, den sie noch von früher kennen. Oder sie träumen, wie Catherine es manchmal tut, von langweiligen Dingen wie unordentlichen Schreibtischen und Computermonitoren, dem Befüllen der Waschmaschine, klapperndem Geschirr und dem Rasen, der längst gemäht werden muss. Dass sie fliegen können. Oder töten. Vielleicht träumen sie, dass sie schwanger sind und sich darüber freuen. Oder dass sie schwanger sind und deswegen verzweifelt. Möglicherweise finden ein oder zwei von ihnen im Traum auch die Lösung für Probleme, mit denen sie sich schon seit Jahren herumschlagen – wie jener deutsche Chemiker aus dem 19. Jahrhundert, der behauptete, dass ihm die bis dahin unentdeckte Struktur der Verbindung Benzol im Traum erschienen sei.

Wenn einer dieser Jugendlichen träumt, dass er aus großer Höhe herunterfällt, wird er – zum ersten Mal in seinem Leben – nicht vor dem Aufprall erwachen, sondern ihn durchleben und anschließend weiterträumen.

Der Inhalt dieser Träume kann natürlich nicht erfasst werden, aber bei ein paar der Patienten werden die dazugehörigen Gehirnwellen mit Elektroden gemessen und auf Bildschirme übertragen, wie Silhouetten aus dem Jenseits.

Was dabei zu sehen ist, schockiert Catherine genauso wie die Schlafexperten. Anders als bei gewöhnlichen Schlafenden oder Komapatienten leuchten diese Gehirne außergewöhnlich stark.

Als Catherine zu Hause in die Einfahrt biegt, ist die Nachricht bereits an die Presse durchgesickert und tönt aus ihrem Autoradio: In diesen Köpfen herrscht mehr Aktivität, als je zuvor in einem menschlichen Gehirn aufgezeichnet wurde – egal, ob im Schlaf- oder Wachzustand.

KAPITEL 11

Am selben Abend in der Küche eines großen grauen Hauses, zehn Seitenstraßen vom College entfernt: Eine Mutter singt ihrem neugeborenen Baby etwas vor. Ein Vater bereitet das Abendessen zu.

Natürlich haben sie die Nachrichten gehört. Natürlich. Doch in diesem Moment, zehn Tage nachdem alles begonnen hat, kann er immer noch den Geruch der Zwiebeln genießen, die in der Pfanne schmoren, und wie warm sich der Kopf des Säuglings unter seiner Hand anfühlt. Während er den Wein öffnet, sagt er zu Annie: »Siehst du? Allmählich wird es leichter, oder?«

Das Baby ist siebzehn Tage alt.

Sie sind neu in Santa Lora, Ben und Annie, und als Gastprofessoren hier. Ihre Umzugskartons stehen noch immer auf dem Kiefernholzboden herum, ihre Bücher haben sie wie Feuerholz im Esszimmer aufgestapelt, die auseinandergebauten Regale warten darauf, dass sie jemand zusammenschraubt, und ihre Drucke lehnen nach wie vor in braunes Packpapier eingeschlagen an den Wänden. Außerdem liegt irgendwo ein Fußball, sauber und weiß, den sie aus einer Laune heraus zusammen mit dem Grill für den Garten gekauft haben ... Ein Garten, das muss man sich mal vorstellen! Ein eigenes Zimmer für das Baby. Ein ganzes Haus. Sie sind berauscht von so viel Platz. Sie sind jung, aber nicht mehr *so* jung. Dies sind die letzten Jahre ihres Lebens, in denen man sie immer noch so bezeichnen kann.

Annie sitzt in einem T-Shirt und Boxershorts am Küchentisch. Das sind ihre Schlafsachen. Sie hat sie nun schon seit Tagen an und trägt keinen BH unter dem Baumwolloberteil. Ihre Brüste haben sich so verändert, dass sie zu jemand anderem zu gehören scheinen. Sie sind viel voller als zuvor, und die Warzenhöfe sind größer und dunkler geworden.

Grace liegt schlafend in ihren Armen und hat einen ihrer kleinen rosigen Füße über den anderen geschlagen.

»Kannst du noch eine Flasche auftauen?«, fragt Annie.

Ihr Milcheinschuss hat sich verzögert. Eine Zeit lang hat das Baby immer weniger Gewicht auf die Waage gebracht, und es kam ihnen so vor, als würde es bald davonschweben, während sie wie zwei Tiere darauf warteten, dass ihr Kleines wächst und gedeiht. Sie sei ein zierliches kleines Ding, hat in der ersten Woche eine der Krankenhausschwestern zu ihr gesagt, woraufhin Annie sofort in Tränen ausgebrochen ist, vielleicht wegen der Hormone oder aus Erschöpfung. Möglicherweise aber auch aus einem viel einfacheren Grund: Liebe.

Doch sie haben einen guten Tag. Das Baby nimmt endlich zu, vor allem dank der Milch anderer Frauen, die Mütter mit zu hoher Milchproduktion dem Krankenhaus spenden. Vor Kurzem wäre Ben das noch sehr seltsam vorgekommen – Milch, die aus den Brüsten anderer Frauen abgepumpt worden ist –, aber jetzt ist etwas anderes wichtiger. Es zählt nur, dass seine Tochter bekommt, was immer sie benötigt.

Während Annies Narbe abgeheilt ist, hat er gelernt, das Baby zu baden. Er hat sich selbst beigebracht, Windeln zu wechseln. Und er muss auch alles andere waschen, das Geschirr, das Bettzeug und die Kleidung. Ständig hört er Fläschchen in der Spüle klappern. So viel Arbeit und kein Sex, und an vielen Tagen schafft er es nicht einmal zu duschen. Vor siebzehn Tagen hat sich ihr Schlaf verändert: Er ist kurz und abrupt geworden, und es ist, als versuchten sie, Durst mit Salzwasser zu stillen – wenn sie aufwachen, sind sie noch müder als beim Einschlafen. Jede Stunde ist ausgefüllt, es gibt keinen Augenblick, in dem sie nicht beschäftigt sind. Genau das hat er immer befürchtet, wenn er sich das Leben mit einem Baby ausgemalt hat. Aber was er vorher nicht geahnt hat und was er sich nicht vorstellen konnte, ist, wie schön es sein kann, sich in dieser Weise zu verausgaben.

An diesem Abend hat sich jedoch plötzlich eine mehrminütige Pause ergeben, eine unerwartete Stille, in der ihnen freudig bewusst geworden ist, dass sie vielleicht zum ersten Mal seit Wochen genug Zeit haben könnten, einen Salat anzumachen und einen Fisch zu braten.

Ich bin mit meiner Frau zusammen, denkt Ben, während er den Salat in der Spüle putzt, und wir haben eine gemeinsame Tochter, Grace – schon allein ihren Namen zu sagen macht ihm Freude. Wie schön es ist, sich diese Tatsachen bewusst zu machen, so unkompliziert, so friedlich.

Es ist nicht so, dass sie komplett ignorierten, was am College geschieht. Das zu behaupten wäre nicht ganz fair. Ein paar kranke Fremde – diese armen Kids, aber keiner aus ihren Kursen – sind nur eine der schrecklichen Geschichten, die sie jeden Tag ausblenden müssen. Die Augen zu verschließen kann eine Überlebenstaktik sein.

Annie sieht zur Hintertür. Er bekommt nicht richtig mit, was sie sagt.

»Was meinst du?«, fragt Ben. Er dreht das Wasser ab, um sie besser verstehen zu können.

»Hörst du das?« Sie steht mit dem Baby auf, das sofort zappelt und sich windet. Es hat so eine Art, wie ein Fisch den Rücken zu krümmen, wobei sich sein Gesicht vor Anstrengung rötet. »Die Vögel«, sagt Annie. »Sie drehen völlig durch.«

Aus dem Garten ertönen die aufgebrachten Schreie der Schwalben, die unter der Klimaanlage leben. Ihr Nest klemmt zwischen dem Gerät und dem Fensterbrett. Es war eine ihrer ersten Entdeckungen hier. Der Anblick des Nests hat sie sogar noch mehr gerührt als die kleinen Gänseküken, die immer in der Dämmerung auf dem See schwimmen, weil sie das Gefühl hatten, an einen Ort gekommen zu sein, in dem es vor Leben so sehr wimmelt, dass sogar die Klimaanlage welches ausbrütet.

Annies Job im Physiklabor des Colleges ist auf zwei Jahre

befristet, und er hat nur eine Teilzeitstelle als Literaturdozent bekommen. Aber dass sie sich damit bescheiden müssen, hat auch etwas Anheimelndes, genau wie die krummen Holzdielen unter ihren Füßen, eine wohlige Kargheit.

»Meinst du, da draußen ist irgendwo ein Falke?«, fragt Annie. Mit Grace in der Armbeuge stößt sie das quietschende Fliegengitter auf. Da sie immer noch Schmerzen vom Kaiserschnitt hat, bewegt sie sich nur langsam. »Vielleicht sind sie deswegen so unruhig.«

Barfuß steht sie im Garten und späht durch ihre Brillengläser. Ihre dunklen Haare sind locker im Nacken zusammengebunden und genauso ungewaschen wie seine.

Sie sucht den allmählich dunkler werdenden fahlblauen Himmel ab. Hinter ihrem Zaun erstreckt sich der Wald. Dicht an dicht bedecken die Pinienbäume einen Hang, an dessen oberen Ende in ungefähr einer Meile Entfernung ein riesiger dunkler Fleck zu sehen ist. Die kahlen Äste stammen vom letzten Großbrand.

Die Schwalben in ihrem Garten flattern zwischen dem Nest und dem Olivenbaum hin und her. Das gelbe Haus nebenan sieht leer aus.

»Hallo, Vögel«, sagt Ben, um Annie aufzumuntern. »Was habt ihr Kerlchen denn?«

Er liebt es, wie ihr Mund aussieht, wenn sie lächelt, ihre kleinen, nicht ganz geraden Zähne und die mit Pflegebalsam bedeckten Lippen.

»Ja«, sagt sie. »Was stimmt mit euch Kerlchen nicht?«

Ihre Vögel hören nicht auf zu kreischen. Ja, sie betrachten sie wirklich als *ihre* Vögel.

Plötzlich reißt Grace die Augen auf und spreizt blitzschnell die Ärmchen zu den Seiten weg, als hätte sie etwas erschreckt.

»Hörst du das, Gracie?«, fragt Ben. »Das sind Vögel. Vögel sind die einzigen Tiere, die fliegen können.«

Ihnen wurde geraten, so viel wie möglich mit ihr zu sprechen, aber dazu hätte man sie nicht extra auffordern müssen, da sie gar nicht anders können, als ihr alles zu erzählen, was ihnen gerade einfällt.

Nach nur drei Monaten hier fühlt sich ihre Wohnung in Brooklyn bereits wie ein Käfig an, aus dem sie zu guter Letzt ausbrechen konnten. Dieses knapp dreißig Quadratmeter große Apartment war der Schauplatz von sehr viel Unglück. Und was für ein Glück, sich in seiner Freiheit hier wiederzufinden, an diesem Ort mit den Bergen und dem Staatsforst, der an drei Seiten angrenzt. Hier, wo der Duft von Pinienharz über die Zäune weht, sitzen sie abends draußen auf den Adirondack-Stühlen, die sie für zehn Dollar bei einem Hofflohmarkt ergattert haben, lauschen den Zikaden, die in den Bäumen zirpen, und hören die Stimmen der Kinder, die im Wald spielen. Die Sterne – man kann sie richtig sehen. Und die Hütten – manche Leute wohnen hier wirklich noch in Holzhütten. Und die Erdbeeren und die Tomaten und die Avocados und der Mais, die am Obst- und Gemüsestand verkauft werden. Er steht am Rand der Straße, die in die Stadt führt, und wird jeden Tag mit den Früchten des Tals bestückt, das sich darunter ausdehnt. Hier haben sie während dieser letzten Monate auf die Ankunft des Babys gewartet. Kalifornien.

Ein zweites Geräusch ertönt, mindestens genauso nervig: die Türklingel. Irgendjemand drückt sie immer und immer wieder. Annie und er wechseln einen Blick, der ihre ganze Überraschung ausdrückt. Es laut auszusprechen ist nicht nötig. In einer effizienten Ehe kann man sich über vieles verständigen, ohne etwas zu sagen.

Ben geht zur Tür und öffnet. Eines der Nachbarmädchen, das jüngere, steht mit Sandalen an den Füßen auf ihrer Veranda. Sie sieht genauso aufgebracht aus wie die Vögel.

»Entschuldigung«, sagt sie mit brechender Stimme und

blinzelt. In ihren dunklen Augen stehen Tränen, ihre Wangen sind gerötet.

Sie ist zehn oder elf Jahre alt und kaut auf einer Haarsträhne herum. Er ist es nicht gewohnt, mit Kindern zu sprechen.

»Fehlt dir etwas?«, fragt er.

Im nächsten Moment steht seine Frau neben ihm und übernimmt die Gesprächsführung. »Mein Gott«, sagt sie und schlägt die Hand vor den Mund. »Was ist denn los?«

»Es ist ein Notfall«, sagt das Mädchen. Ihre Ohren zieren kleine Stecker in der Form und Farbe von Marienkäfern.

Annie streckt die Hand nach ihrer Schulter aus, aber das Mädchen weicht einen Schritt zurück.

»Ich darf niemanden berühren«, sagt sie.

Annies Blick huscht zu Ben hinüber. »Wie meinst du das?«, fragt sie, aber das Mädchen antwortet nicht.

Sie beobachten die Schwestern schon eine ganze Weile. Sie sehen sie morgens zum Bus gehen und abends das Gemüse gießen. Sie wissen, dass die beiden manchmal auf den Fensterbrettern oder dem Witwensteg auf dem Dach dieses großen alten Hauses sitzen und etwas lesen.

Sie wirken leise und zurückhaltend, ganz anders als ihr Vater, der eines Tages herübergekommen ist, um sie wegen irgendeines Baums anzusprechen. Annie und er konnten ihn nicht davon überzeugen, dass sie nur Mieter sind und die Eigentümer des Hauses die Tanne umgesägt haben müssen.

»Sag uns einfach, was du brauchst«, sagt Annie zu dem Mädchen.

Nebenan öffnet sich ein Fenster, und die ältere Schwester beugt sich heraus »Libby!«, ruft sie. Es ist merkwürdig, dieses leise Mädchen schreien zu hören. »Komm zurück. Komm wieder rein. Ich meine es ernst.«

Die beiden Mädchen haben Angst – Ben sieht es ihnen ganz deutlich an.

Auf der anderen Straßenseite kommt gerade eine Krankenschwester in ihrer blauen Arbeitskleidung nach Hause. Ben kennt nur ihren Namen, Barbara, weiß aber sonst nichts von ihr. Sie sieht zu ihnen herüber, neugierig, aber vielleicht missbilligend, bleibt jedoch nicht stehen und verschwindet im Haus.

»Bitte«, sagt das Mädchen auf der Veranda. »Ich muss nur ganz kurz in Ihren Garten.«

Er begreift nicht, um was es geht, möchte dem Mädchen aber helfen, ganz egal, was sie braucht. Dieses Mädchen ist seine Tochter in zehn Jahren. Er hat angefangen, dieser älteren Grace lautlos flüsternd Geschichten zu erzählen, während sie auf seiner Brust schläft. Als du ein Baby warst, beginnen sie normalerweise, haben wir in Kalifornien gelebt.

»Na, dann komm«, sagt er zu dem Mädchen.

Da es sich weigert, das Haus zu betreten, nehmen sie den längeren Weg außenrum, alle drei, Annie mit dem Baby, er und das Mädchen. Er öffnet das seitliche Gartentor und stößt es auf. Das Mädchen rennt hindurch.

Sie haben aufgehört, ihr Fragen zu stellen.

Rasch beugt sie sich über etwas im Gras hinter der Eiche. Da bemerken sie es endlich: In dieser Ecke ihres Gartens hockt ein weißes Kätzchen. In seinem Maul steckt eine winzige Schwalbe. Die zarten Flügelchen ragen zwischen den Zähnen hervor.

»Aus, Chloe«, sagt das Mädchen. »Spuck sie sofort aus.«

Später wird Ben an diesen Moment als *archē kakōn* zurückdenken, den verhängnisvollen Anfang allen Übels – ein Begriff, der für griechische Tragödien bezeichnend ist und den er unzählige Male für seine Studenten an die Tafel geschrieben hat –, als ob dieses Kätzchen ein Omen für alles Schreckliche wäre, das noch folgen sollte. Annie würde ihn deswegen auslachen. Seine Frau ist Wissenschaftlerin, Physikerin. Du bist zu abergläubisch, würde sie sagen. Aber ist ihre Physik nicht ebenso sehr eine Form von Magie wie alles andere auch?

Das Mädchen stemmt die Kiefer des Kätzchens auf, bis es den Vogel aufs Gras fallen lässt. Es ist eines der Küken. Tot.

»In unserer Fliegengittertür ist ein Loch«, sagt das Mädchen und nimmt das Kätzchen in beide Hände. »Dieses hier haut ständig ab.«

Sie rennt aus dem Garten, und gleich darauf hören sie die Vordertür ihrer Nachbarn zuknallen.

Ben hockt sich neben den Vogel. Die kleinen Flügel, diese Miniaturkrallen. Er sieht die Wunden, wo sich die Katzenzähne durch die Federn und das Fleisch gebohrt haben.

Über ihm kreischen immer noch die Vögel. Er fragt sich, wie viel ihnen bewusst ist. Wie stark können sie empfinden?

»Glaubst du, es geht ihnen gut?«, fragt Annie. Tränen glitzern in ihren Augen. Seit der Geburt des Babys passiert das immer wieder. Wer weiß, ob es hormonell bedingt ist oder mit ihrer veränderten Weltsicht zu tun hat? »Den Mädchen, meine ich.«

Annie sieht zum Nachbarhaus hinüber und kaut auf ihren Nägeln herum. Das ist ein Tick von ihr und der Grund dafür, dass die Haut um ihre Nagelbetten herum so wund und rot ist. Er berührt ihr Handgelenk, und sie hört damit auf.

»Ich weiß nicht«, antwortet er. Ein drückend vertrauter Missmut nistet sich in seinem Kopf ein. »Ich hoffe es.«

Aber man weiß ja nie, was hinter den verschlossenen Türen anderer Leute vor sich geht. Ihre Nachbarn in Brooklyn haben ganz sicher nicht geahnt, dass Annie im letzten Jahr fast aus ihrer gemeinsamen Wohnung ausgezogen wäre.

Sie wollen sich wieder um ihr Abendessen kümmern, aber die Zwiebeln sind mittlerweile verbrannt, und kurz darauf wacht das Baby auf. Seine Schreie hallen von den Küchenwänden wider.

Ben hat vergessen, ein Milchfläschchen aufzutauen. Also kümmert er sich jetzt darum und schwenkt es in der Küchenspüle unter warmem Wasser, während Annie versucht, Grace selbst zu stillen, doch ihr Körper produziert immer nur wenige Tropfen Milch. Grace sieht verzweifelt aus und zieht andauernd den Kopf von Annies Brüsten weg.

»Es kann doch nicht sein, dass du vergessen hast, das Fläschchen aufzuwärmen«, sagt sie. Sie nimmt es ihm aus der Hand und hält es selbst unter den Hahn. Möglicherweise denkt sie, sie könnte das Eis darin schneller zum Schmelzen bringen als er. Er weiß, was sie nicht sagt – dass er ständig über tausend Dinge gleichzeitig nachdenkt. »Wir haben jetzt ein Kind. Du kannst nicht immer so unzuverlässig sein.«

Ihm ist mittlerweile bewusst, dass ihr Kind sie zusammenbringen, aber auch voneinander trennen kann.

Anschließend verschwindet Annie mit dem Baby nach oben. Ben trinkt ein Glas Wein. Er leert es schneller, als er eigentlich vorgehabt hat. Die Stimmung hat sich gedreht, die Laune ist verdorben. In Brooklyn ist ihnen das oft passiert: Der Abend beginnt schön, doch dann entgleitet er ihnen. Er trinkt noch ein Glas.

In dieser Nacht hat er einen Traum, der ihn nun schon seit zwei Jahren verfolgt: Darin verlässt Annie ihn für ihren Doktorvater, und ein paar Gewissheiten beginnen sich aufzulösen. Diesmal nimmt sie das Baby mit. Und noch etwas ist neu: Am Ende des Traums lockern sich seine Zähne.

Traumdeuter halten den Verlust von Zähnen für signifikant und erkennen darin ein Symbol für Unruhe oder Angst. Sie würden sagen, sein Traum habe die Ereignisse des nächsten Morgens vorweggenommen und vielleicht sogar alles, was danach geschieht. Doch Ben redet seinen Studenten solche Deutungen immer aus und animiert sie stattdessen dazu, ihren Geist zu öffnen und in weniger offensichtlichen Bahnen zu denken. Nicht so simpel, näher an der Wahrheit. Diese Kids suchen immerzu nach Antworten und einem großen Zusammenhang, so als wäre jede Geschichte bloß ein Code für etwas anderes.

Zum Unfallzeitpunkt ist er wach, wie er später der Polizei erzählen wird, noch im Bett, aber er schläft nicht mehr. Das Baby atmet langsam und gleichmäßig in seiner Wiege, und Annie liegt neben ihm, ein nacktes Bein auf dem Laken ausgestreckt.

Es ist sechs Uhr morgens, alles ist ruhig, gerade zeigt sich das erste Licht des Tages.

Plötzlich zerreißt ein Knall die Stille, laut wie ein Donnerschlag, aber näher. Er bringt die Fenster zum Klirren. Manche Geräusche beschwören ein Gedankenbild herauf. Man sieht etwas vor dem inneren Auge.

Annie schreckt in der Dunkelheit hoch. »Was war das?« Er merkt, dass sie nicht weiß, ob sie das Geräusch geträumt oder wirklich gehört hat. Draußen ertönen die Alarmanlagen von Autos.

Er streckt die Hand nach der Lampe aus, aber es kommt kein Licht. Der Strom ist ausgefallen. Seine Hände zittern. Grace beginnt zu weinen.

Er geht in seinen Boxershorts zum Fenster. Auf der anderen Straßenseite, wo die Krankenschwester wohnt, ist etwas passiert. Aber was? Alles ist voller Rauch.

»Was war das?«, fragt Annie erneut.

Durch die Rauchschwaden sieht er, dass das Haus nicht mehr steht. Die Wände sind eingestürzt und haben einen Haufen schwarzes Holz hinterlassen, in dem kleine Feuer brennen. Auf dem Rasen liegen Trümmer.

»Es ist das Haus gegenüber«, sagt er. »Anscheinend gab es eine Explosion.«

Die ersten Nachbarn kommen auf die Straße. Sie sehen entsetzt aus. Ein paar rennen mit spritzenden Gartenschläuchen auf das Grundstück zu. Papierfetzen steigen in die Luft und werden vom Wind davongetragen.

»Eine Explosion?«, fragt Annie.

Der Strommast an der Ecke ist umgeknickt. Die Kabel hängen wie Girlanden in den Bäumen. In der Ferne erklingen Sirenen.

Später, als die Feuerwehr tut, was sie kann, und die Polizisten die Leute fernhalten, sind Ben und Annie draußen bei den anderen Nachbarn. Sie tragen Bademäntel, Ben hat das Baby auf dem Arm. Grace macht große Augen, und ihr Blick ist ernst, als ob auch sie die Stimmung spürt. Während die Sonne aufgeht und sämtliche Hunde in der Straße bellen, machen erste Vermutungen die Runde. Vielleicht ein kaputter Boiler oder ein Herd, der zu lange eingeschaltet war. »Das könnte es gewesen sein«, sagt einer der älteren Männer. »Ein Gasherd, der stundenlang brennt.«

Jeder hofft, dass die Krankenschwester nicht zu Hause war. Vielleicht arbeitet sie ja, sagen sie, in der Nachtschicht. Aber alle sehen ihren Wagen in der Einfahrt stehen, mit zerschmetterter Windschutzscheibe und schwarz verkohlt.

»Erst werden die Studenten krank«, sagt eine der älteren Frauen, »und jetzt das.«

Ein paar versuchen, der Situation etwas Gutes abzugewinnen. »Wenigstens ist das Feuer nicht auf die anderen Häuser übergesprungen«, sagen sie. Manchmal ist es durchaus tröstlich, wenn man sich klarmacht, dass es auch noch schlimmer hätte kommen können.

Währenddessen bleiben die beiden Mädchen von nebenan die ganze Zeit im Haus. Ben sieht sie auf dem Witwensteg, von wo aus sie die Straße beobachten. Ihre Gesichter sind leicht gerötet vom Licht der Feuerwehrwagen auf der anderen Straßenseite.

Derweil macht ihr Vater irgendetwas an der Fassade des Hauses. Mit seinem dichten Bart und ohne Hemd steht er auf einer Leiter, und man hört das Geräusch von einem Hammer, der Nägel einschlägt.

Annie bemerkt ihn als Erste. »Mein Gott«, sagt sie. »Ich glaube, er vernagelt die Fenster mit Brettern.«

Dort oben auf der Leiter sieht er aus wie ein Mann auf hoher See, der die Luken seines Schiffs dicht macht, um sich gegen einen Sturm zu wappnen, den außer ihm kein anderer kommen sehen kann.

KAPITEL 12

Das zehnte Opfer wird zusammen mit dem elften in seinem Bett gefunden: zwei Jungen, Zimmergenossen, die sich heimlich eine Doppelmatratze teilen. Diese Jungs, die in ihren Boxershorts langgliedrig und blass aussehen und immer so getan haben, als wären sie an den Mädchen des zehnten Stocks interessiert, verschlafen nun die Lektion, die sie selbst den anderen so eindrücklich erteilen: nämlich dass die Krankheit manchmal etwas aufdeckt, was andernfalls verborgen geblieben wäre, und mit welcher Gleichgültigkeit sie die intimsten Geheimnisse einer Person enthüllt.

Das zwölfte Opfer, ein Mädchen, entdeckt man zusammengesunken in einer der Duschen, wo warmes Wasser über ihre nackte Haut fließt. Sie blockiert den Abfluss, und daher ist das Erste, was den anderen auffällt, eine große Wasserpfütze, die sich auf dem Teppich im Flur bildet. Sie habe Glück, sagen sie, dass sie nicht im Schlaf ertrunken sei. Aber als man sie mit einem Handtuch bedeckt davonträgt, sieht sie nicht glücklich aus. Aus ihren dunklen Haaren tropft es auf den Flur, während sie schläft, die Finger sind aufgeweicht, und in die blasse Haut ihres Oberschenkels hat sich das Schachbrettmuster der Badezimmerfliesen eingedrückt.

Aber die Mädchen, die noch wach sind, bemerken noch etwas anderes an ihr: ein leichtes Zucken ihrer Augenlider. Bald wissen alle Bescheid, dass sie genauso träumt wie die anderen. Das scheint diesen Mädchen wichtig zu sein, wie Menschen aus einer anderen Epoche, in der man das, was man im Traum sah, noch für bare Münze nehmen konnte.

Mittlerweile mieten sich immer mehr Spezialisten für ansteckende Krankheiten in die Bed & Breakfasts in Santa Lora ein.

Es sind Wissenschaftler, die bereits den Kongo stromabwärts gefahren sind, um Dörfer zu erreichen, in denen das hämorrhagische Fieber wütete, oder in den entferntesten südchinesischen Höhlen Speichelabstriche bei Fledermäusen gemacht haben. Sie haben Malariaschübe durchgestanden, während sie im Dschungel von Zaire ihren Doktortitel machten, und sie wissen, wie es sich anfühlt, wenn man in einem Ganzkörperschutzanzug steckt und wie ein Astronaut atmet. Überrascht richten diese Reisenden ihre Aufmerksamkeit nun auf die Kleinstadt Santa Lora mit ihren 12.106 Einwohnern, die in der amerikanischen Komfortzone Kalifornien liegt – einem Teil der Welt, den sie bislang noch nicht auf dem Schirm gehabt haben.

Diese Experten glauben nicht, dass die Krankheit eine psychische Ursache haben könnte.

Stattdessen gehen sie von einer Meningitis aus, die relativ häufig in Studentenwohnheimen vorkommt, wo sie sich über Küsse und den Dampf heißer Duschen verbreiten kann. Oder von einer Encephalitis lethargica, einer eigentümlichen Schlafkrankheit, die zu Beginn des 20. Jahrhunderts ihr Unwesen getrieben hat. Aber die Symptome stimmen nicht ganz überein.

Es ist weder die Vogel- noch die Schweinegrippe und auch nicht SARS. Genauso wenig das Pfeiffersche Drüsenfieber.

Sie wissen, dass diese Krankheit hochansteckend ist, vergleichbar mit den Masern, die man sich schon einfangen kann, wenn man bloß einen Raum durchquert, in dem ein Infizierter zehn Minuten zuvor ein einziges Mal gehustet hat.

Unterdessen schlafen die Betroffenen weiterhin tief und fest. Ihre Nahrung erhalten sie durch Plastikschläuche, die ihnen durch die Nase eingeführt und mit Klebeband befestigt werden. Ihre Haut halten Fremde mit Handschuhen sauber.

Keiner will es laut aussprechen, aber ein paar dieser Wissenschaftler beschleicht allmählich der ungute Verdacht, dass diese Krankheit etwas Neues sein könnte.

KAPITEL 13

Am zwölften Tag, es ist Halloween, gibt es endlich einen Wetterumschwung, der den ersten Regen seit drei Monaten bringt. Dicke Tropfen im Wald, ein Rauschen in den Bäumen, der kaum noch vertraute Geruch des regennassen Gehwegs. Aber der kalifornische Boden ist zu trocken, um ihn aufzunehmen.

Niederschläge sind so selten geworden, dass Sara der Regen geradezu unheilvoll erscheint, als sie vom Witwensteg aus zusieht, wie er sich in der Badewanne dieser Krankenschwester auf der anderen Straßenseite sammelt, die verblüffend intakt unter freiem Himmel zwischen all den Explosionstrümmern steht. Das gelbe Absperrband glitzert im Wind.

Sara hat eine neue Sorge zu ihrer Sammlung hinzugefügt: Offenbar kann ein Haus ohne jede Vorwarnung in die Luft fliegen. »Diese Schwester hatte vermutlich die Krankheit«, sagt ihr Vater. Libby und Sara haben beobachtet, wie die Feuerwehrleute ihre verhüllte Leiche aus den Überresten des Hauses geborgen haben. »Wahrscheinlich hat sie den Herd angeschaltet gelassen und ist eingeschlafen.«

Doch außer ihm spricht niemand über diese Krankheit.

Draußen auf der Straße geht das Leben weiter. Eine Frau in einer blauen Windjacke führt ihren Hund aus. Der Mann von nebenan, der mit dem Baby, rollt die Mülleimer über die Einfahrt. Saras Schulbus ist bereits ohne sie an ihrem Fenster vorbeigefahren, vollgepackt mit kostümierten Kindern, wie immer an Halloween.

»Stell diesen Topf in dein Zimmer«, sagt ihr Vater. Er trägt bereits seit drei Tagen dasselbe rote Flanellhemd, seine alte Jeans und keine Schuhe. Das Hausdach ist an mehreren Stellen undicht.

In ihrem Schlafzimmer kauert Libby gebückt auf dem Fußboden. Über ihrem Kopf hat sich ein nasser Fleck an der

Decke gebildet. Sie schiebt den Topf unter die Stelle, an der es tropft.

»Dein Theaterstück wird nass«, sagt Libby.

Die Seiten von *Unsere kleine Stadt* sind bereits klebrig vom Regenwasser. Über das Deckblatt fließt gelber Textmarker. Sara hat in letzter Zeit während der Mittagspausen immer wieder ihre Rolle einstudiert, anstatt allein auf dem Schulhof zu sitzen.

Libby hilft ihr, die Seiten zum Trocknen auszulegen.

Das Telefon klingelt.

Vor Saras innerem Auge taucht Akils Gesicht auf. Aber es ist natürlich dumm zu glauben, dass er sie jetzt anrufen würde, um zehn Uhr vormittags an einem Dienstag. Sie weiß genau, wo Akil gerade ist – sie kann ihn deutlich vor sich sehen, wie er in der Algebravorstufe auf seinem Stift kaut und unter der Schulbank, die drei Reihen neben ihrer steht, mit dem Fuß auf den Teppich klopft. Er ist immer vor allen anderen mit den Aufgaben fertig.

Das Telefon klingelt erneut. Sie geht dran.

»Spreche ich mit Sara?«, fragt eine Frau am anderen Ende. Zackig klingende Stimmen wie diese machen sie nervös.

»Wer ist denn dran?«, antwortet sie.

Libby beobachtet sie von der Tür aus und formt mit den Lippen eine Frage: *Wer ist das?*

»Sind deine Mutter oder dein Vater zu Hause?«, fragt die Frau. Sie ist vom Schulsekretariat.

»Dad«, ruft sie, »du hast vergessen, die Schule anzurufen.«

Sie kann die Schulglocke, die tagsüber immer wieder in der Ferne erklingt, wie einen Herzschlag spüren. Sie fühlt einen Schatten ihrer selbst von einer Schulstunde zur nächsten gehen: die täglichen Tests in der Algebravorstufe, das Gejohle in der Schlange vor der Essensausgabe, die Schultoilette, in der sie sich während der Pausen zwischen den Stunden versteckt.

Drei Proben von *Unsere kleine Stadt* haben bereits ohne sie stattgefunden.

Die Vorstellung, wie Amelia, die zweite Besetzung, den von ihr auswendig gelernten Text aufsagt, nervt Sara. »Die?«, hat Amelia zu ihren Freundinnen gesagt, als sich herausstellte, dass Sara die Rolle bekommen würde. »Ernsthaft?« In diesem Moment ist Sara der schreckliche Gedanke durch den Kopf geschossen, dass Mrs. Campbell sie vielleicht nur aus Mitleid ausgesucht hat.

Sie hört ihren Vater im Erdgeschoss mit der Frau am Telefon sprechen. »Ich bin Ihnen gar keine Rechenschaft schuldig«, sagt er.

Wegen eines Missverständnisses im letzten Jahr darf er das Schulgelände nicht mehr betreten. Es sei nicht verboten, eine Waffe zu tragen, sagt er immer, aber an der Schule ist es nicht erlaubt. Mrs. Chu hat die Pistole während eines Elternabends unter seinem Mantel bemerkt. Danach kamen eine Zeit lang mehrere Sozialarbeiter zu ihnen nach Hause.

»Sie sollten sich alle in Acht nehmen«, sagt ihr Vater gerade. Seine Stimme ist lauter geworden. »Sie haben Glück, wenn Sie das überleben.«

Danach legt er den Hörer mit einem Klicken auf die Gabel zurück.

»Niemand in der Stadt hat auch nur den blassesten Schimmer, was da auf uns zukommt«, sagt er zu sich selbst, aber vielleicht hat er auch mit den Mädchen gesprochen. So funktioniert sein Verstand nun mal: Ständig kreist er um eine zukünftige Katastrophe.

Er hat die drei Gasmasken, die normalerweise im Keller hängen, wie Wäschestücke herausgelegt. Eine für jeden von ihnen – Sara, Libby und ihn selbst. Seit einer Woche haben sie das Haus nicht mehr verlassen.

Krankheitskeime, hat ihr Vater ihnen erklärt, fliegen ungehindert durch die Luft. Sie könnten überall sein. Man braucht sie nur einzuatmen, und schon wird man krank.

»Was, wenn das genauso wird wie beim letzten Mal?«, flüstert Libby ihr zu.

Das letzte Mal: die Sonneneruptionen vor sechs Monaten. Ihrem Vater zufolge sollten diese Eruptionen einen geomagnetischen Sturm auslösen, der wochen- oder sogar monatelang auf der ganzen Welt die Stromversorgung lahmlegen würde, vielleicht für immer, und niemand wisse davon, sagte er, weil die Medien zur Geheimhaltung verpflichtet worden seien, was in diesem Land andauernd geschehe, und wer das nicht glaube, der sei schlichtweg naiv. An diesem Tag hat er die Mädchen zu Hause behalten, für den Fall, dass es zu Gewaltausbrüchen oder Plünderungen kommen würde. Sara war zu nervös, um etwas zu essen, während sie darauf warteten, dass das Radio ausfiel und Polarlichter über den Himmel von Kalifornien zuckten. Aber die Glühbirnen leuchteten weiter, verlässlich wie die Sterne, und der Himmel blieb klar und ruhig. »Heute hatten wir Glück«, sagte ihr Vater schließlich, während sie an jenem Abend die Stufen zu ihren Zimmern hinaufstiegen. Offenbar war die Gefahr vorüber. »Aber es ist gut, vorsichtig zu sein.«

Sie sitzen gerade am Küchentisch und essen Erdnussbutter-Sandwiches, als es an der Tür klopft.

»Nicht aufmachen«, sagt ihr Vater. Sein Stuhl scharrt laut über den Linoleumboden. Er greift nach seiner Gasmaske. Sie besitzen sie schon seit einer ganzen Weile, aber bislang gab es noch keinen Grund, sie aufzusetzen. Sie und Libby haben welche in Kinderausführung. Sie sind kleiner als seine, und auf dem dunkelgrünen Gummi glitzern in geschwungener Goldschrift ihre Namen, weil er ihnen erlaubt hat, sie zu dekorieren.

»Geht hoch«, weist er die Mädchen an. Es klopft erneut, diesmal lauter.

Von der Treppe aus beobachten sie, wie ihr Vater die Maske auf seinem Gesicht zurechtrückt und die Haltebänder straffzieht, bevor er sich der Tür nähert.

Er macht sie auf, allerdings nur ein kleines bisschen. Die Sperrkette spannt sich über den Spalt. Sara schämt sich für die Maske ihres Vaters, unter der sein strähniger Bart wie eine wild wuchernde Pflanze heraushängt. Nun bekommt ein Fremder ihre geheimen Vorbereitungsmaßnahmen zu sehen.

Wie sich herausstellt, steht ein Polizist vor der Tür, und Sara ist sicher, in seiner Uniform die Zukunft zu sehen: Er wird ihren Vater mitnehmen.

»Ist alles in Ordnung hier drinnen?«, fragt der Polizist.

Durch das Schlafzimmerfenster blicken die Mädchen auf seine Mütze hinab, sein hellbraunes Hemd ist fleckig vom Regen, sein Auto steht vor dem Haus.

Vom Nachbarhaus dringt ein eigenartiges Geräusch herüber und übertönt die Antwort ihres Vaters. Es klingt nach einer Säge. Sara späht durch das Fenster und sieht den Professor, der auf seiner Veranda den Deckel aus einem Kürbis herausschneidet.

Die Stimme ihres Vaters hallt nun lauter durch die Maske. »Ich habe niemand bedroht«, sagt er.

»Na ja«, entgegnet der Polizist. Er spricht langsam und deutlich, an seinem Gürtel klirren Handschellen. »Die Frau von der Schule fand ihre Worte beunruhigend.«

Nebenan wird die Säge langsamer und geht aus. Der Professor sieht zu dem Polizisten herüber. Seine Frau ist ebenfalls draußen, mit dem Baby. Hört auf zu starren, würde Sara ihnen am liebsten zurufen.

»Das ist Schwachsinn«, sagt ihr Vater. Könnte sie doch nur hinuntergehen und ihn besänftigen, seinem Ton die Schärfe nehmen. Meistens macht er es sich schwerer als nötig. Aber vielleicht könnte sie ja für ihn übersetzen und wie die Kinder von Einwanderern erklären, was er wirklich meint. »Ich wollte sie warnen«, entgegnet er. »Wissen Sie überhaupt, was los ist?«

Der Polizist nickt. Seine Stimme ist so sanft wie Schnee. Ja, sagt er, er sei sich der Situation am College bewusst.

Während sie zuhören, zupft Libby an der Tapete und legt ihre verschiedenen Schichten frei, die wie die Jahresringe eines Baumes aussehen. Das samtig grüne Paisley-Muster aus der Zeit, als das Haus neu war, und dann alle Lagen darüber, jede schmuckloser als die vorhergehende, weil ihrer Familie immer mehr das Geld ausging. Und irgendwie führen sämtliche Tapetenschichten geradewegs zu diesem Augenblick, in dem ein Polizist vor ihrer Tür steht und die folgenden Worte sagt: »Sind ihre Kinder da? Mit denen möchte ich mich auch unterhalten.«

»Dazu haben Sie kein Recht«, erwidert ihr Vater.

Aber Libby und sie lugen bereits die Treppe hinunter.

»Geht es euch Mädchen hier im Haus gut?«, ruft der Polizist ihnen zu, als er sie bemerkt.

»Alles okay«, sagt Libby.

»Ja«, sagt Sara. »Es ist alles okay.«

Der Regen wird stärker, überall im Haus tropft es laut in die Töpfe.

»Sie sollten darauf achten, was Sie zu anderen Leuten sagen«, ermahnt der Polizist ihren Vater. Plötzlich wagt Sara wieder zu hoffen. »Okay?«, fragt er.

Erleichtert sieht sie, wie der Mann sich langsam umdreht, und beobachtet den Rücken seiner Uniform, während er im Regen den Garten durchquert. Dann ertönt das schöne Grollen des startenden Automotors.

Im nächsten Moment ist ihr Vater wieder drinnen und hat die Tür verriegelt. Seine Gasmaske liegt flach auf dem Tisch, während er die sichere Luft im Haus einatmet.

Bei Sonnenuntergang tauchen die Süßigkeitensammler wie Glühwürmchen auf und bevölkern die Gehwege. Den Anfang machen die Jüngeren, die Anoraks tragen müssen und noch von ihren Eltern begleitet werden. An ihren Schuhen und Umhängen klebt nasses Laub. Dann kommen die größeren, schnell wie Diebe und mit Kissenbezügen über den Schultern.

»Mein Gott«, sagt ihr Vater, während er durch die Bretter vor den Fenstern linst. »Heute Abend wird sich diese Krankheit in der ganzen Stadt ausbreiten.«

Sara kann sich beinahe bildlich vorstellen, wie die Krankheit von einer Person auf die nächste überspringt, während sie mit den Händen in Süßigkeitenschalen herumrühren. Sie hat einmal eine Sendung über Mordermittlungen gesehen. Darin hat die Polizei eine spezielle Lampe verwendet, die unsichtbare Blutspuren in grünem Licht erstrahlen ließ. Ein vermeintlich sauberer Raum erwies sich dadurch plötzlich als völlig verschmiert. Deswegen stellt sie sich die Krankheit als grüne Spur vor, die sich wie eine Schlange durch die Stadt windet.

Als es an der Tür läutet, machen sie natürlich nicht auf. »Die gehen schon wieder weg«, sagt ihr Vater. »Schaltet die Lichter aus.«

Sie haben ohnehin keine Süßigkeiten zum Verschenken.

Durch ihr Schlafzimmerfenster sieht Sara zwei Jungs aus ihrer Klasse auf der Veranda stehen. Sie sind als Skelette verkleidet, und einem der beiden ragt ein Messer aus der Brust. Sie weiß, dass Jungs immer solche Kostüme auswählen, als wüssten sie nicht, dass die wirklich schlimmen Dinge immer unsichtbar sind.

Wenn Libby und sie in diesem Jahr Süßigkeiten sammeln dürften, hätten sie sich genauso verkleidet wie immer, als feine Damen aus einer vergangenen Epoche, in den Kleidern ihrer Verwandten oben auf dem Speicher, die sie hochstecken, damit sie ihnen passen, und deren Säume mit jedem Jahr dreckiger werden.

Die Jungs klingeln noch einmal. Hoffentlich wissen sie nicht, dass sie hier wohnt. Schließlich geben sie auf und ziehen zum Haus der neuen Nachbarn weiter, wo zwei Kürbislaternen die Nacht erhellen und immer wieder die Vordertür aufschwingt. Dahinter steht die Frau mit dem Baby auf dem Arm. Sie haben die Kleine als Kürbis verkleidet.

»Ihr solltet doch das Verandalicht ausschalten«, sagt ihr Vater.

Den Rest des Abends verbringt Sara oben auf dem Witwensteg, wo sie ihren Text aus *Unsere kleine Stadt* übt und immer wieder zu der Stelle kurz vor dem Ende zurückkehrt, bei der sie tot ist und in irgendeiner Art Himmel mit der hübschen Emily spricht, die gerade erst bei der Geburt ihres Kindes gestorben ist. Sie erklärt ihr, dass sie nicht auf ihr Leben zurückblicken soll. »Wenn du erst mal länger hier bist«, sagt sie zu ihrem Spiegelbild, langsam und mit tiefer Stimme, wie Mrs. Campbell es ihr beigebracht hat, »wirst du verstehen, dass es in unserem Leben hier darum geht, all das zu vergessen.« Während sie spricht, lässt sie den Blick über die Lichter der Umgebung schweifen, die Kürbisse, die auf den Veranden leuchten, die dunklen Umrisse der College-Gebäude, und in der Ferne steht der Krankenhauskomplex, wo die Jugendlichen in ihrem eigenartigen Schlaf liegen. Ihr gefällt, was Mrs. Campbell über die Bedeutung ihrer letzten Textzeile gesagt hat, in der es heißt, dass die Lebenden nicht erkennen können, wie gut ihr Leben ist, während sie es leben. Nun sagt sie den Text noch mal ganz langsam auf, so als wäre ihr selbst all die Weisheit zu eigen, die in diesen Worten liegt: »Nein, meine Liebe«, sagt sie leise und mit einem Anflug von Nostalgie. »Sie verstehen es nicht.«

Sie sieht nicht, wer den Riesenkürbis aus ihrem Vorgarten pflückt und an der Seitenwand ihres Hauses zerplatzen lässt, und auch nicht, wer mit Rasiercreme Spinner auf ihre Garageneinfahrt schreibt.

Als es nicht mehr an der Tür klingelt und in der Nachbarschaft Ruhe einkehrt, sieht sie ihren Vater vor dem alten Computer hocken, wo er wie üblich darauf wartet, dass eine Seite lädt.

Der alte Kasten ist so langsam, dass die Mädchen ihn nicht so nutzen können wie die anderen Kids ihre Computer. Ständig erwähnen sie irgendwelche Flirts und Streitigkeiten, von denen sie im Internet erfahren haben. Es ist eine riesige Parallelgesellschaft, die in mysteriöser Weise auf die Welt einwirkt, die sie umgibt.

»Eine Frage«, sagt sie zu ihrem Vater. »Was ist mit dem Theaterstück?«

»Welches Theaterstück?«

Von hinten sieht er älter aus, als er ist, mit den knochigen Schultern unter seinem T-Shirt und der kahlen Stelle auf dem Kopf.

»In der Schule«, antwortet sie. »Ich hab dir davon erzählt.«

Er fängt an zu tippen, ganz langsam. Wie immer benutzt er nur einen Finger und sucht zwischen den einzelnen Wörtern mehrere Sekunden lang auf der Tastatur herum, als würden sich die Buchstaben jedes Mal umsortieren, sobald er nicht hinsieht.

»Das ist das Erste, was ich höre.«

»Es wird an diesem Freitag aufgeführt«, sagt Sara. »Weißt du nicht mehr?«

Er hört auf zu tippen. »Ein Theater voller Menschen?«, fragt er. »Soll das ein Witz sein? Hast du eine Ahnung, wie schnell sich diese Krankheit in so einem Raum ausbreitet?«

Ihre Tränen überraschen sie. Es ist doch nur ein doofes Theaterstück. Und sie hat nicht mal die beste Rolle. Sie wischt sich schnell über die Augen und beißt fest auf die Unterlippe. Ihr Vater beginnt wieder, mühsam zu tippen. Auf einmal taucht Daisy neben ihr auf und reibt ihr Gesicht an Saras Schienbein.

Scheinbar können die Katzen spüren, wie traurig Sara manchmal ist.

Später wird Libby so nett sein, die Tränen nicht zu erwähnen.

»Auf keinen Fall«, sagt ihr Vater. »Der einzige sichere Ort ist hier.«

KAPITEL 14

Als sie bei ihrem vierten Besuch in Santa Lora gerade wieder vom Parkplatz des Krankenhauses herunterfahren will, ruft eine der Schwestern sie auf dem Handy an. »Es geht um einen der kranken Studenten«, wiederholt die Frau immer wieder. Sie ist ganz außer Atmen. »Einer von ihnen ...«, sagt sie. Catherine hört im Hintergrund irgendeinen Tumult. »Einer von ihnen ... ist aufgewacht.«

Der Junge wurde entdeckt, als er in seinem Krankenhaushemd und den Tropf hinter sich herschleifend über den Flur wanderte. Er geht barfuß über den Linoleumboden und kneift im Neonlicht die Augen zusammen, während in den Zimmern um ihn herum die anderen Kranken immer noch schlafen.

Aber die Eltern: Sie springen von ihren Stühlen auf und drängen sich draußen im Korridor zusammen, um ihn gehen zu sehen, als wäre er von den Toten auferstanden. Catherine kann deutlich ihre Hoffnung spüren.

Aber etwas stimmt mit diesem Jungen nicht. Obwohl er erst achtzehn Jahre alt ist, bewegt er sich wie ein alter Mann. Er geht langsam, steifbeinig und leicht gebückt.

Unentwegt schüttelt er den Kopf, wie jemand, der etwas zu begreifen versucht. Er spricht ganz leise.

»Das kann doch nicht sein«, flüstert er. Er sieht sich um und berührt die Stoppeln an seinem Kinn.

»Du bist im Krankenhaus«, sagt Catherine, die einzige Psychiaterin in der Klinik. »Du warst vier Tage lang ohne Bewusstsein.«

Ein skeptischer Ausdruck huscht über sein Gesicht. »Das war länger«, sagt er.

Bei Wahnvorstellungen muss man vorsichtig sein. Manchmal ist es besser, nicht zu widersprechen.

Sie erklärt ihm, dass seine Verwirrung ganz natürlich sei. Aber Verwirrung … der Begriff trifft es nicht ganz. Der Junge klingt merkwürdig überzeugend.

»Es ist schon lange her, seit ich hier war«, sagt er mit erschöpfter Miene.

»Wie meinst du das?«

Aber er antwortet nicht. Es kommt ihr so vor, als ob er nur laut überlegt, wenn er spricht. Wie merkwürdig, denkt sie, er behandelt sie wie eine Halluzination, wie irgendein Hirngespinst.

Sie führt ihn in sein Zimmer zurück. Er fragt nach Wasser. Eine der Schwestern bringt ihm einen Becher.

Im Moment sitzt er ruhig auf seinem Bett.

Catherine geht aus dem Zimmer, um zu Hause anzurufen. Die Pläne hätten sich geändert: Sie werde heute Abend nicht heimkommen, erklärt sie der Babysitterin, für die das nichts Neues ist. Catherines Nachtschichten sind Teil ihrer Vereinbarung. Ihre Tochter kommt ans Telefon. »Wann kommst du, Mama?« Ihre Stimme ist so süß und rein. Plötzlich bekommt Catherine Sehnsucht, und unerwartete Tränen verschleiern ihr den Blick. Ihr fallen die Eltern dieses Jungen ein – irgendwer muss sie verständigen.

Die anderen Ärzte stehen im Flur zusammen und beraten sich.

Als sie den Krankenraum des Jungen betritt, ist es leer. Sie geht zur Pflegerin im Schwesternzimmer. »Ich habe Sie doch gebeten, die Tür im Auge zu behalten.« Catherine ist an das Protokoll der psychiatrischen Abteilung gewöhnt, aber dies ist ein normales Krankenhaus und nicht auf Überwachung eingestellt.

»Das habe ich«, erwidert die Pflegerin. »Er ist nicht herausgekommen.«

Im Zimmer des Jungen raschelt die Jalousie – das Fenster

steht offen. Ihr fällt ein, dass sie sich im zweiten Stock befinden.

Eine schreckliche Gewissheit überkommt sie, während die anderen Ärzte hinter ihr den Raum betreten: Was immer im Verstand dieses Jungen vorgegangen sein mag, wird für immer ein Geheimnis bleiben.

Am Fenster zögert sie, aus Angst vor dem, was sie dort unten gewiss sehen wird. Und da ist er, drei Stockwerke tiefer, mit dem Gesicht nach unten auf dem Gehsteig. Das Krankenhaushemd umkränzt seinen Körper.

Die Sohlen seiner bloßen Füße sind so weiß wie der Mond. Sein Blut glänzt im Licht der Straßenlaterne. Und sogar aus dieser Höhe kann sie deutlich sehen, dass sein Genick gebrochen ist.

KAPITEL 15

Später werden einige monieren, die öffentlichen Stellen hätten zu langsam reagiert. Aber bestimmte Prozeduren werden bereits durchgeführt. Listen werden angelegt. Berechnungen angestellt. Schließlich lassen sich Krankheiten mathematisch erfassen: wie aus einem Fall drei oder vier werden und aus jedem dieser vier wiederum vier weitere.

Eine stille Arithmetik, Namen, die zugeordnet werden. Und so kommt es, dass dreizehn Tage nachdem das erste Mädchen erkrankt ist, der behandschuhte Finger einer Krankenschwester auf den Klingelknopf des Hauses drückt, in dem Annie, Ben und ihr Baby leben.

Sie erkundigt sich, ob sie von den erkrankten Studenten am College gehört hätten.

Adrenalin schießt durch Bens Adern.

Sie wirkt nervös, wie sie da vor ihm steht, diese junge Krankenschwester in ihrem grünen Kittel und den frisch übergestreiften Handschuhen.

Unter einem Arm hält sie ein Klemmbrett und erkundigt sich nach ihrem Baby.

»Ist sie hier?«, fragt sie. »Ihre Tochter?«

»Weshalb?«, entgegnet er, aber nun fallen ihm wieder alle Einzelheiten aus den Nachrichten ein, die er nur halb verfolgt hat. Ein Säugling kann so etwas: die ganze Welt auf sich selbst zusammenschrumpfen lassen.

»Wir ergreifen alle nötigen Sicherheitsmaßnahmen«, erklärt die Schwester, »und überwachen jeden, der mit den Kranken in Berührung gekommen ist.« Sie spricht, als würde sie einen gerade erst auswendig gelernten Text zitieren.

»Aber wen kennen wir denn, der krank ist?«, fragt Ben. Mit einem Mal schnürt es ihm die Kehle zusammen.

Die Schwester wendet den Blick ab und wirkt verlegen.

»Hat Sie denn niemand angerufen?« Sie zupft an ihrer Halskette, und kurz wird ein kleines silbernes Kreuz sichtbar.

Er hat immer wieder Albträume, in denen sie das Baby verlieren, und wenn er daraus aufwacht, spürt er deutlich die schreckliche Leere in seinen Armen.

Es ist die Milch, sagt die Schwester. Die Spendermilch aus dem Krankenhaus.

»O Gott«, sagt Ben. Ihr ganzer Gefrierschrank steht damit voll, reihenweise Fläschchen, deren Inhalt aus den Körpern anderer Frauen stammt. Und sie haben eine Tüte mit alten Fläschchen, die Grace bereits leer getrunken hat.

»Eine der Spenderinnen«, sagt die Schwester, »könnte mit einem Infizierten in Berührung gekommen sein.«

Später wird er sich an Annies Gesichtsausdruck erinnern, als sie die Treppe herunterkommt, diesen letzten Moment, bevor sie weiß, dass sie sich Sorgen machen müssen – ihr offener Blick, neutral, mit entspannten Wangenmuskeln.

Sie trägt Grace und hält mit einer Hand ihren kleinen Hinterkopf fest – dieses Köpfchen. Man kann die weichen Stellen zwischen ihren noch nicht zusammengewachsenen Schädelplatten ertasten. Angst ist ein anderes Gefühl, wenn es um das eigene Baby geht, viel schneidender.

»Fühlt sie sich in letzter Zeit gut?«, erkundigt sich die Schwester.

»O mein Gott«, sagt Annie und schlägt die Hand vor den Mund. »O mein Gott.«

Es tue ihr so leid, dass sie sie behelligen müsse, sagt die Schwester, und dass sie so etwas noch nie getan habe. Sie trägt ein Armband mit Anhängern, die klimpernd gegen das Klemmbrett schlagen. Aber sie versuchten nur, alle möglichen Vorsichtsmaßnahmen zu ergreifen.

»Ich soll Sie fragen, ob sie mehr als normal geschlafen hat.«

»Was meinen Sie damit?«, fragt Annie. Sie versucht, noch

etwas hinzuzufügen, aber sie fängt an, lautlos zu weinen, wie sie es seit Kurzem so häufig tut. Früher war das anders. Normalerweise ist in ihrer Beziehung sie diejenige mit dem klaren Kopf, die mit beiden Beinen fest auf dem Boden steht. Aber jetzt muss immer häufiger Ben die Gespräche für sie übernehmen, wie ein Dolmetscher.

»Sie schläft viel«, sagt er.

Auch jetzt liegt das Baby in seinem dünnen UV-Schutzanzug auf Annies Arm und döst mit offenem Mund.

»Ich muss ihre Temperatur messen«, sagt die Schwester.

Diese Frau hat keine eigenen Kinder – das merkt er genau. An der überbetonten Art, wie sie mit ihnen spricht, wie von weit weg. Neuerdings betrachtet er jeden aus diesem Blickwinkel und spürt, wer Kinder hat und wer nicht, so als könnte er plötzlich sämtliche Fäden sehen, die alle Personen miteinander verbinden.

Einen Augenblick später hält die Schwester einen Stab ein paar Zentimeter vor Graces Stirn hin. Genauso ein Thermometer haben sie auch in den ersten paar Stunden ihres Lebens im Krankenhaus verwendet, als ihr Körper noch lernen musste, selbst die Temperatur zu regulieren, und ihre Arme und Beine, die an das Leben unter Wasser gewöhnt waren, ganz langsam hin und her wedelten, wie die Tentakel einer Qualle, die sich in der Strömung bewegen.

»Sie haben behauptet, dass sie sterilisiert wurde«, sagt Ben. »Ich dachte, die Milch soll keimfrei sein.«

Die Hände der Schwester zittern, als sie Grace das Thermometer über den Kopf hält. Sie wahrt so viel Abstand wie möglich von ihr und muss mehrfach neu ansetzen.

»Dabei ist ein Fehler unterlaufen«, antwortet sie. »Es tut mir leid.«

Hinter ihr schwingt die Hollywoodschaukel sanft im Wind. Irgendwo bellt ein Hund. Grace beginnt, wie ein Fisch den Mund zu öffnen und zu schließen.

Schließlich piept es: kein Fieber. Immerhin, eine winzige Erleichterung.

Aber am nächsten Morgen wird wieder jemand kommen, erklärt die Schwester. Sie müssen das zweimal am Tag machen.

In der Zwischenzeit sollten sie die Milch nicht mehr verwenden. Das Beste ist, sie schmeißen alles raus, was sie noch haben, und steigen auf Milchnahrung um.

Und eins noch: »Wir müssen Sie bitten, sie fürs Erste im Haus zu behalten.« Sie zieht sich die Handschuhe von den Fingern und ist bereits im Gehen begriffen, als ihr noch etwas einfällt. »Ach, und bitte verlassen Sie nicht die Stadt.«

Wochenlang haben sie gelernt, wie sie Grace zum Schlafen überreden können. Mit einem Tuch, in das sie eingewickelt wird, und einem bestimmten Rhythmus, in dem sie gerne gewiegt wird. Sie haben eine Schildkröte, die durch ihren Panzer Licht projiziert, und ein Seepferdchen, das beruhigende Musik spielt. Aber am besten schläft sie, wenn sie den Herzschlag der Eltern fühlt, weswegen sie beide zahlreiche Stunden mit dem kaum spürbaren Gewicht ihres Kopfs an der Brust verbracht haben. Während Grace den Rücken krümmte und ihre kleinen Fäustchen ballte und sie sich gegenseitig mit Wasser, Kaffee oder ein paar Bissen Grillkäse versorgten, bewegte sich derjenige, der gerade dran war, so wenig wie möglich, um die Kleine nicht aufzuwecken.

Aber jetzt haben sie Angst davor, dass sie die Augen schließt.

Binnen einer Stunde hat Ben sich einen Überblick über alle Artikel verschafft, die sie noch nicht gelesen haben – aus bislang zwei Wochen Berichterstattung über die Krankheit. Es gibt widersprüchliche Aussagen darüber, wie ernst es ist. Er kann nicht herausfinden, wie viele gestorben sind. An die harten Fakten kommt man kaum heran.

Aber Graces Wärme auf seinem Schoß – das ist eine Tatsache. Und wie ihr Blick zwischen seinem Gesicht und dem leuchtenden Bildschirm hin- und hergeht – das ist auch eine Tatsache. Ihr sich hebender und senkender Brustkorb ist eine Tatsache, genau wie das Wissen, dass in jeder einzelnen Sekunde Luft in ihre Lunge hinein- und wieder aus ihr herausströmt.

»Es ist meine Schuld«, sagt Annie. »Ich bin schuld.«

»Das Krankenhaus ist schuld«, sagt Ben.

Er liest die Gebrauchsanleitung der Milchnahrung, die sie im Regal aufbewahrt haben, für den Fall, dass ihnen je die Spendermilch ausgehen würde.

Annie versucht, sie zu stillen. Muttermilch ist etwas Magisches – so hat man es ihnen gesagt. Sie enthält Antikörper, Hormone und sogar verborgene Nachrichten. Jeden Tropfen, den Annie beisteuern kann, sollte sie ihr auch geben. Doch wie üblich versiegt ihre Milch rasch, und Grace zieht sich von ihrer Brust zurück, auf der Suche nach einer anderen Nahrungsquelle.

Ein paar Minuten später schluckt sie die künstliche Milch, und es ist auf geradezu animalische Weise befriedigend zu wissen, dass ihr Säugling einen vollen Bauch hat.

Sie ist ein ruhiges Baby. Das sagt jeder. Aber ist sie heute Abend noch ruhiger als sonst? Vielleicht versteckt sich dieser Erreger bereits in ihrem Blutkreislauf. Möglicherweise fließt er genau in diesem Moment in ihr kleines Gehirn.

Sie tragen keine Handschuhe, wenn sie sie berühren. Sie halten sich auch nicht von ihrem Atem fern. An diesem Abend denken sie noch nicht mal darüber nach, dass ihr Baby eine Bedrohung für sie darstellen könnte. Nach den vergangenen drei Wochen sind sie sich insgeheim darüber einig, dass es überhaupt keine Rolle spielt, was aus ihnen wird, falls Grace irgendetwas zustoßen sollte.

Am nächsten Morgen misst Annie als Erstes Graces Temperatur: Sie ist normal. Sie wirkt auch ganz normal. Mit großen Augen und rosigen Wangen. Ihre Beine strampeln genauso auf dem Wickeltisch herum wie sonst auch. Was für ein perfektes kleines Wesen – mit ihrer gestrickten Mütze, dem an den Füßen geschlossenen Strampler und diesen winzigen Fingern, die sie sich in den Mund steckt. Wie konnten ihrer beider Körper wissen, wie man sie macht?

Aber es dauert nicht lange, und Grace schreit Ben ins Ohr. Manchmal gerät sie in diese Stimmung, und dann kann nur Annie sie trösten.

Er fühlt sich deswegen zwar schuldig, aber nach einer Weile möchte er sich eine Auszeit gönnen. Das ist eines der Dinge, die er über die Liebe zu einem Baby gelernt hat: Wenn man die Zeit mit ihm genießen will, darf man es nicht pausenlos um sich herum haben.

»Ich glaube, ich besorge ihr noch mehr Milchnahrung«, sagt er zu Annie und klimpert mit den Schlüsseln in der Hand.

Annie inspiziert Graces Stirn. »Haben sie irgendwas von einem Ausschlag gesagt?«

»Den hat sie schon von Anfang an«, sagt Ben. An diese Flecken erinnert er sich noch von dem Moment, als er sie zum ersten Mal gehalten hat, im weißen Licht des Operationssaals. Und auch an ihren erschrockenen Gesichtsausdruck und Annies Blut auf dem Linoleumboden.

Er hat das dringende Gefühl, sich jetzt sofort die Schuhe binden und eine Mütze über die Haare ziehen zu müssen, die er mittlerweile seit einer Woche nicht mehr gewaschen hat. Seit zwei Tagen hat er das Haus nicht mehr verlassen.

Aber dann schließt sich die Tür hinter ihm, und er ist draußen. Und dann spürt er es: den Rausch der ersten Minuten ganz allein, wie sanft das Auto rückwärts aus der Einfahrt gleitet – ja, auch das gehört dazu, dass sich etwas so bewegt, wie er es will. Wie ruhig es draußen in der Welt ist – das fällt ihm immer wieder auf, seit das Baby da ist – und wie wohlgeordnet. Ein Schwarm schwarzer Vögel schwebt im Formationsflug über die Berge. Eine heitere Stimme moderiert im öffentlichen Radiosender ein Jazzstück an. Beim Fahren erfasst ihn ein Gefühl von Ruhe und Leichtigkeit, wie nach einem ersten Schluck Whisky, der die Kehle betäubt. Diese Stadt, diese Nachbarn, die ihre Hunde in den Straßen ausführen – so sieht doch kein Ort aus, an dem gerade eine Seuche ausbricht. Die Normalität anderer Menschen kann sehr beruhigend wirken. Wenn sich diese Sache wirklich ausbreitet, würden dann die Nachbarn ihren Rasen rechen? Würde der Postbote Kataloge austragen?

Er wählt die lange Route, am See entlang. Zwischendurch hält er an, um sich einen Kaffee zu bestellen, und lässt dessen wunderbaren Geschmack auf sich wirken. Er hat seit Graces Geburt keine ganze Tasse mehr getrunken, solange sie noch heiß war.

Aber als er in der Babyabteilung des Drugstores steht, macht er sich wieder Sorgen und fängt an, sie zu vermissen. Laut ihrem Buch kann sie noch nicht begreifen, dass ein Objekt auch dann noch existiert, wenn es aus ihrem Blickfeld gerät. Aber auch Ben kommt es jedes Mal, wenn er seine Tochter nicht mehr sieht, so vor, als könnte sie einfach so vom Erdboden verschwinden.

KAPITEL 16

Inzwischen verbreiten sich im Internet ein paar alternative Theorien. Dahinter steckt die Regierung, heißt es. Oder die großen Pharmakonzerne. Aus einem Labor am College soll irgendein Krankheitserreger entwichen sein.

Denkt doch mal darüber nach, sagen sie: Glaubt wirklich irgendwer, dass im mächtigsten Land der Welt ein komplett neues Virus auftauchen kann, ohne dass es Wissenschaftler gibt, die ganz genau wissen, worum es sich dabei handelt? Möglicherweise verbreiten sie den Erreger absichtlich, um eine biologische Waffe zu testen. Gut möglich, dass sie das Heilmittel zurückhalten.

Inzwischen posten auch einige ihre Zweifel daran, dass es diese Krankheit überhaupt gibt. Ist Santa Lora nicht der perfekte Ort für so einen Schwindel? Eine abgeschiedene Stadt, umgeben von Wald, mit nur einer einzigen Zugangsstraße. Und was ist mit diesen Leuten, die man im Fernsehen sieht? Die könnten bezahlte Opfer sein. Krisendarsteller, die für ihre Rollen bei dieser Inszenierung Geld bekommen. Und die angeblichen Kranken? Ach, komm schon, es ist ja wohl nicht weiter schwer, sich schlafend zu stellen.

Vielleicht ist Santa Lora ja gar keine echte Stadt. Hat denn schon mal irgendwer von diesem Ort gehört? Und googelt es mal: Es gibt gar keine Heilige namens Santa Lora. Es ist alles erfunden. Dieses ganze Städtchen existiert vermutlich nur auf irgendeinem Außenset in Culver City. Findet ihr die Häuser nicht auch ein bisschen zu malerisch?

Seid doch nicht so naiv, sagen andere – die brauchen doch gar kein Filmset. Die ganzen Fernsehbilder streamen sie wahrscheinlich aus irgendeinem Schneideraum im Valley. Wenn man genau hinsieht, erkennt man, dass ein paar Häuser mehrfach auftauchen.

Und jetzt stellt euch mal die Frage, wer von alldem profitiert. Es geht doch immer nur ums Geld, richtig? Der medizinisch-industrielle Komplex. Und wer, glaubt ihr, zahlt wohl die Gehälter dieser sogenannten Journalisten, von denen all diese Fake News stammen? Wartet nur: In ein paar Monaten werden die großen Pharmakonzerne den Impfstoff verkaufen.

KAPITEL 17

Es ist schwer zu sagen, wer das Kommando führt – über die Campus-Polizisten, die abwechselnd neben den Fahrstühlen stehen –, aber irgendwo hat irgendwer entschieden, dass es für Mei und die anderen Zeit ist, aus dem Wohnheim auszuziehen. Rasend schnell entstehen Gerüchte: Der Erreger ist im Wasser, heißt es, oder im Belüftungssystem. Oder der Teppich beziehungsweise die Wandfarbe enthalten einen Giftstoff.

Nach ein paar Tagen nimmt Mei das kalte Stethoskop jeden Morgen auf ihrer Brust bereits nicht mehr wahr, und auch nicht die Handschuhe, die die Lymphknoten an ihrem Hals wie Blindenschrift lesen, oder den Pfefferminzatem der Krankenschwestern. Sogar die Haut hinter ihren Ohren hat sich angepasst und ist mittlerweile schrundig von dem Gummiband, das die Maske in ihrem Gesicht hält. Vielleicht passiert mit ihrem Verstand etwas ganz Ähnliches.

Im ganzen Stockwerk ist der Überdruss zu spüren gewesen, mit dem seine Bewohner immer wieder zügig an den leeren, mit gelbem Absperrband versiegelten Räumen vorbeiliefen.

Aber nun hat man sie angewiesen, eine Tasche zu packen.

Sobald sie draußen ist, bleibt Mei stehen und blinzelt in die Sonne, als wäre sie die ganzen letzten Tage unter der Erde festgehalten worden. Auf dem Campus sind keine Studenten zu sehen. Anstelle der Frisbees, die dort noch vor Kurzem geflogen sind, fliegt trockenes Laub über die großen Wiesen. Es scheint eine andere Zeit gewesen zu sein, in der die Studienanfänger noch in Tanktops und barfuß hier abgehangen haben.

Sie nimmt alles um sich herum überdeutlich wahr: die herbstliche Brise, die über den Flaum an ihren Handgelenken streift, den an- und abschwellenden Ruf eines Vogels, den sie nicht benennen kann, die Sonne, die ihr heiß und belebend ins

Gesicht scheint. Und wie sie selbst plötzlich wieder aufblüht.

Außerdem bemerkt sie, wie viele Polizisten mit einem Mal hier sind. Die Streifenwagen parken auf den Gehwegen, ihre Gürtelschnallen funkeln in der Sonne.

Es warten auch mehrere Übertragungswagen auf sie, ihre Satellitenschüsseln sind gen Himmel gerichtet. In Kürze werden ihre Eltern diese Bilder im Fernsehen verfolgen: Die kleine dünne Mei, die wie eine Geisel zwischen den anderen maskierten Studenten läuft.

Sie gehen, wie man es ihnen befohlen hat, einer nach dem anderen und ein paar Schritte voneinander entfernt, eine Prozession Jugendlicher, die den leeren Campus überqueren.

Plötzlich ertönt irgendwo hinter ihr ein dumpfer Knall, mit dem eine Reisetasche auf dem Asphalt landet. Dann das Knirschen schneller Schritte. Ein Sprint.

Noch bevor sie sich umdreht, ahnt sie, wer es ist: Matthew. Und tatsächlich sieht sie, wie er von ihnen wegrennt. Das Geräusch seiner Schritte wird schlagartig von den lauten Rufen von zwei Dutzend Polizeibeamten übertönt, die nun ebenfalls rennen. Die anderen Jugendlichen bleiben stehen und beobachten, wie Matthew die verwaschene Baseballkappe vom Kopf fliegt.

Es hat etwas Erhabenes oder Verzweifeltes – wer kann das beurteilen? –, wie schnell dieser Junge im Sonnenschein die Beine hebt und senkt und wie er sich die Maske herunterreißt, die hinter ihm langsam wie ein Blütenblatt zu Boden sinkt.

Während Matthew in der Ferne immer kleiner wird, empfindet Mei brennenden Neid. So etwas würde sie sich nie trauen.

Matthew ist jung und schnell, und von hier aus kann man die Dächer der Stadt sehen, direkt hinter der Kapelle und der Bibliothek. Er rennt weiter. Spielt es denn eine Rolle, ob er auf ein Ziel zusteuert oder nicht? Mei und die anderen sehnen sich nach dem Gefühl, dass etwas möglich ist, und deswegen jubeln sie ihm zu, während er rennt.

Doch letzten Endes schneiden ihm ein paar Polizisten den Weg ab, die überraschend hinter der Mensa hervorstürmen und sich auf ihn stürzen. Wie aus einem Mund keuchen die Jugendlichen auf, als sie sehen, wie die Polizisten Matthew auf dem Asphalt zu Boden ringen.

Als sie ihn wieder in die Reihe zurückführen, hat er eine lange rote Schürfwunde auf der Wange. Und mit dieser Verletzung und den Asphaltstückchen, die darin hängen, bewahrheitet sich etwas, was die Studenten bisher nur vermutet haben: Sie haben hier überhaupt nichts zu sagen.

»Und?«, fragt einer der Jungs hinter Mei. »Warum tust du es nicht?«

Sie erkennt, dass er mit ihr spricht. »Wie bitte?«

»Warum verlässt du nie dein Zimmer?«, hört sie ihn durch die Maske sagen.

»Das mach ich doch«, entgegnet sie und spürt, wie sich ihr Puls beschleunigt.

Er sieht sie so skeptisch an, als hätte er sie bei einer Lüge ertappt. An den Rändern seiner Maske zeigt sich ein beginnender Schnurrbart. Ein paar der Jungs haben aufgehört, sich zu rasieren.

»Ich möchte dich ja nicht beleidigen«, sagt er, »aber ich konnte mich schon gar nicht mehr daran erinnern, dass du mit uns zusammenwohnst.«

Sie hat mal gehört, dass Menschen in Krisenzeiten oft enger zusammenrücken, aber irgendwie ist bei ihr das Gegenteil passiert. Vor ihrem inneren Auge taucht ein freundliches Gesicht auf: Jennifer aus ihrem Englischkurs – ach, wenn sie doch jetzt bloß bei ihr wäre. Mei kennt sie nicht sehr gut, aber sie sind ein paarmal nach dem Unterricht miteinander beim Mittagessen gewesen. Beschämt macht sie sich klar, dass diese Jennifer ihre einzige Freundin am College sein könnte.

Da sie nicht weiß, was sie mit ihren Händen anfangen soll, wechselt sie ihre Tasche von einer Schulter auf die andere.

Es ist nicht weit bis zu ihrem Ziel, und als sie ankommen, sind sie enttäuscht.

»Die Turnhalle?«, fragen die Mädchen. »Müssen wir jetzt etwa wirklich in der Turnhalle wohnen?«

Nur vorübergehend, sagen die Krankenschwestern, die in ihren grünen Kitteln und den Handschuhen auf einmal nervös wirken. Man sei zu dem Schluss gekommen, dass das Ventilationssystem des Wohnheims kontaminiert sein könnte.

Die Eingangstüren der Turnhalle sind geöffnet und festgeklemmt, damit niemand mit der Hand die Klinken berühren muss. Bakterien, hat man ihnen erklärt, können auf einer Oberfläche bis zu fünf Tage lang überleben – und Viren sogar noch länger.

»Vielleicht sagen sie uns nicht die Wahrheit«, ruft Matthew, als die Polizisten ihn in die Turnhalle schieben. »Wer weiß, ob nicht alle anderen von unserem Stockwerk inzwischen tot sind?«

»Damit machst du es wirklich nicht besser«, sagen die Mädchen.

Aber Mei hat sich das auch schon gefragt. Wie können sie wissen, was wirklich geschieht und was die Wahrheit ist? Auf dem Basketballfeld im Inneren der Halle sind grüne Feldbetten zusammengestellt, so wie man es aus Fernsehsendungen über Hurrikane kennt. Sie reichen von einem Basketballkorb zum anderen. Auf jedem liegt eine eng zusammengerollte blaue Decke.

»Ist alles okay?«, spricht Mei Matthew an, als er an ihr vorübergeht.

Doch er sagt nichts und läuft einfach weiter.

Die anderen suchen sich Betten aus und legen ihre Taschen darauf, um sie für sich zu reklamieren. Ihre Stimmen hallen in dem großen Raum wider, die Schuhsohlen quietschen auf dem gebohnerten Boden. Unterdessen erklimmt Mei die Tribüne, bis sie bei der obersten Reihe anlangt. Dort setzt sie sich hin und schaltet ihr Handy an.

»Ich versuche schon den ganzen Morgen, dich zu erreichen«, meldet sich ihre Mutter. »Ich kann vor lauter Angst gar nichts essen.«

Mei stellt die Füße auf ihre Sporttasche. Der violette Nylonstoff ist von ihrem jahrelangen Tennistraining ziemlich abgewetzt. »Ich habe nachgedacht«, sagt sie leise. Dann zögert sie. Es fällt ihr nicht leicht. Hierherzukommen war eine große Sache, mit dem Stipendium und allem. So ein teures College. Sie sitzt zehn Reihen über dem Hallenboden. Von hier oben wirken die Bewegungen der anderen genauso rätselhaft wie das Gewusel von Mäusen.

»Also«, unternimmt Mei einen neuen Anlauf, »ich habe mir überlegt, dass ich wieder nach Hause komme, sobald das alles vorbei ist.«

Schon allein die Vorstellung gibt ihr ein so wohliges Gefühl, als kröche sie zu Hause unter die Decke ihres Betts.

Aber ihre Mutter bleibt stumm. Zu schweigen, wenn ihr nicht gefällt, was sie hört, ist ihre Art, Missbilligung auszudrücken.

»Vielleicht«, fährt Mei fort, »kann ich mich ja noch mal an der CalArts bewerben.«

Weit unter ihr quietscht ein Mädchen vor Lachen. Solche Heiterkeitsausbrüche sind also immer noch möglich.

»Mom?«, sagt sie, aber das Schweigen dauert an.

Sie blickt auf ihr Handy: Der Akku ist leer.

Und jetzt schreit jemand zu ihr herauf: »Hey, du!« Es ist einer der Sicherheitsmänner vom Campus. »Du, da oben auf der Tribüne!« Die anderen blicken zu ihr hoch. »Alle müssen unten bleiben!«

Als sie wieder unten ist, stellt sie fest, dass an sämtlichen Steckdosen bereits andere Handys hängen.

Schwer zu sagen, von wem der Einfall stammt. Es scheint, als würde sich die gesamte Gruppe spontan dazu zu entschließen, zum Teil befeuert vom Wodka, den einer der Jungs heimlich aus dem Wohnheim mitgebracht hat. Es sind drei Wörter, die große Begeisterung auslösen: Wahrheit oder Pflicht.

Mei hört alles von ihrer Pritsche aus, wo sie es sich mit einem Zeichenblock bequem gemacht hat. Sie ist gut darin, uninteressiert zu tun. Sanft gleitet ihr Bleistift über das Papier. Sie zeichnet mehrere Vögel.

Ein Schatten fällt auf das Blatt. Der Baseballspieler, Ryan oder Rob – sie kann sich nicht an seinen Namen erinnern –, ragt über ihr auf. Hinter der Maske zeichnet sich der dunkle Umriss seines Mundes ab.

»Du musst auch mitspielen«, sagt er.

Eine vom Belüftungssystem maschinell erzeugte Brise weht durch die Turnhalle. Sie bläht die von der Decke hängenden Flaggen und verbreitet den Geruch der Pizzen, die zum Abendessen aus der Mensa geliefert worden sind.

»Nein danke.«

»Du wirst all unsere Geheimnisse mitkriegen«, sagt er. »Dann sollten wir doch wohl auch deine hören dürfen.«

Hinter ihm ertönt das schabende Geräusch von Metall auf Holz – die anderen schleifen ihre Feldbetten bereits zu den Seiten der Halle und bilden einen großen Kreis um die Platzmitte herum. Sie merkt sofort, dass sie unmöglich Nein sagen kann.

Aber Matthew scheint gegen den Gruppendruck immun zu sein. Er sitzt in einer Ecke und ist in irgendein Philosophiebuch vertieft. »Du liest nicht ernsthaft was für den Unterricht, oder?«, fragt der Baseballspieler. Matthew gibt keine Antwort. Inzwischen klebt rechts neben seiner Maske ein Klammerpflaster.

Eines der Mädchen macht den Anfang.

»Wahrheit oder Pflicht?«, fragt der Baseballspieler.

»Wahrheit«, antwortet sie.

Die erste Frage verlässt den Mund des Jungen so langsam wie ein Rauchring. Wie sehr er sie genießt, steht ihm, schon bevor er sie ausspricht, deutlich ins Gesicht geschrieben. »Hast du je ein Mädchen geküsst?«

Der Gruppe gefällt diese Frage. Mei bemerkt, wie die Jungs auf ihren Plätzen herumrutschen und die Mädchen leise hinter den Masken lachen. Sie kann ihre Neugier spüren. Berührungen aller Art sind gefährlich geworden. Es entsteht so etwas wie elektrische Spannung im Raum, ein Verlangen.

»Nein«, sagt das Mädchen schließlich und lächelt hinter ihrer Maske. »Ich habe noch nie ein Mädchen geküsst.«

Als Nächstes ist Caleb dran. Er entscheidet sich für Pflicht.

»Zeig uns deinen nackten Hintern«, sagt das erste Mädchen.

Sofort geht klirrend die Gürtelschnalle auf, und dann ist ganz kurz blasse Haut zu sehen, während er in einer einzigen schnellen Bewegung seine Jeans nach unten streift und gleich wieder hochzieht, als wäre das ein Trick, den er bereits viele Male vorgeführt hat. Was die Menschen nicht alles tun, wenn man es von ihnen verlangt.

Eines nach dem anderen kommen die Geheimnisse ans Licht: Wer noch Jungfrau ist und wer nicht und wer was mit wem getan hat. Ein Mädchen, das bei manchen wegen seiner Oberweite beliebt ist, wird dazu aufgefordert, sein Shirt auszuziehen. Sie tut es und steht einen Moment lang in ihrem weißen Spitzen-BH in der Mitte des Kreises, zitternd und mit fest vor dem Bauch verschränkten Armen.

Ein Junge soll ein bestimmtes Mädchen küssen. »Ohne eure Masken«, ruft der Baseballspieler, wogegen viele in der Gruppe protestieren, weil es zu riskant ist.

Aber der Junge und das Mädchen wollen es tun. Mei erkennt es an dem Kaugummistreifen, den sich das Mädchen auf die Zunge legt, und daran, wie der Junge die Maske zu Boden fallen lässt, während das Mädchen seine schnell zu einem kleinen Quadrat zusammenfaltet und sich in die Jeans stopft.

Bereits eine leichte Berührung der Hände und die gemeinsam geatmete aufbereitete Luft könnte diesen Erreger zwischen ihnen übertragen. Und dennoch pressen sie nun die Lippen aufeinander, als wäre das Vergnügen wegen der Gefahr nur umso größer, wie die Verzückung eines Klippenspringers, der sich vom Fels abstößt. Der Kuss dauert ewig, und scheinbar gefällt es ihnen auch, dabei beobachtet zu werden. Die anderen jubeln ihnen so laut zu, dass die Campus-Wachen von draußen hereinkommen und nur ganz knapp verpassen, wie sich ihre Lippen wieder voneinander lösen und die beiden ungeschickt die Masken aufsetzen, wie zwei Teenager, die nackt im Keller erwischt worden sind.

»Kommt jetzt mal zur Ruhe«, sagen die Wachleute. »In einer halben Stunde wird das Licht ausgemacht.«

Während alle im Kreis nacheinander drankommen und das Spiel immer näher an sie heranrückt, sitzt Mei schwitzend an ihrem Platz auf dem Boden. Es ist ein dämlicher Zeitvertreib, und sie sind doch auch schon zu alt dafür. Sie überlegt, aufzustehen und zu ihrem Bett zurückzukehren.

Aber sie bleibt, wo sie ist.

Als sie gefragt wird, ob es für sie Wahrheit oder Pflicht sein solle, sitzt sie stumm da und hält ihre Knie umschlungen. In Gedanken spielt sie die Bewegungen durch, wie sie die Beine streckt und die Knie durchdrückt, aufsteht und vom Kreis weggeht. Doch stattdessen sagt sie: »Wahrheit.«

»Okay«, sagt der Baseballspieler. »Wenn du mit jemandem hier im Raum rummachen müsstest, wen würdest du dir aussuchen?«

Alle im Kreis glucksen vor Lachen. Ihr Gesicht wird heiß. Sie lebt inzwischen bereits seit acht Wochen mit diesen Leuten zusammen, aber sie sind ihr noch genauso fremd wie am ersten Tag.

Sie schweigt und hält den Kopf gesenkt.

Die anderen sehen sie nun alle an und warten darauf, dass sie etwas sagt.

Wegen der Masken sind ihre Mienen schwer zu deuten, aber sie spürt die allgemeine Belustigung im Raum. Ein Stück von ihnen entfernt liest Matthew immer noch sein Buch.

»Wartet«, sagt sie. »Ich habe es mir anders überlegt. Pflicht. Ich nehme Pflicht.«

»Na gut«, erwidert der Baseballspieler. »Dann möchte ich, dass du dich rausschleichst.«

Was für eine Erleichterung. Obwohl sie jemand ist, der sich immer an die Regeln hält und Angst vor möglichen Konsequenzen hat, erscheint ihr diese Aufgabe weniger riskant, als die Frage zu beantworten.

Während sie nun auf das grün leuchtende Notausgangszeichen über der Tür zugeht, spürt sie einen leichten Nervenkitzel: Vielleicht schafft sie es ja wirklich hier heraus, kann entkommen und muss nie mehr zurückkehren. Die anderen stellen sich abwartend hinter sie.

Sie wirft einen Blick zurück – der Wächter draußen vor der Halle sieht nicht zu ihr her.

Mit zittrigen Fingern streckt sie die Hand aus und drückt die Klinke nach unten. Aber irgendetwas blockiert die Tür. Ein leises Rasseln ertönt, das offenbar von einer Kette stammt.

Sie zieht fester an der Klinke und fühlt Panik in sich aufsteigen.

»Sie ist verschlossen«, sagt sie. »Wir sind eingesperrt.«

Die anderen scheinen ihr nicht zu glauben, und die Jungs drängen sich an ihr vorbei, um es selbst zu versuchen. Ihre Körper dünsten Alkohol und Schweiß aus.

Nun steht auch Matthew von seinem Bett auf und kommt zu ihnen herübergelaufen.

»Was für eine Scheiße«, sagt er, während er an der Klinke rüttelt. An seinem Handgelenk treten die Adern hervor. Das Pflaster hat sich zum Teil von seiner Wange gelöst und baumelt seitlich herunter. Über der Schürfwunde bildet sich bereits Schorf.

»Ist das nicht gefährlich, falls es brennt?«, fragt eins der Mädchen.

So endet das Spiel, und die Stimmung in der Turnhalle ist hinüber. Kurz darauf werden sie angewiesen, das Licht auszumachen, und bekommen damit noch einmal vor Augen geführt, wie wenig selbstbestimmt ihr Leben geworden ist.

Nach einer Weile schläft Mei ein, zu den leisen Geräuschen ihrer beiden Nachbarn, die sich vorhin geküsst haben und nun gemeinsam in einem Klappbett herumwälzen.

Irgendwann später wird sie von Schreien aufgeschreckt. Wegen der Dunkelheit und weil sie noch nicht ganz wach ist, fällt ihr nicht gleich ein, wo sie sich befindet. Metall knallt gegen Holz. Von allen Seiten ertönen Stimmen.

»Hör auf!«, ruft jemand, und die Worte hallen in einem großen Raum wider. »Caleb, hör auf.«

Mit einem Schlag erinnert sie sich wieder an die Turnhalle.

Es ist zu finster, um etwas zu sehen, aber die einzelnen Geräusche fügen sich schon bald zu einem Bild zusammen – Betten rutschen über den Boden und krachen gegeneinander, wie Boote in einem Sturm.

Schreie zerreißen die Nacht. »Stopp! Hör auf!«

Endlich findet jemand den Lichtschalter, und die summenden Neonröhren beleuchten ein Durcheinander aus verbogenen Feldbetten und Decken, die zerknüllt auf dem Boden liegen. Alle blinzeln geblendet, bis auf Caleb, der mit weit aufgerissenen Augen langsam geht und die vielen Hindernisse gar nicht zu bemerken scheint. Immer wieder gerät er ins Stolpern.

»Er schläft«, sagt sein Mitbewohner. »Manchmal schlafwandelt er.«

Calebs Augen sind zwar offen, aber sie sehen wie die eines Blinden aus. Er steuert auf die Tribüne am anderen Ende der Turnhalle zu.

»Aber so habe ich ihn noch nie erlebt.«

Caleb sagt etwas, was sie nicht verstehen.

»Normalerweise wacht er sofort auf«, erklärt der Mitbewohner. Unnötig zu sagen, dass das die Krankheit sein muss. »So lang hat er das noch nie gemacht.«

Caleb Erickson, achtzehn Jahre alt, auf einer Farm aufgewachsen und mit Englisch im Hauptfach, zeichnet nun noch etwas anderes aus: Er ist der erste Schlafwandler, von dem in Santa Lora berichtet wird.

Während die Sanitäter ihn an Händen und Füßen auf der Trage fixieren, tritt er aus und schreit, und die anderen fragen sich, was für eine Parallelhandlung er in seinem Traum wohl erlebt.

Aber dann bemerken sie, dass es noch schlimmer ist, als sie dachten: Zwei weitere von ihnen schlummern nach wie vor friedlich in ihren Klappbetten. Jeder normal Schlafende wäre von alldem sicher irgendwann aufgewacht.

Und kurze Zeit später werden auch diese beiden abtransportiert.

KAPITEL 18

Sie schlafen wie Kinder, mit offenen Mündern und rosigen Wangen. Ihr Atem geht so rhythmisch wie die Wellen des Meers.

Da sie nicht mehr in ihre Zimmer dürfen, betrachten ihre Mütter und Väter sie nun durch zweifach verglaste Fensterscheiben. Isolation – so nennen die Ärzte es: Die Kranken werden von den Gesunden getrennt. Aber ist nicht jeder Schlaf eine Form von Isolation? Wann sonst sind wir so allein?

Diese Schlafenden sind nicht komplett reglos. Hin und wieder gleitet ein Arm über ein Laken, oder sie wackeln mit den Zehen. Diese Bewegungen versetzen die Eltern in Aufregung, genau wie die seltenen Augenblicke, wenn ihre Kinder im Schlaf zu sprechen scheinen, wie jemand, der nachts unruhig träumt. Ihre Stimmen bleiben dumpf in den Kehlen hängen, als wären sie am Grund eines Brunnens gefangen.

Als Caleb im Krankenhaus eintrifft, schläft er immer noch mit weit aufgerissenen Augen und zerrt mit gekrümmtem Rücken an den Fixierbändern seiner Trage. Ein Arzt beugt sich über ihn wie ein Exorzist.

In diesem somnambulen Zustand wird Caleb durch ein Dickicht aus Kamera-Crews gerollt, die den vorübergehenden Sanitätern Fragen zurufen. Calebs zuckende Arme und sein glasiger Blick werden in Kürze dank Satellitenübertragung überall auf der Welt zu sehen sein.

Als er endlich ruhig schläft, wird er zu den anderen auf die Isolierstation gebracht. Dort liegt er nur ein paar Schritte von Rebecca entfernt, die er erst seit wenigen Wochen kennt, aber in deren Körper unbemerkt ein kleiner Teil von ihm zurückgeblieben ist.

Seit Rebeccas Einlieferung vor ein paar Tagen tappen die Ärzte, was ihren Zustand anbelangt, im Dunkeln, aber in einer anderen, viel normaleren Angelegenheit hat sich eine komplexe Entwicklung vollzogen: Der Zellhaufen hat sich in die Wand ihrer Gebärmutter gebohrt und von selbst mit ihrem Blutkreislauf verbunden. Die Nährstoffe, die derzeit durch einen Nasenschlauch in ihren Magen eingeleitet werden, versorgen nicht nur sie, sondern auch ein zweites Lebewesen. Obwohl es nicht größer als ein Mohnsamen ist, ist schon vieles festgelegt – die braunen Augen, die Sommersprossen, die etwas schiefen Zähne. Vielleicht auch Abenteuerlust und Sprachbegabung. Ein Mädchen. All das steckt in diesen Zellen, wie ein Porträtgemälde auf einem Reiskorn.

Unterdessen drücken sich Rebeccas Angehörige auf der anderen Seite der Glasscheibe die Bibeln an die Brust und beobachten die winzigen Bewegungen ihrer zart flatternden Augenlider. Nicht weit von ihr entfernt zuckt einer von Calebs Füßen ein klein wenig unter der Bettdecke. Für den Augenblick schläft ihr Geheimnis mit ihnen.

Am selben Abend hört man im Krankenhausflur plötzlich Glas zerbrechen. Einen dumpfen Aufschlag. Eine der Krankenschwestern ist kollabiert. Wo sie liegt, ist der Linoleumboden mit dunklem Blut verschmiert. Genau wie ihr Kittel. Es dauert ein wenig, bis klar ist, dass das viele Blut aus den Glasröhrchen stammt, die sie vor ihrem Sturz getragen hat.

Letzten Endes ist es bei ihr wie in den anderen Fällen auch – der Schlaf hat sie übermannt.

KAPITEL 19

Der See: Inzwischen ist er schlammig und schwindet immer mehr im Sonnenschein, aber früher hat er mal unfassbar blau geglitzert. In der Sprache des Indianerstamms, der sein Wasser für Heilungsrituale verwendet hat, hieß er Little Pine Lake. Auf den Broschüren für das Sanatorium, das mittlerweile in ein Pflegeheim umgewandelt worden ist, stand in blauer Kursivschrift ein anderer Name gedruckt: Lake Restoration. Anschließend wurde der See zusammen mit der damals noch jungen Stadt ein weiteres Mal umbenannt – von einem Bauunternehmer, dem ein spanischer Name vorschwebte und der den gesamten Stadtkern im Missionsstil errichten ließ, damit er zu der von ihm erfundenen Heiligen passte. Und so heißen beide seither Santa Lora.

Schon immer haben die meisten Touristen und Wochenendgäste dreißig Meilen vor dem Santa Lora Lake haltgemacht – sie lassen ihre Boote in dem größeren und bekannteren See zu Wasser, der an der gleichen Straße liegt.

Dennoch zieren dieser kleine See und die Berge um ihn herum das Logo des Santa Lora College. Sie werden in Schilder eingraviert, auf T-Shirts gedruckt und auf Jacken und Kappen gestickt.

Nathaniel hat zum ersten Mal vor dreißig Jahren auf dieses Gewässer hinausgeblickt. Damals war er ein junger Biologieprofessor, und seine Tochter zappelte auf den Armen seiner Frau. Nach nur einem Jahr war ihre Ehe bereits im Begriff zu scheitern. Das hier war eigentlich nur als Übergangsjob gedacht, als Zwischenstation. Er wäre schon vor Jahren wieder von hier weggegangen, hätte er nicht Henry kennengelernt und mit ihm überraschend in seinen mittleren Jahren die Liebe gefunden. Plötzlich war nur er ihm noch wichtig. Und das ist der See, an dem Henry und er während der drei folgenden Jahrzehnte so gern miteinander spazieren waren.

In diesem See haben Sara und Libby schwimmen gelernt, im flachen Wasser, das jeden Sommer mit Bojen markiert und von jugendlichen Rettungsschwimmern überwacht wird. Er schimmert im Hintergrund auf einer der wenigen Fotografien, die die Mädchen je von ihrer Mutter gesehen haben: Der Wind weht ihr die dunklen Haare übers Gesicht, sie hält einen Strauß Gänseblümchen in der Hand und trägt ihr knielanges cremefarbenes Hochzeitskleid. Auf dem Bild lässt sie ein Paar Sandalen mit Absätzen von einem Finger baumeln, während ihr Vater in einem einfachen grauen Anzug neben ihr steht. Sie stehen beide barfuß und lächelnd auf dem Sand, als hätten sie, wie man so sagt, noch ihr ganzes Leben vor sich.

Der See ist nicht mehr so groß wie früher. Jedes Jahr weicht er weiter zurück und gibt frei, was er über Jahrzehnte hinweg verschluckt hat: Dosen, so zahlreich wie Muscheln, Bruchstücke von Strandliegen und Kühlboxen, das Gerippe eines halb vergrabenen Ford Model T.

Trotzdem haben dieser See und die Entenfamilien, die jeden Frühling auf ihm schwimmen, Ben und Annie an ihrem ersten Tag in Santa Lora bezaubert, genau wie Mei und ihre Eltern am Ende ihrer Campus-Tour.

Brände wurden gelöscht mit dem Wasser dieses Sees, das speziell konstruierte Helikopter wie Pelikane aus ihm geschöpft und dann auf die Flammen in den Bergen gekippt haben.

Und er liefert immer noch ein Viertel des Wassers, das durch die Rohrleitungen von Santa Lora fließt. Das ist auch der Grund für das Gerücht, das nun in der Stadt kursiert, dass das Wasser vielleicht vergiftet sei.

Aber die Fakten sagen etwas anderes: Am vierzehnten Tag isoliert ein Forscher in einem staatlichen Labor in Los Angeles das Santa-Lora-Pathogen in einer Petrischale. Wie sich herausstellt, sind weder Wahnsinn noch Gift oder Bakterien für die Beschwerden verantwortlich. Stattdessen wird Santa Lora von etwas heimgesucht, das weder tot noch lebendig ist – einem Virus. Eines, das die Wissenschaft bisher noch nicht kennt. Und dieses Virus schwimmt nicht in den Fluten des verdampfenden Sees, sondern bewegt sich auf die gleiche Weise wie Masern, Windpocken und die Grippe. Es fliegt.

Von der Luft übertragen: Mit dieser Nachricht finden die Krankenhausmitarbeiter bestätigt, was sie bereits seit Tagen vermuten. Zwei Ärzte und vier Schwestern schlafen inzwischen neben ihren Patienten. Das Belüftungssystem ist ausgeschaltet.

Also schließt das Krankenhaus an diesem vierzehnten Tag seine Pforten und ruft eine Quarantäne aus.

Sie betrifft zweiundzwanzig Schlafende, zweiundsechzig weitere Patienten, fünfundvierzig Familienmitglieder auf Krankenbesuch, achtunddreißig Ärzte, Krankenschwestern und sonstiges Personal sowie eine Psychiaterin aus Los Angeles: Catherine sitzt mit den anderen in der Falle, einhundert Meilen von dem Ort entfernt, wo ihre Tochter schläft.

KAPITEL 20

In der Nacht desselben Tages wird eine Rauchwolke gesichtet, die aus dem Wald hinter der Stadt heranwabert. Es ist eine windige Nacht. Und trocken. Aus der Wüste im Osten wehen Santa Anas: Feuerwetter.

Wie in so vielen Nächten zuvor erhellen die flackernden Lichter der Feuerwehrwagen die Straßen von Santa Lora. Rauschende Notfunkgeräte verbreiten wieder einmal die Nachricht von einem Brand, der in diesen uralten, staubtrockenen Wäldern wütet. In dieser ohnehin sorgengeplagten Stadt werden die Gesunden von gellenden Sirenen aus ihren Träumen gerissen.

Allerdings nicht das Baby, das derweil sanft in seinem Bettchen schnarcht, obwohl es eigentlich bereits vor einer Stunde hungrig hätte aufwachen müssen. Und auch nicht Ben, der auf dem Teppich eingeschlafen ist, während er ihr durch die Stäbe des Betts beim Atmen zugesehen hat. Oder Annie, die sich irgendwann später zu ihm gelegt und eine Decke über ihn gebreitet hat, bevor ihr die Augen zufielen.

Ben und Annie: An wie vielen verschiedenen Orten haben die beiden bereits nebeneinandergelegen. In diversen Doppelbetten während ihrer Collegezeit – mit ineinander verschlungenen Beinen und dem Atem des jeweils anderen in der Nase. Auf dieser Luftmatratze im Keller ihres Elternhauses, wo sie immer heimlich zu ihm hinuntergeschlichen ist, sobald ihre Eltern zu Bett gegangen waren. In Schlafsäcken in Mexiko, im Sommer nach dem College, als sie noch so jung und ernsthaft waren, dass Annie ganze Abende lang unermüdlich versuchte, ihm die String-Theorie zu erklären, während Ben ihr Proust vorlas. Sie haben nach dem Genuss von zu viel Whisky und Wein nebeneinander geschlafen und auch erschöpft vom Jetlag an ihrem ersten Nachmittag in einer Herberge in Rom. Jahre später haben sie bei ihrer Familie in Maine auf der Veranda in Hängematten gedöst und sich an vielen Sonntagen in Brooklyn nackt ausgezogen und ein Nickerchen gemacht. Im vergangenen Jahr ist der Schlaf ruhelos und eifersüchtig gewesen, als Annie anfing, bis tief in die Nacht mit ihrem Doktorvater zu arbeiten. Einmal schliefen sie nach einem wütenden Streit ein, nachdem sie ihm erklärt hatte, dass zwar nichts passiert sei, sie jedoch Zeit zum Nachdenken brauche. Im Anschluss blieb Ben schlaflos und allein in ihrem Apartment zurück, während sie zwei Wochen, ohne sich einmal zu melden, bei ihren Eltern verbrachte. Dann folgte der anstrengende Schlaf in einem Gefühlswirrwarr aus Trauer und Erleichterung, als sie ihm eröffnete, dass sie zu ihm zurückwolle, und ihn fragte, ob er ihr verzeihen könne. Während unzähliger Autofahrten, Zugreisen und Flüge schliefen sie mit dem Kopf auf der Schulter des anderen, in ihren Flitterwochen schliefen sie am Strand in Mexiko und holten sich dabei einen Sonnenbrand. Und während sie schliefen, hatten sie gute und auch schlechte Träume, Träume, die sie einander erzählten, und andere, die sie sich verschwiegen, sowie all die Träume, an die sie sich anschließend nicht erinnern konnten und die ihnen auch nie mehr einfallen würden. Unzählige Träume sind ihnen durch den Kopf gegangen, während sie mit nur wenigen Zentimetern Abstand nebeneinandergelegen haben.

Und während der vergangenen drei Wochen haben sie eine neue Art Schlaf kennengelernt, kurz, aber tief und unglaublich effizient. Denn es ließ sich nie vorhersagen, wann das Baby die Augen aufschlagen und nach ihnen rufen würde.

Doch in dieser Nacht wacht das Baby trotz der Sirenen nicht auf. In dieser Nacht schreit es nicht.

Stattdessen bleiben die drei in dem dunklen Babyzimmer tief im Schlaf versunken, während ihre Gedanken in verschiedene Richtungen davonjagen. Sogar Graces, deren unergründliche Träume ihre Augenlider zum Flattern bringen. Ihre Lippen beben, und einer ihrer Arme zittert kaum merklich in ihrem Bettchen.

Im Haus nebenan wachen Sara und Libby sofort auf. Genau wie die Katzen.

»Dad«, rufen die Mädchen in die Finsternis, während draußen die Sirenen kreischen.

Aber sie wissen, was zu tun ist und wohin sie gehen müssen. Während der Brandsaison passiert so etwas immer wieder. In Kürze werden sie draußen im Truck sitzen und abwarten, während ihr Vater mit dem Gartenschlauch das Dach nass spritzt. Ein einzelnes Glutstück kann meilenweit vom Wind verweht werden und ein Haus wie ihres in Brand stecken.

»Wir können die Kätzchen nicht zurücklassen«, sagt Libby. Sie versucht, sie einzusammeln, aber es sind zu viele für ihre dünnen Arme. Zwei sind bereits mit aufgestellten Haaren unter ihr Bett geflitzt. Ihre aufgeplusterten weißen Schwänze sehen wie Staubwedel aus, und ihre winzigen Zähne schimmern in der Dunkelheit.

Sara läuft in das Zimmer ihres Vaters am Ende des Flurs. Da er wie immer mit offenem Fenster schläft, vibriert der ganze Raum vom Heulen der Sirenen, und aus dem Funkgerät, das er stets neben dem Bett stehen hat, dringen verrauschte Stimmen.

»Dad«, sagt sie, plötzlich ganz schüchtern, von der Tür aus.

Im schwachen Licht der Straßenlaterne kann sie in dem breiten alten Bett seinen Umriss ausmachen. Er liegt auf der Seite und wirkt völlig reglos.

Ein Windstoß erfasst die Vorhänge und peitscht sie ins Zimmer.

»Daddy?«, fragt sie.

Sie schaltet das Licht an: Seine Augen sind geschlossen, seine Gesichtszüge schlaff. Mit spitzen Fingern schlägt sie die Decke zurück und stupst seine nackte Schulter an. Er ist in den letzten Jahren sehr mager geworden.

»Wach auf«, flüstert sie.

Wie merkwürdig es ist, sein Gesicht zu berühren, den alten Schweiß auf seiner Haut zu riechen und den abgestandenen Atem, den er beim Schnarchen ausstößt.

Libby kommt hinter ihr ins Zimmer gelaufen und wischt sich die Haare aus dem Gesicht. »Ihr müsst mir dabei helfen, alle Katzen einzufangen. Sie laufen kreuz und quer durch die Gegend.«

»Er wacht nicht auf«, sagt Sara.

Libby ruft ihm laut ins Ohr – keine Reaktion. Und Libby zwickt ihn auch in den Arm.

»Sei vorsichtig«, mahnt Sara. »Tu ihm nicht weh.«

Aber in seinem Gesicht ist kein Schmerz zu erkennen.

Und es ist Libby, die sich dicht über sein Gesicht beugt. Ihre Locken fallen ihm auf die Stirn, während sie sich vergewissert, dass er atmet.

»Das ist diese Krankheit, oder?«, fragt Libby. In ihren Augen stehen Tränen.

Sie sollten schon längst mit ihren Taschen über den Schultern und Schuhen an den Füßen unten sein. Beim ersten Anzeichen von Feuer in den umliegenden Wäldern verlässt ihr Vater mit ihnen die Stadt, da der Weg hinaus mit nur einer einzigen Ausfallstraße ein gefährlicher Fluchtkorridor ist. Das Sicherste ist abzuhauen, und zwar bevor irgendjemand anders darüber nachdenkt, es zu tun.

Inzwischen riechen sie den Rauch.

Ein Schlafzimmer ist kein sicherer Ort während eines Feuers, und im zweiten Stock ist es am gefährlichsten.

»Wir können ihn nicht allein hier oben lassen«, sagt Libby.

Die Sirenen heulen immer noch. Sara sieht zum Fenster hinaus. In dieser Dunkelheit kann sie nicht erkennen, wo der Rauch herkommt und wie weit der Brandherd entfernt ist.

Eine erschreckende Ruhe erfüllt sie. Mehrere wichtige Entscheidungen stehen an. Er würde wollen, dass sie verschwinden und sich an einen geschützten Ort begeben – das weiß sie. Wenigstens ins Erdgeschoss, wo sie im Notfall weglaufen könnten. Aber das wird sie nicht tun.

»Wir lassen ihn nicht allein«, sagt sie. »Wir bleiben hier, ganz egal, was passiert.«

Draußen biegen sich die Eukalyptusbäume im starken Wind, ihre Äste kratzen übers Dach, als wollten sie sich daran festhalten.

»Denk dran, wie oft der Wald gebrannt hat, seit es dieses Haus gibt«, sagt Sara und beugt sich näher an ihre Schwester heran. »Vergiss nicht, wie lange es schon steht.«

Und so setzen sie sich in ihren Nachthemden hin, halten die schlaffen Hände ihres Vaters und warten ab, was passieren wird.

Drei Straßen weiter wecken die Sirenen Nathaniel aus einem verstörenden Traum.

In dem Traum sind Henry und er dreißig Jahre jünger – sie haben sich gerade erst kennengelernt, zwei junge Professoren. Nathaniels Tochter ist zwei Jahre alt und stapelt auf dem Teppich Bauklötze aufeinander, in dem winzigen Apartment, das Nathaniel nach seiner Scheidung gemietet hat. In dem Traum sucht Henry fieberhaft nach etwas und stellt dabei das Apartment auf den Kopf. Ohne dass es ausgesprochen wird, weiß Nathaniel, dass Henry nach irgendeinem Gift sucht. Und wenn er es findet, wird er es nehmen. Nathaniel versteht nur nicht, warum Henry das tun will. Er bittet Nathaniel um Hilfe, fleht ihn an. Er könne so nicht leben, sagt Henry immer wieder, aber Nathaniel kann ihm nicht folgen: *wie leben?* In dem Traum versteht er nicht, weswegen Henry leidet. Schließlich folgt er ihm durch eine Tür, die irgendwie in das Wohnzimmer seiner Großmutter, in ihrem Haus in Michigan, führt, und plötzlich ist er sich ziemlich sicher, dass das Gift in der großen Uhr versteckt ist, die tickend in der Ecke steht. Aber er wird Henry nicht sagen, wo es ist. Wieso nicht? bedrängt Henry ihn immer wieder. Sein Gesicht ist jung, aber der Schmerz in seinen Augen ist der eines alten Mannes. *Warum willst du das nicht für mich tun?*

Als Nathaniel aufwacht, ist er komplett verspannt und das Bett schweißnass.

Wenn er diesen Traum zu einem anderen Zeitpunkt gehabt hätte, wäre er ihm vielleicht wie eine Prophezeiung vorgekommen. Und es hat Momente in seinem Leben gegeben, in denen er womöglich eine göttliche Botschaft darin gesehen hätte.

Vor fünfzig oder hundert Jahren, zur Zeit von Sigmund Freud, hätten die führenden Experten vielleicht behauptet, dass es in dem Traum nicht wirklich um Henry, sondern vielmehr um Nathaniels eigene Kindheit gehe, um irgendein unterdrücktes sexuelles Verlangen aus einer frühkindlichen Phase, und dass die wahre Bedeutung des Traums vor seinem Bewusstsein verborgen sei und analysiert werden müsse.

Allerdings hätten diejenigen, die in derselben Ära Jung den Vorzug gaben, ihn wiederum ganz anders gedeutet und darauf bestanden, dass ein Traum nicht in dieser Weise vereinfacht werden dürfe. Nicht alles drehe sich um sexuelles Begehren. Und wie Henry immer zu seinen Studenten der Literaturwissenschaft gesagt hat: Das Gedicht ist das Gedicht – man kann es nicht übersetzen. Vielleicht hätten die Jungianer auch angemerkt, dass der Traum bestimmte Archetypen des kollektiven Unbewussten enthalte: die Vaterfigur, das Kind, die Uhr.

Aber diese Vorstellungen stammen aus einer anderen Zeit.

Heute interessiert sich die Wissenschaft kaum noch für Träume.

Für Nathaniel, den Biologieprofessor, ist dieser Traum von Henry bloß erschütternd und verstörend. Er will ihn nicht ergründen und sucht rasch nach einer Ablenkung für seine Gedanken.

In dieser Nacht, als es brennt, fällt es ihm leicht, sich auf etwas anderes zu konzentrieren. Er ist fast erleichtert über den Rauchgeruch in der Luft, die lauten Sirenen und darüber, dass es etwas gibt, was er tun muss.

Ein paar Minuten später steht er im Garten und spritzt mit dem Gartenschlauch das Dach nass.

Im Krankenhaus bemerkt niemand den Rauchgeruch. Zwölf Stunden nach Beginn der Quarantäne gibt es eine größere Gefahr in diesen gleißend hellen Korridoren. Eine fünfte Schwester wird krank. Und auch ein alter Mann, der ursprünglich wegen einer Lungenentzündung eingewiesen worden ist, schläft nun bei den anderen in der Isolierstation.

Es gibt nicht genügend Betten für die Familienmitglieder, die in dem Krankenhaus festhängen, und so müssen sie auf dem Fußboden in den Korridoren schlafen. In dieser späten Stunde kann man die Kranken und die Gesunden äußerlich nicht mehr unterscheiden.

Ein paar kleinere Ärgernisse drohen sich bereits zu größeren Problemen auszuwachsen: Zwei Toiletten können nicht mehr gespült werden, und die übliche Essenslieferung für die Cafeteria ist ausgeblieben – der Lastwagenfahrer hat angesichts der Nachrichtenlage zu große Angst, sich dem Gebäude zu nähern.

Catherine achtet darauf, dass ihre Maske eng sitzt und dicht abschließt, außerdem trägt sie zwei Paar Handschuhe übereinander. Mit ihrer psychiatrischen Ausbildung ist sie für diese Situation nur unwesentlich besser gewappnet als die anderen. Ein Gedanke geht ihr ständig im Kopf herum: Wenn diese Krankheit sie erwischt, wird ihre Tochter keine Erinnerungen an ihre gemeinsame Zeit haben. Plötzlich kommt sie sich selbstsüchtig vor, weil sie sie allein in diese Welt gebracht hat.

Sie versucht, etwas für sie aufzuschreiben – nur für den Fall der Fälle –, was sie lesen kann, wenn sie älter ist. Aber sie schafft es nur, das Wichtigste und Offensichtlichste zu Papier zu bringen: *Du wurdest geliebt.*

In der Turnhalle schläft niemand. Sechsundzwanzig Jugendliche liegen im Dunkeln wach, vier weniger als noch am Vortag. Ein paar von ihnen glauben inzwischen, der Schlaf selbst sei das Gift, die Ursache und nicht der Effekt. Mei liegt auf ihrem Feldbett und zittert unter der Decke, die so steif und kratzig ist wie ein alter Mantel. Sie hält sich ihr Handy an die Brust, als wäre es ein Kruzifix. In einer Ecke flüstert irgendwer, jemand anders knabbert lautstark Süßigkeiten.

In diesem großen fensterlosen Raum sind die Sirenen nur gedämpft zu hören. Aber ein schwacher Rauchgeruch durchweht die Halle.

»Riecht ihr das?«, fragt ein Junge auf der anderen Seite des Raums. Mei sieht seine Silhouette im schwachen Licht des grünen Notausgangsschilds. Er legt die Hand an die Tür, um zu fühlen, ob sie heiß ist.

Die Stimmen schwellen an, während sich das Wort im Raum ausbreitet: *Feuer*. Nackte Füße klatschen auf den gebohnerten Holzboden.

»Wir müssen hier raus«, sagt jemand.

»Alle verhalten sich ruhig«, ruft der Wächter vor der Halle herein, wie immer aus möglichst großer Distanz. Diese Wächter fürchten sich davor, die gleiche Luft zu atmen wie die Jugendlichen. »Das Feuer ist weit oben im Wald, aber wir behalten es im Auge.«

In der Turnhalle erhebt sich Protestgeschrei. Sie können hören, dass der Wind auffrischt, und wollen unbedingt sehen, was dort draußen geschieht, wie nah oder weit entfernt das Feuer wirklich ist.

Ein paar von ihnen rotten sich in der Nähe des Vordereingangs zusammen. Der Wächter weicht vor ihnen zurück. »Ihr müsst den Sicherheitsabstand wahren«, sagt er.

Aber der Rauchgeruch wird immer stärker.

»Was kümmert es die, ob wir bei lebendigem Leib verbrennen?«, fragt Matthew, während Mei sich ihre Schuhe anzieht und den Rucksack überstreift.

Matthew geht als Erster mit schnellen Schritten auf den Wächter zu.

»Stopp«, sagt der, aber jeder kann sehen, dass er sich nicht traut, Matthew zu berühren. Matthew hält nicht an und geht durch die Vordertür hinaus.

Und jetzt wissen alle, dass es geht. Noch nie hat sich Mei mit den übrigen Jugendlichen so verbunden gefühlt wie jetzt, während sie alle wie eine Streitmacht rasch und ohne zu zögern durch die Tür treten – vorwärtsgetrieben von reiner Willenskraft, wie Menschen, die über glühende Kohlen laufen. Das Gefühl, plötzlich etwas tun zu können, beängstigt sie und verschafft ihnen einen Nervenkitzel. Sie hört, wie der Wächter über Funk nach Hilfe ruft.

Als ihnen der Wind ins Gesicht schlägt, reißen sich ein paar von ihnen sofort die Masken vom Gesicht und lassen sie hinter sich fliegen, wie in die Freiheit entlassene Vögel. Wer weiß, wie viele von diesen Jugendlichen die Krankheit bereits in sich tragen, dieses Ding, das sich ununterbrochen in ihrem Blut vermehrt und nur darauf wartet zu erblühen?

Aber in diesem Augenblick, in dieser Nacht, fühlen sie sich gut – *gut!* –, und sie rennen. Sie alle. Sogar Mei, der bei jedem Schritt der Rucksack gegen den Rücken prallt und leicht rauchige Luft in die Kehle fährt. Der heftige Wind raubt ihr den Atem – ein Santa Ana.

Falls der Wächter ihnen etwas hinterherruft, kann es bei diesem tosenden Wetter keiner von ihnen hören.

Matthew wird wissen, was als Nächstes zu tun ist – dieser Gedanke treibt sie in der Dunkelheit auf ihn zu. Sie hält an, wo er stehen bleibt. Der große dünne Junge, der genau genommen ein Fremder für sie ist, lehnt sich im dunklen Hintereingang der Bibliothek an eine Wand.

»Wo können wir hin?«, fragt sie, außer Atem von dem Sprint.

Das Feuer ist weiter entfernt, als sie gedacht hat: ein sanftes Leuchten hoch oben im Wald, um das sich Löschhelikopter kümmern. Plötzlich scheint klar, dass sie nicht vor dem Feuer fliehen.

»Ich weiß es nicht«, sagt Matthew. Er späht in alle Richtungen. Sein Gesicht liegt halb in den Schatten verborgen, den die Straßenlaternen werfen. »Keine Ahnung.«

Die anderen Jugendlichen stürmen vorbei, ihre eiligen Schritte knirschen in der Dunkelheit.

»Das war dumm von uns«, sagt Matthew und reibt die Handflächen aneinander. »Es ist nur eine Frage von Sekunden, bis ein SWAT-Team hier auftaucht.«

Plötzlich kommt Mei eine überraschende Idee, die als Flüstern aus ihrer Kehle dringt: »Ich glaube, ich weiß einen Ort.«

»Was?«, ruft er ihr über den Wind hinweg zu.

Diesmal spricht sie lauter: »Ich weiß, wo wir hinkönnen.«

Sie wird nie herausfinden, was sein kurzer überraschter Blick zu bedeuten hat – genauso haben die Jungs sie manchmal angesehen, wenn sie ihnen gezeigt hat, wie schnell sie über ein Fußballfeld laufen kann.

Er stellt keine Fragen, und sie brechen einfach auf.

Was für ein rauschhaftes Gefühl es ist, diesem Jungen genau das bieten zu können, was gerade nötig ist.

Als sie ankommen, ist der Rasen unter ihren Schuhen feucht. Dieses Gras ist ungeachtet der Dürre immer viel gesünder als das in anderen Gärten. Eine Reihe weißer Rosen biegt sich im Wind, ihre Blütenblätter liegen wie Konfetti auf der Wiese.

»Ich arbeite hier als Babysitterin«, erklärt Mei. Der Mercedes steht nicht in der Auffahrt, aber das Verandalicht ist angeschaltet. »Sie sind verreist.«

Es ist erstaunlich einfach: Sie muss nur den Schlüssel drehen und schnell mit einem Finger den Code für die Alarmanlage eintippen.

Im Inneren riecht es nach frischer Wäsche – und nach Sicherheit, als könnte es in einem so ordentlich geführten Haushalt niemals irgendwelche Schwierigkeiten geben. Es sind die Arbeitsoberflächen aus Marmor in der riesigen weißen Küche, die ihr dieses Gefühl vermitteln, und ebenso die vielen, vielen Kupferkannen. Die kunstvoll arrangierten Einmachgläser mit Miniatur-Sukkulenten, eines auf jeder Fensterbank. Die Art, wie der Holzboden im Licht der Deckenlampen glänzt, die von einer Zeitschaltuhr gesteuert werden, damit das Haus bewohnt aussieht, was im Moment ja auch so ist.

»Wir müssen die Schuhe ausziehen«, sagt Mei.

Matthew sieht sie skeptisch an, dennoch schlüpft er aus den Sandalen, von denen eine mit Klebeband geflickt ist – keiner der anderen Jungs trägt solche Schuhe. Sie versucht zu ignorieren, wie schmutzig seine Füße sind, die im cremeweißen Wohnzimmerteppich versinken.

»Wo sind sie eigentlich?«, fragt er, während er die Sandalen auf ein Regalbrett in der Garderobe stellt. Es ist, als wollte er mit diesem Tableau zum Ausdruck bringen: Wenigstens haben wir unsere Schuhe an den richtigen Platz geräumt. »Vielleicht haben sie mehr gewusst als wir.«

»Sie sind nur auf einer Kreuzfahrt«, antwortet Mei.

Matthew lacht in sich hinein. Da er nun keine Maske mehr

trägt, fällt ihr zum ersten Mal sein Mund auf, die dünnen Lippen, der beginnende Schnurrbart und seine Zähne, die infolge einer kieferorthopädischen Überkorrektur so dicht zusammenstehen wie Kacheln.

»Hast du dich je gefragt, wozu sie so ein großes Haus brauchen? Ich meine, was machen sie mit dem ganzen Zeug?«

Er nimmt eine kleine Vogelskulptur von ihrem angestammten Platz auf dem Klavier und lässt sie wie ein Kind herumfliegen.

»Sei vorsichtig«, sagt sie.

Vielleicht hätten sie nicht hierherkommen sollen.

Über dem Kamin hängt eine schimmernde honigfarbene Gitarre, irgendwer hat ihren Korpus signiert. Die darf man nicht anfassen – das ist es, was sie zu dem kleinen Mädchen sagt, das hier wohnt. Sie ist zwei Jahre alt und beginnt gerade erst zu verstehen, was erlaubt ist und was nicht. Nicht anfassen, wiederholt das Mädchen jedes Mal, wenn sie an der Gitarre vorbeigeht, nicht anfassen. Aber Matthew langt hinauf und schlägt die Saiten an.

»Oh«, ruft Mei. »Die bitte nicht anfassen.«

Das hätte sie nicht sagen sollen. Ihre Sorge um materielle Objekte ist ihr peinlich, aber auch, dass ihre Stimme am Satzende hochgegangen ist wie bei einer Frage: Die bitte nicht anfassen, oder?

»Entspann dich«, erwidert er. »Sind sie nicht gerade mitten auf dem Ozean?«

Sein ganzer Körper ist in Bewegung. Seine Finger schnippen, seine Füße klopfen dazu einen Rhythmus. Es wirkt abenteuerlustig, wie er kurz stehen bleibt, um auf den Couchtisch zu trommeln, als wäre es ein Armaturenbrett, wie er auf das Schaukelpferd des kleinen Mädchens steigt und seine absurd gebeugten langen Beine seitlich abstehen. Und seine Wildheit ist tatsächlich ein wenig ansteckend.

»Ich gehe mal die Vorhänge zuziehen«, sagt Mei. »Damit die Nachbarn uns nicht sehen.«

Es sind sehr viele Fenster.

Anschließend findet sie Matthew in der Küche – mit einer Flasche Wein in der Hand und einem Korkenzieher in der anderen.

»Das kannst du wirklich nicht tun«, sagt sie.

Aber einen Moment später gleitet der Korken auch schon mit einem leisen Ploppen aus der Flasche. Sie spürt, wie sie sich verspannt – wer weiß, was dieser Junge noch alles anstellen wird?

»Es ist nicht gerecht, dass sie so viel haben, wenn andere nur so wenig besitzen«, sagt Matthew. »Wir könnten ihn aus Protest in den Ausguss kippen.«

Doch stattdessen schenkt er den Wein in zwei Kaffeetassen und schiebt Mei eine über die Theke zu.

»Nein danke«, sagt sie.

Er lacht. Jetzt weiß sie, dass es ein Fehler war, ihn herzubringen.

»Na los, komm schon.«

Er steht da und lässt sie nicht aus den Augen. Also nimmt sie einen kleinen Schluck. Der Geschmack überrascht sie: Er ist frisch und kühl, ganz anders als der schwere Rotwein, von dem sie ein- oder zweimal bei Katrina gekostet hat, aber nur immer so viel, dass sie eine leichte Wärme auf ihrer Zunge gespürt hat. Damals schien es ihr so wichtig, einen klaren Kopf zu behalten. Aber jetzt kommt ihr das unreif vor, totaler Schwachsinn – so würde Matthew es wohl nennen.

»Wir dürfen nicht vergessen, die Flasche mitzunehmen, wenn wir gehen«, sagt sie. »Damit sie nicht merken, dass wir den Wein getrunken haben.«

»Darüber mache ich mir am wenigsten Sorgen«, entgegnet er.

Sie trinkt noch ein paar Schlucke. Vielleicht möchte sie ja nicht mehr das Mädchen sein, das die Regeln beachtet.

Hin und wieder hören sie in der Ferne Sirenen heulen und das Knattern der Hubschrauberrotoren.

Matthew stellt den Fernseher an. Sie lassen sich auf das Sofa sinken und spüren die Kühle des echten Lederbezugs unter ihren Handflächen.

»Schau mal«, sagt Matthew. »Wir sind im Fernsehen.«

Auf dem Bildschirm ist der Campus zu sehen, aus der Perspektive eines Hubschraubers. Drumherum flackern die Lichter von Polizeiwagen. Unbestätigten Berichten zufolge, sagt der Reporter, sollen nicht weniger als zwanzig Studenten die Quarantäne gebrochen haben.

Von ihrem Platz auf dem Sofa aus erscheint ihr die Situation längst nicht mehr so brisant und fast sogar ein bisschen lustig. Matthew füllt ihr immer wieder die Tasse nach.

Er sagt irgendwas über die amerikanische Geschichte, über die Amoral von Quarantänen und die Bürgerrechte.

Irgendwann hat sie das Gefühl, sie müsse die Augen schließen. Ein paar Sekunden später hört sie, wie ein Akkord angeschlagen wird. Die signierte Gitarre vom Kaminsims liegt quer über Matthews Schoß.

»Ich glaube, die ist nur zur Dekoration da«, sagt Mei. Sie hat das Gefühl, in die Couchkissen zu fließen.

Die Flasche Wein steht beinahe leer auf dem Beistelltisch.

»Dieses Ding ist total verstimmt«, sagt Matthew.

Die Idee, dass er nicht auf dieser Gitarre spielen sollte, scheint durch den Raum zu geistern, aber es ist ein Gedankenkonstrukt und kein echtes Gefühl, wie eine Theorie, die nichts mit ihr zu tun hat.

Sie wird sehr, sehr müde. Sie weiß nicht, ob sie in ihrem ganzen Leben schon mal so schläfrig gewesen ist. Kurz zuckt sie ängstlich zusammen: Was, wenn das die Krankheit ist, die sich nun ihres Körpers bemächtigt? Aber diese Sorge vergeht gleich wieder. Irgendetwas blendet alles aus, bis auf die beruhigende Kühle der Ledercouch unter ihren Händen und das weiche Kissen unter ihrem Kopf.

»Hey, warte mal«, sagt Matthew. »Trink noch Wasser, bevor du schläfst.«

Aber dafür ist es bereits zu spät. Sie schläft ein, gleich hier neben Matthew auf der Couch. Es ist ein dunkler, ozeanischer Schlaf: tief, ruhig und ohne Träume.

KAPITEL 21

Die Mädchen: Ein paar von ihnen rennen von der Turnhalle zum Parkplatz, barfuß oder in Flip-Flops, die Haare vom Wind zerzaust. Sie quetschen sich zu dritt oder zu viert in ihre Autos und rasen in Richtung Hauptstraße davon. Eines der Autos wird sofort von der Polizei aufgehalten. Ein anderes wird schließlich vor dem Haus eines ihrer Freunde entdeckt. Die Mädchen sitzen drinnen und essen Pizza. Aber eines kommt durch und fährt unbemerkt aus der Stadt hinaus. Im Wageninneren herrscht ein vertrautes Hochgefühl, alles um sie herum erfüllt sie mit ungezügelter Freude. Ihre Stimmen, die laut zur Radiomusik singen, und die Bäume, die immer wieder kurz im Scheinwerferlicht aufblitzen, während die kurvige Straße mit hoher Geschwindigkeit unter ihnen wegzieht. Und was für eine Geschichte sie später zu erzählen haben werden. Es hat etwas Berauschendes, nur ganz knapp entkommen zu sein. Sie jagen an Hütten und Campingplätzen vorbei, bis sich schließlich in allen Richtungen nur noch der Wald erstreckt. Sie weichen einem Hirsch aus, das Abblendlicht funkelt in seinen Augen. Sie fühlen sich unbesiegbar. Und außerdem ganz plötzlich erfüllt von Liebe – zueinander, zu sich selbst und zum Leben! Alles gehört dazu. Die Sterne. Der Wald. Der Rauchgeruch in der Luft. Weil die Gefahr so nah ist – oder es sich zumindest so anfühlt –, ist es umso schöner, achtzehn Jahre alt und in dieser ganz speziellen Nacht in einem schnellen Auto auf einer dunklen Straße unterwegs zu sein.

Nach zwanzig Meilen erreichen sie das nächste Städtchen, eine kleine Ansiedlung entlang der Straße mit zweihundertfünfzig Einwohnern. Sie halten an einer Tankstelle und besorgen sich Kaugummis. Eines der Mädchen holt ihren gefälschten Ausweis heraus und kauft ein Sixpack Wodka Lemon. Das Geld dafür wandert von ihrer nackten Hand in die des Verkäufers. Ein anderes flüstert einem Fremden aufreizende Worte ins Ohr, wobei sich ihr Atem mit seinem vermischt. Ihre Handflächen gleiten über die Ladentheke. Sie berühren die Griffe der Kühlschränke, aus denen sie Wein und Eiscreme nehmen. Ihre Finger betasten die Schlüsselanhänger neben der Kasse.

In diesem Moment ist ihnen nicht klar, welche Gefahr von ihnen ausgeht. Heute Nacht und in dieser Stimmung können sie sich unmöglich *(unmöglich!)* vorstellen, dass sie schon morgen in einem Zimmer des Retro-Motels, das sie bald ein Stück weiter an der Straße entdecken, alle in einen tiefen Schlaf fallen werden. Oder dass man ein paar Tage später den Tankstellenverkäufer finden wird, wie er gegen Ende seiner Nachtschicht reglos genau über dieser Theke hängt. Auch der Fremde wird dem Schlaf nicht entkommen. Nachdem er ein paar Tage lang allein gewandert ist, wird er ihn in seinem Schlafsack erwischen, in einem abgelegenen Teil des Waldes, wo man ihn erst nach zwei Jahren entdeckt.

KAPITEL 22

Im Vorhinein weiß man nie, wie viel Schaden ein Waldbrand anrichten wird, und am nächsten Tag bescheint die Morgensonne nur ein kleines Gebiet mit verbrannten Bäumen, die sich schwarz und kahl vor dem Himmel abzeichnen. An ihren Zweigen hängen keine Nadeln mehr, so als wäre nun auch für die immergrünen Pflanzen endlich der Winter gekommen.

Viel später werden die offiziellen Stellen den Beginn der flächendeckenden Epidemie bis zu dieser Nacht zurückverfolgen, als die sechsundzwanzig Studenten mit ihrem verseuchten Atem hügelabwärts durch den Wald in die Stadt gelaufen sind.

Doch ab da ist der zeitliche Ablauf der Ereignisse ungewiss, die Übertragungskette unklar. In derartigen Rekonstruktionen gibt es immer Leerstellen, da man nicht alles wissen kann, was passiert. Und in ein paar dieser Lücken beginnen Spekulationen zu wuchern.

Am Tag nach dem Feuer liegt Sara frühmorgens auf dem Holzfußboden und dreht im Schlaf leicht den Kopf.

Eines der Kätzchen leckt etwas vom Boden auf. Die weißen Pfötchen vor ihren Augen und die ungeduldig klickenden Krallen wecken sie auf. Ansonsten ist es im Haus ruhig. Die Sonne scheint.

Ihr Vater liegt unverändert in seinem Bett, reglos und in einen tiefen Schlaf versunken.

»Dad«, flüstert sie. Er antwortet nicht.

Die Panik der vergangenen Nacht kehrt zurück, aber sie fühlt sich anders an: erstarrt. Ihr Vater hat die Krankheit – so viel steht fest.

Und noch ein anderes Gefühl steigt in Sara auf: dass sie das alles vorausgesehen und seit Jahren erwartet hat, natürlich nicht exakt diese Katastrophe, aber irgendeinen unvermeidlichen Verlust, nach dem alles mit einem Schlag auseinanderbrechen würde. Es scheint fast so, als hätte sie sich in all den Nächten, die sie wach gelegen und sich Sorgen gemacht hat, auf diese Situation vorbereitet.

Ihr Vater sieht friedlich aus und jung – oder wenigstens jünger als sonst. Seine Stirn ist ganz glatt. Sie erlebt ihn nur selten so entspannt und mit geschlossenen Augen.

Sara bemerkt, dass seine Augenlider zucken.

Von was er hinter dieser Stirn wohl träumt? Von einer Katastrophe oder davon, dass sie ausbleibt? Von einem anderen oder von ihrem wirklichen Leben?

Als die Schwestern die Decke von seinem Körper zurückschlagen, steigt Uringeruch vom Laken auf.

»Ich finde, wir sollten jemand anrufen«, sagt Sara. »Vielleicht den Notruf.«

»Nein«, sagt Libby. »Das würde er nicht wollen.«

Damit hat sie natürlich recht. Ihnen ist klar, was er dazu sagen würde: Polizisten sind ausnahmslos Lügner, den Ärzten geht es nur ums Geld, das ganze System ist zu ihren Ungunsten manipuliert.

»Und sie werden uns mitnehmen«, sagt Libby. »Dann kommen wir in Pflegefamilien und werden uns nie wiedersehen.«

Diese Vorstellung hat ihnen ihr Vater eingeimpft. Immer wieder hat er sie davor gewarnt, was passieren würde, wenn das Sozialamt sie abholen kommt.

Es gibt keine Großmutter, die man anrufen kann, keine Tante und auch keinen Freund der Familie, der wüsste, was zu tun ist. In diesem Haus und überhaupt in ihrem ganzen Leben sind sie immer nur zu dritt gewesen. Und jetzt sozusagen bloß noch zu zweit.

Letztlich liegt es am Wasser. Sein Körper braucht Wasser, oder? Und sie haben keine Möglichkeit, es ihm einzuflößen.

Schließlich ist es Sara, die den Notruf wählt und die richtigen Lügen erzählt. Sie rufe aus Minnesota an, aus dem Haus ihrer Großmutter, erklärt sie dem Beamten am Telefon. Ihr Vater sei zu Hause und vielleicht krank, sagt sie, vielleicht habe er diese Schlafkrankheit. Wäre es möglich, dass jemand nach ihm sieht?

Später beobachten die Mädchen ihr Haus vom Wald aus. Sie sitzen auf dem kleinen Hügel am Straßenrand und ziehen die Knie an die Brust, als wären sie die Kinder anderer Leute, die im Dreck spielen, Pinienzapfen sammeln und auf irgendwas warten. Bloß irgendwelche Nachbarkinder. Sara fällt zum ersten Mal auf, wie ihr Haus mit seinen vernagelten Fenstern und den rostigen Regenrinnen auf die Nachbarn wirken muss.

»Na und?«, sagt Libby. Es ist später Nachmittag, und sie kneift im hellen Sonnenlicht die Augen zusammen. »Es ist mir egal, was die denken.«

Vom See weht ein Wind herauf. Hier draußen ist es kälter, als sie nach so vielen Tagen im Haus geahnt haben.

Die Luft: Sie ist erfüllt vom Duft nach Pinienharz, dem Summen der Insekten und dem Geschrei des Babys von nebenan. Die Mutter ist mit der Kleinen vor dem Haus und läuft unruhig auf der Veranda hin und her. Ihr Gesicht ist dicht neben der Wange des Babys, ihr Mund bewegt sich wie beim Singen.

»Das ist das winzigste Baby, das ich je gesehen habe«, sagt Libby.

Sein Gesicht ist rot, es schielt und ist in eine weiße Wolldecke gewickelt.

Bevor sie das Haus verließen, haben die Mädchen die Katzen in den Keller getrieben und die Tür abgeschlossen. Die Vordertür haben sie für die Rettungskräfte offen gelassen. Weiter als ein paar Stunden haben sie nicht vorausgeplant. Sie werden sich eine Zeit lang draußen verstecken. Was der morgige Tag bringen wird, liegt im Dunkeln. Sie wissen es nicht.

Als schließlich in der Ferne eine Sirene ertönt, drückt Sara ihrer Schwester die Hand – jemand kommt, um ihrem Vater zu helfen. Doch als die Hecktüren des Ambulanzwagens aufschwingen, sieht es nicht nach einem Helfereinsatz aus.

Libby keucht auf: Aus dem Fahrzeug steigen vier Gestalten in blauen Ganzkörperanzügen. Wie Astronauten, denkt Sara. Wegen ihrer Masken und der Schutzhauben, die ihre Köpfe bedecken, können die Mädchen nicht erkennen, ob es Männer oder Frauen sind. Sie tragen grüne, bis zu den Ellbogen reichende Gummihandschuhe. Sogar ihre Schuhe sind in Plastik gehüllt. Und diese Schürzen – jeder von ihnen trägt eine durchsichtige Kunststoffschürze über dem Anzug, wie Metzger, die gekommen sind, um Fleisch zu hacken.

»Was werden sie mit ihm machen?«, fragt Libby.

»Sie helfen ihm«, entgegnet Sara, aber sie ist sich nicht mehr sicher. Plötzlich teilt sie sämtliche Ängste ihres Vaters, und ein Schuldgefühl drückt ihr auf den Magen.

»Ich habe es dir doch gesagt«, zischt Libby ihr zu. »Du hättest nicht anrufen sollen.«

Aber es ist zu spät. Diese Fremden gehen bereits durch die Vordertür hinein und tauchen kurz darauf in den oberen Stockwerken als blaue Schemen hinter den Fenstern wieder auf. Ihre Anzüge sind durch die Schlitze zwischen den Brettern fast nicht zu sehen.

Das Baby von nebenan fängt wieder an zu weinen, aber die Mutter hat aufgehört, es zu wiegen. Stattdessen steht sie stocksteif da und beobachtet, was im Haus der Mädchen passiert. Dabei hält sie sich eine Hand vor den Mund, als hätte sie gerade eine schlechte Nachricht bekommen. Oder einen Schreck. Wo sie die Babydecke losgelassen hat, ragen kleine rosa Füße heraus.

Als die Vordertür wieder aufgeht, sehen sie ihn – ihren Vater – auf einer Trage liegen, die wie ein Sarg in den Armen der Fremden hin und her schwingt.

Mit seiner bloßen Brust und nackt bis auf die Boxershorts wirkt er öffentlich bloßgestellt. Es gefällt ihnen nicht, wie sein Kopf wackelt, während die Fremden ihn zum Gehweg tragen.

Nicht alles, was im Leben geschieht, kann man verarbeiten. Manche Ereignisse lassen sich nicht in ihre Einzelteile zerlegen. Manche Bilder vergisst man nie.

»Er würde das nicht wollen«, sagt Libby und wirft einen Pinienzapfen in den Wald. Ihre dünnen Arme sehen wie die eines Jungen aus. »Er fände das richtig schlimm.«

»Was hätten wir denn sonst tun sollen?«, fragt Sara. Aber sie fühlt sich schuldig und spürt, wie sich ihr ganzer Körper Muskel für Muskel verspannt.

Nachdem die Fußsohlen ihres Vaters, wie immer dreckig und voller Schwielen, im weißen Krankenwagen verschwunden sind, sprüht einer der Anzugträger die anderen mit irgendeinem feinen Nebel ein.

Die Frau von nebenan und das Baby sind verschwunden.

Bevor der Wagen wieder abfährt, kehrt noch mal einer von ihnen auf die Veranda zurück. Er hält eine Dose in der Hand. Die Mädchen hören das metallische Klackern, als er sie schüttelt, und dann das lang gezogene Zischen von Sprühfarbe, die durch eine Düse entweicht.

»Hey«, flüstert Libby. »Was machen die mit unserem Haus?«

Auf dem abgesplitterten Holz der Vordertür prangt nun ein großes schwarzes X. Erneut klackert und zischt es, als der Fremde noch ein zweites X auf die Seitenwand des Hauses sprüht.

Erst nach einer ganzen Weile merken die Mädchen, dass sie Hunger haben. Sobald die Sonne hinter dem Hügel untergangen ist und die Zikaden ihr allabendliches Konzert beginnen, schleichen sie sich leise wie Einbrecher in ihr Haus zurück. Und obwohl es in der Straße nun fast völlig dunkel ist, trauen sie sich nicht, die Lichter anzumachen. Sie sind elf beziehungsweise zwölf Jahre alt und ganz allein in einem großen Haus.

KAPITEL 23

Ben steht in der Drive-Through-Schlange, das Auto voller Windeln und Lebensmittel, als ihm einfällt, sein Handy zu checken. Vielleicht spürt er, dass Probleme auf ihn warten: zwei verpasste Anrufe von Annie auf der Mailbox und eine Nachricht. »Ich bin's«, hört er sie sagen. »Komm schnell heim.«

Er ruft sie vom Parkplatz aus zurück, aber sie meldet sich nicht.

Er fährt so schnell, dass die Babyspielzeuge über den Rücksitz kullern, und hat das Gefühl, den Boden unter den Füßen zu verlieren.

In der Nacht zuvor hatte er einen Traum, in dem er zusammen mit dem Baby im Ozean trieb. Ohne Floß und nirgendwo Land in Sicht. Er hielt Grace mit einem Arm fest und schwamm mit dem anderen. Dabei ist immer wieder ihr Köpfchen vornüber ins Wasser gesackt. Im Traum ging es ihm nur darum, ihre Nase über den Wellen zu halten. Doch dann ist sie ihm entglitten, und danach durchwühlte er auf der Suche nach ihr das kalte Wasser. Es schien Stunden zu dauern, aber wer durchschaut schon die physikalischen Gesetze von Träumen? Möglicherweise vergingen unterdessen in dem Raum, wo er neben ihrem Bettchen auf dem Boden lag, nur wenige Sekunden.

Er rast durch die Stadt, immer dicht am See entlang.

An einer Ampel versucht er noch mal, Annie anzurufen. Vergeblich.

Als er endlich in ihrer Einfahrt steht, lässt er die Einkäufe im Kofferraum und verschwendet keine Zeit damit, den Wagen abzuschließen. Er rennt die Treppe hinauf.

Noch bevor er seine Frau sieht, hört er sie sprechen, drängend und barsch. Von den Farbmarkierungen auf dem Nachbarhaus bekommt er nichts mit.

»Endlich«, ruft sie ihm entgegen. »Ich habe mehrfach versucht, dich zu erreichen.«

»Wo ist sie?« Aber das Baby liegt ganz normal in seinem Bettchen auf der Seite, und die blauen Augen sind offen. Sie ist am Leben. Er birgt ihren warmen Kopf an seiner Wange. »Ist alles okay mit ihr?« Sie ist immer noch so klein, dass ihre Hände ständig in den Ärmeln verschwinden.

Manchmal macht es ihn nervös, dass er ursprünglich gar kein Kind haben wollte, als könnte die Zeit plötzlich rückwärtslaufen und es ihm heimzahlen, indem sie das, was *ist*, zurücknimmt und gegen etwas austauscht, was andernfalls gewesen wäre.

»Die Nachbarn haben es«, sagt Annie. »Sie haben die Krankheit.«

Sein Magen krampft sich zusammen.

»Was meinst du damit?«, fragt er, obwohl er sie genau verstanden hat.

»Sie haben den Vater gerade auf einer Trage rausgeholt«, sagt sie. »Er war bewusstlos.«

Kann der Erreger durch die Luft fliegen, durch ein offenes Fenster hinaus und durch ein anderes herein?

Oder könnte er aus dem Hals eines Mädchens aufgestiegen sein, das gerade erst neulich auf ihrer Veranda gestanden hat, nur ein paar Schritte von der Kleinen entfernt?

»Und die Leute, die ihn geholt haben, hatten solche Anzüge an«, sagt Annie. »Du weißt schon, welche aus Kunststoff, unter denen man keine Haut sieht. Wie sie sie auch bei Ebola-Infektionen tragen.«

»O Gott.«

An einem anderen Tag hätte er sich vielleicht größere Sorgen um die Töchter dieses Mannes gemacht, aber heute denkt er nur an seine eigene, die sich in seinen Armen windet und deren Immunsystem noch nicht voll ausgereift ist. Was der Körper eines Erwachsenen mit Leichtigkeit abwehrt, kann bei einem Neugeborenen noch große Schäden anrichten. Er wiegt die Kleine in seinen Armen, als wäre sie diejenige, die beruhigt werden muss.

»Komm, wir verschwinden von hier«, sagt Annie. »Lass uns ins Auto steigen und losfahren. Vielleicht bekommt sie es ja gar nicht von der Milch, aber wenn wir in der Stadt bleiben, wird sie sich ganz bestimmt noch irgendwo anstecken.« Sie legt Graces Anziehsachen in einem kleinen Stapel auf das Bett und beginnt zu packen.

»Aber sie haben uns verboten, die Stadt zu verlassen.«

Annie seufzt übertrieben genervt, als dauerte diese Diskussion schon den ganzen Tag. »Ich wusste, dass du das sagen wirst.« In ihrer Stimme liegt ein gehässiger Unterton, den er gar nicht von ihr kennt. »Du kannst ja bleiben, wenn du möchtest, aber ich bringe sie von hier weg.«

Nur Annie bringt es fertig, so etwas zu sagen. Es ist ja nicht so, dass das Baby immer noch in ihrem Körper steckt.

Sie streckt sich, um einen Koffer vom Schrank herunterzuholen.

»Lass mich das machen«, sagt Ben, weil Annie noch nichts Schweres heben darf. »Wenn wir schon fahren, dann sollten wir uns besser beeilen.«

In einer Stunde wird die Krankenschwester wiederkommen, um bei Grace die Temperatur zu messen.

Aber es dauert lange, bis sie alles zusammenhaben, was sie brauchen. Als sie den Stubenwagen und die Windeln, die gespülten Fläschchen und die Milchnahrung, die Wickeltücher und die Schnuller und die Milchpumpe und alles andere endlich im Kofferraum verstaut haben, ist es bereits wieder an der Zeit, die Kleine zu füttern, und so läutet es genau in dem Moment an der Tür, als Grace gerade mit müdem Blick die letzten Schlucke aus dem Fläschchen saugt und schließlich auf Annies Armen einschläft.

Ben wird rot und befürchtet, dass ihm ihr bevorstehender heimlicher Aufbruch deutlich am Gesicht anzusehen ist.

»Benimm dich ganz normal«, flüstert Annie, als es zum zweiten Mal klingelt.

Es ist eine unausgesprochene Lüge, dass Ben die Schuhe auszieht und barfuß die Tür öffnet wie jemand, der an diesem Abend nicht mehr vorhat, das Haus zu verlassen.

Vor ihm steht wieder dieselbe Schwester, aber diesmal trägt sie mehr Schutzkleidung: eine komplette grüne Krankenhausgarnitur, dazu eine Papiermaske und blaue Handschuhe, die ihr bis zum Ellbogen reichen. »Die Vorschriften ändern sich ständig«, ertönt ihre gedämpfte Stimme hinter der Maske, während sie sich mit dem Handgelenk eine Haarsträhne aus dem Gesicht wischt. »Sind Sie bereit?«

Als sie ihre Tochter bemerkt, die immer noch auf Annies Armen schlummert, entfährt ihr ein leises Keuchen. »Wie lange schläft sie denn schon?«

»Nach dem Essen schläft sie immer«, antwortet Annie.

Die Schwester notiert etwas auf ihrem Klemmbrett.

Annie macht derweil Anstalten, sich von der Couch zu erheben.

»Bleiben Sie, wo Sie sind«, sagt die Schwester resolut und hebt die Hand, wie um sie zurückzustoßen. »Ich kann ihre Temperatur auch von hier aus messen.«

Keiner sagt ein Wort, während sie das Thermometer auf Graces Stirn richtet. Nur der Wind ist zu hören, der rauschend durch die Bäume fährt, und ein ganz ähnliches, allerdings viel näheres Geräusch, das von der Luft stammt, die Grace ein- und ausatmet.

Nach einer Weile piepst der Stift. »Noch kein Fieber«, verkündet die Schwester.

Ben gefällt nicht, wie sie *noch* sagt, so als könnte sie von diesem Thermometer die Zukunft ablesen.

»Und immer noch keine anderen Symptome?«, fragt die Schwester? Sie geht bereits wieder auf die Tür zu, ihr Kittel raschelt bei jedem Schritt. Obwohl sie Handschuhe trägt, fasst sie den Griff nur mit zwei Fingern an, wie mit den Spitzen einer Pinzette. »Ich komme morgen um neun wieder«, sagt sie.

»Gut«, erwidern sie und nicken. »Dann bis morgen.«

Aber am nächsten Tag werden sie bereits hundert Meilen weit weg sein, bei Annies Schwester in San Diego.

Annie sitzt neben dem Baby auf dem Rücksitz. So haben sie es von Anfang an gehalten, da sie es beide schrecklich fänden, wenn ihre Tochter je das Gefühl haben müsste, allein auf der Welt zu sein.

»Ich glaube, wenn sie es von der Milch bekommen würde, hätte sie es jetzt schon.« Es klingt wahr, so wie Annie es sagt. Wie eine wissenschaftliche Erkenntnis. Aber Logik und Hoffnung sind nicht immer leicht voneinander zu unterscheiden. Sie sucht im Rückspiegel nach Bens Blick und hält die Hand ihres Babys. Seine kleine Familie. »Meinst du nicht auch?«

Als sie am College vorüberfahren, ist Grace wieder eingeschlafen. Jetzt sehen sie zum ersten Mal die Vans von den Nachrichtensendern, die seit einer Woche aufgereiht an der College Avenue stehen. Ihre Seitenwände schimmern im Licht der untergehenden Sonne rosa, während von ihren nadelförmigen Antennen düstere Nachrichten wie unsichtbare Fliegen in den Äther aufsteigen. Ein paar davon tönen gerade aus den Autolautsprechern: Neununddreißig Fälle vermeldet ein Lokalreporter, beinahe doppelt so viele wie am Vortag. Und immer noch keine Erklärung, was die Krankheit verursacht.

Ben schaltet das Radio aus.

Sie nehmen den einzig möglichen Weg hinaus aus der Stadt, auf der Straße, die sich in die Berge hochwindet und anschließend wieder hinunter in das Tal auf der anderen Seite. Je höher sie hinaufkommen, desto weniger Häuser sehen sie. In der Dunkelheit dieses alten Waldes fühlen sie sich ein paar Minuten befreit von dieser Krankheit.

»Wir werden gegen acht in San Diego sein«, sagt Ben, als ginge die Gefahr von dem Land hier aus und ein Ortswechsel wäre die beste Medizin.

Doch dann taucht hinter einer Kurve eine lange Reihe von Bremslichtern auf. Eine Autoschlange steht wartend im Dämmerlicht.

»Ich sehe keinen Unfall«, sagt Ben. Seine Hände, die das Steuerrad umfassen, beginnen zu schwitzen.

»Lass uns versuchen, ruhig zu bleiben«, entgegnet Annie.

Einen Moment lang teilen sie die leise Hoffnung, dass es sich vielleicht um eine ganz normale Havarie handelt, die von Abschleppwagen beseitigt werden kann, während die Fahrer ihre Versicherungsdaten austauschen.

Ja, bestärken sie einander, ein Unfall.

Allerdings haben sie auf dieser Straße noch nie so viel Verkehr erlebt.

Zehn Minuten vergehen. Zwanzig. Ihre Räder drehen sich nur selten und so langsam, dass der Tacho keine Geschwindigkeit anzeigt. Ein paar der anderen Fahrer haben ihre Motoren abgestellt.

Die Sonne wird in Kürze untergehen. Grace schnauft leise.

Wenn sie schläft, sieht sie immer leblos aus. Und die beiden legen oft ein Ohr auf ihre Brust, um nach Atemgeräuschen zu lauschen. Stör sie nicht, sagen sie zueinander, wenn die Kleine schläft. Bitte stör sie nicht. Aber sie tun es trotzdem. Das ist ein Zwang, unter dem Annie und Ben seit Graces Geburt leiden.

»Ich möchte sie aufwecken«, sagt Annie. »Nur zur Sicherheit. Was sagst du?«

Mehrere Autos vor ihnen gehen zwei Türen auf. Ein Mann und ein kleiner Junge steigen aus und gehen nebeneinander am Straßenrand entlang. Als sie neben Bens Fenster stehen bleiben, deutet der Vater mit dem Finger, und der kleine Junge geht allein in den Wald. Ben weiß, dass er ein paar Meter weiter an einem Baum stehen bleiben und den Reißverschluss seiner Hose öffnen wird.

Der Vater, der die Arme verschränkt hält, nickt ihm zu. »Er hat es nicht mehr länger ausgehalten«, sagt er und lächelt leise.

Zwischen Eltern existiert ein Band, von dem Ben früher nichts geahnt hat. Fremde mit Kindern sind im Grunde keine Fremden – auch wenn man sie nicht kennt, weiß man viel über ihr Leben.

»Können Sie erkennen, was dort vorne los ist?«, ruft Ben ihm zu.

Der Mann kommt mit knirschenden Absätzen ein paar Schritte näher. »Da ist ein Kontrollpunkt«, sagt er. »Sie suchen nach diesen Jugendlichen, die im College in Quarantäne oder so was waren und abgehauen sind.«

Wahrscheinlich seien sie im Wald, sagt der Mann und sieht sich um, als fühlte er sich von ihnen beobachtet. Aber er mache ihnen keinen Vorwurf, sagt er. »Wir wollen auch hier raus.« Er bemerkt Grace auf dem Rücksitz. »Wie alt?«

»Drei Wochen«, antwortet Ben.

Er schüttelt den Kopf, als hätte Ben etwas Trauriges gesagt, und sieht zu seinem Sohn hinüber. »Genießen Sie die Zeit. Sie glauben gar nicht, wie schnell sie vorbeigeht.«

Ben nickt und lächelt höflich, während er das Fenster hochkurbelt. Ihm muss wirklich niemand erklären, wie unbarmherzig schnell im Zusammenleben mit einem Säugling die Zeit vergeht.

Als endlich der Anfang der Schlange in Sicht gerät, ist es richtig finster geworden, wie in der Tiefsee, ganz anders als in den

Nächten, die sie von New York gewohnt waren. Am schwarzen Firmament sind die Sternbilder zu erkennen, aber die Sterne leuchten längst nicht so hell wie die Suchscheinwerfer auf den Dächern der Streifenwagen oder die Taschenlampen, die die Polizisten schwenken.

Ein paar Studenten stehen am Straßenrand herum, während ein Polizist ihren Kofferraum ausleuchtet.

»Glaubst du, das sind sie?«, fragt Ben. »Diese Jugendlichen da?«

Aber vom Rücksitz kommt kein Laut. Als er sich umdreht, sieht er, dass der Kopf seiner Frau an der Seitenscheibe lehnt. Ihre Augen sind geschlossen.

»Annie«, sagt er.

Keine Reaktion.

»Annie! Wach auf.«

Im nächsten Moment ist er aus dem Auto heraus und öffnet die hintere Tür. Er ruft ihren Namen durch die Dunkelheit. Während er sie mehrmals schüttelt, sinkt ihr Kopf auf den Sicherheitsgurt.

Die Leute aus dem Auto hinter ihnen sehen ihm zu, ein Mann und eine Frau. Sie fragen ihn, ob er Hilfe brauche, aber er hört und sieht sie nicht. Er hat nur Augen für Annie, ihr schlaffes Gesicht, ihre geschlossenen Lider – und ihre Tochter, die in der Babyschale neben ihr schläft.

»Annie!«, ruft er erneut.

Jetzt wacht das Baby auf und beginnt zu weinen – und es ist ihre Stimme, nicht seine, die seine Frau schließlich aufweckt.

»Was?«, fragt sie. »Was ist los?«

Er ist erleichtert, doch sein Herz schlägt zu schnell, und es fällt ihm schwer, etwas zu sagen.

»Warum siehst du mich so an?«, will Annie wissen, doch dann dämmert es ihr. »Mir geht es gut.« Sie gähnt. »Ich bin nur erschöpft.«

Es stimmt natürlich, dass sie bereits seit Wochen so einschläft – unangekündigt und von einer Sekunde auf die andere, egal um welche Uhrzeit. Doch im Moment denkt Ben nicht an all die Male während der letzten Zeit, als Annie auf einem Stuhl saß und eingedöst ist – oder er selbst, in seinen Kleidern und Schuhen und ohne etwas zu Abend gegessen zu haben.

Wütend setzt er sich auf den Fahrersitz zurück. Ihm ist danach, laut die Tür zuzuschlagen – es ist eher ein Gefühl als ein Gedanke. »Ohne dich würde ich das nicht schaffen«, sagt er und blickt geradeaus. Er muss nicht erklären, was er damit meint.

»Doch, das würdest du«, antwortet sie. Die Lippen ihrer Tochter lösen sich schmatzend von ihrem Plastikfläschchen. »Du müsstest es, und deswegen könntest du es auch.«

Als sie die Ersten in der Schlange sind, will ein Polizist ihre Führerscheine sehen.

»Was ist mit dem Baby?«, fragt er.

Ben spürt, wie er errötet. »Sie ist erst drei Wochen alt.«

»Ich muss die Namen aller Mitfahrer wissen«, erklärt der Polizist. Also sagt Ben ihm, wie sie heißt – ihren ersten und zweiten Vornamen, die sich immer noch ungewohnt für ihn anhören und seltsam, wie etwas Ausgedachtes, was sie in gewisser Weise ja auch sind.

»Einen Moment bitte«, sagt der Polizist. Während er auf sein Klemmbrett hinunterblickt, verändert sich etwas in seinem Gesicht. Er tritt von ihrem Auto zurück und streift sich einen OP-Maske aus Papier über.

Auf dieses Gefühl, erwischt zu werden, ist Ben nicht vorbereitet. Er möchte sich entschuldigen oder rechtfertigen, wie ein Teenager, der versucht hat, Bier zu kaufen. Aber Annie beugt sich vor und berührt ihn an der Schulter. Sag nichts, gibt ihm ihre Hand zu verstehen.

Die nächsten Worte des Polizisten werden von seiner Maske gedämpft. »Sie steht auf der Liste.« Er nickt zu ihrer Tochter hinüber.

Jetzt schaltet Annie sich ein. Sie beugt sich aus ihrem Fenster heraus. »Was für eine Liste? Es geht ihr gut. Sehen Sie das denn nicht?«

Im Moment sieht Grace den Warnhinweis auf dem Polster ihrer Babyschale an: die Zeichnung eines Säuglingskopfs, der durch die Wucht eines Airbags nach vorn geschleudert wird. Ständig wird man an all die schrecklichen Dinge erinnert, die einem Kind passieren können, wenn man etwas falsch macht.

»Sie müssen umkehren, Sir.« Der Polizist klingt, als spräche er mit Kriminellen. Er deutet auf die andere Fahrspur, die nach Osten führt. »Sie müssen wieder nach Hause fahren.«

Sie haben keins der Autos vor ihnen umkehren sehen, aber was bleibt ihnen anderes übrig? Ben schlägt das Lenkrad bis zum Anschlag nach links ein, setzt zurück und dreht es dann in die Gegenrichtung. Er spürt, wie die anderen Fahrer ihn beobachten.

»Hab ich's dir nicht gesagt?«, fragt er, während sie im Dunkeln langsam wieder den Berg hinunterfahren. »Wir hätten besser zu Hause bleiben sollen.«

Am Horizont ist eine dünne Mondsichel aufgegangen, aber sie ist nicht groß genug, um den Wald zu erhellen.

»Wenn du auf mich gehört hättest«, sagt Annie, die steif auf ihrem Platz sitzt, »wären wir überhaupt nicht hier.«

Und damit ist heraus, was während all der Monate unausgesprochen geblieben ist.

Aus Angst, das Falsche zu sagen, zögert er mit der Antwort. Sie hatte ein Jobangebot in New York, aber ihm ist es vor allem wichtig gewesen, von dem Ort wegzukommen, wo sie diese Probleme miteinander gehabt hatten.

Jetzt spricht sie mit dem Baby. »Dein Daddy wollte mich bestrafen«, sagt sie.

Damit sind alle Schleusen offen, und die monatelange Zurückhaltung hat ein Ende: Wie sich herausstellt, ist alles, was sie nicht gesagt haben – sei es aus Wohlwollen, Angst oder irgendeinem anderen Grund –, immer noch da und wartet nur darauf, aus ihnen herauszuplatzen.

Aber waren sie hier denn nicht glücklich?

»Wir hatten New York so satt«, sagt er.

»Du hattest es satt«, entgegnet sie.

Nun wird er wütend. »Ich bin nicht derjenige, der die Spendermilch verwenden wollte. Es kam mir von Anfang an komisch vor, ihr die Milch von Fremden zu geben. Woher wollen wir denn wissen, was diese Frauen sich alles reingestopft haben?«

Für Annie bedeutet Muttermilch etwas Grundlegendes, was er nicht begreift und wovon er sich ausgeschlossen fühlt.

Während sie schweigt, geht er noch einen Schritt weiter. »Du hättest dir mit dem Stillen mehr Mühe geben können.« Doch er glaubt selbst nicht, was er da sagt. Bislang ist ihm dieser Gedanke noch nicht mal in den Sinn gekommen. »Wenn du dich wenigstens einmal wirklich auf eine Sache einlassen würdest.« Dann, denkt er insgeheim, wären sie möglicherweise nicht in diese Situation geraten. Aber er bedauert seine Worte bereits und fürchtet sich davor, den Gedanken zu Ende zu führen, der ohnehin nichts mit dem zu tun hat, was ihm eigentlich zu schaffen macht: seine Angst um ihre kleine Tochter.

»Leck mich«, sagt Annie.

Danach herrscht während des restlichen Abends Schweigen.

Ihm wäre es lieber, sie würde ihn anschreien, aber das tut sie nicht. Und auch er selbst kriegt kein Wort mehr über die Lippen.

Später geht Annie zum Schlafen in Graces Zimmer. Ben würde sich ebenfalls gern dort hinlegen, neben seine Frau und ihr Baby, aber die Tür ist zu, und er kann sich nicht dazu überwinden, den Griff zu drehen.

Ihn allein schlafen zu lassen war schon immer ihre schlimmste Form der Bestrafung. Es dauert lange, bis er einnickt, und nur wenige Minuten später wacht er auch schon wieder auf, vom intensiven Duft des Tees, den sie nachts trinkt – ein Gemisch aus Pfefferminze und Eukalyptus. Das ist ihr Geruch, wenn sie ins Bett kommt. Aber er verschwindet zu schnell, um real gewesen zu sein. Eine olfaktorische Halluzination hat ein Arzt so was mal genannt. Er hat das schon sein Leben lang. In Wahrheit ist Annie nicht in diesem Zimmer. Er liegt allein in ihrem gemeinsamen Bett.

Zur gleichen Zeit dringen aus einem Gebäude woanders in der Stadt die wirbelnden Klänge einer Orgel. Es ist eine Kirche, und davor stehen ein paar bibbernde Brautjungfern. Nach dieser werden alle Trauungen abgesagt oder verschoben. Aber diese findet noch statt, mit den letzten Ehegelübden, die man in der Stadt hört.

Der Braut ist bereits den ganzen Tag lang schwindelig. Das sei ganz normal, sagt ihre Mutter. Das seien nur die Nerven. Außerdem war sie letzte Nacht nach einem langen Arbeitstag noch bis spät auf und hat die Sitzordnung festgelegt. Sie arbeitet als Krankenschwester in einer Arztpraxis. Kein Wunder, dass sie so müde ist. Die Brautjungfern sind sich einig, dass sie ein bisschen blass um die Nase sei, aber zwei Pinselstriche Rouge bringen die Farbe in ihr Gesicht zurück, und eine Extraschicht Concealer deckt das Grau unter ihren Augen ab.

Doch alle, die sich an diesem Tag den Lippenstift mit ihr teilen und den Eyeliner von ihr ausborgen, die sie abends auf die Wange küssen, eng mit ihr tanzen oder mit einem Glas

Champagner mit ihr anstoßen, die ihre Hand berühren, um den Ring zu bewundern und am Ende den Brautstrauß fangen, jeder Einzelne von ihnen kommt mit den Erregern in Berührung.

Am besten gedeiht die Krankheit im Schlepptau von Zuneigung, Freundschaft und Liebe.

KAPITEL 24

In den Berichten über ansteckende Krankheiten tauchen immer wieder Personen auf, die man als *Superspreader* bezeichnet. Aufgrund eines biochemischen Zufalls – oder weil es das Schicksal so will – verbreiten sie die Krankheit viel weiter als andere Infizierte.

Wie sich herausstellt, ist die immer noch schlafende Rebbecca eine von ihnen.

Im Gegensatz zu den Familien der übrigen Patienten harren Rebeccas Angehörige noch immer bei ihr aus: Ihre Mutter schläft im Nachbarbett, und auch ihr Vater ist nicht bei Bewusstsein. Auf der anderen Seite des Zimmers liegen ihre beiden jüngeren Brüder, zwei Teenager, die sich wie kleine Kinder in ihre Betten kuscheln. Sie alle werden durch Schläuche versorgt.

Wären diese Leute, die so viele Bibelstellen auswendig kennen, wach, würden sie vielleicht an Matthäus 9 denken, wo es heißt: »Geht hinaus! Denn das Mädchen ist nicht tot, sondern es schläft.«

Unterdessen befindet sich noch jemand anders in diesem Raum, der zu jung zum Träumen ist. So groß wie ein Sesamkorn, wie Rebecca aus den Büchern erfahren würde, wenn sie welche lesen könnte. Die Zellen bilden bereits verschiedene Schichten, demnächst werden sich die Organe entwickeln. In einer Woche teilt sich das winzige Herz in Kammern auf. In zwei Wochen werden sich die ersten Gesichtszüge zeigen. In drei die Ansätze von Händen und Füßen.

Für all das braucht es nur eins: Zeit.

KAPITEL 25

Nun nehmen die Ereignisse Fahrt auf, und es scheint fast, als verginge die Zeit angesichts der steigenden Fallzahlen immer schneller.

Das Folgende geschieht alles an einem einzigen Tag:

In der evangelischen Kirche von Santa Lora verliert ein Mann in einem zerknautschten Anzug während der Predigt das Bewusstsein. Da um ihn herum jedoch auch noch ein paar andere dösen, fällt erst anschließend auf, dass etwas nicht stimmt.

Eine Putzfrau entdeckt im größten Schlafzimmer eines renovierten viktorianischen Hauses an der Alameda zwei reglose Gestalten. »Sie sind tot«, flüstert sie ins Telefon. Aber kurz darauf wird der Zustand dieses Dekans und seiner Frau von offizieller Seite korrigiert: Sie sind noch nicht im Tod, sondern im Schlaf vereint.

Am helllichten Tag rast der Transporter eines Blumenladens ungebremst in den See, und der Fahrer unternimmt keinen Versuch, aus dem Wagen zu entkommen. Mehrere Stunden lang treiben zehn Dutzend Rosen auf dem Wasser, bis sie schließlich eine nach der anderen an den Strand gespült werden.

Und wie es in solchen Situationen häufig geschieht, überschlagen sich schon bald die Meldungen: Ein Jogger liegt ausgestreckt auf dem Gehweg, während sein Baby im Kinderwagen heult, und ein Forstbeamter wird mit Unterkühlungen auf einem wenig genutzten Pfad durch den Wald entdeckt. Und dann ist da noch die vielleicht erfundene Geschichte des Fischers, der weit draußen auf dem See an seinem Steuerruder einschläft und dessen Hund im Mondschein bellt, während sich das Boot immer weiter und auf Nimmerwiedersehen von der Küste entfernt.

Die Krankheit weht durch die Belüftungsschächte des YMCA und der Highschool. Und sie verbreitet sich auf der Intensivstation des Krankenhauses.

Hier und da kann man die Ansteckungswege rekonstruieren, wie im Fall des Floristen, der für die Hochzeit einer Krankenschwester die Blumensträuße geliefert und, wie es scheint, noch in derselben Woche einem Dekan eine Orchidee verkauft hat.

Inzwischen berichten landesweit alle Nachrichtensender über diese Geschichte. Die Einzelheiten tauchen ganz oben auf den Homepages auf und bald auch in mehreren Millionen Newsfeeds überall auf der Welt. Immer wieder wird die folgende Schlagzeile gepostet, geteilt und kommentiert: »Mysteriöse Krankheit breitet sich rasend schnell in kalifornischer Stadt aus.«

Die Gier nach Neuigkeiten übersteigt das Angebot an Informationen bei Weitem.

Politiker – angefangen von Bürgermeistern bis hin zum Präsidenten – beeilen sich, dieses Vakuum mit Pressekonferenzen zu füllen, während Talkshowmoderatoren dem Thema ganze Stunden widmen. Die Aufregung in ihren Stimmen ist nicht zu überhören, wie das *Klick-Klick* einer Achterbahn, die Zentimeter für Zentimeter die erste Steigung hinauffährt. Die ersten Diskussionen beginnen. Wie soll man mit der Situation umgehen? Was ist zu tun? Warum haben die CDCs, die Zentren für Seuchenbekämpfung, nicht früher reagiert? Trägt das medizinische Personal die richtige Schutzausrüstung? Und wie konnten die Verantwortlichen vor Ort bloß die sechsundzwanzig unter Quarantäne gestellten Jugendlichen aus den Augen verlieren?

KAPITEL 26

Am Nachmittag des siebzehnten Tags döst im Wintergarten des Pflegeheims, wo Nathaniel so viele Stunden neben Henry gesessen hat, eine neunzigjährige Frau in ihrem Rollstuhl ein. Das Geräusch ihres Atems, wie üblich keuchend, aber tief und stetig, hält das Personal davon ab, sie zu stören. Warum sollte man eine alte Frau nicht schlafen lassen? Der Fernseher läuft bis zum Abend. Die Äste der Bougainvillea schaben über ein hundert Jahre altes Fenster. Die Sonne wandert über den See. Als sie untergeht, schläft die Frau immer noch mit zur Seite gekipptem Kopf, während im Speisesaal die ersten Teller klappern. Sie scheint kurz aufzuwachen, als die Pflegerin sie in ihr Bett hebt, und sagt etwas über ihre Kinder. Da sie in diesem Moment kurz die Augen öffnet, wird nicht gleich ein Arzt hinzugezogen. Und als sie auch am nächsten Morgen nicht aufwacht, vergehen immer noch ein paar Stunden, bevor jemand bemerkt, dass sie sich mit der Krankheit infiziert hat. An diesem Ort gilt der Tod, der einen im Schlaf ereilt, als gnädiges Ende.

In der Folge wird das Pflegeheim für Besucher gesperrt.

Nathaniel erfährt davon noch am gleichen Nachmittag, von einem Wachmann, der auf dem Parkplatz Posten bezogen hat.

»Es ist bloß ein einziger Fall«, sagt der Wachmann, der ihn anscheinend beruhigen will. »Wir möchten nur auf Nummer sicher gehen.«

Nathaniel schreibt Henrys Namen auf eine Papiertüte, in der das Mandelcroissant immer kühler wird. »Können Sie bitte dafür sorgen, dass er das hier bekommt?«, fragt er, während er dem Mann die Tüte reicht.

Als er wieder durch das Haupttor hinausfährt, macht er sich keine allzu großen Sorgen. Er hält die ganze Angelegenheit immer noch für aufgebauscht. Haben sie nicht erst letztes

Jahr zweimal den Campus gesperrt, und beide Male war es am Ende falscher Alarm? Hysterie – das ist die wahre Krankheit dieser Zeit.

Jeden Tag geht er ein bisschen länger im Wald spazieren und lauscht dem trockenen Knistern der Piniennadeln unter seinen Füßen. In gewisser Weise fallen diese Bäume ebenfalls in einen tiefen Schlaf – verursacht von der Dürre und den Borkenkäfern. Das gehe nun schon seit ein paar Jahren so, erzählt er seinen Studenten. Aber über diesen anderen, langsameren Verfall spricht keiner. Die Lebensspanne dieser Bäume entspricht der von Gletschern, ihre Bewegungen sind so langsam, dass sie fast unter der menschlichen Wahrnehmungsschwelle liegen. Im Vergleich zu einer Baumwurzel, die unter einem Feld hindurchkriecht, läuft die Menschheitsgeschichte in Höchstgeschwindigkeit ab.

Da seine Kurse nach zwei Wochen immer noch nicht stattfinden, weiß er kaum noch, was er mit seiner Zeit anfangen soll.

Doch an diesem Nachmittag fällt Nathaniel zu seiner Erleichterung ein Rohr unter dem Badezimmerwaschbecken ein, das repariert werden muss.

Der Mann an der Kasse des Eisenwarengeschäfts trägt eine weiße Krankenhausmaske und blaue Latexhandschuhe. »Wir haben keine Masken mehr«, ruft er Nathaniel schon beim Eintreten zu. »Und die Handschuhe sind auch aus.«

Diese Mischung aus Panik und Melancholie schlägt Nathaniel überall in der Stadt entgegen. Es scheint fast, als hätten die Leute Freude an diesem tragischen Nervenkitzel.

»Ich bin auf der Suche nach einem Sperrventil«, sagt er. Es ist zwar nur ein winziges Bauteil und kostet nicht mehr als sieben Dollar, aber wenn man es weglässt, kann ein einziges Leck unter einem Waschbecken ein ganzes Haus unter Wasser setzen.

Der Mann hinter der Kasse ist überrascht und vielleicht sogar ein wenig enttäuscht, dass sich in Zeiten wie diesen irgendwer mit so einem profanen Problem abgibt.

Es war Henrys Haus, bevor sie zusammengezogen sind, und Nathaniel hätte es sich niemals selbst ausgesucht, mit seinen vielen kleinen Durchgangszimmern, die allesamt mit zu vielen Möbeln vollgestopft sind: Ohrensessel und Standuhren, Mahagonikommoden voller Servietten. Orientalische Teppiche. Viktorianische Tapeten. Kerzenständer.

Wie oft haben sie über die unzähligen Zeitungen gestritten, die sich im Haus stapelten, wegen der Reisemagazine und der Zeitschriften für französische und italienische Lyrik. Über die Kartons voller Notenblätter und die Füllfederhalter, die Henry bei Haushaltsauflösungen, Garagenverkäufen und in Antiquitätengeschäften aufstöberte. Henry besaß für jeden erdenklichen Cocktail ein eigenes Glas und eine stetig wachsende Zahl von Büchern, die sich wie Berge auf dem Esstisch, im Wohnzimmer und auf dem oberen Treppenabsatz auftürmten. Seine Kochbücher fielen ständig aus den Küchenschränken heraus, und die Seiten waren voller Wein- und Olivenölflecke von den Abendessen der vergangenen dreißig Jahre.

Doch der grelle Glanz des Esstischs, der mittlerweile von Henrys Gerümpel befreit ist, bereitet ihm keine Freude. Und ebenso wenig die sauber gefaltete Bettwäsche, auf der nun nicht mehr Henrys Zeitungsausschnitte und halb gelesenen Bücher liegen, während seine Lesebrille irgendwo in den Falten der zerknüllten Decke steckt.

»Wow«, hat Nathaniels Tochter bei ihrem letzten Besuch gesagt. »Es sieht so aus, als würde hier niemand leben.«

Um an das Rohr unter dem Waschbecken zu kommen, muss er sich auf den Rücken legen, die Beine auf den Fliesen ausstrecken und eine Schulter unangenehm gegen die Wand drücken. Dieses Waschbecken ist eine Antiquität, die Henry eher aus ästhetischen als aus funktionalen Erwägungen gekauft hat. Die Linienführung habe es ihm angetan, hat er gesagt. Der Umriss. Und der dazugehörige Unterschrank aus Mahagoni.

Ganz hinten in diesem Schränkchen, hinter den Vitaminen und dem Aspirin, steht immer noch das Fläschchen mit Secobarbital, das Henry in den Wochen nach der Diagnose besorgt hat. In seinen Genen verbirgt sich etwas Furchtbares, an dem bereits sein Vater und sein Onkel gelitten haben. Er wusste, was ihn erwartete. »Wenn ich mich nicht mehr an deinen Namen erinnern kann«, hat er Nathaniel immer wieder eingeschärft, »gibst du mir die.«

Aber das Fläschchen ist nach wie vor ungeöffnet – und zwar schlicht und einfach deshalb, weil jeder Mensch Dinge hat, die er tun kann, und welche, die er nicht übers Herz bringt.

Das Rohr starrt vor Rost. Die Aufgabe ist schwieriger als gedacht.

Während Nathaniel an dem Waschbecken werkelt, hört er aus dem runderneuerten Röhrenempfänger, den Henry im Internet gekauft hat, die Nachrichten des lokalen Radiosenders: Der Sprecher meldet zehn weitere bestätigte Infektionen und fünf Verdachtsfälle.

Nathaniel ist nicht sicher, ob es an dem Gerede über die Krankheit liegt, dass er auf einmal selbst ein bisschen müde wird, oder nur an der Tageszeit. Nachmittags fühlt er sich immer ein wenig schläfrig.

Er braut sich einen Kaffee und arbeitet danach wieder weiter. Als er das Rohr endlich losbekommt, ist er von dem kalten Wasserschwall auf seine Stirn komplett überrascht. Es dauert einen Moment, bis er begreift, was das Problem ist: Offensichtlich hat er nicht daran gedacht, das Wasser abzudrehen. Er kann kaum glauben, dass er etwas so Simples und

Entscheidendes vergessen haben soll. Aber dass es so ist, beweist die Pfütze, die sich auf dem Fliesenboden ausbreitet.

In diesem Moment klingelt das Telefon. Einer von Henrys Ärzten ist dran.

Er kann die Stimme des Arztes nicht gleich einordnen und hat das Gefühl, mit einem Fremden zu sprechen, obwohl ihm klar sein muss, dass es sich um Dr. Chavez handelt, der Henry von Anfang an betreut hat.

»Ich habe Neuigkeiten«, hört er ihn am anderen Ende sagen.

Nathaniel setzt sich aufs Bett. Es gibt Ängste, die so groß sind, dass sie die ganze Welt aus den Fugen geraten lassen können.

»Etwas, mit dem wir wirklich nicht gerechnet haben.«

Nathaniel hat Henrys Stimme nun schon seit ein paar Monaten nicht mehr im Ohr. Henry, der ständig das große Wort geführt und Gedichte aufgesagt hat, ist endgültig verstummt. Und plötzlich merkt Nathaniel, dass es wieder passiert ist, nur dass es nun Henrys Gesicht ist, an das er sich nicht mehr erinnern kann.

»Erst habe ich geglaubt, dass uns ein Fehler unterlaufen ist«, sagt der Arzt. »Dass die Pfleger vielleicht zwei Patienten miteinander verwechselt haben.«

Während der vergangenen Monate hat er sich ein paarmal gefragt, warum er nicht einfach Henrys Wunsch nachgegeben hat. Angeblich geht es ganz schnell: zehn Minuten bis zum Einschlafen und dann noch mal vier Stunden, bis alles vorüber ist. Es wäre für sie beide ein sanftes Loslassen gewesen. Aber sofort überkommt ihn wieder der viel vertrautere, verzweifelte Wunsch, Henry am Leben zu erhalten.

»Geht es ihm gut?«, fragt er.

»Ich muss Sie vorwarnen«, sagt der Arzt. »Wir glauben, dass es mit dieser Krankheit zu tun hat, weswegen niemand sagen kann, wie es weitergeht, aber im Moment zeigt er ein gänzlich unerwartetes Symptom, das wir von den anderen Infizierten nicht kennen.«

Nathaniels Mund ist trocken, und er kann kaum atmen. Er wartet ab.

»Vor ungefähr einer Stunde«, sagt der Arzt, »hat Henry angefangen zu sprechen.«

An den Rest des Tages wird sich Nathaniel später kaum noch erinnern können, weder an die Fahrt zum Pflegeheim, wo ihn der Wachmann wegen der besonderen Umstände passieren lässt, noch an die Erläuterungen des Arztes, der viele Vorbehalte äußert und ihn immer wieder mahnend daran erinnert, dass niemand wisse, ob dieser Wachzustand von Dauer sein werde, gleichzeitig aber kaum seine Begeisterung verbergen kann und mehrmals das Wort *außerordentlich* gebraucht. Was Nathaniel dagegen nie im Leben vergessen wird, ist Henrys liebevoller Blick, der ihm bis zu diesem Moment entfallen war und mit dem Henry ihn nun betrachtet, wie er es seit Monaten nicht mehr getan hat. In diesem Augenblick bestätigen sich sämtliche Hirngespinste, die sich Nathaniel seit Henrys Erkrankung immer wieder aus dem Kopf geschlagen hat: dass er eines Tages zurückkehren würde, wie von einem Spaziergang oder einer Reise, dass er vielleicht in irgendeiner Weise wieder aufwachen könnte. Womöglich hat Nathaniel ihm deswegen diese Tabletten vorenthalten. Was nun geschehen ist, rechtfertig seinen Betrug: *Wegen des heutigen Tages habe ich es nicht getan, verstehst du? Das war der Grund, Henry.*

Henry wirkt aus irgendeinem Grund ein bisschen jünger als vor seiner Erkrankung, allerdings auch ein wenig gebrechlicher. Und er hat dieses rote Hemd an, das er immer so gern trug. Er spricht zwar etwas langsam und verwischt, aber immerhin … »Nathaniel«, sagt er mit Erleichterung in den Augen. Die Arme, die sich ihm nun entgegenstrecken, sind

Henrys. Es ist Henry, der vom Stuhl aufsteht und ihn an seine breite Brust drückt. Er sagt noch etwas, aber die Worte sind kaum zu verstehen. Er versucht es noch einmal. »Nathaniel?«, fragt er. »Wo bist du gewesen?«

In der Biologie kennt man zahllose paradoxe Reaktionen. Bestimmte Medikamente stimulieren das ruhige Gehirn, beruhigen jedoch das hyperaktive. Tranquilizer wirken auf manche eher anregend als entspannend. Es ist auch bekannt, dass bestimmte Antidepressiva das Selbstmordrisiko steigern.

In Gedanken geht Nathaniel verschiedene Beispiele durch – die zwar Parallelen zu ihrer Situation aufweisen, aber letztlich nichts erklären –, während er gleichzeitig einen Karton mit Henrys Sachen packt. Größtenteils sind es Bücher. Darum hat Henry bis jetzt gebeten: Bücher, Schokolade und Tee.

Natürlich werden sie seinen Fall noch jahrelang studieren, denkt Nathaniel. Henry: einer der wenigen Menschen in Santa Lora, bei denen das Virus den gegenteiligen Effekt hat – ein gesteigertes anstelle eines verlorenen Bewusstseins.

Im Pflegeheim sind mittlerweile vier Ansteckungsfälle aufgetreten, und ein bislang ungenutzter Trakt des Gebäudes dient nun als improvisierte Isolierstation. Während die anderen drei schlafend in ihren Betten liegen, spaziert Henry mit einer weißen Maske und blauen Handschuhen durch die hallenden Korridore. Er ist leicht an seinen langen Armen und Beinen zu erkennen. Schließlich war er immer und überall der Größte. Inzwischen sieht er wieder so alt aus, wie er ist, und damit zwanzig Jahre jünger als die übrigen Heimbewohner. Es kann sein, dass er etwas langsamer geht und dass seine Schultern ein bisschen hängen, aber alles in allem ist er wieder wie früher. Mal summt er, mal meckert er und zitiert dann wieder Emily Dickinson für die Krankenschwestern.

»Mir geht es einwandfrei«, erklärt er ihnen immer wieder. Von Tag zu Tag wird seine Aussprache deutlicher. »Ich fühle mich genauso wie immer. Sag es ihnen, Nathaniel. Sehe ich nicht gesund aus?«

Aber es gibt ein paar berühmt gewordene Fälle von Katatonikern, die aus unerklärlichen Gründen plötzlich zu sich kamen, nur um anschließend erneut in ihren leblosen Zustand zu verfallen. Er muss überwacht werden. So lautet die Anweisung der Ärzte. Und er kann nicht nach Hause gehen.

Aber wenigstens darf er mit Nathaniel durch den Garten spazieren, wo auf einem Hügel Ringelblumen blühen und Geißblatt den Zaun ziert, hinter dem der See zu sehen ist. Dieses Panorama hat Nathaniel immer gemocht.

»Ich habe deinen Schreibtisch wieder an die Stelle gerückt, wo du ihn haben willst«, sagt Nathaniel.

Es ist November, aber die Sonne scheint, und es ist warm.

»Wie war ich?«, fragt Henry. »Wie bin ich in der ganzen Zeit gewesen?«

Henry hat seinen eigenen Vater und seinen Onkel in diesem Zustand erlebt. Er muss wissen, wie er war.

»Als wärest du nicht mehr da«, antwortet Nathaniel.

Es gibt Gedanken, die er sich nicht machen will. Unter anderem dieser: Wenn das Wasser bei Ebbe verschwindet, kehrt es mit der Flut wieder zurück.

»Ich müsste eigentlich wütend auf dich sein«, sagt Henry. »Weil du dich nicht an dein Versprechen gehalten hast.«

Nathaniel wartet darauf, dass er noch mehr sagt, aber er weiß, was Henry meint. Da er ihm nicht in die Augen sehen kann, blickt er auf den See hinaus, wo in der Ferne ein Segelboot vorbeigleitet, ganz so, als wäre in Santa Lora gerade gar nichts Besonderes los.

»Aber ich bin es nicht«, sagt Henry. »Nicht wütend, meine ich.«

Das waren genau die richtigen Worte. Die Samenkapseln mancher Bäume können nur in der Hitze eines Waldbrands aufbrechen.

Henrys Stimme senkt sich zu einem Flüstern. »Ich habe eine Idee«, sagt er, und mit diesen Worten kommt seine alte Aufmüpfigkeit wieder zum Vorschein, die Nathaniel so vertraut ist wie die warme Hand in seiner. »Lass uns von hier abhauen.«

Es ist überraschend einfach.

Niemand hält sie auf. Kein Sicherheitsmann hetzt ihnen hinterher. Keine Polizei. Sie öffnen einfach das Tor, steigen in ihr Auto und fahren davon.

Sie hören keine Nachrichten und halten sich auch nicht an die Vorsichtsmaßnahmen für ansteckende Krankheiten. Wenn Henry ihm einen Schluck Whisky anbietet, führt Nathaniel sein Glas an die Lippen. Sie schlafen auch nicht in getrennten Betten.

Mit jedem Tag, der vergeht, wird Henrys Gang aufrechter und seine Stimme fester. Hier sitzt Henry in seinem Ohrensessel und liest ein Buch, hier steht Nathaniel und macht ihm einen Tee. Hier gehen die beiden im Wald spazieren.

Der Wald: Wären die Kurse nicht abgesagt worden, hätte Nathaniel an diesem Tag seinen Vortrag über die Pheromone der Bäume gehalten. Mit der überraschenden Information, dass die ach so reglosen und stummen Bäume miteinander in Kontakt stehen, kommunizieren und einander Warnungen zukommen lassen, kann er die Aufmerksamkeit der Studienanfänger normalerweise einen Moment lang bannen. Die Einsicht, dass uns Menschen die simple Realität des Universums wie Magie erscheint, hat etwas Befriedigendes. Henry würde vielleicht sogar noch weitergehen und darauf hinweisen, wie sehr unsere Gehirne durch das beschränkt sind, was wir bereits für möglich halten – wie die Menschen früher, als man noch an Geister geglaubt hat, auch welche gesehen haben.

Henrys Anwesenheit im Haus und in diesem Wald weckt in Nathaniel den Wunsch, er hätte auch seine Tochter bei sich, und zwar nicht nur die, die sie jetzt ist – eine erwachsene Frau in San Francisco, die er anruft, um ihr zu sagen, ja, ja, es ist wirklich fantastisch –, sondern auch das sechs Jahre alte Mädchen, das sie einmal gewesen ist. Wie schön es doch wäre, wenn sie, wie an so vielen Abenden damals, in genau diesem Wald mit ihren blauen Schmetterlingshaarspangen und immer mehr Pinienzapfen in den Hosentaschen hinter Henry und ihm herlaufen und dabei wie einen Rosenkranz den Namen der heimischen Bäume herunterbeten würde – Graukiefer, Manzanita, Weißeiche. Die Tochter, die sie jetzt ist, die erwachsene Frau in San Francisco, scheint nicht zu verstehen, was er ihr am Telefon erklären will. »Er ist geheilt?«, fragt sie. »Wie kann das sein?« Sie stellt ihm viele Fragen, über die er nicht nachdenken will.

Plötzlich packt ihn eine Wut, die alles andere ausblendet.

»Lass es gut sein«, sagt er. »Vergiss es einfach.«

Nach drei oder vier Tagen fühlt sich Nathaniels Verstand ein bisschen benebelt an. Henry und er sitzen wie früher auf der Veranda und trinken Whisky, während Henry ihm eine komplizierte Geschichte aus den Dreißigerjahren erzählt, die von einem Mann in Key West handelt. Dieser Mann hat jemand geliebt, und zwar eine tote Frau.

»Anfangs hat er ihr Grab gepflegt«, sagt Henry und lehnt sich in seinem Stuhl zurück. »Dann hat er sie ausgegraben und jahrelang bei sich zu Hause behalten.« Sieben Jahre, betont er immer wieder. »Er hat ihren Körper ständig einbalsamiert. Sie war wie eine Puppe.«

Nathaniel fällt es schwer, sich an den Anfang der Geschichte zu erinnern. Er weiß auch nicht mehr, wieso Nathaniel sie ihm erzählt. Er hat wieder dieses verwirrend wattige Gefühl. Zum ersten Mal sorgt er sich, dass er die Krankheit vielleicht auch bekommt.

»Geht es dir gut?« Henry legt ihm die Hand auf den Rücken.

Wie grausam es doch wäre, wenn er in dem Moment krank würde, als es Henry gerade wieder gut geht. Doch in der Natur gibt es kein Gesetz gegen die Grausamkeit. Genau genommen scheint die Natur, wie Henry mit seinen viktorianischen Zimmern und Seminaren über Thomas Hardy anmerken würde, der Grausamkeit manchmal sogar zuzuneigen.

Nathaniels Verwirrung geht mit noch etwas anderem einher, einem seltsamen Geräusch. »Wie Wasser«, sagt er zu Henry. »Hörst du das? Als ob irgendwo Wasser tropft.«

Doch Henry hört es nicht. Das Haus ist trocken und der Himmel wolkenlos. Doch das Geräusch hört nicht auf, es ist nervtötend und unerklärlich: wie von Wellen, die leise gegen eine Bootswand schwappen, ununterbrochen und immer lauter werdend.

KAPITEL 27

Innerhalb von zwei Tagen werden aus hundertzwanzig Ansteckungsfällen zweihundertfünfzig, und ehe man sichs versieht, sind es fünfhundert.

Doch da das Krankenhaus keine Patienten mehr aufnimmt, liegen diese Neuinfizierten stattdessen Seite an Seite in riesigen Zelten, wie Verwundete auf einem weit entfernten Schlachtfeld.

Zusammen mit den Vorräten werden auch Freiwillige eingeflogen, die den Kranken auf die einzig mögliche Weise helfen: Sie halten ihre Herzen in Gang und versorgen sie mit Wasser und Nahrung. In kräftezehrender Handarbeit übernehmen sie alle Aufgaben, um die sich ein wacher Körper eigenständig kümmern würde. Es gibt nicht genügend Überwachungsmonitore und auch nicht ausreichend Betten. Außerdem fehlen Helfer, die die Patienten auf ihren Laken hin- und herwenden.

Die Geschichte ist in sämtlichen Nachrichten. Fernsehkommentatoren kreisen Santa Lora auf der kalifornischen Karte ein: Dieser Ort ist nur siebzig Meilen von Los Angeles und neunzig vom Flughafen LAX entfernt, womit er sich genauso gut in unmittelbarer Nachbarschaft zu New York, London oder Peking befinden könnte.

Ganz allgemein herrscht das Gefühl vor, es müsse etwas getan werden. Etwas Großes.

Am achtzehnten Tag bekommen die Zuschauer der frühen Morgennachrichten an der dreitausend Meilen entfernten Ostküste mehrere Luftaufnahmen von Santa Lora präsentiert.

Vom Cockpit eines Hubschraubers aus macht der Campus des Santa Lora College einen friedlichen Eindruck, mit seinen sechzehn von orangen Laternen beleuchteten Ziegelgebäuden und Parkplätzen, auf denen kein Auto steht. Der See – oder was noch davon übrig ist – glitzert im Mondschein. Im Dunkeln fällt sein gesunkener Wasserstand gar nicht so sehr auf. Dahinter sieht man die gitterförmig angelegten Straßen. Für den Winter abgedeckte Swimmingpools. In Hauseinfahrten parkende Kombis. Die Nachtansicht einer ganz gewöhnlichen Stadt – wenn man von den Armeelastwagen absieht, die die einzige Zufahrtstraße blockieren. Außerdem haben im Wald Soldaten Stellung bezogen, die zwischen den Bäumen jedoch kaum zu erkennen sind.

Im Moment schlafen die Bewohner von Santa Lora noch, die gesunden wie die kranken. Es werden noch Stunden vergehen, bis die meisten von ihnen einen neuen Begriff lernen, dessen Bedeutung die Menschen in Maine, Pennsylvania und Florida gerade erklärt bekommen: Ein *cordon sanitaire* ist ein medizinischer Sperrgürtel, der eine infizierte Region komplett abschottet. Er wirkt ganz ähnlich wie eine Aderpresse am menschlichen Körper und ist eine Notmaßnahme, zu der man in diesem Land seit mehr als hundert Jahren nicht mehr gegriffen hat.

Aus der Luft sehen die Straßen alle gleich aus. Die Häuser stehen so dicht zusammen wie Zähne, und die künstlichen Rasenflächen sind nicht vom echten Gras zu unterscheiden, das während der Dürre braun geworden ist. Doch in einer dieser Straßen, unter einem dieser Dächer weint in der Dunkelheit ein Baby.

Ein Stockwerk darüber wacht Ben von dem Geräusch auf und weiß, dass seine Frau bereits bei ihrer Tochter ist und die Kleine in ihren Armen schon bald wieder einschlafen wird.

Also versinkt er in einen Halbschlaf, wird aber bald erneut vom Weinen geweckt.

Während er sich im Bett herumwälzt, beginnt er zu überlegen, ob das Weinen nicht doch anders klingt als in den bisherigen Nächten, aufgeregter vielleicht und mehr wie Schreie. Die Krankheit kommt ihm in den Sinn … Fängt sie so an?

Schlagartig ist er hellwach und mit einem Satz aus dem Bett. Sein Puls rast und wird sich nur beruhigen, wenn er nach ihr sieht. Und zwar sofort. Aber sie ist nicht in ihrem Zimmer. Ach ja, die beiden sind unten. Das Weinen kommt aus der Küche.

»Arme kleine Nuss«, sagt er im Erdgeschoss in die Dunkelheit. Die Worte sind an seine Frau gerichtet, die irgendwo in dieser Schwärze sein muss und wahrscheinlich mit dem Baby in den Armen auf und ab läuft. Aber vielleicht wiegt sie die Kleine auch gerade mit dieser speziellen Technik aus einem ihrer Bücher. Seit ihrem Streit haben sie kaum miteinander gesprochen, aber daran verschwendet er in diesem Moment keinen Gedanken. »Wie lang ist sie denn schon auf?«, fragt er.

Aber es kommt keine Antwort, dafür wird das Weinen lauter. Im Gehen stößt er mit dem Fuß gegen einen Plastikgegenstand und hört ein Fläschchen über den Boden kullern.

Er tastet die Wand nach dem Lichtschalter ab, und als er ihn umlegt, wird ihm bewusst, wie viel Wahrheit im Geschrei eines Babys liegt, denn hier stimmt etwas nicht.

Durch zusammengekniffene Lider entdeckt er seine Frau auf dem Linoleumboden. Ihre Augen sind geschlossen, und sie rührt sich nicht. Das Baby liegt in unbequemer Haltung auf ihrer Brust. Graces kleines Gesicht ist vom Schreien knallrot, und sie blinzelt im grellen Licht. Die Wickeldecke rutscht ihr von den Füßen.

Er hebt die Kleine hoch und drückt sie sich an die Brust. In seinen Armen beruhigt sie sich sofort.

Aber seine Erleichterung währt nur kurz. Über die Stirn seiner Frau verläuft ein Bluterguss, und ihre Augenlider zucken hektisch, wie bei einem schrecklichen Albtraum.

Er ruft ihren Namen und drückt ihre Schulter. Vom Rotorgeräusch der Helikopter, die über die Stadt schwirren, bekommt er nichts mit.

Ihm fällt ein, dass er Annie ein Stück Eis auf die Handfläche drücken könnte. So haben sie damals im Geburtsvorbereitungskurs leichte Wehen simuliert, um die richtige Atmung einzuüben. Annie hat es gehasst und den Schmerz nur wenige Sekunden lang ausgehalten. Vielleicht wird er sie ja wecken. Doch diesmal reagiert nur das Eis und schmilzt auf ihrer warmen Hand, während Annie weiterhin in ihrem Traum gefangen bleibt.

KAPITEL 28

Das Knacken eines Lautsprechers, das Rauschen einer Tonaufnahme: Die Wörter klingen zäh wie Kaugummi und sind zu weit entfernt, als dass man sie verstehen könnte. Wie Flughafendurchsagen schallen sie durch die Straßen von Santa Lora und dringen durch die Fenster in die leer stehenden Häuser. Auch durch die Fenster des großen weißen Hauses, in dem Mei früher, in einer anderen Zeit, als Babysitterin tätig gewesen ist und wo sie an diesem Morgen allein in einem breiten Doppelbett erwacht.

»Kriegst du das mit?«, hört sie Matthew im Flur rufen. Sie schlüpft schnell in ihre Jeans und öffnet die Tür. Als er an ihr vorbei zum Fenster läuft, stellt sie erstaunt fest, dass sein Atem nach Zahnpasta riecht. Einen Moment lang beschäftigt sie nur der Gedanke, wie nah er bei ihr ist.

Zunächst können sie nicht erkennen, woher die dröhnende Stimme kommt, aber sie wird von einem knirschenden, stetig lauter werdenden Geräusch untermalt – etwas bewegt sich langsam auf sie zu.

Allmählich schälen sich aus dem statischen Rauschen einzelne Wörter heraus. Sie versteht *Gesundheitsministerium*, *Isolation* und *verpflichtend*. »Gilt das für die ganze Stadt?«, fragt Mei.

»Mich überrascht nur, dass sie damit so lang gewartet haben«, erwidert Matthew.

Ein für den Wüsteneinsatz lackierter Humvee rumpelt an Veranden, Hollywoodschaukeln und Kunstrasen vorbei. Auf die Motorhaube ist ein Lautsprecher montiert.

»Die Armee«, sagt Matthew. »Natürlich.«

Auf dem Gehweg laufen zwei kleine Jungen, die in der Herbstsonne riesige Schatten werfen, neben dem Humvee her, als wäre er ein Eiswagen, der ihre Straße abfährt und dabei trockenes Laub aufwirbelt.

Die Nachricht beginnt wieder von vorn. Essen und Wasser werden verteilt. Dann folgt der Hinweis auf eine Website.

»Das ist nur die Nationalgarde«, sagt Mei. »Wie bei Wirbelstürmen.«

Überall entlang der Straße gehen Türen auf. Menschen kommen aus ihren Werkzeugschuppen und stehen mit bestürzten Gesichtern auf den Veranden.

Es besteht kein Zweifel, dass dieser Morgen in die Geschichte eingehen wird. Auf einmal geht es um viel mehr als ein Stockwerk in einem Studentenwohnheim.

Wenn Sie erkrankt sind, sagt die Stimme, *oder wenn Sie jemanden bemerken, der erkrankt ist, rufen Sie sofort die 911 an.*

Im Humvee sitzen vier Soldaten, mit weißen Masken und Sonnenbrillen vor den Gesichtern. Sie scheuchen die Kinder vom Fahrzeug weg. Wegen der Masken ist es schwer zu sagen, ob sie den Jungs zulächeln.

»Sie sollten nicht hier sein und mit ihren Gewehren herumwedeln«, sagt Matthew, der bereits an seinem Laptop sitzt und nach weiteren Informationen googelt. Dabei kann er sich vor aktuellen Nachrichten kaum retten, und immer wieder stößt er auf diesen neuen Begriff: *cordon sanitaire*.

»Sie wedeln nicht mit ihren Gewehren herum«, entgegnet Mei. Allerdings sieht sie sie lang und schwarz auf ihren Beinen liegen.

Halten Sie sich von Menschenansammlungen fern, heißt es weiter. *Meiden Sie öffentliche Plätze. Wenn Sie glauben, mit dem Erreger in Berührung gekommen zu sein, rufen Sie die folgende Nummer an.*

»Wusstest du, dass die amerikanische Regierung mal ein chinesisches Viertel wegen Typhus unter Quarantäne gestellt und dann angezündet hat?«, fragt Matthew.

»Sie werden uns nicht anzünden.«

»Aber sie haben es schon mal getan«, beharrt er. »1930 auf Hawaii.«

»Vielleicht ist ja jetzt endlich jemand da, der weiß, was er tut«, sagt Mei.

»Ich fasse es nicht, wie naiv du bist«, erwidert Matthew. Unter dem Flaum, der ihm aus dem Kinn sprießt, sieht seine Haut ganz weich aus.

In der ganzen Straße stehen Nachbarn mit verschränkten Armen auf Veranden oder in Einfahrten zusammen und tauschen sich aus. Vielleicht müssen sie die Neuigkeiten einfach noch mal von anderen hören. Schließlich fußt jeder Glaube zum Teil auf den Ansichten des Gegenübers.

»Sie haben keine Ahnung, was abgeht«, sagt Matthew dicht neben ihr. Sie spürt, wie gern er den Leuten durch das Fenster etwas zurufen würde. Dieser Junge: Seine Logik hat etwas Zwanghaftes. Aber diese Menschen werden von etwas Stärkerem als Logik zusammengehalten.

Mei hält vor allem die leeren Veranden für ein schlechtes Zeichen. In wie vielen dieser ruhigen Häuser schlafen die Bewohner bereits und dehydrieren, während sie träumen?

Ihr Telefon klingelt.

»Ich dachte, das hättest du ausgestellt«, sagt Matthew. »Wenn jemand unsere Handys ortet, können sie uns finden.«

Es ist ihre Mutter. »Wo bist du?«, fragt sie.

»Mir geht's gut«, erwidert Mei.

»Die Polizei hat bei uns angerufen«, fährt ihre Mutter fort.

Während der Humvee in der Ferne verschwindet, geht die aufgenommene Botschaft allmählich im Rauschen des Windes unter.

»Du musst irgendwohin, wo sie sich um dich kümmern können.«

Mei merkt an der rauen Stimme ihrer Mutter, dass sie kurz davor ist, in Tränen auszubrechen. In diesem Moment sieht sie etwas, das sie beinahe ebenso überrascht wie vorhin der Anblick des Humvees: eine kleine Gruppe von Geschäftsleuten, die in ausgebeulten Anzügen und mit Rollkoffern den Gehweg entlangtrotten. Ihre Sakkos tragen sie über dem Arm. Sie gehen langsam und wirken so erschöpft, als wären sie bereits seit Tagen auf diesen Straßen unterwegs. Die Rädchen an ihren Koffern holpern über die Gehwegfugen. Sie tragen alle einen Plastikausweis um den Hals.

Diese Reisenden, die gemeinsam ihr Gepäck an den Garageneinfahrten und Hydranten vor den Wohnhäusern vorbeisteuern, wirken hier so fehl am Platz wie Bilder aus einem Traum.

»Und was ist, wenn du krank wirst?«, erkundigt sich ihre Mutter gerade, aber es fällt Mei leichter, sich über diese Leute dort draußen Gedanken zu machen, die ganz langsam die Straße entlangtrotten. Eine der Frauen trägt keine Schuhe zu ihrem Hosenanzug. Mei fragt sich, wo sie wohl sein mögen. Aber so ist es nun mal mit Fremden: Man weiß so wenig über sie.

KAPITEL 29

Zwei Wochen: So lange haben die Mädchen das Haus nicht mehr verlassen, außer um mitten in der Nacht das Gemüse im Garten zu gießen. Und einmal sind sie mit Taschenlampen hinausgegangen – an dem Abend, nachdem ihr Vater abgeholt worden ist –, um das große X auf der Seitenwand ihres Hauses zu inspizieren.

Sie halten die Vorhänge geschlossen und sprechen leise. Sie vermuten, dass die Hubschrauber Zielfernrohre haben.

Von der Quarantäne haben sie nichts mitbekommen. Sie lassen den Fernseher zwar Tag und Nacht laufen, schalten aber nie zu einem der Nachrichtensender um. Infomercials oder Kochshows – ihnen ist egal, was kommt. Diesen beiden Mädchen, die ganz allein in dem großen Haus wohnen, ist es nur wichtig, aus einem anderen Raum den besänftigenden Klang von Stimmen zu hören.

Im Keller haben sie alles, was sie brauchen: Erdnussbutter, Thunfisch, Makkaroni und Käse, Cracker, Frühstücksflocken und Energieriegel. Die Vorräte reichen für ein Jahr. Sie haben Toilettenpapier – in rauen Mengen –, und dann sind da auch noch die Regale mit den ausgefalleneren Dingen. Sie haben alle mit den Fantasien ihres Vaters zu tun, die sich vielleicht jedoch noch als Weitsichtigkeit erweisen könnten: Strahlenanzüge, ein Geigerzähler und Jodtabletten. Vielleicht sollten sie hier unten auf den Klappbetten schlafen und nicht oben in ihrem Zimmer. Aber es gibt Spinnen in diesem Keller, nur diese eine nackte Glühbirne und den Geruch von Dreck, der vom Boden aufsteigt.

Sie wissen nicht, wo er hingebracht worden ist oder wann er wieder nach Hause kommt, beziehungsweise ob überhaupt. Doch die Mädchen halten es nur allein in diesem Haus aus, wenn sie daran glauben, dass er jeden Moment zurückkehren könnte.

An diesem Morgen wäscht Sara die nach Urin riechende Bettwäsche, in der er zuletzt geschlafen hat. Es ist ein Akt der Liebe, es heimlich zu tun und nicht darüber zu reden.

Erst als sie die Waschmaschine schließt, wird sie sich der Gefahr bewusst: Ist es vielleicht ansteckend, diesen Geruch einzuatmen? Schnell geht sie zum Waschbecken und wäscht sich die Hände, ganze fünf Minuten lang.

Libby ist in der Küche bei den Katzen und füttert sie mit Putenfleisch.

»Gib ihnen doch nicht unser Essen«, sagt Sara, während sie sich die Hände an ihrer Jeans abtrocknet.

»Aber ihres ist aus«, entgegnet Libby.

Die Katzen sind eine gute Ablenkung: Die vier kleinen flitzen über den Holzboden, während die beiden älteren andauernd um Essen betteln. Eines der Kätzchen hat sich bereits ein paarmal auf den Teppich übergeben. Ein anderes pinkelt auf die Treppe. Aber es ist ein gutes Gefühl, sich um sie zu kümmern und ihre Bedürfnisse über die eigenen zu stellen.

»Wir müssen irgendwo mehr Futter für sie haben«, sagt Sara. Doch dann fällt ihr wieder ein, dass die Überlebenspläne ihres Vaters die Katzen nicht mit einschließen.

Eines der Kätzchen reißt einem anderen ein Stück Putenfleisch zwischen den Zähnen heraus, dann schluckt es die Beute rasch herunter, damit sein Geschwisterchen sich den Bissen nicht mehr zurückholen kann. Es kommt zu einer Rangelei auf dem Linoleumboden, begleitet von wildem Fauchen.

»Wir brauchen mehr Futter für sie«, sagt Libby.

»Wir können nicht hinaus«, erwidert Sara.

Doch kurz danach öffnet sie den Safe im Keller und zieht zwei Zwanzigdollarscheine aus dem Umschlag, den ihr Vater darin aufbewahrt.

»Die nehmen wir mit«, sagt sie, während sie die beiden Gasmasken in ihren Rucksack stopft. »Und auch die Handschuhe.«

Sie verschwinden durch das Tor im hinteren Zaun und gehen durch den Wald, bis sie bei einem Pfad herauskommen, der am See entlangführt. Schließlich sollen ihre Nachbarn nicht mitbekommen, dass sie ganz allein im Haus wohnen.

Es fühlt sich komisch an, wieder im Freien zu sein. Ihre Schuhe knirschen auf dem Kies, der See glitzert in der Sonne. Es ist gerade mal zwei Wochen her, dass sie mit ihrem Vater und dessen Metalldetektor auf genau diesem Abschnitt des Strandes unterwegs gewesen sind. Da der See immer weiter zurückweicht, sind Münzen, die vor Jahrzehnten in das Wasser gefallen sind, mittlerweile nur noch von einer dünnen Staubschicht bedeckt.

Sie gehen langsam und zögerlich, so wie sie es auch auf dem Sprungturm tun. Es kann sein, dass sie den Weg vergessen haben.

Über einem anderen Teil der Stadt fliegen zwei Hubschrauber, und ein Stück vor ihnen überquert gerade ein Militärfahrzeug eine Kreuzung. Es verbreitet irgendeine Botschaft, aber sie können die Durchsage nicht verstehen.

Sie erkennen bereits von der anderen Straßenseite aus, dass im Supermarkt irgendetwas los sein muss. So viele Autos auf einmal haben sie noch nie auf Parkplatzsuche gesehen. Und auch noch nie so viele vollgepackte Einkaufswagen. Eine Frau in der Nähe des Eingangs kann ihren nur bewegen, indem sie sich mit aller Kraft dagegenstemmt, so wie man ein Fahrzeug anschiebt, dessen Motor nicht anspringt. Ein paar Leute zerren gleich zwei Wagen auf einmal hinter sich her.

»Vielleicht sollten wir besser nicht hineingehen«, sagt Sara.

»Das müssen wir aber«, entgegnet ihre Schwester und überquert in ihren klackenden weißen Cowboystiefeln schnell den Zebrastreifen.

Sara überlegt, dass sie ihre Masken aufsetzen sollten. Aber da sie bereits zwei Mädchen aus ihrer Klasse entdeckt hat, ist es ihr nun doch zu peinlich, den vollen Supermarkt mit einer Gasmaske zu betreten. »Lass uns wenigstens die Handschuhe anziehen«, sagt sie. »Und wir kaufen nur Katzenfutter. Fass nichts anderes an.«

Im Inneren wimmelt es nur so von Leuten. Die Schlangen vor den Kassen reichen bis zum hinteren Ende des Ladens, und es ist viel lauter als sonst. Die Angestellten müssen rufen, um den Andrang zu bewältigen.

Ein paar wenige tragen Atemschutzmasken aus Papier.

Trotz allem klimpert immer noch die übliche Musik aus den Deckenlautsprechern, die nicht mit echten Saiten- oder Tasteninstrumenten gespielt wird, sondern – wie ihr Vater gern anmerkt – bloß eine digitale Imitation ist, ebenso künstlich wie die glänzenden Äpfel in der Obst- und Gemüseabteilung, die genetisch verändert werden, aber nicht um den Geschmack zu verbessern, sondern damit sie eine ansprechende Farbe haben.

Doch an diesem Tag gibt es keine Äpfel mehr. Und die Bananen sind auch aus. Im hinteren Bereich der Gemüseabteilung versprühen die automatischen Sprinkler ihren feinen Nebel über einer Reihe leerer Kisten, in denen normalerweise der Salat aufbewahrt wird.

Die Konservenabteilung ist ebenfalls leer geräumt. Sara bekommt Bauchweh. Es ist genauso, wie ihr Vater es vorhergesagt hat.

Auf dem Regal liegen nur noch wenige Tüten mit Katzenfutter. Jedes der Mädchen greift sich eine, und dann gehen sie, ohne stehen zu bleiben, weiter.

Der einfachste Weg nach draußen führt durch die Süßwarenabteilung, in der die Regale immer noch überquellen. Es ist der einzige Gang, in dem sich niemand aufhält. Wenn sie sich hier zwischen den Schokoriegeln und den Lutschern die Ohren zuhalten würden, könnten sie sich einreden, dass es im Laden genauso zugeht wie immer, mit einer beruhigenden Menge an abgepacktem Essen in den weiten und leeren Gängen. Ganz einfach und unkompliziert.

Libby bleibt stehen und nimmt eine große Tüte mit Gummischlangen vom Ständer.

»Die brauchen wir nicht«, sagt Sara.

Sie dürfen keine Süßigkeiten im Haus haben.

Aber Libby klemmt sich die Gummischlangen ungerührt unter den Arm.

Plötzlich sagt ganz in der Nähe jemand mit leiser Stimme Saras Namen. Ein Junge. »Hey.«

Als sie sich umdreht, sieht sie Akil am Ende des Gangs stehen. Er führt eine kleine schwarze Bulldogge an der Leine. Sie freut sich, hat aber gleichzeitig das große Bedürfnis, ihre Handschuhe hinter dem Rücken zu verstecken und sich die ungewaschenen Haare glatt zu streichen.

»Hi«, antwortet sie.

Sie hat Akils Eltern noch nie zuvor gesehen, aber sie ist sicher, dass sie das sind: ein Mann in einem grauen Anzug und eine Frau in schwarzer Hose und mit einem grünen Paisley-Halstuch, die gerade die Einkäufe in ihrem Wagen durchgehen.

»Wo bist du gewesen?«, fragt Akil.

Sie darf sich auf keinen Fall anmerken lassen, wie sehr es sie freut, vermisst worden zu sein. »Ich war krank«, sagt sie und merkt kaum, dass sie lügt.

»Sie haben das Theaterstück gestrichen«, sagt Akil.

Der Lautsprecher knackt, und es folgt eine Durchsage: *Windeln sind ausverkauft*, sagt die Stimme, *in sämtlichen Größen.*

Akils Vater scheint sich darüber aufzuregen. »Das ist wirklich ungeheuerlich«, sagt er mit lauter Stimme.

»Ich wusste gar nicht, dass sie eine ganze Stadt abriegeln können«, sagt Akil mit seinem gestochen scharfen Akzent. »Zumindest nicht in den Vereinigten Staaten.«

»Tun sie das?«, fragt sie und hat erneut ein ungutes Gefühl. Auch das bestätigt die düstersten Visionen ihres Vaters.

Aber nun schaltet sich Akils Mutter in ihre Unterhaltung ein. Ein besorgter Ausdruck huscht über ihr Gesicht. »Seid ihr Mädchen allein hier?« Ihr Akzent ist stark und klingt irgendwie glamourös.

Sara fällt ein, dass Akils Mutter an Krisen gewöhnt ist. Er hat einmal in der Klasse erzählt, dass sie Ägypten hätten verlassen müssen, nachdem sein Vater wegen etwas, was er geschrieben habe, verhaftet worden sei. Als er wieder aus dem Gefängnis freigekommen sei, hätten sie alles stehen und liegen lassen und seien erst nach Florida und im Anschluss hierhergezogen, wo er am College unterrichten könne. Vielleicht ist das, was in Santa Lora passiert, gar nichts Besonderes für diese Frau, verglichen mit allem, was sie bereits erlebt hat. Es liegt eine gewisse Ruhe in der Art, wie sie sich kleidet, ihren perfekt gescheitelten dunklen Haaren und den goldenen, wie Muscheln geformten Ohrringen. Aber den beiden mutterlos aufgewachsenen Mädchen erscheint jede Mutter ein bisschen exotisch.

»Unser Dad weiß, dass wir hier sind«, antwortet Sara und wünscht sich gleichzeitig sehnsüchtig, dass es wahr wäre.

Es entsteht eine Pause, die Skepsis auszudrücken scheint. Erst in diesem Moment fällt Sara auf, wie viele Katzenhaare an Libbys schwarzem Sweatshirt hängen. Sie hört ihre Schwester auf einer Gummischlange herumkauen, für die sie noch nicht bezahlt haben.

»Seid bitte vorsichtig, ihr beiden«, sagt Akils Mutter, und ihr melodischer Akzent verleiht den Worten besonderes Gewicht.

Akils Vater pflichtet ihr bei. »Ihr solltet direkt nach Hause gehen.«

»Das werden wir«, sagt Sara.

Akil sieht aus, als wollte er auch noch etwas sagen, aber er tut es nicht. Er lächelt nur knapp und geht dann mit seinem kleinen Hund und seiner schönen Mutter davon, dicht gefolgt von seinem Vater.

Einen Gang weiter kauert ein Mann auf einem Knie und greift nach etwas, das auf einem niedrigen Regalbrett steht.

»Hey, ihr beiden«, sagt er, als sie an ihm vorübereilen. »Kommt eine von euch an diese Packung ran?«

Als er sich zu ihnen umdreht, erkennen sie gleichzeitig zwei Dinge: Dieser Mann ist ihr Nachbar, der Professor, und er hat das Baby in einem Tragetuch dabei. Es ist eng an seine Brust gedrückt, in seinem kleinen schnabelartigen Mund zuckt ein Schnuller.

Falls er die Mädchen erkennt, zeigt er es nicht. Er sieht verändert aus. In seinem Gesicht wächst ein struppiger Bart. Seine Bewegungen sind ungeschickt und übervorsichtig. Wegen des Babys vor ihm im Tragetuch kann er die Schachtel nicht erreichen.

»Ich hole sie«, sagt Sara.

Es ist Milchnahrung, die letzte Packung. Als sie sie ihm entgegenstreckt, hält sie den Karton durch die Ärmel ihres Sweatshirts fest, um jeden Hautkontakt zu vermeiden.

Es ist schrecklich, mit anzusehen, wie dankbar der Mann ihr für diesen winzigen Gefallen ist.

Mit einem Mal beginnt das Baby zu weinen. Der Schnuller fällt ihm aus dem Mund. Vielleicht hat er das Geräusch die ganze Zeit zurückgehalten, wie ein Stöpsel das Wasser in einer Badewanne.

»Scheiße«, sagt der Professor. Er streichelt den kleinen kahlen Hinterkopf und beugt sich ganz langsam hinunter – wie eine schwangere Frau. Man merkt, dass er es nicht gewohnt ist, die Kleine auf diese Weise zu transportieren. Libby will ihm helfen. Sie hebt den Schnuller auf und hält ihn dem Baby vor den Mund.

Aber der Professor packt sie am Ärmel. »Nein, nicht berühren.«

Das Baby wirkt genauso verblüfft wie Libby. Einen Moment lang ist es still, doch dann geht das Geschrei von vorn los, noch lauter als zuvor.

»Es tut mir leid«, sagt der Professor. Er reibt sich über die Augen. »Entschuldige.«

Er sieht aus, als würde er gleich anfangen zu weinen, und die Mädchen wissen auch ohne Worte, dass sie beide so schnell wie möglich von diesem Mann wegkommen wollen.

Als sie in der Kassenschlange stehen, ist Sara merkwürdig erschöpft. Das Gefühl geht vor allem von ihren Beinen aus, aber auch von ihrem Rücken, so als wollte jeder Muskel in ihrem Körper sie dazu zwingen, sich auszuruhen.

»Geht es dir gut?«, fragt Libby.

Wahrscheinlich liegt es bloß an der Warterei, denkt sie – die Schlange ist lang und bewegt sich nur langsam vorwärts. Außerdem lastet das Katzenfutter schwer auf ihren Armen.

»Alles okay«, erwidert sie.

Was nun folgt, beginnt mit einem Geräusch, das Sara zuerst nicht einordnen kann. Es stammt von Eierschalen, die auf dem Linoleumboden zerbrechen. »O mein Gott«, ruft jemand bei den Kühlregalen. Dann ein einzelner Schrei, an den sich eine kurze Stille anschließt. Alle Leute in der Schlange drehen sich zu dem Geräusch um und sehen eine Frau, die auf dem Boden zusammengesackt ist. Um ihren Kopf herum hat sich eine Pfütze aus Eidottern gebildet.

Sara greift nach der Hand ihrer Schwester, und im gleichen Moment stürmen auch alle anderen vorwärts, wie eine Flutwelle, die vor ihnen an die Eingangstüren brandet. Die Mädchen rennen, das Katzenfutter dicht an die Brust gedrückt, im Pulk mit.

Ganz vorne entsteht ein Flaschenhals, als die automatischen Türen, begleitet von einem schrillen Alarmton, immer wieder zugehen, während sich zu viele Menschen gleichzeitig hindurchschieben. Hier sieht Sara den Professor wieder. Sie erhascht nur einen ganz kurzen Blick auf sein Gesicht, das verzweifelt und rot aussieht. Er wird gegen eine Fensterwand gepresst und hält die Arme um den Kopf seiner winzigen Tochter geschlungen. »Nicht schieben!«, ruft er. »Ich habe ein Baby! Nicht schieben!«

Die Mädchen schaffen es ins Freie und hören erst zwei Seitenstraßen weiter auf zu rennen.

Im ersten Moment fühlt Sara sich draußen besser, mit der kühlen Luft auf ihrer Haut, der Sonne und einer süßen Gummischlange im Mund. Alles okay, sagt sie zu sich selbst, während sie gehen. Es geht ihr gut.

Aber als sie nur noch ein paar Seitenstraßen von zu Hause entfernt sind, schießt ihr plötzlich ein Schmerz durch den Bauch und breitet sich rasch bis zum Rücken aus. Sie möchte sich nur noch hinlegen, und wie bestellt taucht unmittelbar vor ihr eine kleine Rasenfläche auf.

»Warte eine Sekunde«, sagt sie zu Libby und lässt sich gleich an Ort und Stelle nieder.

»Hast du deinen Inhalator dabei?«, fragt ihre Schwester.

»Das ist es nicht«, erwidert Sara. Sie zieht die Knie an die Brust und hat das Gefühl, die Augen schließen zu müssen.

»O mein Gott«, jammert ihre Schwester.

Aber Sara fällt es schwer, Angst zu haben, weil die ganze Welt plötzlich auf den gewaltigen Schmerz zusammengeschrumpft ist, der sich durch ihren Körper zieht. Als ihre Schwester das Katzenfutter auf den Gehweg fallen lässt, scheint das Geräusch von ganz weit weg zu kommen.

»Bitte sei nicht krank«, sagt Libby. »Bitte. Bitte.«

Es dauert nur eine Minute, danach ist zumindest das Schlimmste vorbei, und alles, was sie in der Zwischenzeit ausgeblendet hat, strömt mit einem Schlag wieder auf sie ein: der Geruch des Grases, der staubige Dreck unter ihren Beinen und die Angst in der Stimme ihrer Schwester.

Auf dem ganzen Heimweg kommen und gehen die Schmerzen. Im Wald müssen sie noch einmal anhalten.

»Du darfst dich nicht schlafen legen«, sagt Libby, als sie sich wieder ins Haus geschlichen haben. »Auf keinen Fall.«

Aber sie muss sich hinlegen. Auf der Treppe beißt sie die Zähne zusammen.

Wenn sie die Beine in einer bestimmten Weise anzieht, fühlt sie sich besser.

Nach ein paar Minuten kann sie das Jaulen der Katzen unten nicht mehr hören – und auch nicht das Prasseln, so laut wie von Hagelkörnern, als Libby ihre Schüsseln mit Futter füllt.

Sie liegt zusammengerollt in ihrem Himmelbett, die alte grüne Steppdecke bis zum Kinn hochgezogen, und streckt einen strumpfsockigen Fuß unter der Bettdecke hervor. Ihr Pferdeschwanz ist auf dem Kissen ausgebreitet, und die Kapuze ihre Sweatshirts liegt zusammengeknautscht unter ihrem Nacken. Ihre Augen sind geschlossen. Ihr Mund steht offen. Speichel sammelt sich auf ihren Lippen. Ihr Atem geht leicht und regelmäßig.

Zumindest für den Augenblick kümmert sie die Panik im Supermarkt nicht mehr. Und auch nicht der Preis für die Gummischlangen. Die Erinnerung an das Gesicht der Frau, die ein Stück hinter ihnen an der Kasse gewartet hat, verblasst genauso wie das des Mannes, der im Eingangsbereich einen Einkaufswagen geschoben hat.

Wenn man kurz vor dem Ausbruch der Krankheit einen Experten gefragt hätte, warum die Menschen einen großen Teil des Tages ohne Bewusstsein zubringen, hätte man wahrscheinlich eine Antwort erhalten, deren Ursprung mindestens bis in die griechische Antike zurückreicht: Wir schlafen, so lautet diese Theorie, um zu vergessen.

Im Schlaf, hätte der Experte erklärt, gehe das Gehirn die Gedächtniseinträge des Tages durch und lösche die unwichtigen Erinnerungen. Was Sara erhalten bleibt, ist Akils sanfter Blick, als er fragte, wo sie gewesen sei, die melodische Stimme seiner Mutter und die verschwitzte Hand ihrer Schwester, als sie nach Hause rannten.

Im Gegensatz zu vielen anderen öffnet Sara die Augen schließlich wieder. Sie wacht auf, weil jemand laut ruft. Es ist Libby. Sie steht am Fuß des Bettes und schreit. »Du bist nicht aufgewacht!«

Sara hängt in Gedanken immer noch ein bisschen in ihrem Traum – er hatte etwas mit ihrer Mutter zu tun oder zumindest Saras Vorstellung von ihr. Sie hatte die grüne Strickjacke von dem Foto an, das Sara in der Schublade aufbewahrt. Und sie erinnert sich an die Küche, in der sie zusammengesessen haben. Aber während sie dem Traum Worte anheftet, löst er sich auch schon auf, so wie manche Sterne, die vom Firmament verschwinden, sobald man sie direkt ansieht.

Sie braucht einen Moment, um sich an ihr Leben im Wachzustand zu erinnern. Sie ist in ihrem Schlafzimmer, und das Sonnenlicht flackert durch die Bretter vor den Fenstern herein. Vor ihr steht ihre Schwester. Ihre Augen sind vom Weinen gerötet.

»Du musst ins Krankenhaus«, sagt Libby. Sie zieht an der Bettdecke. Auf dem Laken sind braune Schlieren. »Du blutest.«

Inzwischen ist der Traum komplett aus Saras Erinnerung verschwunden – nur noch eine ganz feine Spur ist übrig, wie von Kufen auf Eis, ein Gefühl der Traurigkeit.

»Warte mal«, sagt Sara und setzt sich in ihrer nassen Jeans aufrecht hin. »Lass mich einen Moment lang nachdenken.« Als ihr klar wird, was passiert ist, schlägt eine Woge der Erleichterung über ihr zusammen. »Ich bin nicht krank«, sagt sie.

Sara war nie eines der Mädchen, die diesen Tag herbeigesehnt haben. Seit jenem Video, das sie an der Schule gezeigt haben, hat sie immer gehofft, dass sie davon verschont bleiben würde. Es ist ihr leichtgefallen, daran zu glauben. Schließlich konnte etwas dermaßen Bizarres doch nicht wirklich so alltäglich sein.

»Ich habe nicht gedacht, dass es so viel Blut sein würde«, sagt sie zu ihrer Schwester durch die Badezimmertür.

Während der ersten Schritte fühlt sie Adrenalin durch ihren Körper pumpen: Sie zieht die Jeans aus und benutzt zunächst mehrere Lagen Toilettenpapier, die sie dann jedoch durch einen Waschlappen ersetzt, den sie auf ein Viertel seiner Größe zusammenfaltet. Ein ganz klein bisschen freut sie sich darüber, dass ihr Vater nicht hier ist, um das alles zu sehen. Auch wenn sie sich deswegen wie eine Verräterin vorkommt.

Es fällt ihr schwer, sich nicht ihre Mutter herbeizuwünschen. Und plötzlich fällt ihr Akils Mutter ein – vielleicht könnte sie ihr helfen.

Durch die Tür kann sie ihre Schwester im Flur hören. Sie macht ein merkwürdiges schnaubendes Geräusch.

»Alles in Ordnung bei dir?«, ruft Sara. Keine Antwort.

Als sie die Tür öffnet, sieht sie Libby auf dem Boden liegen und lachen – so heftig, dass sie kein Wort herausbringt.

»Das ist nicht lustig«, sagt Sara.

Libby hält sich den Bauch, vielleicht aus Angst, dass er sonst vor lauter Kichern abfällt.

»Hör auf zu lachen«, fährt Sara sie an.

Aber sie macht einfach weiter.

»Hör auf damit.«

»Ich habe wirklich geglaubt, du würdest sterben«, sagt Libby. Ihr Gelächter hat die Kätzchen angelockt, die jetzt die Gesichter an ihrer Schulter reiben. »Und schau dir nur mal deine Jeans an.«

Aber Sara beschäftigt im Moment nur das schwer in Worte zu fassende Gefühl, dass eine Art animalischer Gleichgültigkeit das Universum regiert, in dem sich nicht nur ein Virus, sondern auch alles andere unerbittlich fortpflanzt, immer und immer wieder, ohne je ein Ende zu finden.

KAPITEL 30

Die Eltern: Immer mehr von ihnen versammeln sich an einer Raststätte eine Meile vor der Stadt, wo der Highway in den Wald führt. Näher lassen die Soldaten sie nicht an Santa Lora heran.

Das ist unerhört, sagen die Eltern zueinander. Ein Verstoß gegen die Bürgerrechte ihrer Söhne und Töchter. Sie telefonieren mit ihren Anwälten. Sie rufen ihre Abgeordneten und Senatoren an. Sie verständigen die Presse. Sie sehen, wie Militärfahrzeuge in die Stadt fahren und wieder herauskommen. Ein Vater versucht, auf einen Armeelaster zu klettern, wird aber kurzerhand von den Soldaten zurückgedrängt.

Ein paar von ihnen schlafen in ihren Autos, andere in Zelten. Sie fahren abwechselnd den Berg hinunter, um Proviant zu besorgen.

Sie bilden kleine Gruppen, in denen sie Neuigkeiten und Decken miteinander teilen. Die meisten ihrer Kinder in Santa Lora sind immer noch wach. Warum dürfen sie nicht heimkommen und die Quarantäne bei sich zu Hause abwarten?

Protestschilder sind zu sehen und ziehen Kameras an.

Unter den Eltern befindet sich auch Meis Mutter. Ihre Tochter weiß nicht, dass sie hier in ihrem Kombi schläft. Es gibt ihr ein besseres Gefühl, wenigstens so Mei nahe zu sein, die seit zwei Tagen nicht mehr ans Handy geht. Bedeutet ihr Schweigen, dass sie krank geworden ist, oder ist es nur ein Beweis dafür, dass Eltern immer stärker auf ihre Kinder bezogen sind als andersherum?

KAPITEL 31

Am zweiten Tag der Quarantäne schließen sich Mei und Matthew der Menge an, die sich an der Barrikade auf der Recuerdo Road versammelt hat. Sie stehen dicht beieinander, in Sweatshirts und Jeans, mit weißen Masken vor den Gesichtern und blauen Handschuhen an den Fingern. Mei sieht sich um. Sie ist nervös. Matthew hält den Blick geradeaus gerichtet.

Der Vorschlag, sich freiwillig zu stellen, kam von Mei. Etwas Starkes, was sie bisher nicht kannte, regt sich in ihr, so etwas wie Pflichtgefühl.

Aber nachdem Matthew darüber nachgedacht hat, hält er es auch für eine gute Idee. »Das ist das Beste für die Allgemeinheit«, sagt er.

Mei hat es nicht wirklich durchdacht, sondern eher aus dem Bauch heraus entschieden, so als wüssten die Muskeln dort am besten, was richtig ist.

Die Straßensperre ist an der Stelle errichtet worden, wo der Staatsforst endet und mit ein paar vereinzelten Hütten im Wald das Stadtgebiet von Santa Lora beginnt. Nicht weit von ihnen entfernt steht ein altes Ortsschild: *Willkommen in Santa Lora*.

Mei ist erst vor zwei Monaten auf genau dieser Straße im Volvo ihrer Mutter in die Stadt eingefahren, mit neuer Bettwäsche, neuer Kleidung und einem noch unausgepackten Mini-Kühlschrank im Kofferraum, den Kopf voller sehnsüchtiger Hoffnungen, da ihr ein neues Leben zum Greifen nah schien.

Die Menschen in der Menge rufen laut, was sie brauchen, Dinge des täglichen Gebrauchs und etwas zu essen, vor allem aber Informationen. Hier ist ein Mann, der sich nach seiner Tochter erkundigt, und dort drüben eine Frau, die ihren Ehemann sucht. »Sie haben ihn in einem Krankenwagen weggebracht«, sagt sie. »Niemand will mir sagen, wo er ist.«

Die beiden Soldaten hinter dem Zaun reagieren auf alle Fragen mit einem langsamen Kopfschütteln.

Sie tragen Kampfanzüge, schwere Stiefel und Sonnenbrillen. Sie würden ja helfen, wenn sie könnten, sagen sie durch ihre blitzsauberen weißen Masken hindurch, und es scheint ihnen tatsächlich leidzutun. Sie sehen wie Jungs aus, allerdings mit großen schwarzen Gewehren an der Seite.

»Sie sollten alle nach Hause gehen«, ruft einer von ihnen. »Das ist im Moment der sicherste Platz für Sie.«

»Aber wir sind nicht von hier«, ruft eine Frau in einem zerknitterten Hosenanzug. Sie sei zusammen mit neun oder zehn anderen wegen einer Konferenz in der Stadt, sagt sie. »Wir sind gestrandet.«

Da bemerkt Mei, dass sie barfuß ist und offensichtlich die Frau, die sie tags zuvor gesehen hat.

»Wo sollen wir denn hin?«

Über ihren Köpfen schweben zwei Pressehubschrauber. Sämtliche Fernsehsender haben die Story über die entflohenen College-Studenten fallen gelassen und berichten nun stattdessen über die noch größere Sensation: Zum ersten Mal in der amerikanischen Geschichte wurde eine ganze Stadt abgeriegelt.

Matthew versucht, einen der Soldaten auf sich aufmerksam zu machen. »Entschuldigung«, ruft er ihnen zu. »Entschuldigung.«

»Hey«, blafft ein Mann irgendwo in der Nähe. »Stell dich gefälligst hinten an.«

Eine Stunde warten sie, ohne dass etwas passiert. Ein dünnes Wolkenband zieht über den Himmel. Auf der Straße nähert sich ein herrenloser Hund, der seine Leine hinter sich herzieht. Wem gehört dieser Hund? rufen Leute in der Menge. Wessen Hund ist das? fragen sie immer wieder, bis er aus ihrem Sichtfeld verschwindet. Keiner hat seine Erkennungsmarke gelesen.

Was mag der Person, der die Leine aus der Hand gerutscht ist, zugestoßen sein?

Als Mei und Matthew endlich mit den Soldaten sprechen dürfen, haben sie auch nicht mehr Erfolg als ihre Vorgänger.

»Wer hat euch gesagt, dass ihr herkommen sollt?«, verlangt einer der beiden zu wissen, als hätten sie ihn um irgendeinen besonderen Gefallen gebeten. »Wir können euch hier nicht helfen.«

»Aber wir sind mit dem Erreger in Kontakt gekommen«, sagt Matthew. »Wir versuchen, das moralisch Richtige zu tun.«

Die beiden Soldaten wechseln einen Blick. Sie scheinen Matthew für einen Spinner zu halten.

Der eine gibt ihm einen gelben Flyer und tippt mit einem behandschuhten Finger auf die Telefonnummer, unter der Mei es bereits versucht hat.

»Die haben uns gesagt, dass wir hierherkommen sollen«, erklärt Mei.

»Dann ruft dort am besten noch einmal an.«

Plötzlich fängt jemand laut zu rufen an, und Metall fällt scheppernd auf den Asphalt.

»Hey«, schreien die Soldaten. »Halt.«

Ein Mann versucht, die Barrikade zu erklimmen.

Eine Frau aus der Menge ruft ihm hinterher: »Sayyid, komm zurück.«

»Bleiben Sie stehen, wo Sie sind«, ruft der Soldat vor Mei. Er zielt zwar nicht mit seinem Gewehr, aber wenn irgendwer genau hinsähe, was im Moment keiner tut, würde er oder sie bemerken, dass sich seine Finger fester um den Lauf schließen.

»Sie können uns hier nicht einsperren«, sagt der Mann. Er hat einen Akzent, den Mei nicht einordnen kann. »Was ist denn mit all Ihrem Gerede über die Menschenrechte?« Er trägt einen grauen Anzug und edle Schuhe. Mit einem Bein ist er bereits über den Zaun.

Die Frau ruft ihm immer noch von irgendwo aus der Menge hinterher: »Sayyid, was willst du denn tun?«

Und jetzt ertönt auch noch die Stimme eines Jungen: »Daddy, hör auf. Bitte. Komm zurück.«

Die Frau fleht ihn nun in einer anderen Sprache an. Es klingt wie Arabisch, aber Mei ist sich nicht sicher.

Der Tumult zieht die Hubschrauber an, die nun niedriger fliegen und enge Kreise ziehen.

Der Mann wandert zwischen den beiden Absperrzäunen entlang, wie jemand, der aus Versehen in einen leeren Festungsgraben geraten ist. Er sieht benommen aus und beginnt zu weinen.

Jenseits der Barrikade ragen der Wald und die Berge auf – zu beiden Seiten der Straße erstreckt sich der zwanzig Quadratmeilen große Staatsforst.

Der Mann geht weiter und beginnt, auch noch über den zweiten Absperrzaun zu klettern.

»Bleiben Sie sofort stehen«, sagen die Soldaten, aber er hört nicht auf sie.

Zu seinen Füßen glitzern die reflektierenden gelben Straßenmarkierungen in der Sonne. Er steigt über den Zaun.

Die Soldaten unternehmen nur einen halbherzigen Versuch, ihn aufzufangen, und er landet hart auf dem Asphalt. Mei erkennt, dass sie Angst haben, ihn zu berühren.

Sie zielen mit den Gewehren auf ihn.

»Tun Sie ihm nichts!«, ruft die Frau. Sie trägt ein grünes Seidentuch um den Hals, eine beige Hose und goldene Ohrringe. Neben ihr steht ein elf oder zwölf Jahre alter Junge. »Bitte«, ruft sie den Soldaten zu. »Er weiß nicht, was er tut. Er ist ein Professor.«

Der Mann geht nun auf die Soldaten zu. »Ich muss hier weg!«, ruft er. »Sie müssen uns gehen lassen.«

»Sir«, sagen sie, »bitte.« Und dann sanfter: »Gehen Sie nach Hause.«

»Ich bin fünftausend Meilen von zu Hause weg«, schreit er. »Ich bin von dort geflohen. Und jetzt behandeln Sie uns hier keinen Deut besser als da, wo wir hergekommen sind.«

Die Frau weint, während sie flehentlich auf die Soldaten einredet.

Einige Experten werden später vermuten, dass das Virus bereits vor dem Schlaf in gewissem Umfang das Gehirn beeinflussen kann. Bei manchen Patienten lassen sich, während sie noch wach sind, Merkmale des Traumzustands nachweisen. Eine erhöhte Aktivität in der Amygdala, dem Emotionszentrum des Gehirns, und gleichzeitig eine verringerte Aktivität in der Hirnrinde, wo die Vernunft angesiedelt ist. Gesteigerte Impulsivität. Der eine oder andere wird sagen, oben genannte Effekte könnten zu dem geführt haben, was an diesem Tag geschieht.

Die Soldaten weichen vor dem Mann zurück, aber er geht immer weiter, als glaubte er, sich nur verständlich machen zu können, indem er ihnen direkt ins Gesicht schreit. Er packt einen der beiden an der Uniform.

Der Schuss dröhnt scharf und kalt. Er übertönt alle anderen Geräusche auf der Welt. Der Mann bricht sofort zusammen.

Mei versucht, Matthew an der Hand zu fassen, aber der geht nach vorn und hält auf die Barrikade zu.

»Scheiße«, sagt der Soldat, der geschossen hat. »Scheiße, Scheiße, Scheiße. Ich hab's ihm doch gesagt. Ich habe ihm gesagt, er soll Abstand halten, oder?«

Der andere Soldat beugt sich über den Mann und beordert per Funk Hilfe herbei. Auf Handyvideos wird man später drei Leute aus der Menge sehen, darunter Matthew, die über die beiden Absperrungen springen, um zu helfen. Außerdem klettern die Frau – die Ehefrau des Mannes, wie sich herausstellen wird – und der Junge – sein Sohn – über die Barrikade, um zu ihm zu gelangen. Die Mutter bittet den Jungen zwar, auf der anderen Seite zu bleiben, aber der ignoriert sie. Sie schluchzt und verständigt sich in einer Sprache mit ihrem Sohn, die außer ihnen beiden kein anderer in der Menge versteht.

Von ihrem Standpunkt aus kann Mei das Gesicht des Mannes nicht sehen, dafür aber sein glänzendes Blut auf dem Asphalt. Irgendetwas Merkwürdiges passiert in Meis Brust: Sie kann nicht mehr tief Luft holen.

In diesem Moment erklingt in großer Höhe ein leises Donnern. Ein Flugzeug jagt über den Himmel, doch das Geschehen auf dieser Straße ist zu klein, als dass es durch seine Fenster zu sehen wäre, und es ist, als bewegten sich die Passagiere dort oben und die Menschen hier unten auf zwei verschiedenen Erfahrungsebenen.

Was für eine Erleichterung – und was für ein Grauen –, als der Mann zu schreien beginnt.

Nach kurzer Zeit wird er in einem Krankenwagen abtransportiert. Seine Frau und sein Sohn begleiten ihn. Mei hat das Gefühl, dass man noch etwas für sie tun müsste, aber sie sind weg – im Moment gibt es keine Möglichkeit, sie zu unterstützen.

Matthew spricht mit einem der anderen Männer, die zu helfen versucht haben. Er stammt aus der Gruppe der gestrandeten Geschäftsreisenden.

»Unser Hotel ist mitten in der Nacht evakuiert worden«, sagt er. »Das ist jetzt zwei Tage her. Gestern haben wir am Busbahnhof auf dem Boden geschlafen.«

»Wir können nirgends hin«, sagt die barfüßige Frau. Sie hält ein Paar hochhackige Schuhe in der Hand.

»Zu wievielt sind Sie denn?«, fragt Matthew. Mei wird nervös. Sie weiß, was er als Nächstes sagen wird.

»Zehn«, antworten sie. »Nein, neun«, korrigiert ein anderer.

»Sie können bei uns bleiben«, sagt Matthew.

»Was ist, wenn sie krank sind?«, flüstert Mei.

Matthews Miene bleibt undurchdringlich. »Was, wenn du es bist?«, entgegnet er.

Sie hat die Stimme ihrer Mutter im Ohr, die sie bittet, kein Risiko einzugehen. Sie glauben, dass der Erreger im Belüftungssystem des Hotels war – das haben sie gesagt. Wahrscheinlich sind sie alle mit ihm in Kontakt gekommen.

Sie sind Vertreter, diese Leute, deren Koffer nun das Wohnzimmer blockieren, während sie nacheinander duschen – im Badezimmer der Eltern, im Gästebad und auch in dem der kleinen Tochter. Zu spät fällt Mei ein, dass ihre Körperwäsche dort das Badespielzeug des Mädchens kontaminierten könnte, ihre kleinen Boote und die Buchstaben aus Schaumgummi. Panik schnürt ihr die Luft ab, und sie muss sich bewusst in Erinnerung rufen, dass die kleine Rose im Moment zusammen mit ihren Eltern weit weg auf einem Kreuzfahrtschiff ist.

Als Erstes sitzen sie zusammen und sehen sich im Fernsehen die Aufnahmen von dem Schuss an.

»Man kann nicht sagen, sie hätten ihn nicht gewarnt«, sagt einer der Männer in einem roten Polohemd. Auf der Brusttasche ist ein Firmenlogo eingestickt.

Matthew schüttelt den Kopf. Er läuft auf und ab.

»Ist doch so«, sagt der Mann. »Sie hätten nicht geschossen, wenn er auf sie gehört hätte.«

»Wussten sie«, fragt Matthew, »dass 1930 die Regierung in Hawaii ein chinesisches Viertel unter Quarantäne gestellt und dann angezündet hat?«

»Im Ernst?«, fragt eine der Frauen. Sie trägt zwei Pullover übereinander, hält aber die Hände unter die Arme geklemmt, als wäre ihr immer noch kalt.

»Lasst uns über etwas anderes reden«, sagt der Mann im Polohemd.

In dem Haus gibt es viel Wein, und Matthew öffnet eine Flasche nach der anderen. Alle sind ganz wild darauf, ihn zu trinken. Noch bevor ihr der Alkohol ins Blut sickert, fühlt Mei sich schon allein vom Geschmack auf der Zunge besser.

Vielleicht ist es ja gar nicht mehr von Bedeutung, dass das große Haus jemand anderem gehört. Es wäre doch möglich, dass dieses waldbestandene Fleckchen Erde nicht nur vom Rest der Welt, sondern auch von allen Kausalitätsregeln abgeschnitten wurde, sodass kein Zusammenhang zwischen Ursache und Wirkung mehr besteht.

Sie schlendern auf die hintere Veranda hinaus, und Mei sieht, dass die Frau von nebenan sie beobachtet. Gut möglich, dass sie die Eigentümer anruft. Aber zu Meis eigener Überraschung ist es ihr egal.

Nach einer Weile fragt eine der Frauen Mei und Matthew, wie sie sich kennengelernt haben. »Ich bin immer neugierig, wie Paare zusammengekommen sind«, sagt sie.

Plötzlich fühlen die beiden sich miteinander unbehaglich – was vielleicht das einzige Gefühl ist, das die Kluft zwischen zwei Menschen vergrößert und nicht verringert, wenn man es teilt.

»Wir sind kein Paar«, sagt Matthew, und es klingt, als fände er die Vorstellung völlig absurd.

Mei fühlt, wie ihr Gesicht heiß wird.

»Oh«, erwidert die Frau.

In der darauffolgenden Stille schwirren brummende Motten gegen die Lichter. Ein Humvee fährt mit dröhnendem Motor vorbei. Matthew geht hinein, um mehr Wein zu holen, und kehrt dann mit der signierten Gitarre unter dem Arm zurück.

Einer der Vertreter zündet sich eine Zigarette an.

Auf einer Fotografie sähen sie vor der niedrig stehenden spätherbstlichen Sonne vielleicht wie eine kleine Partygesellschaft aus, mit dem Jungen, der in einer Ecke Gitarre spielt.

Im Tiefkühlschrank ist nicht mehr viel zu essen, und sie haben gehört, dass alle Läden geschlossen haben.

»Ich weiß, wo wir etwas finden können«, sagt Matthew. Er hört sich fast ein bisschen aufgekratzt an, wie ein Junge, der eine Herausforderung annimmt.

Die Hollywoodschaukel schwingt hinter ihm weiter, als er aufsteht und über das Holzgeländer springt. Er landet neben einer Reihe von Mülleimern und nimmt ohne zu zögern die Deckel ab.

»Hey, ganz langsam«, ruft ihm der lauteste von den Vertretern von der Veranda aus zu. »Ich glaube, an dem Punkt sind wir noch nicht.«

»Ich mache das ständig«, erwidert Matthew, der barfuß im Gras steht und bereits einen weißen Müllsack aufknotet. In seinem Sweatshirt sind Löcher.

Mei hofft, dass Matthew den Ausdruck auf den Gesichtern der Vertreter nicht bemerkt – und wie sie alle leicht den Kopf abwenden, als könnten sie den Müll sogar auf der Veranda riechen. Sie beobachtet, wie er den Kopf tief in den Sack steckt und mit seinen Händen vorsichtig darin herumwühlt. Plötzlich fällt ihr sein Spitzname aus dem Wohnheim wieder ein: Schräger Matthew.

Ein halber Brotlaib kommt zum Vorschein, der immer noch in der Verpackung steckt. Und eine dünne Schimmelschicht ist der einzige Makel auf einem in Plastikfolie eingewickelten Stück Parmesan.

Die Vertreter weigern sich, irgendwas davon zu essen. Doch Mei tut es, und das Brot schmeckt gut. Sogar besser als gut.

»Wisst ihr, woran mich diese ganze Sache erinnert?«, fragt einer der Vertreter. »An dieses Schlafmittel, das wir früher verkauft haben. Erinnert ihr euch?« Die ersten Anzeichen eines Schnauzers zeigen sich auf seiner Oberlippe, die Härchen sind so lang, dass man ihn nicht mehr als Stoppelbart bezeichnen kann. Der Anblick erinnert Mei an ein dünnes Grasbüschel. »In einem Fall hat ein Mann vierundzwanzig Stunden am Stück geschlafen.«

»Moment«, sagt Matthew und setzt sich ruckartig auf. Mit einem Mal wirkt er wütend. »Arbeitet ihr etwa bei einem Pharmariesen?«

»Jetzt kommt die Leier«, sagt der Mann im roten Polohemd.

Die anderen nicken in ihren Liegestühlen. Darum sei es bei ihrem Meeting gegangen, sagen sie: Pharmaverkäufe.

Was immer Matthew als Nächstes sagt, wird vom lauten Geheul eines Hubschraubers übertönt, der kurz den Garten ausleuchtet, bevor es wieder dunkel wird.

»Es kommt mir alles so unwirklich vor«, sagt eine der Frauen. Sie schüttelt den Kopf und trinkt einen Schluck Wein.

Matthew ist verstummt. Er sitzt mit verschränkten Armen auf der Hollywoodschaukel und blickt in den Wald.

»Nichts davon erscheint real«, wiederholt die Frau. »Versteht ihr, was ich meine?«

»Vielleicht ist es das ja auch nicht«, sagt Matthew auf der Hollywoodschaukel. Die Ketten quietschen, während er vor und zurück schwingt. »Vielleicht ist nichts von alldem real.«

Oh, Matthew. Wenn sie ihn nur vor dem Blick retten könnte, den diese Frau den anderen zuwirft. Entweder sieht er ihn nicht, oder es ist ihm gleichgültig. Aber Mei mag Frauen wie diese ohnehin nicht. Wie viele Stunden es wohl gedauert hat, ihre Augenbrauen zu zupfen und den blassrosa Schimmer auf den Fingernägeln aufzubringen?

»Du meinst, es ist ein Hoax?«, fragt die Frau.

»Hast du Descartes gelesen?«, will Matthew wissen.

»Nimm es mir bitte nicht übel, Kumpel«, sagt der laute Mann. »Aber ich glaube, keiner von uns ist heute Abend in der Stimmung für diesen Wohnheim-Bullshit.«

Matthew sagt nichts und hält bloß weiter die Arme verschränkt. Mei fühlt den Zorn, der wie Hitze von ihm ausgeht.

»Bitte frag mich nicht, woher ich weiß, dass dieser Tisch wirklich hier ist«, sagt der Mann. Er klopft mit den Knöcheln auf den Terrassentisch. Seine Zähne sind rot vom Wein. »Und frag mich bitte auch nicht, woher ich weiß, dass das Blau, das du siehst, das gleiche Blau ist, das ich sehe.«

Matthew lehnt sich auf der Hollywoodschaukel zurück. Diesen Gesichtsausdruck kennt sie bereits, ein Lächeln, das Unzufriedenheit ausdrückt.

»Dann lass mich dich etwas anderes fragen«, sagt Matthew. »Wie fühlt es sich an, auf dem Rücken kranker Menschen Geld zu scheffeln? Wie ist es, Teil eines Systems zu sein, das so abgefuckt ist, dass Kinder keine Allergiespritzen und Inhalatoren mehr bekommen, weil deine Firma beschlossen hat, ihren Preis um tausend Prozent zu erhöhen – einfach nur, weil ihr das könnt?«

»Ich liebe College-Studenten«, erwidert der Typ. »Am besten, wir reden in zehn Jahren noch mal darüber, Alter.«

Matthew steht auf und geht ins Haus.

»Also«, beginnt Mei, aber ihr fällt nichts ein, was sie sagen könnte, außer: »Wie lange arbeitet ihr alle denn schon zusammen?«

»Wir?«, fragt eine der Frauen. »Wir sind uns am Dienstag zum ersten Mal begegnet.«

Es erstaunt Mei immer wieder, wie schnell andere Leute einen Draht zueinanderfinden. Und es steigert noch ihr Gefühl von Einsamkeit.

Irgendwann nickt eine der Frauen in ihrem Stuhl ein. Der Anblick ist beunruhigend, und es dauert nicht lange, bis der laute Mann ihr auf die Schulter tippt. Was für eine Erleichterung, als sie die Augen wieder aufschlägt.

Sie braucht ein bisschen, um wieder zu sich zu kommen. Gähnend fragt sie, ob sie noch ein Glas Wein haben kann. »Ich habe geträumt, dass sich alles in umgekehrter Richtung bewegt«, sagt sie. »Als ob die Zeit rückwärtslaufen würde. In dem Traum hat sich der Mann wieder hingestellt, nachdem er angeschossen wurde. Dann haben die Soldaten ihn angeschrien. Und schließlich kletterte er rückwärts über die Barrikade und verschwand in der Menge.«

Später legen sich alle Vertreter gemeinsam ins Wohnzimmer. Das Angebot, die Schlafzimmer unter sich aufzuteilen, haben sie ausgeschlagen, als hätten sie es mit einer Gefahr zu tun, der man am besten in einer großen Gruppe begegnet anstatt allein. Wer kein Kissen ergattert, legt sich seinen Pullover unter den Kopf. Sie schalten sofort die Lichter aus, aber es dauert noch eine ganze Weile, bis sie ihre Handys zur Seite legen. Und so sind ausschließlich ihre sonderbar weiß beleuchteten Gesichter zu sehen, während sie auf dem Rücken liegen und darauf warten einzuschlafen.

Nur Mei und Matthew sind noch auf der Veranda. Aus dem Wald streicht eine Brise herüber und lässt die Glocken am Windspiel klingeln.

»Ich glaube, wir sollten nicht mit ihnen zusammen im Haus schlafen«, flüstert er.

Drinnen hören sie einen der Vertreter leise weinen.

»Lass uns hier draußen schlafen.« Er nickt in Richtung Garten. »Ich habe in der Garage ein Zelt gefunden.«

Ein Zelt. Sie hat das seltsame Gefühl, dass dieser Tag außerhalb der normalen Zeit stattfindet. Nichts ist so merkwürdig, dass es nicht passieren könnte.

»Wir können es im Garten aufstellen«, sagt er.

Sie macht sich Sorgen, was die Vertreter denken werden, aber vor allem will sie, was Matthew will. Es fühlt sich gut an, einverstanden zu sein. Wenige Augenblicke später stehen sie im Garten. Mei richtet eine Taschenlampe auf den Boden, während Matthew das Zelt entrollt. Es wirkt brandneu und riecht noch nach der Verpackung, ganz anders als die staubigen und verschlissenen Zelte ihrer Familie.

»Reiche Leute sind so bescheuert«, sagt Matthew. »Sie haben immer jede Menge Zeug rumliegen, das sie niemals benutzen.«

Sie fragt sich, wo er eigentlich herkommt, mit seinem schäbigen Sweatshirt und dem verschlissenen Rucksack.

»Was hast du vorhin eigentlich damit gemeint?«, flüstert Mei, als er das Zelt auf dem Gras ausbreitet. Er liest die Aufbauanleitung. »Dass alles nicht real sein könnte?«

»Das hast du bestimmt schon mal gehört«, antwortet er, ohne aufzublicken.

Sie wartet darauf, dass er noch mehr sagt.

»Wenn wir träumen«, fährt er fort, »merken wir nicht, dass wir uns in einem Traum befinden, richtig?«

»Okay«, sagt sie.

»Wenn wir es also nicht merken, dass wir träumen«, sagt er, »dann könnten wir theoretisch auch jetzt gerade träumen, ohne etwas davon zu wissen.«

Diese Worte, von ihm ausgesprochen, setzen sie unter Strom. Es ist die gleichsam elektrische Energie großer Ideen.

»Allerdings meinen manche Philosophen, dass die ganze Fragestellung irrelevant ist. Sie halten das Bewusstsein an sich für eine einzige große Illusion.«

Sie fühlt, wie sie mutig wird, und sagt: »Ich mag es, wie du über solche Dinge sprichst.«

Er sieht immer noch nicht auf. Vielleicht hätte sie es nicht sagen sollen. Er hält den Blick einen Moment lang fest auf die Zeltstangen gerichtet und kneift dann die Augen zusammen, um im Licht der Taschenlampe erneut die Anleitung zu studieren. Irgendwo heult eine Sirene, und am Himmel knattern nach wie vor die Hubschrauber.

»Brauchst du Hilfe?«, fragt sie ihn.

»Ich glaube, ja.« Er reicht ihr die Aufbauanleitung, aber Mei braucht sie nicht: Sie weiß aus vielen Familienurlauben, was sie tun muss. Rasch schiebt sie die Stangen in die vorgesehenen Hülsen, während er die Lampe hält.

»Ich war nicht ganz ehrlich zu dir«, sagt er.

Sie spannt die Muskeln an und spürt ein Prickeln auf ihrer Haut. Mit einem Mal merkt sie, wie kühl die Abendluft ist.

»Was meinst du?«, fragt sie. Weil sie nicht weiß, was sie sonst tun soll, stellt sie weiter das Zelt auf. Raschelnd reibt Nylon an Nylon. Auf einmal steht es aufrecht, wie ein Flaschenschiff.

»Hast du schon mal von Baker & Baker gehört?«

Ihr fallen verschiedene Werbespots für Medikamente ein. »Ja?«, erwidert sie.

»Das ist meine Familie.« Es klingt wie ein Geständnis. »Ich bin in einer bewachten Wohnanlage aufgewachsen und habe ein Internat besucht. Mein ganzes Leben ist mit dreckigem Geld finanziert.« Tatsächlich hat sie das von diesem Jungen in dem abgerissenen Sweatshirt und den alten Schuhen nicht erwartet. Aber das Besondere an ihm ist, dass er ausschließlich in der Gegenwart und nicht in der Vergangenheit zu leben scheint. Und sie hat das Gefühl, nichts, was er tut, könnte sie überraschen.

»Aber ich will dieses Leben nicht«, sagt er. Sie hört Verzweiflung aus seiner Stimme heraus, als rechnete er damit, dass sie wütend wird. »Ich finde, es ist falsch, so zu leben.«

Sie fragt sich, was er wiederum von ihrer Familie halten würde, von ihrem Vater, dem Buchhalter, und ihrer Mutter, die Lehrerin ist, und dem Volvo, der in ihrer Einfahrt parkt.

Sie zeigt ihm, wo die Heringe hingehören, und sie versenken sie gemeinsam in der Erde.

Anschließend kniet er im Zelt und rollt einen Schlafsack aus. Er legt die Taschenlampe im Inneren ab, und das Zelt leuchtet auf dem Rasen wie eine blaue Laterne. Es ist nicht sehr groß, und ihr gefällt die Vorstellung, wie nah sie beide sich darin kommen werden.

Er setzt sich ins Gras und blickt zum Himmel auf. Er wirkt ganz traurig, wie er dasitzt, dieser rätselhafte Junge.

Sie lässt sich neben ihm nieder. Auf einmal ist sein Gesicht ganz dicht an ihrem.

Ein unerwarteter Kuss. Sie hat nicht mal genügend Zeit, darüber nachzudenken, dass sie das nicht tun sollten. Es ist ein schneller und schüchterner Kuss.

Und dann sagt er etwas über die Sterne, dass sie wegen all der Blaulichter gar nicht mehr zu sehen seien und dass er davon träume, irgendwo im Wald zu leben und unter den Sternen zu schlafen.

»Ich möchte von genauso viel Geld leben wie die ärmsten Menschen auf der Welt«, sagt er. »Das ist mein Ziel. Ich glaube, dass das moralisch richtig ist.«

Für ihn sind alle Dinge entweder das eine oder das andere. Richtig oder falsch. Diese Klarheit findet sie aufregend.

Er bedeutet ihr, in das Zelt zu kriechen.

Sie weiß, was jetzt kommen wird, und dass es keinen Grund gibt, vorher darüber zu sprechen. Sie spürt bereits die Wärme seines Arms neben ihrem, bevor sie einschlafen.

Doch dann steht er plötzlich wieder auf, geht hinaus und stellt sich ins Gras. »Du schläfst im Zelt«, sagt er. »Ich werde hier draußen schlafen.«

Am nächsten Morgen wacht keiner der Vertreter auf.

Ihre im Wohnzimmer verteilten Körper sehen wie nach einem Massenselbstmord aus. Die Haare hängen ihnen über die Gesichter, ihre Münder stehen leicht offen, und ihr Speichel sammelt sich auf dem Parkettboden. Aber wenn man gut aufpasst, hört man, dass sie leben und im Tiefschlaf langsam atmen.

Eines ihrer Handys hört nicht auf zu klingeln. Dieses Geräusch, das so oft ertönt, dass sich kaum sagen lässt, wann ein Anrufversuch endet und der nächste beginnt, sagt viel aus: Es ist das Klingeln einer Person, die verrückt vor Sorge ist. Aber hier in diesem Zimmer bewegt sich niemand.

Die Sonne auf ihren Gesichtern hat etwas Schreckliches, als ob ihr Licht zur Krankheit gehört. Und stimmt es etwa nicht, dass die Sonne in letzter Zeit ganz schön unheimlich geworden ist, so wie sie das Land immer mehr austrocknet?

Die Experten behaupten, es sei unmöglich, mit bloßem Auge den Unterschied zwischen der Krankheit und normalem Schlaf zu erkennen. Aber Mei sieht sofort, was sie vor sich hat. Es ist die tiefe Versunkenheit und die Leere in ihren Gesichtern. Außerdem sehen sie jünger aus als am Abend zuvor. Dieses Wissen kann niemals mit einem Experiment oder von einer Kameralinse erfasst werden. Der menschliche Geist ist das einzige Werkzeug, das dafür fein genug ist.

Wenn die Vertreter durch ihre Träume heraufschauen könnten, würden sie auf deren Oberfläche gebrochen einen Jungen und ein Mädchen mit weißen Masken auf den Gesichtern sehen, die sich in dem riesigen Wohnzimmer fremder Leute über ihre neun Körper beugen. Sie würden die Finger dieses Jungen spüren, der ihre Handgelenke – mit Küchenhandschuhen, die sie unter der Spüle gefunden haben – nach einem Puls abtastet. Flüssigkeit, die ihnen am Kinn herunterrinnt, als das Mädchen mit einer Kinderschnabeltasse Wasser in ihre austrocknenden Münder träufelt. Sie würden die wütende Stimme des Jungen aus dem anderen Zimmer hören: *Aber wir warten jetzt schon den ganzen Tag auf einen Krankenwagen.* Und schließlich würden sie fühlen, wie jemand, wieder der Junge, jeden Einzelnen von ihnen unter den Achseln packt und anhebt, während das Mädchen die Beine umklammert hält und ihre Körper wie Sandsäcke hin und her schwingen. Als Nächstes würden sie den Geruch von Ledersitzen wahrnehmen und gleich darauf die Sicherheitsgurte um ihre zusammengesackten Leiber spüren. Das Garagentor, das aufgeht. Den startenden Motor. Die unebenen alten Straßen unter den Reifen. Ihre Köpfe, die in den Kurven zur einen oder zur anderen Seite kippen. Und vielleicht würden sie einen kurzen Blick auf die Pinien, die Berge und die untergehende Sonne am weiten Himmel erhaschen, von deren Steig- und Sinkbewegungen ihre Körper sich so lange leiten ließen – es aber jetzt plötzlich nicht mehr tun.

KAPITEL 32

Von einem Fenster im dritten Stock des Krankenhauses aus, das nun bereits seit zehn Tagen abgeschottet ist, beobachtet Catherine, wie Hubschrauber kommen und wieder wegfliegen. Sie bringen medizinische Güter und Proviant. Unten auf der Straße stapelt sich der Müll.

Die Anzüge, die sie und das restliche Krankenhauspersonal mittlerweile tragen, wenn sie sich in der Isolationsstation aufhalten, wirken monströs. Der durchsichtige Kunststoff verzerrt die Gesichter der Ärzte und Krankenschwestern und dämpft ihre Stimmen. Sie wirken größer in diesen Anzügen. Weniger menschlich. Das macht den Leuten Angst.

Immer wieder entdecken sie Schlafende, die am Hintereingang des Krankenhauses zusammengesunken an der Glasscheibe lehnen. Sie werden wie Neugeborene oder Drogenabhängige auf ihrer Türschwelle ausgesetzt. An ihre Hemden sind häufig Zettel geheftet. Die Gerüchteküche brodelt: Angeblich soll jeder, der mit einem Kranken in Kontakt war, verhaftet werden.

Siebzig Meilen entfernt befinden sich Catherines Tochter und deren Babysitter in ihrem Stadthaus in Los Angeles ebenfalls in Quarantäne. Es ist eine vorbeugende Maßnahme, für den Fall, dass Catherine das Virus mit nach Hause gebracht hat – im Gewebe ihrer Kleidung, auf ihrer Haut oder auch in dem Atem, den sie ausgestoßen hat, als sie ihre Tochter nach den ersten beiden Besuchen in Santa Lora auf die Wange küsste.

Immer wieder denkt sich Catherine, dass sie vorsichtiger hätte sein müssen.

Die Telefonate mit ihrer Tochter enden alle gleich: *Okay, aber Mama, kann ich jetzt rausgehen?*

Sie habe angefangen, sich schlecht zu benehmen, sagt die

Babysitterin, und mache Dinge, die sie vorher noch nie getan habe. Sie ziehe an den Vorhängen, werfe ihr Essen auf den Boden und renne kreuz und quer durchs ganze Haus.

Die Babysitterin, die sonst so geduldig ist, klingt ziemlich genervt.

Am folgenden Sonntag entdeckt Catherine durch das Fenster eine kleine Kirchengemeinde, die ihre Sitzbänke auf den Parkplatz hinausgetragen hat, um die Gefahr einer Ansteckung möglichst gering zu halten.

Der Anblick dieser Familien, die mit Bibeln in den Händen zusammensitzen, und der leise Klang ihrer Choräle, die sie dort draußen im Freien anstimmen, treiben Catherine die Tränen in die Augen. Noch nie war sie so lange von ihrer Tochter getrennt.

Eines Abends beobachtet Catherine, wie eine Gruppe von Menschen auf einen Hubschrauber mit Proviant an Bord einstürmt, der gerade vor einer nahe gelegenen Highschool zu landen versucht.

Im Anschluss nimmt einer der Notärzte sie beiseite. »Wir räumen die Opioide aus der Apotheke«, sagt er. Er ist sehr dünn und unrasiert. Von der Krankenhausbelegschaft schläft derzeit keiner viel, und auch diesem Mann ist die Erschöpfung anzusehen. »Da die Stadt nun abgeschnitten ist, kommen auch keine Drogen mehr rein. Es ist nur eine Frage der Zeit, bis sie hier bei uns danach suchen.«

»Wer?«, fragt Catherine, aber sie weiß, wen er meint. Er spricht von ihnen, als ob sie Tiere wären, und sie möchte, dass er es sagt.

»Die Süchtigen.«

Suchtstörungen sind zwar nicht ihr Spezialgebiet, aber sie erlebt sie oft bei ihren Patienten. Und warum auch nicht?

Diese Drogen beruhigen genau die Teile des Gehirns, die von einer Geisteskrankheit in permanentem Alarmzustand gehalten werden.

»Wenn es hier drinnen zu Gewaltausbrüchen kommt«, sagt der Notarzt, »dann deswegen.«

Sie sieht ihm an, dass er die Situation ganz genau vor Augen hat: Drogensüchtige, die das Krankenhaus wie Zombies überrennen. Sie erklärt ihren Patienten oft, dass Sorge eine Form der Kreativität ist. Für Angst braucht man Fantasie.

»Von jetzt an«, sagt er, »werden nur Sie und ich wissen, wo wir diese Medikamente aufbewahren.«

Immer mehr Ärzte erkranken.

Catherine muss Dinge tun, die sie seit dem Medizinstudium nicht mehr gemacht hat. Wie eigenartig sich die Nadel und der grobe Faden in ihrer Hand anfühlen, als sie die Platzwunde auf der Stirn eines kleinen Jungen näht, der neben einer der überfließenden Toiletten ausgerutscht ist. Nicht weniger sonderbar ist es, den Kopf eines Babys festzuhalten, das aus seiner Mutter heraus in Catherines behandschuhte Hände gleitet – während die einzige Geburtsmedizinerin in diesem Krankenhaus in der Isolierstation liegt und träumt.

Ein paar Tage später entdeckt Catherine den Notarzt im ehemaligen Warteraum, wo er zusammengesackt auf einem Bürostuhl sitzt. Es überrascht sie immer weniger, wie abrupt dieser Schlaf die Menschen überwältigt. Allerdings scheint seine Atmung sogar noch langsamer zu sein als die der anderen Infizierten.

Als zwei Krankenträger in blauen Anzügen ihn in die Isolierstation bringen, fällt ein Pillenfläschchen aus seiner Tasche.

»Warten Sie«, sagt Catherine. »Er hat gar nicht die Krankheit.« Dieser Opiumschlaf ist eine Wirkung des Oxycontin.

Kein Wunder, dass er so genau wusste, wozu andere fähig sein würden.

Aber gegen diesen Zustand kann man wenigstens etwas tun, zumindest vorübergehend. Sie injiziert ihm Naloxon in den Oberschenkel. Er erwacht und schämt sich. Danach geht er ihr aus dem Weg.

Am Abend erhält sie einen Anruf von der Babysitterin ihrer Tochter. »Sie hat Fieber«, sagt sie.

Catherine stockt der Atem. Mittlerweile ist bekannt, dass so die Krankheit beginnt. Sollte ihrer Tochter etwas zustoßen, ist es ganz allein ihre Schuld.

»Ich möchte nicht, dass Sie sich Sorgen machen«, fährt die Babysitterin fort. »Aber sie ist schon vor ein paar Stunden eingeschlafen, und ich kriege sie nicht wach.«

Nun ist es an Catherine, sich in allen Einzelheiten das Schlimmste auszumalen.

Und immer deutlicher drängt sich ihr ein so simpler wie verrückter Gedanke auf: Sie muss nach Hause zu ihrer Tochter.

Sie wird die Erste sein, die seit zwei Wochen dieses Krankenhaus verlässt. Und auch die Stadt, die von Soldaten und Militärfahrzeugen umzingelt ist.

Also zieht sie sich die Handschuhe von den Fingern und eilt ins Erdgeschoss.

Doch sie schafft es nicht einmal durch die Vordertür hinaus, die natürlich bewacht wird. Schließlich ist dies keine freiwillige Quarantäne.

Catherine skypt die ganze Nacht mit der Babysitterin. Auf dem kleinen Bildschirm ihres Handys sieht ihre schlafende Tochter genau wie die Kranken aus. Irgendwann nach Mitternacht wird ihr mit einem Anflug von Panik klar, dass sie sich nicht an ihre genaue Augenfarbe erinnern kann. Sie hat andere

Leute oft sagen hören, dass es ein ungewöhnliches Haselnussbraun sei, aber sie kann es sich nicht vorstellen. Sie kann sich nicht an die Augen ihrer eigenen Tochter erinnern.

Um drei Uhr morgens endlich Entwarnung: Ihre Tochter schlägt die Augen auf und bittet die Babysitterin um Wasser.

Also ist es nicht die Krankheit, sondern nur ganz gewöhnliches Fieber, wie es Kinder oft haben.

Als sie die leise Stimme ihrer Tochter am Telefon hört, empfindet sie Zärtlichkeit für die ganze Welt und für alle, die in diesem Krankenhaus sind, die Wachen und die Schlafenden. Sie fühlt sich wie in einem Drogenrausch. Wie in dem Moment, als ihre Tochter geboren wurde.

KAPITEL 33

Im Zentrum dieses Krankenhauses beginnt in dem Trakt, wo die ursprünglichen Patienten von Krankenschwestern in Level-4-Schutzanzügen betreut werden, unter der Decke eines der Betten, unter dem dünnen Stoff des Krankenhaushemdes und unter der glatten Bauchdecke einer jungen Frau ein winzig kleines Herz zu schlagen. Unbemerkt und schnell wie der Puls eines Kolibris. Mittlerweile wächst es bereits seit vier Wochen heran.

Normalerweise würde Rebecca viele wechselnde Gefühle durchleben, weil sie mit achtzehn ungewollt schwanger geworden ist – Panik, Unglauben, das quälende Gefühl, eine Entscheidung treffen zu müssen. Aber sie tut es nicht.

Und auch Caleb, der nur zehn Schritte entfernt in einem anderen Krankenhausbett liegt und träumt, empfindet nichts dergleichen.

Das Zellgebilde, das noch zu jung ist, um als Fötus bezeichnet zu werden, ist inzwischen so groß wie eine Erbse.

Auf der Oberfläche des Kopfgewebes taucht allmählich ein Gesicht auf. Die Augen befinden sich noch im frühesten Entwicklungsstadium. Diese Augen: Sie werden ihr alles zeigen, was sie je sehen wird. Gehörgänge nehmen Form an, aus denen später mal das Innenohr entsteht. Diese Ohren werden jede Stimme auffangen, jeden musikalischen Ton und jeden Regentropfen, den sie in ihrem ganzen Leben hören wird. Es gibt auch bereits einen rudimentären Mund, mit dem sie, sofern Mutter und Kind überleben, vielleicht eines Tages fragen wird, was Gott ist, wozu wir den Wind brauchen und wo sie eigentlich gewesen war, bevor sie im Bauch ihrer Mutter auftauchte.

Die Monitore in dem Raum summen und surren. Die Anzüge der Schwestern und Ärzte rascheln, während sie kommen und gehen und die ewig gleichen Tests mit Rebecca machen:

Massage des Brustbeins, Kitzeln an den Zehen. Aber es gibt keine Veränderungen.

Nahrung wandert durch einen Plastikschlauch in ihre Nase und dann ihren Hals hinunter bis zum Magen.

Währenddessen schläft Rebecca die ganze Zeit, und es stellt sich heraus, dass das bewusste Gehirn für den Prozess, der in ihr abläuft, ebenso irrelevant ist wie die Sonnenblumen, die auf dem Fensterbrett neben ihr verwelken.

KAPITEL 34

Er schläft, wenn sie schläft, er ist wach, wenn sie aufwacht, was bis zu zehnmal am Tag geschieht. Und jedes Mal, wenn er aufwacht, fällt Ben wieder ein, dass er mit seinem sechs Wochen alten Baby allein ist. Das ist eine Tatsache.

Niemand kann ihm darüber Auskunft geben, wo seine Frau ist. Weder die Telefonvermittlung im Krankenhaus noch die Soldaten vor der Notaufnahme. Nicht einmal die Sanitäter mit ihren blauen Anzügen und den weißen Masken, die Annie vom Küchenboden aufhoben – während ihre Finger leicht zuckten, so wie sie es immer tun, wenn sie schläft –, haben ihm genau sagen können, wohin sie kommen würde.

Als am Morgen danach die Krankenschwester erscheint, um die Temperatur des Babys zu messen, trägt sie eine Schutzbrille aus Plastik und einen Ganzkörperanzug. Das Baby weint ununterbrochen, da es bereits unterscheiden kann, was normal ist und was nicht.

Danach taucht die Schwester nie wieder auf.

Von Zeit zu Zeit fährt ein Humvee die Straße entlang. Oder ein Krankenwagen röhrt vorbei. Die Nachbarn kommen dann jedes Mal aus ihren Häusern und blicken ihnen angespannt hinterher. Aber Ben kann nichts sehen außer Graces Gesicht, und er hört nur ihr Weinen. Sie schläft nur ein, wenn sie in seiner Armbeuge liegt und sich ihre erschlaffenden Lippen vom Sauger des Fläschchens lösen. Seine gesamte Kleidung riecht nach Urin, saurer Milch und dem süßlichen Gestank der Windeln. Er hat keine Zeit, zu duschen oder sich wenigstens das Gesicht zu waschen. Überall liegt Schmutzwäsche auf dem Boden verstreut.

An einem der ersten Tage bringt eine von Annies Kolleginnen Milchnahrung und Feuchttücher vorbei. »Hast du nicht auch das Gefühl, dass niemand hier weiß, was er tut?«, fragt sie mit verschränkten Armen und leicht bebender Stimme. »Ich glaube, dass sie nicht den blassesten Schimmer haben, was sie machen sollen.«

Annie und diese Frau stehen sich nicht sehr nahe, aber sie leben erst seit drei Monaten in dieser Stadt, und er kann nicht wählerisch sein, wen er um Hilfe bittet.

Annie, Annie, Annie: Ihr Name klingt plötzlich heilig – und eigenartig –, weil er ihn nicht dreißigmal am Tag sagt. Komm heim, flüstert er, wie ein Gebet.

Jeden Tag ruft er seine Mutter in Ohio an. Sie möchte zu ihm fliegen, aber er sagt ihr, dass es keinen Zweck hat, ganz leise nur, weil das Baby auf seiner Brust schläft. »Sie würden dich nie hereinlassen.«

Es ist Jahrzehnte her, seit er sich das letzte Mal nach seiner Mutter gesehnt hat. »Ihr hättet mich kommen lassen sollen, als sie geboren wurde«, sagt sie, aber Annie und er hatten im Vorfeld entschieden, dass sie eine Weile mit dem Baby allein sein wollten, bevor ihre Eltern zu Besuch kommen dürfen. Jetzt wird ihm klar, dass sie sich dabei zwar erwachsen vorkamen, aber in Wahrheit wie Teenager benahmen. »Wenn ich gleich nach ihrer Geburt gekommen wäre«, sagt seine Mutter, »dann würde ich jetzt mit euch zusammen festsitzen und könnte helfen.«

Manchmal ist er so müde, dass die Idee, einzuschlafen und nicht wieder aufzuwachen, eigentlich ganz verlockend klingt.

Zwischen den Babymahlzeiten hört er einzelne Nachrichtenfetzen aus dem Radio. Erst sind es sechshundert Fälle, kurz darauf bereits siebenhundert. Im siebzig Meilen entfernten Los Angeles gibt es in den Geschäften keine Masken mehr, und die Menschen horten Proviant, für den Fall, dass sich die Krankheit bis zu ihnen ausbreitet.

Die alltäglichsten Dinge erscheinen mit einem Mal ominös. Eine schwarze Bulldogge spaziert ohne Leine die Straße hinunter. Irgendwo in der Nähe pfeift stundenlang ein Teekessel, und den ganzen Tag fließt ein kleines Bächlein den Rinnstein entlang, als ob irgendwo jemand beim Blumengießen zusammengebrochen wäre.

Als Annies Freundin am dritten Tag nicht auftaucht, obwohl sie es versprochen hat, und auch nicht ans Telefon geht, ist Ben sofort klar, was mit ihr passiert ist.

Danach macht er mit seiner Mutter aus, sie jeden Morgen anzurufen. »Wenn ich mich bis acht nicht bei dir gemeldet habe«, erklärt er, »rufst du bitte die Polizei an.« Aber das Leben mit einem Neugeborenen ist nicht so leicht zu planen, und die Stunden vergehen oft wie im Flug. Als Grace eines morgens weinend aufwacht und sich mehrmals übergeben muss, vergisst er seine Mutter anzurufen. Irgendetwas stimmt nicht mit seinem Gedächtnis. Es scheint schlechter zu werden. Erst zwei Stunden später wirft er einen Blick auf sein Handy. Zehn verpasste Anrufe und eine Nachricht: Seine Mutter hat die Polizei verständigt.

»Gott sei Dank«, sagt sie, als er sich endlich zurückmeldet, und zum ersten Mal in seinem Leben kann er die Erleichterung in ihrer Stimme nachvollziehen, die klingt, als wäre sie high. Die Liebe zu einem Kind kann sehr wehtun. »Und?«, fragt sie schließlich, noch immer ganz atemlos. »Was hast du der Polizei erzählt?«

»Es ist keiner gekommen«, erwidert er.

Zwei Tage später taucht dann doch noch ein Polizist auf, mit ein paar Helfern in blauen Anzügen im Schlepptau. »Uns liegt eine Meldung vor«, sagt er, »dass es in diesem Haus einen erkrankten Mann und ein unbehütetes Baby geben könnte.«

»Das war vor zwei Tagen.«

Durch die Maske des Polizisten dringt ein Seufzer. Seine Augen sehen rot gerändert und müde aus.

Nach diesem Erlebnis lässt Ben ständig die Fenster auf. Er rechnet mit dem Schlimmsten, aber wenn die Fenster offen sind, während der Schlaf ihn erwischt, wird vielleicht irgendein wohlmeinender Passant sein Baby weinen hören, bevor es komplett dehydriert.

Mit unwahrscheinlich viel Glück, das man während einer Katastrophe genauso haben kann wie im ganz normalen Leben, macht Ben schließlich doch noch Annie ausfindig. Endlich kann jemand im Krankenhaus am Telefon bestätigen, dass seine Annie dort als Patientin liegt. Aber nicht in einem normalen Zimmer. Sie sei in die College-Bibliothek verlegt worden, die mittlerweile zu einer Krankenstation umfunktioniert wurde. Niemand dürfe das Gebäude betreten, das wie das Krankenhaus unter Quarantäne stehe und bewacht werde. Aber, sagt die Frau am Telefon, als würde sie ein Geheimnis ausplaudern, das sie eigentlich gar nicht verraten dürfte, das Besondere an der Bibliothek sei, dass die Fenster vom Boden bis zur Decke reichten.

Als er mit dem Baby dort ankommt, sieht er vor diesen Fenstern bereits eine kleine Menschenansammlung stehen, ganz normale Leute mit weißen Masken, darunter ein paar Kinder, die ihre Eltern an der Hand halten. Die Soldaten werden diesen Bereich schon bald absperren, aber jetzt, an diesem Tag, ist es immer noch möglich, beide Hände an das getönte Glas zu drücken und hineinzuspähen.

Und Ben sieht im Inneren schätzungsweise fünfzig Betten, die in mehreren Reihen nebeneinanderstehen. Sie sind ausnahmslos besetzt, und ein paar Krankenschwestern und Pfleger gehen von einem zum anderen. Die alten Lampen und Tische wurden auf eine Seite des riesigen Raums geschoben, die Bücher stehen nach wie vor in den Regalen.

Er sieht sie nicht sofort, aber es dauert nicht lange, bis er in der hinteren Ecke eine Gestalt mit braunen Locken entdeckt.

Er weiß sofort, dass sie es ist, und holt so scharf Luft, dass das Baby vor seiner Brust erschrocken zusammenzuckt. »Da drüben ist sie«, flüstert er der Kleinen zu, seine Lippen berühren ihren kahlen Kopf, während er spricht. Es beunruhigt ihn, Annie so zu sehen, flach auf dem Rücken und an Schläuche angeschlossen, aber er ist auch erleichtert. Es ist Annie, seine Annie, und sie sieht unverändert aus, so wie bei den seltenen Gelegenheiten, wenn er vor ihr aufwacht. Er findet es schön, zu wissen, wo sie schläft.

Ben zieht Grace aus dem Tragetuch und hält sie dicht ans Fenster, damit sie etwas sehen kann. Sie hält ihre kurzen Beine wie ein Käfer unter sich eingeklappt. Die Augen eines Säuglings können nur bis zu einem Meter Entfernung scharf sehen, behaupten die Bücher, aber inzwischen hat er es aufgegeben, diesen Büchern zu vertrauen. Babys wissen und können so viel mehr, als die Experten glauben – dessen ist er sich gewiss. Auch wenn etwas nicht messbar ist, kann es trotzdem wahr sein.

»Siehst du sie?«, fragt er. »Siehst du?«

Doch selbst in diesem Moment, während er Annies Körper betrachtet und sich ganz sicher ist, dass sie es ist, dass das die Hände seiner Frau sind, die auf ihrem Schoß liegen, und die Haare seiner Frau, die ihr ins Gesicht fallen ... obwohl er sie also ganz deutlich vor sich sehen kann, stellt er sich immer noch die gleiche Frage: Wo bist du? Wo bist du hingegangen?

Aber es gibt auch diese anderen Momente, wenn er mit dem Baby bei Sonnenuntergang zu einem Spaziergang aufbricht, weil er keine Minute länger im Haus bleiben kann, den Reißverschluss seiner Fleecejacke über ihrem Körper schließt und sie die Augen im hellen Sonnenlicht zusammenkneift, während er mit knirschenden Schritten durch den Wald stapft.

Dabei erklärt er ihr die ganze Zeit, wie alles heißt: Das sind die Berge, sagt er im Gehen. Das ist ein See. Was da über der

Bougainvillea der Nachbarn schwebt, ist ein Kolibri, und was da drüben schwirrt, das nennt man einen Hubschrauber, und der schwebt auch. Und das ist der Himmel, ganz wolkenlos und blau. Blau. So nennen wir diese Farbe: Blau. Sie scheint begeistert, wenn sie sich alles ansieht, und beginnt zu plappern. Dieses kleine Stimmchen. Das ist die Stimme seiner Tochter. Manchmal steigt dann etwas schnell und bittersüß in seiner Brust auf. Angesichts der Umstände fühlt er sich deswegen ein bisschen schuldig, aber ihm fällt nur ein Wort ein, mit dem er diese Empfindung beschreiben kann: *Freude*.

Er versucht, sich alles genau zu merken, jedes kleine Lächeln und alles, was sie neu erlernt – am meisten vermisst er Annie als die Person, die genauso viel über das Baby wissen will wie er: Was in ihren Windeln steckt, wann das lang erwartete Bäuerchen kommt, was sie da mit ihren Zehen macht, all die kleinen Dinge, für die sich ein liebender Mensch interessiert. Er versucht, alles aufzuschreiben. Aber es ist einfach zu viel. Er würde genauso lange brauchen, um diese Dinge zu erzählen, wie es gedauert hat, sie zu erleben. Wenn er diese Tage wirklich für Annie konservieren wollte, müsste er jede einzelne Stunde und Minute festhalten. Zumindest in dieser Hinsicht ist diese Zeit genauso wie jede andere auch: Sie vergeht.

KAPITEL 35

In den Betten im Krankenhaus und in den Betten in der Bibliothek, in den riesigen Zelten überall auf dem Kolleghof, in den Feldbetten, die in den Speisesälen aufgestellt wurden, und den Betten, die in den Kursräumen stehen, in den frisch eingetroffenen brandneuen Zelten, die eigentlich nach Liberia oder Neuguinea hätten verschickt werden sollen, und in den Spezialzelten, die für die Soldaten errichtet worden sind, die mittlerweile selbst einschlafen, sowie in den unbekannten Betten in den anonymen Häusern überall in Santa Lora hören die Träumenden nicht auf zu träumen.

Die Stadt scheint sich zu leeren, obwohl keiner weggeht. Doch die, die noch gesund sind, werden das Gefühl nicht los, Zeugen eines Exodus zu werden, als könnten wir, ohne es zu merken, das Bewusstsein in den Köpfen anderer Menschen spüren, wie Lichter am Rande des Sichtfelds.

Es wird immer schwieriger, die genaue Zahl der Erkrankten zu ermitteln. Man nimmt an, dass es tausend sind. Vielleicht mehr.

Die Haare wachsen, die Fingernägel auch. Es gibt nicht genügend Helfer, um die Zehennägel zu schneiden oder die Bärte zu rasieren. Außerdem wäre das selbst dann zu gefährlich, wenn man drei Paar Latexhandschuhe übereinandertrüge.

Auch die Zahl der Todesfälle nimmt zu. Wegen Unterernährung und Austrocknung.

Wenn sich jemand wund liegt und die Verletzung nicht von selbst heilt, ist nicht immer jemand in der Nähe, dem das auffällt.

Die Viktorianer haben sich bekanntermaßen davor gefürchtet, fälschlich für tot gehalten und bei lebendigem Leib begraben zu werden, aber in Santa Lora geschieht nun das genaue Gegenteil: Ein paar von den Leuten, die so ruhig in ihren Betten liegen, werden fälschlich für lebendig gehalten.

KAPITEL 36

Aufmerksame Beobachter haben sie mittlerweile vielleicht bereits bemerkt: ein paar Zivilisten, die den Nationalgardisten unter die Arme greifen. Hier sind sie und laden Lebensmittelkartons vor der Highschool ab, ihre blauen Jeans sind klar von den grünen Uniformen zu unterscheiden. Und da sind sie noch mal zu sehen, wie sie in der Campuskirche Feldbetten aufstellen. Unter diesen Freiwilligen sind auch zwei College-Studenten, deren Gesichter nie richtig zu erkennen sind, während sie mal hierhin, mal dorthin eilen.

Aber eine der Mütter bemerkt sie, im Hintergrund auf einem Pressefoto. Ist das nicht ihre Tochter, dieses Mädchen, das die Masken verteilt? Wer ist der Junge neben ihr, der die Kunststoffanzüge aus den Kartons zieht?

Mei: eine Ungewissheit weniger. In Santa Lora herrscht zwar großes Chaos, aber ein paar Dinge lassen sich mit Gewissheit sagen: Mei und Matthew sind wach. Sie sind am Leben. Sie haben jeder zwei Hände, um zu helfen, und zwei Füße, die sie überallhin tragen, und große Lust, zu tun, was immer sie können. Und es ist *wirklich* eine Art Lust, ein tief sitzendes Verlangen, sich nützlich zu machen.

Matthews dunkle Augen über dem Rand seiner Maske, der gedämpfte Klang seiner Stimme hinter dem Papier, wie er immer weiß, was richtig und was falsch ist, als wären Nuancen und Zwischentöne nur Teil einer Verschwörung, hinter der die Schwachen stecken – es fühlt sich gut an, in seiner Nähe zu sein. Sie kennen nur eine Richtung: dorthin, wo sie gebraucht werden. Sie sind immer zusammen, wie eine untrennbare Einheit. Man sieht es zum Beispiel an der Art, wie sich die Muskeln an seinen Armen anspannen, wenn er sie an den Hüften hochhebt, damit sie durch die Fenster spähen und nach Schlafenden und Toten Ausschau halten kann.

Sie vergisst ständig, ihr Handy aufzuladen und ihre Eltern anzurufen. Sie hat keine Ahnung, dass sich ihre Mutter den anderen Eltern und Verwandten angeschlossen hat, die ein paar Meilen vor der Stadt in ihren Autos kampieren und geduldig auf Neuigkeiten warten. Aber ist es wirklich bereits eine Woche her, seit sie das letzte Mal mit ihrer Mutter gesprochen hat? Die Zeit ist hier genauso schwer zu bestimmen wie in einem Traum.

Sie sind erst achtzehn Jahre alt, aber sie haben die Vergangenheit bereits hinter sich gelassen. Und die Zukunft ist auf das hier zusammengeschrumpft, so kurz wie ein Schatten in der Mittagszeit.

Sie helfen, wo sie können. Mit dem letzten Benzin im Tank des SUV transportieren sie Lebensmittel von der Highschool zum Pflegeheim. Sie finden die Kranken in Häusern und in Autos, manchmal liegen sie auch einfach auf Gehwegen oder Sitzbänken.

Als sie eines Tages am Gebäude der Humane Society vorbeigehen, hören sie im Inneren Hunde heulen und winseln. Mei sieht durch das Fenster einen Mann, der auf dem Empfangstresen zusammengesackt ist. Die Türen sind abgesperrt.

Sie diskutieren nicht erst lange darüber, was zu tun ist. Stattdessen nimmt Matthew kurzerhand eine Mülltonne und wirft sie durch die Glasscheibe.

Die Katzen schreien auf, als sie das Fenster splittern hören.

Wer weiß, wie lange diese Tiere bereits hungrig sind? Matthew öffnet die Käfigtüren, und zwei Dutzend Katzen und Hunde laufen durch den Vordereingang hinaus, während Mei große Säcke mit Tierfutter auf dem Gehweg ausleert.

Als sie weitergehen, schlüpfen zwei Männer durch die zerbrochene Scheibe in das Gebäude und kommen gleich darauf mit Kartons unter den Armen wieder herausgelaufen.

»Wahrscheinlich Drogen«, sagt Matthew. »Beruhigungsmittel für Pferde oder so was. Aber was soll's? Wem tun sie damit weh?«

An einem anderen Tag stehen sie plötzlich vor einem Stück Gehweg, das merkwürdigerweise nass ist, obwohl der Himmel wolkenlos und die Luft klar ist. Ihnen ist zunächst nicht klar, wo das Wasser herkommt, aber als Mei den Garten des nächstgelegenen Hauses betritt, fühlt sich das Gras unter ihren Füßen matschig an. Da bemerken sie, dass das Wasser in aller Stille aus einem offenen Fenster herausströmt, und sehen durch das Fliegengitter hinein.

Im Inneren bietet sich ihnen ein unheimlicher Anblick: leicht gekräuseltes, knietiefes Wasser in einem Wohnzimmer. Eine vor der Außenwelt verborgene Flut.

Ihnen ist klar, dass dieses Wasser genauso gut Blut sein könnte, denn es ist durchaus möglich, dass die Bewohner des Gebäudes im Schlaf ertrunken sind. Wie schnell die menschlichen Behausungen doch verrotten, wenn sich niemand um sie kümmert.

»Vielleicht ist keiner zu Hause«, sagt Mei. Bücher und Papier treiben auf der Oberfläche, Möbel stoßen wie Boote aneinander. »Vielleicht ist das ja passiert, nachdem sie weggegangen sind.«

»Aber vielleicht sind sie auch noch da drin«, sagt Matthew.

Das ist er: ihr Junge. Schon schlüpft er aus seinen Sandalen und schwingt ein Bein über das Fensterbrett. Ein platschendes Geräusch. Mei bleibt zurück, voller Bewunderung und Angst. Das Wasser könnte kontaminiert sein. Als er von innen die Vordertür aufmacht, schwappt eine Welle auf die Veranda heraus.

»Komm rein«, sagt er. Und sie kommt.

Im Inneren hört sie ein leises Rauschen. Das Wasser rinnt in einem dünnen, aber stetigen Strom die Treppe herunter.

Teile der Decke sind herabgestürzt. Durch die Löcher sehen sie im Obergeschoss die Wände eines Schlafzimmers. An den Bruchkanten fällt Wasser herab, wie über einen Kraterrand.

»Ich glaube nicht, dass es hier drinnen sicher ist«, sagt Mei.

Aber Matthew geht bereits auf die Treppe zu.

Er wirkt ein wenig aufgeregt, vermutlich weil er die Chance wittert, ein Leben zu retten.

»Wir müssen nachsehen, ob jemand hier ist«, sagt er.

Aber Mei bekommt es erneut mit der Angst zu tun: Das ist zu viel für sie. Sie hat das Gefühl, dass sich etwas Schreckliches in diesem Wasser verbergen könnte, irgendwelche Viecher, die sie nicht sehen kann. Oder Leichen. Wenn man bewusstlos ist, reichen wenige Zentimeter Wasser, um darin zu ertrinken.

»Wir sollten die Polizei rufen«, sagt sie, weiß aber selbst, dass das inzwischen nicht mehr viel Sinn hat. Wie lange würde es wohl dauern, bis sie kommen?

Mit dem Gefühl, von einer hohen Klippe zu springen, holt sie tief Luft und folgt ihm die Treppe hinauf. Der Teppich unter ihren Füßen fühlt sich wie ein vollgesaugter Schwamm an. An der Tapete laufen Rinnsale herab.

»Es ist das Waschbecken«, ruft Matthew zu ihr herunter. Sie hört, wie er quietschend einen Hahn zudreht. »Eines der Rohre unter dem Becken leckt.«

Mei stößt mit dem Fuß gegen etwas Hartes, einen total durchnässten Laptop.

»Oh, wow«, sagt Matthew. »Schau mal.«

Auf einem antiken Himmelbett liegt ein vollständig bekleideter Mann mit weißen Haaren und einer Brille. Es sieht aus, als würde er auf einem Floß treiben. Er wirkt ganz einsam und verlassen – vor allem, wenn man bedenkt, dass es zwei Fremde sind, die ihn hier finden.

Als Mei sich über ihn beugt, hört sie keine Atemgeräusche. Sie legt ihm eine Hand auf die Brust und stellt zu ihrer Erleichterung fest, dass sie sich hebt und senkt. »Er lebt«, verkündet sie.

Matthew dreht ihn auf den Bauch und beugt vorsichtig seine Arme und Beine. Er und Mei haben es sich in den Kopf gesetzt, dass das notwendig sei, um Krämpfen vorzubeugen.

Überall um das Bett herum liegen Notizbücher. Die Tinte ist größtenteils von den Seiten gewaschen, anstelle von Buchstaben sind bloß blaue und schwarze Schlieren zu sehen.

»Ach«, sagt Mei, »ich glaube, das ist mein Biologieprofessor.« Sie kann sich bereits jetzt nicht mehr sehr gut an seinen Kurs erinnern, aber sie mochte ihn und seine Leidenschaft für Bäume.

Inzwischen haben sie bereits mehrere Dutzend Kranke zu den Santitätszelten gefahren. Und nun diesen Biologieprofessor.

Wenn sie schlafen, dann im Zelt, so als könnten sie sich in diesem großen Haus mit zwei Erregern infizieren, nicht nur mit der Krankheit, sondern auch mit einer Dekadenz, die nicht in diese Leidenszeit passt.

Aber sie schlafen so wenig wie möglich, denn es gibt so viel für sie zu tun. Und in den Nächten haben sie auch etwas zu tun. Alles ist wichtig. Alles ist neu, auch die Art, wie er in der Dunkelheit den Arm nach ihr ausstreckt, wie sein Mund so schnell ihre Lippen findet, wie sich sein Körper an ihren presst. Sie reden nicht und machen kein Licht an. Sie denken kaum nach. Hier in diesem Zelt herrscht dieselbe Klarheit, die sie den ganzen Tag lang antreibt.

Anschließend schlafen sie tief und fest und wachen mehrere Stunden lang nicht auf. Es ist der Schlaf der Jugend und von Menschen, die wissen, dass sie etwas geleistet haben. Das Knattern der Hubschrauber reißt sie nicht länger aus ihren Träumen. Zudem haben sie gelernt, die Sirenen und die dröhnenden Humvees zu verschlafen. Und auch die Sorgen, die diese Stadt ebenso durchdringen wie die lauten Geräusche.

Unterdessen führen die Zikaden in den Bäumen, die über dem Zelt aufragen, ihre uralten Rituale auf, während die Borkenkäfer die hölzernen Riesen aushöhlen und ganz, ganz langsam fällen.

Früher einmal hätte Mei sich unter den wachsamen Augen der Mädchen auf ihrem Stockwerk des Wohnheims vielleicht gefragt, was genau da zwischen ihnen passiert, ob sie und Matthew nun ein echtes Paar sind oder nicht. Aber über solche Fragen denkt sie kaum nach. Sie weiß, was sie verbindet: dass sie zwei Menschen sind, die jeden Tag miteinander Risiken eingehen. Hier liegt er neben ihr. Hier sind seine Finger, die sich am Ende des Tages mit ihren verschränken. Hier ist seine Hüfte, die sich während der Nacht gegen ihre presst. Wen kümmert es, wie man es nennt? Wie wäre es damit, denkt sie, während sie sich eines Nachts in den Schlaf hinübertreiben lässt und dabei genau die Art von großer Idee hat, die sie niemals laut aussprechen würde: eine Liebe für das Ende der Welt?

KAPITEL 37

Jeder angespannte Muskel muss nach einer Weile wieder locker lassen. Adrenalin kann nicht unentwegt fließen. Irgendwann schleicht sich während der vielen erzwungenen Stunden zu Hause ein neues Gefühl ein: Langeweile.

Und so lassen Sara und Libby eines ihrer ältesten Spiele wiederaufleben, bei dem sie sich auf Entdeckungsreise durch ihr eigenes Haus begeben, verbotene Schubladen aufziehen und Kammern durchstöbern, die sie nicht betreten dürfen. Ihr Vater hütet viele Geheimnisse, und in der Regel entdecken sie dabei immer irgendeine Kleinigkeit.

Sie müssen einander nicht extra sagen, auf was für Kostbarkeiten sie vor allem aus sind: Spuren, die ihre Mutter im Haus hinterlassen hat. Auf diese Weise konnten sie bis jetzt am meisten über ihr Leben herausfinden. Sie hat pastellfarbene Nagellacke und silbrigen Lidschatten getragen. Einmal hat sie acht Gläschen mit Babynahrung und eine Flasche Wein bei Ralphs gekauft. Ein andermal ein Buch über italienische Maler in einem Antiquariat. Sie hat einen Kurs für Aquarellmalerei am College belegt. Sie musste mal eine Lungenentzündung mit einem Antibiotikum kurieren und hat die Rechnung zu spät bezahlt. Sie hat einen Strafzettel wegen überhöhter Geschwindigkeit bekommen. Sie besaß einen Bibliotheksausweis und einen Führerschein. Sie trug ein Foto von ihnen beiden in ihrem Geldbeutel mit sich herum.

»Ich weiß, du wirst mir erklären, dass wir das nicht tun sollen«, sagt Libby, mit einem Mal ganz fröhlich wegen ihres Einfalls – oder des damit verbundenen Risikos. »Aber lass uns im Speicher nachsehen.«

Der Speicher: Die kleine Zugangstür ist bisher nur dann kurz aufgegangen, wenn ihr Vater die Mausefallen in den Ecken aufgestellt hat. Diese Mäuse – und die Vorstellung, dass dort oben möglicherweise eine noch viel schlimmere Kreatur lauern könnte – haben sie immer vom Speicher ferngehalten.

Doch an diesem Tag überrascht Sara ihre Schwester. »Okay, das machen wir.«

Die Tür ist verschlossen, aber Libby weiß, wo ihr Vater den Schlüssel aufbewahrt. Das Türblatt klemmt ein wenig im Rahmen, schwingt jedoch nach einem einzigen harten Stoß auf.

Dieser Speicher ist kleiner, als Sara gedacht hat, und auch ein bisschen heller. Durch ein verstaubtes ovales Fenster fällt Sonnenlicht herein und verfängt sich in den schwirrenden Mottenflügeln.

Der Fußboden ist von Mäusekot übersät, und es stinkt.

Aber sie entdecken auch einen Stapel zugeklebter Kartons. Libby geht direkt darauf zu, als wüsste sie bereits, wonach sie sucht.

Es kann sein, dass Sara diese Kartons vor Jahren auch schon mal gesehen hat – denn als Libby einen von ihnen zu ihr herüberschiebt, überrascht es sie nicht, dass ihr Vater den Namen ihrer Mutter in Großbuchstaben auf die Seite geschrieben hat: MARIE.

»Hast du gewusst, dass die hier sind?«, fragt Sara.

»Ich bin nicht zum ersten Mal hier oben«, erwidert Libby.

Sara ist schockiert, dass ihre Schwester dieses kleine Geheimnis vor ihr bewahrt hat. Offenbar ist es ihr gelungen, in diesem Haus so etwas wie ein Privatleben zu haben.

»Aber ich habe sie nie geöffnet.« Sara kann nicht einschätzen, ob sie die Wahrheit sagt.

Die Katzen sind ihnen durch die offene Tür hereingefolgt und beschnuppern nun alles. Daisy entdeckt in einer der Fallen eine tote Maus.

»Am besten machen wir sie unten auf«, sagt Sara.

Wie Diebe bemühen sie sich, keine Spuren an den Kartons

zu hinterlassen, und lösen vorsichtig das Klebeband ab. Dabei werden ihre Finger ganz staubig.

Während Sara das letzte Stück Paketband abzieht, kann sie die Spannung kaum noch aushalten. Vielleicht können diese Kartons endlich ein paar offene Fragen beantworten und den Mädchen verraten, wer sie sind.

Der erste ist bis obenhin voll mit Kleidung.

Das hat alles ihr gehört, denkt Sara, während sie die Sachen wie heilige Reliquien auf der Couch auslegt.

»Ich glaube, an den hier erinnere ich mich.« Libby hält einen grünen Pullover gegen das Licht. Im Ärmel sind Mottenlöcher.

»Ehrlich?«, fragt Sara. Sie möchte sich auch an diese Pullover und die Jeans erinnern. Aber sie kommen ihr genauso fremd vor wie die Pullis, die bei der Heilsarmee in der Stadt auf Bügeln hängen.

Libby legt alles auf den Wohnzimmerboden. Die Sommerkleider, die Sandalen und ein paar schwarze Keramikvögel, auf deren Unterseite MADE IN PORTUGAL steht. Aber es lässt sich unmöglich feststellen, ob sie dort auch gekauft worden sind. Dafür wissen die Mädchen oder können zumindest davon ausgehen, dass die Hände ihrer Mutter sie berührt haben, und deswegen wollen sie das auch.

Ein Schmuckkästchen kommt ihnen fast ein bisschen magisch vor. Diese Türkiskette hat sie um den Hals getragen, die silbernen Kreolen an den Ohrläppchen. Aber Sara wollte intensiver fühlen. Diese Gegenstände enttäuschen sie.

Libby ist dagegen ganz weit weg und hoch konzentriert. Anscheinend haben diese Sachen sie an einen entfernten Ort geleitet.

Kurze Zeit später bemerkt Sara draußen eine kleine schwarze Bulldogge, die gerade das wenige Wasser im Rinnstein aufleckt. Ihre Kopfform und das rote Halsband kommen ihr bekannt vor.

»Hey«, sagt sie, »ist das nicht Akils Hund?« Akil: Sonst kommt ihr sein Name immer so schön vor, aber jetzt macht ihr sein Klang Angst. Wieso ist sein Hund ganz allein draußen unterwegs?

»Er hat sich sicher verlaufen«, sagt Libby und presst das Gesicht ans Fenster. Es freut Sara, dass sie wieder bei ihr ist. »Armer kleiner Kerl. Wir sollten ihn reinholen.«

Sara spürt das Gewicht der Worte, die ihr Vater sagen würde, und spricht sie an seiner Stelle aus: »Wir können es nicht riskieren, noch mal rauszugehen.« Dann läuft sie rasch zur Toilette. Ihre Blutungen halten sie nach wie vor auf Trab, und sie fängt, was jetzt noch kommt, mit ihren eigenen improvisierten Mitteln auf, Waschlappen und Toilettenpapier. Außerdem achtet sie darauf, nicht zu viel herumzulaufen. Bei all den Vorräten, die ihr Vater angelegt hat, ist ihm nie in den Sinn gekommen, für diese Situation vorzubauen.

Als sie wieder aus der Toilette herauskommt, hört sie, wie das Fliegengitter gegen den Türrahmen knallt, und gleich darauf das unverwechselbare Geräusch eines Trinknapfs, der auf der Veranda abgestellt wird. Libby hat Akils Hund in den Garten gelockt.

Er ist freundlich und dankbar. Anders kann sie den feuchten Blick seiner dunklen Augen nicht deuten. Seine Zunge hängt weit aus dem Maul heraus. Anscheinend hat er schon länger nichts mehr zu trinken bekommen. Das Wasser spritzt aus der Schüssel und auf Libbys nackte Füße. Er tut das, was Hunde mit ihren Zähnen machen, wenn sie beinahe zu lächeln scheinen.

Die Katzen stehen hinter dem Küchenfenster aufgereiht und kratzen über das Glas, während Libby dem Hund den Rücken krault, als gehörte er ihr. Ihre braunen Ringellocken fallen ihm über die Ohren, während sie sich über ihn beugt, und sie lässt es zu, dass er ihr über den Mund leckt. Dass sie andere so schnell ins Herz schließen, ist eine Sache, die sie gemeinsam haben.

Seine Erkennungsmarke bestätigt, wer er ist. Auf der Metallplakette, die von seinem dicken Hals hängt, sind Akils Nachname und seine Adresse eingraviert. Diese Marke, die wie ein Knochen geformt ist, kommt Sara fremdartig vor, wie ein Gegenstand aus einer verlorenen Zeit, und sie hat das Gefühl, eine Parallelwelt zu berühren. Der Hund heißt Charlie.

»Ich sollte Akil anrufen«, sagt Sara. Die Idee ist verlockend, aber sobald sie das Telefon in der Hand hält, beginnt ihr Herz so heftig zu schlagen, dass sie nicht sprechen kann.

»Ich mache es«, sagt Libby.

Aber unter Akils Nummer geht niemand ran.

»Wir können ihn doch nach Hause bringen«, schlägt Libby vor.

Bis dahin sind es nur ein paar Querstraßen, aber in der Gegend wimmelt es von Soldaten mit Kampfanzügen und schweren Stiefeln, die Gewehre über der Schulter tragen. Und dann sind da noch die vielen getarnten Lastwagen, die wie Panzer durch die Gegend rumpeln.

»Was ist, wenn uns jemand sieht?«, fragt Sara. Die Soldaten könnten die beiden Mädchen, die allein in einem kontaminierten Haus wohnen, einfach mitnehmen wollen.

Aber Libby schlüpft bereits mit nackten Füßen in ihre weißen Cowboystiefel und bindet ein Stück altes Seil an Charlies Halsband fest. Sie gehe auf jeden Fall, sagt sie, ob Sara mitkomme oder nicht.

Sara kann nicht leugnen, dass sie die Idee, etwas Nettes für diesen Jungen zu tun, aufregend findet.

Sie nehmen den Weg hintenherum, durch das tote und vertrocknete Gehölz. Die beiden Mädchen werden sich niemals daran erinnern, wie diese Wälder vor der Dürre ausgesehen haben. Für sie ist es ganz natürlich, dass jeder zehnte Baum, der hier steht, tot ist und als Skelett zwischen den übrigen aufragt, die immer noch um ihr Leben kämpfen.

Während sie gehen, haben sie das Gefühl, beobachtet zu werden. Jedes Rascheln eines Pinienbaums könnte auch ein Soldat sein, der von einem Fuß auf den anderen tritt, jeder Flügelschlag ein Flüstern. Sie beeilen sich.

Aber sie sehen niemanden, weder im Wald noch auf den Straßen, die sie durch die Bäume erkennen können. Manchmal ist es so ruhig, dass sie das Gefühl haben, die Letzten zu sein, die noch wach sind.

Durch die Bäume betrachtet sieht Akils Haus wie immer aus, mit seinen großen sauberen Fenstern, den roten Vorhängen und den Pflanzenkübeln auf der Veranda. Hinter dem offenen Garagentor sehen sie die Fahrräder der Familie in einer Ecke zusammenstehen. Und Akils wissenschaftliches Projekt, das Modell eines Roboters. Daneben sind drei Koffer an der Wand aufgestapelt. Ob das wohl das Gepäck ist, mit dem sie aus Ägypten hergekommen sind, nachdem sie bei Nacht und Nebel aufgebrochen waren?

Sie zittert und fühlt sich verlegen.

Erst später wird Sara bewusst werden, dass mitten am Tag das Verandalicht brennt, genau wie die Deckenlampe im Esszimmer.

Auf einmal rennt Charlie über die Straße, die Veranda hinauf und geradewegs in das Haus hinein. Da erst bemerken sie, dass die Vordertür offen steht.

»Hallo?«, ruft Libby.

Akils grüner Rucksack lehnt neben der Tür. Überall sind Bücher verstreut.

Sie gehen nur ganz kurz hinein, gerade lang genug, um zu

sehen, dass der Tisch für ein Abendessen gedeckt ist. Zwischen der Suppe und dem Brot schwirren Fliegen hin und her.

Charlie bellt unentwegt.

»Wir hätten nicht hierherkommen sollen«, sagt Sara und bemerkt, was ihnen gleich hätte auffallen sollen: ein auf die Vordertür gesprühtes schwarzes X, von dem einzelne Tropfen herunterrinnen.

Oh, Akil: dass du so etwas Schreckliches überlebt hast, nur um dann bei uns von etwas anderem erwischt zu werden. Sara schießen Tränen in die Augen.

Plötzlich schreit jemand sie an: »Hey, Mädchen!« Eine Männerstimme. Sie gehört zu einem Nachbarn, der sich im Nebenhaus aus einem der oberen Fenster lehnt. Sein Gesicht ist komplett unter einer Maske verborgen. »Verschwindet von dem Haus.«

Sie legen die gesamte Strecke durch den Wald im Dauerlauf zurück. Unter ihren Füßen knacken Pinienzapfen. Charlie rennt an ihrer Seite. Er ist ganz leise geworden, und sein schwarzes Fell setzt Staub an.

Als sie wieder zu Hause sind und keuchend im Garten sitzen, wird Sara von einer neuen Sorge gepackt: »Was, wenn er es in seinem Fell hat?«

Also holen sie den Gartenschlauch. Bevor sie loslegen, ziehen sie Handschuhe und etwas Langärmliges an, aber sie vergessen, die Masken aufzusetzen. Sara spritzt ihn aus möglichst großer Entfernung ab. Dabei bedenken sie nicht, wie sehr er sich schütteln wird, wenn er nass ist. Er verteilt das Wasser über sämtliche Gemüsebeete und erwischt auch sie. Nun müssen auch sie sich duschen.

»Versuch, die Luft anzuhalten«, sagt Sara, als heißer Dampf das Badezimmer erfüllt. Aber so viele Minuten halten sie nicht aus, und sie atmen den Dampf ein.

Sie füttern die Katzen und wechseln ihre Streu aus. Immer wieder räumen sie die Sachen ihrer Mutter um.

Als am gleichen Nachmittag auch noch ein Terrier in ihrer Straße auftaucht und seine Leine sich mehrfach in den Zäunen verfängt, läuft Libby hinaus und sammelt ihn ebenfalls ein.

Jetzt müssen sie zwei Hunde füttern. Zwei Hunde und fünf Katzen. Vom Witwensteg aus betrachtet wirkt die Nachbarschaft menschenleer. Immer wenn die Hubschrauber einen kurzen Moment lang außer Hörweite geraten, senkt sich eine eigenartige Stille herab: keine brummenden Rasenmäher, nirgends schreiende Kinder und auch keine Basketbälle, die in den Einfahrten vom Boden abprallen. Keine Garagentore, die in ihren Schienen rattern, während sie auf- und zugehen. Keine zuschlagenden Autotüren. Niemand geht joggen. Im Haus gegenüber läuft bereits seit Tagen unbeaufsichtigt ein Fernseher. Und irgendwo dort draußen schläft ihr Vater.

Aber die Vögel zwitschern weiter. Die Eichhörnchen durchwühlen den Müll, der seit Tagen nicht mehr abgeholt worden ist. Eine Gruppe streunender Katzen lebt in den Ruinen, die von dem Haus der Krankenschwester auf der anderen Straßenseite übrig geblieben sind.

In diesen Momenten – und nur in diesen – ist Sara dankbar, wenn das Grollen eines Humvees beweist, dass sie und Libby nicht die Letzten sind, die es noch nicht erwischt hat.

An diesem Abend trägt Sara beim Einschlafen einen Pullover von ihrer Mutter.

KAPITEL 38

In anderen Teilen des Landes gibt es immer noch Skeptiker. Ein neues Hashtag wird zum Trend: #*SantaLoraHoax*.

Sie sind sich sicher, dass die Regierung mehr weiß, als sie zugibt. Das ist der wahre Grund, warum sie die Stadt abgeriegelt haben: um zu verbergen, was immer sie getan haben.

Das Einzige, was echt ist, sind die Soldaten. Denn darum geht es ja nur: eine Ausrede zu finden, wieso die Regierung die Kontrolle an sich reißen muss. Denkt einfach mal darüber nach. Santa Lora ist wahrscheinlich nur der Anfang, ein Testfall.

Wenn es aber wirklich stimmen sollte, dann nur, weil wir es selbst verbockt haben. Gut möglich, dass Russland dahintersteckt oder Nordkorea. Vielleicht handelt es sich um irgendeinen Nervenkampfstoff, der von einer Drohne versprüht wurde. Haben wir so etwas nicht bereits seit Jahren provoziert? Mit den Bomben, die wir überall auf der Welt abwerfen? Aber noch wahrscheinlicher ist, dass die Regierung uns bloß glauben machen will, wir würden angegriffen.

Macht doch mal die Augen auf, Leute. Wenn ihr ihnen die Santa-Lora-Geschichte wirklich abnehmt, dann seid ihr wahrscheinlich auch davon überzeugt, dass das Fluor im Wasser wirklich für unsere Zähne gedacht und dass am 11. September tatsächlich ein Flugzeug ins Pentagon gekracht ist.

Und habt ihr die letzten Zahlen gehört? Tausendfünfhundert Krankheitsfälle in sechs Wochen? Mal ehrlich, nichts verbreitet sich derart schnell.

KAPITEL 39

Ungefähr zur gleichen Zeit beginnen Bens Träume. Und wenn sie kommen, dann geht es immer ganz schnell. Egal, wie kurz er schläft, die Träume sind sofort da. Anscheinend kann sein Bewusstsein sie nur mit Mühe auf Distanz halten. Und im Mittelpunkt dieser Träume steht immer – wirklich immer – Annie, wie ein Lied, das einem tagelang nicht aus dem Kopf geht. In seinen Träumen kehrt sie auf die kleinstmögliche Weise zu ihm zurück, in Form von Dingen, von denen er gar nicht wusste, dass sie sich ihm eingeprägt haben: ihr Lippenpflegestift, der klackernd über die Küchentheke rollt, der frische Geruch ihrer praktischen Seife, die Art, wie sie ihre Nägel wachsen lässt, bis sie brechen, weswegen sie immer ein bisschen ungepflegt aussehen und alle unterschiedlich lang sind. Manchmal träumt er davon, was für Geräusche sie macht, wenn sie sich durch die Zimmer des Hauses bewegt, von der Toilettenspülung, die er durch die Wand hört, dem leisen Platschen, mit dem ihre Spucke nach dem Zähneputzen im Waschbecken landet, oder ihrem Summen, das plötzlich abbricht, weil sie sich wieder einmal den Zeh angestoßen hat, und zwar an demselben losen Dielenbrett, über das sie ständig stolpert, gefolgt von dem leisen Fluch, der ihm so gut vertraut ist: »Scheiße.«

Diese Träume enden immer auf die gleiche Weise: mit dem Baby, das nach Milch jammert.

Wenn er mit ihm herumgeht, beruhigt sich das Baby. Und Ben beruhigt es auch. Was sollte er außerdem auch sonst tun? Also gehen sie bis zu viermal am Tag spazieren.

Das ist eine Pinie, sagt er, während sie wieder einmal ihre Straße entlangmarschieren, und das hier ist ein Pinienzapfen. Das ist unser Schatten, deiner und meiner. Er wird ganz lang auf dem Gehweg, weil die Sonne in dieser Jahreszeit niedrig am Himmel steht. Und diese Jahreszeit nennen wir Herbst.

Diese Menschen da auf der Veranda, sagt er, und seine Augen werden feucht, diese Frau, die ganz erschöpft aussieht und sagt: »Nein, nein, wir müssen heute noch drin bleiben«, die nennen wir Mutter. Und der Junge, der dort in der Tür steht, den nennen wir Sohn.

Das ist ein Gehweg, sagt er. Das ist eine Straße. Das ein Spinnennetz. Ein Vogelhaus. Ein Auto.

Aber nicht alles kann man so leicht benennen.

Was ist die richtige Bezeichnung für jemanden, der in einem blauen Plastikanzug mitten auf der Straße herumkriecht?

Ben und das Baby sind einen halben Häuserblock von dieser Gestalt entfernt, als er sie bemerkt. Ihre Hände zerren an der Plastikhaube und reißen an der Maske, die Bewegungen sind energisch, aber ineffizient. Panik ist ein Gefühl, das man auch aus größerer Entfernung erkennt. Schließlich gelingt es den Händen, die Haube anzuheben und vom Kopf zu ziehen. Nun ist das Gesicht eines jungen Mannes mit verschwitzten schwarzen Haaren zu sehen.

Er sagt etwas, es sind Laute, die keinen Sinn ergeben, ein beschwörendes Gemurmel. Etwas stimmt mit seinen Augen nicht – der Blick ist ganz leer.

Ben weicht zurück. Seine Arme umschlingen das Baby vor seiner Brust. Es fühlt sich an, als funktionierten die Muskeln seiner Handgelenke unabhängig von ihm und wüssten bereits, was zu tun ist, bevor sein Verstand sich zu einer Entscheidung durchringen kann.

»Ist alles in Ordnung mit Ihnen?«, ruft Ben dem Mann in dem blauen Plastikanzug zu.

Aber der antwortet nicht und dreht sich auch nicht nach ihm um. Stattdessen versucht er, auf die Motorhaube eines geparkten Kombis zu steigen. Dabei rutscht er wegen der Kunststoffbeutel, die er über den Schuhen trägt, immer wieder ab.

Ein paar Nachbarn sehen aus ihren Fenstern.

»Ist alles in Ordnung mit Ihnen?«, ruft Ben erneut.

Aber der Mann schläft ganz offensichtlich und geht, während er träumt. Unklar ist dagegen, woher er kommt und wer er ist – vielleicht ein Sanitäter, der von seinem Team zurückgelassen wurde?

Einen Moment lang wird sein Gebrabbel deutlicher und lauter. »Ich kann nicht schwimmen«, ruft er, an niemand Speziellen gerichtet. »Hilfe. Bitte. Ich kann nicht schwimmen.«

Mittlerweile haben sich ein paar Menschen auf ihren Veranden versammelt, aber sie bleiben, wo sie sind, herzlos in ihrer Angst.

Ben ist sicher, dass er etwas unternehmen würde, wenn er nicht seine Tochter bei sich hätte. Ihr warmer Kopf ruht an seiner Brust. Das Baby macht alle Entscheidungen einfacher. Ihm bleibt keine andere Wahl, als sie von diesem Mann wegzubringen und nach Hause zu tragen.

Von unterwegs ruft er 911 an. Ein Krankenwagen werde kommen, sagt man ihm. Aber das könne dauern. Er hört den Mann noch eine gute Stunde lang aus immer größerer Entfernung schreien. Derweil wechselt Ben zweimal die Windeln und öffnet eine neue Packung mit Milchnahrung.

Und während der Mann in einer anderen Straße krakeelt, sieht seine Tochter ihm die ganze Zeit ins Gesicht. Ist es möglich, dass sie bereits jetzt alles besser begreift als er und nun nur noch größer werden muss, um ganz bei sich anzukommen? »Jemand wird ihm helfen«, versichert er ihr, als hätte sie ihn danach gefragt oder ihm einen Vorwurf gemacht. »Jemand wird helfen.«

Wenn Ben in diesem Moment den Fernseher einschalten würde, bekäme er mit, dass sich einer der Pressehubschrauber an die Fersen des Mannes im blauen Anzug geheftet hat und nun Millionen von Menschen live verfolgen können, wie er im Zickzack die Straße runterläuft und an einer Stelle im Wald verschwindet, nur um ein paar Minuten später barfuß wieder herauszukommen.

Aber Ben gehört nicht zu den vielen Millionen, die sehen, wie der Mann als Nächstes vor einen heranrasenden Humvee läuft.

Dafür hört er sechs Seitenstraßen von der Stelle entfernt die quietschenden Bremsen und das Geräusch von zerbrechendem Glas – und hat keine Ahnung oder zumindest keinen Beweis, dass der Mann in dem blauen Anzug, dieser Freiwillige aus Tennessee, wie die Welt bald erfahren wird, unter den riesigen Reifen zerquetscht worden ist.

Die Träume: Je öfter er sie hat, desto absonderlicher werden sie. Möglicherweise liegt es am Schlafmangel. Oder an seiner Vereinsamung. Vielleicht stimmt ja auch mit seinem Verstand etwas nicht. Aber was es auch sein mag, es sind auf jeden Fall keine normalen Träume, denn sie haben das Gewicht von gelebtem Leben. Es ist schwer zu erklären, aber was in diesen Träumen passiert, fühlt sich genauso real an wie alles, was ihm im Wachzustand widerfährt.

Anfangs träumt er von der Vergangenheit: Annie und er in ihrer alten Gegend in New York. Annie und er bei einem Konzert, mit kalten Bierbechern in der Hand; er hat einen Arm um ihre Hüfte geschlungen, und sie wiegen sich zum Takt der Musik. Tage, die sie tatsächlich im Zimmer ihres Wohnheims verbracht haben. Nachmittage, an den sie im Park waren.

Aber er träumt nicht von ihrer Italienreise. Genauso wenig von ihrer Hochzeit. Er träumt nie von ihren gemeinsamen Lieblingsorten: Venedig, Mexiko oder die Hängematte in Maine. Natürlich träumt er von ihrem Körper – ganz klar. Aber nie von ihr in dem grünen Kleid, das ihr so gefällt, mit Lipgloss oder mit glänzenden und glatt geföhnten Haaren. Stattdessen träumt er von ihr in einer Jogginghose, mit einer verschmierten Brille auf der Nase oder wie sie einen Pyjama trägt und auf ihrem alten Lacksofa in Brooklyn sitzt und ein Bier trinkt; sie lacht, und durch ihr abgetragenes Oberteil zeichnen sich die Konturen ihre Brüste ab. Er träumt davon, wie sie sich auf seinem Laptop einen Dokumentarfilm ansieht. Er träumt von den Eiscreme-Sandwiches, die sie einmal für eine Autofahrt gemacht hat – wer nimmt Eiscreme-Sandwiches auf eine Autofahrt mit? –, und wie sie alles vollgetropft und -gekrümelt haben. Das Lenkrad hat danach noch wochenlang geklebt.

Manchmal träumt er von Streits oder Kleinigkeiten, die ihn nerven: dass sie nie das Geschirr spült oder den Müll rausbringt. Nie denkt sie daran, Klopapier zu kaufen. Und in der heißesten Nacht des ganzen Jahres hat sie sich nicht getraut, den wackeligen Deckenventilator laufen zu lassen. Aber das Schöne an diesen Träumen ist, dass sich die Probleme darin am nächsten Morgen lösen lassen – mit einem Schraubenzieher und einer Trittleiter oder indem er kurz zum Drugstore fährt.

Und er träumt nie mehr, dass Annie ihn wegen ihres Doktorvaters verlässt. In diesen neuen Träumen ist sie immer an seiner Seite, felsenfest, verlässlich und gelassen.

Er ist sich nicht immer sicher, welche Erinnerungen stimmen und welche nicht. Zum Beispiel diese Eiscreme-Sandwiches. Wenn er genauer darüber nachdenkt … »Haben wir das wirklich getan?«, fragt er eines Morgens seine Tochter, während er sie im Waschbecken wäscht. Ihre Augen sind groß und ihr Blick so ausdruckslos wie der eines Fisches. Er kann sich nicht mehr erinnern, wohin sie mit den Eiscreme-

Sandwiches unterwegs waren, wem das Auto gehört hat und wie alt sie damals gewesen sind. Oder die Hochzeit mitten im Wald – hat die wirklich stattgefunden? »Wer hat da geheiratet?« Vielleicht war diese Hochzeit einfach nur ein Traum.

Aber dann beschleicht ihn der eigenartige Verdacht, dass er in diesen Träumen die Zukunft sieht.

Was natürlich nicht sein kann. Auf keinen Fall. Was für eine verrückte Idee. Zweifellos hat er sie aus den alten Geschichten, die er seinen Studenten zum Lesen aufgibt, in denen Engel Botschaften überbringen, Hexen in Rätseln sprechen und Könige und Prinzen im Schlaf von Geistern heimgesucht werden.

Mit seinem Gedächtnis stimmt etwas nicht. Wenn es richtig funktionieren würde, hätte er zum Beispiel doch wohl kaum vergessen, das Besteck aus der Spüle zu räumen, bevor er sie als Babybadewanne verwendet, oder?

Neben dem Oberschenkel seiner Tochter steigt im Seifenwasser plötzlich eine gezackte Messerklinge an die Oberfläche. Der entsetzte Gedanke, der ihm bei ihrem Anblick durch den Kopf schießt, hat Annies Stimme. *Geht's noch, Ben?*

Und ist nicht auch das oder etwas Ähnliches bereits in einem seiner Träume passiert?

Soweit er sich erinnert, ist die Unfähigkeit, zwischen Träumen und Realität zu unterscheiden, ein Symptom für krankhaften Wahn.

Eines Nachmittags wird Ben gewahr, was jeder andere in der Stadt bereits weiß: dass es in den beiden hiesigen Tankstellen kein Benzin mehr gibt. Nachschub sei unterwegs, versichern die Soldaten immer wieder, aber sie lassen die Tanklaster nicht passieren.

»Denken Sie doch mal nach«, sagt der Mann, der vor Ben in der Schlange an der Zapfsäule steht, als Grace gerade in ihrer Babyschale zu weinen beginnt. »Warum sollten sie wollen, dass wir Benzin in unseren Autos haben? So bleiben wir, wo wir sind, wie Schafe in ihrem Pferch.«

In dieser Nacht träumt Ben von einem herrlich sonnigen Morgen. Annie und er schlafen sich so richtig aus. Irgendwann zieht sie los und besorgt Schokoladencroissants und Erdbeeren. Sie verbringen den Vormittag im Bett, lesen Zeitung und trinken Kaffee. Ein Träger ihres Tops rutscht ihr von der Schulter. Was wollen wir heute machen? fragt sie und rekelt sich genüsslich. Es fühlt sich so an, als ob sie alles, aber auch wirklich alles tun könnten. Zeit: Das ist es, worum es in diesem Traum wirklich geht. In diesem Traum gibt es jede Menge Zeit, viele, viele Stunden, die sie ganz nach Belieben füllen können. Das ist echte Muße.

Was für ein schmerzhaftes Erwachen, als dieser Traum ihm entgleitet und die andere Seite des Bettes leer ist. Aber während der Traummorgen verblasst, hat Ben erneut das eigenartige Gefühl, dass er echt war und irgendwo in der Zukunft liegt.

Es dauert einen Moment, bis ihm bewusst wird, was in dem Traum gefehlt hat: das Baby.

Sofort will er nach Grace sehen, nachschauen, wie es ihr geht.

Als er am Gitterbett steht, erkennt er sofort, dass etwas nicht stimmt. Die Decke, in die sie eingeschlagen war, hat sich auseinandergefaltet und bedeckt komplett ihr Gesicht. Erleichtert stellt er fest, dass es ihr darunter gut geht. Sie ist vielleicht ein kleines bisschen heiß, aber ansonsten völlig in Ordnung, und sie schläft. Aber hätte sie ersticken können? Was, wenn er nicht aufgewacht wäre?

Immer wieder kommt ihm der abwegige Gedanke – oder ist es bloß ein Wunsch? –, dass diese Träume in Wirklichkeit eine Art Zeitreise sind, ein Ausblick auf die Zukunft, die noch vor ihm liegt.

Solche Überlegungen sehen ihm gar nicht ähnlich, und er würde auch keinem davon erzählen, aber er hat sich verändert, seitdem das Baby da ist. Er glaubt an mehr – oder ist es weniger? Es fällt ihm zurzeit schwer, zu sagen, was wahr und was falsch ist. Schließlich ist ihm das Unglaublichste bereits passiert. Denn was könnte verblüffender sein als ein Säugling? War nicht ein gewisser Glaube an Magie nötig, um zu akzeptieren, dass das, was monatelang unter Annies Haut anschwoll, ein menschliches Wesen war? Und als sie kam, schien sie tatsächlich nicht ganz von dieser Welt zu sein. Eine *criatura*. Das Wort hatte er in ihrem Buch gelesen, und es war das Erste, woran er bei ihrem Anblick dachte. So nennt man im Spanischen ein neugeborenes Kind. Eine Kreatur. Ihr ganzer Körper war mit seidigen Haaren bedeckt. Ein Fell, sagte Annie begeistert. *Lanugo* nannten es die Ärzte. Unser Baby hat ein Fell, erzählte sie gern, als wäre Grace tatsächlich aus einem magischen Reich zu ihnen gekommen. Sie wusste genau, wie man atmete, obwohl sie es nie zuvor getan hatte. Und wie man einen Finger festhält. Und sie scheint über telepathische Kräfte zu verfügen. Oder warum würde sie sonst jedes Mal, wenn Ben nachts aus Sorge um sie aufwacht, sofort mit einem leisen beruhigenden Schrei aus ihrem Bettchen antworten? Der Punkt ist: Wer könnte angesichts all dessen noch sagen, was möglich ist und was nicht?

Am Morgen: Plötzlich hört er ein tropfendes Geräusch und begreift zunächst nicht, was er sieht. Kaffee fließt über die Küchentheke und plätschert auf den Linoleumboden. Er hat die Kaffeemaschine eingeschaltet, obwohl die Kanne noch in der Spüle stand.

Während er ein Fläschchen für sein Baby warm macht, lässt ihn sein letzter Traum noch immer nicht los. Und auch wenn er es nie zugeben würde, hält er es doch für möglich, dass er vielleicht das kollektive Unbewusste anzapft oder außersinnliche Wahrnehmungen hat und deswegen in seinen Träumen die echte Zukunft sieht.

KAPITEL 40

Es ist nicht schwer, Wunsch und Wirklichkeit durcheinanderzubringen, seine Hoffnung auf Lügen zu gründen und sich einzureden, die Welt wäre schöner, als sie ist. Nehmen wir zum Beispiel unsere Kinder: Wir gehen nicht davon aus, dass wir sie je verlieren könnten.

Und deswegen kann Ben auch kaum glauben, dass etwas nicht stimmt, als seine Tochter spät am Vormittag immer noch nicht aufgewacht ist. Mit ihren Apfelbäckchen und den vollen Lippen sieht sie aus wie immer, wenn sie schläft. Ihre Lider zucken genau wie immer. Sie schnauft leise und strampelt ein bisschen mit ihren kurzen Beinen. Alles scheint in Ordnung, abgesehen davon, dass Ben sie nicht dazu bringt, die Augen zu öffnen.

»Komm schon«, sagt er. Sie ist ganz warm in seinen Armen, und wenn er seinen Daumen in ihre Hand legt, schließt sie immer noch die Finger darum. »Na los, du kleine Nuss.«

Aber weder Füße kitzeln noch Wange streicheln oder Wasser ins Gesicht spritzen hilft. Er bekommt seine Tochter einfach nicht wach.

Es hat überhaupt nichts geholfen, dass er sich diese Situation seit Wochen immer ausmalt. All die Filme, die er vor seinem inneren Auge hat ablaufen lassen, erweisen sich nun als nutzlos, weil selbst seine schlimmsten Befürchtungen der tatsächlichen Erfahrung nicht einmal annähernd gerecht werden. Es ist einfach nur entsetzlich, wenn plötzlich nichts auf der Welt mehr eine Bedeutung hat.

Später wird er darüber nachdenken, wie er sie womöglich hätte retten können: Vielleicht hätten sie die ganze Zeit im Haus bleiben sollen oder die Barrikade durchbrechen und die Stadt früher verlassen. Was auch immer.

Doch im Moment kniet er nur auf dem Boden, wie um zu beten oder zu betteln. »Bitte«, sagt er und legt ihr die Hände auf die Brust, als hoffte er, darin immer noch etwas von ihrer Magie zu finden. »Bitte, wach auf.«

Es gibt einen Grund, warum sich die Zeit in Momenten wie diesem zu verlangsamen scheint. Es ist ein neurologischer Prozess, den man in Experimenten aufgedeckt hat: Im Schockzustand arbeitet das Gehirn schneller – es nimmt mehr Informationen auf. Man könnte sagen, dass diese körperliche Reaktion – die erhöhte Impulsrate seiner Neuronen – die ersten Sekunden sogar noch unerträglicher für ihn macht, als sie es ohnehin wären.

Aber vergessen wir all das mal. Denn manche Geschichten kann man nur mit den ältesten und vertrautesten Worten erzählen: Hier und jetzt bricht ein Herz.

KAPITEL 41

In dieser Nacht wird Sara von etwas aufgeweckt.

Vielleicht ist es das quietschende Scharnier des vorderen Gartentors, möglicherweise auch die knirschenden Schritte auf dem Kies der Einfahrt. Oder das kurze Räuspern eines Mannes auf der vorderen Veranda.

Aber von alldem hat sie nichts bewusst mitbekommen. Sie weiß lediglich, dass sie plötzlich hellwach in der Dunkelheit liegt.

Im Moment hört sie nur einen tropfenden Wasserhahn, die kleinen Bewegungen der schlafenden Kätzchen und die Atemgeräusche ihrer Schwester im Nachbarbett, die so regelmäßig sind wie ein langsames Metronom.

Die Luft ist von ihren Körpern aufgewärmt, und sie kann Libbys Gesicht im Mondlicht sehen. Aber sie hat das eigenartige Gefühl, allein im Zimmer zu sein, dass ihre Schwester gar nicht da ist.

Es liegt an ihrem Atem: Er ist zu langsam. Und was im ersten Moment bloß ein Verdacht ist, steigert sich rasch zur Gewissheit: Ihr Schlaf ist zu tief.

Zwischen diesem Gedanken und dem Augenblick, als sie Libby an der Schulter anstößt, vergehen nicht mehr als zehn Sekunden.

Libby wacht sofort auf. »Was tust du denn?«, fragt sie. Ihre Stimme klingt rau und motzig – und sie ist das schönste Geräusch, das Sara je gehört hat. Wenn es dunkel ist, vergisst man leicht, dass mitten in der Nacht alle Sorgen größer erscheinen.

Libby dreht sich zur Seite und versinkt sofort wieder in Schlaf.

Die Leuchtziffern der Uhr zeigen Mitternacht, und Sara versucht, auch wieder einzuschlafen. Als sie bereits halb eingedöst ist, springen plötzlich die Kätzchen aus ihrer Kiste. Sara sieht ihre Umrisse, acht Ohren, die alle in dieselbe Richtung zeigen, als hätten sie etwas Verdächtiges gehört, das für die Mädchen zu leise gewesen ist.

Doch dann ertönt ein weiteres, wesentlich lauteres Geräusch: das Klirren von zerbrechendem Glas.

Sara steigt schnell aus dem Bett, und die Katzen rennen auseinander, während sie Libby an der Schulter schüttelt. »Wach auf«, flüstert sie. »Es ist jemand im Haus.«

Das Haus ist hundert Jahre alt, und die Böden erzittern unter jedem Schritt. Die Mädchen kauern sich in einen Wandschrank und lauschen an den Lüftungsschlitzen. Irgendwer geht durchs Erdgeschoss.

Ihre Schwester ist so nah bei ihr, dass sie ihren warmen Atem an der Schulter spürt. Und wie sie zittert.

Nun werden die knarrenden Dielenbretter vom klebrig schmatzenden Linoleumboden abgelöst. Er ist in der Küche.

Zischend geht die Kühlschranktür auf und sofort wieder mit einem saugenden Geräusch zu. Dann wieder auf. Weitere Schritte ertönen, gefolgt von einem lauten Krachen. Hat jemand den Tisch umgeworfen? Hinten im Garten beginnt Charlie zu bellen.

»Vielleicht ist es ja Daddy«, flüstert Libby.

»Das glaube ich nicht«, erwidert Sara.

Als Nächstes hören sie, wie die Türen der Küchenschränke aufgerissen und wieder zugeschlagen werden. Dann ein Schaben und klapperndes Geschirr.

Nach ein paar Sekunden Stille folgt ein neues schreckliches Geräusch: das Knarzen der Treppenstufen. Wer immer das ist – er kommt nach oben. Und zwar schnell.

Mit einem Klicken öffnet sich die Schlafzimmertür. Sie hören, wie die Krallen der davonflitzenden Katzen über den Holzboden schlittern.

Im Inneren des Wandschranks drückt Libby schmerzhaft Saras Hand. Ihre kleinen Nägel bohren sich in die Handflächen.

Auf der anderen Seite der Schranktür werden Schubladen aufgezogen und wieder zugeschoben. Krachend landen Gegenstände auf dem Boden. Und dazwischen hören sie noch ein weiteres Geräusch, ein abgehacktes Rauschen, wie von einem Radio oder einem Walkie-Talkie.

Sara schießen sämtliche dunklen Prophezeiungen ihres Vaters durch den Kopf: Jemand ist gekommen, um ihnen wehzutun. Womöglich jemand von der Regierung, wie in dem Film, den ihr Vater so mag. Vielleicht wollen sie alle in der Stadt töten, um die Epidemie aufzuhalten.

Sie fängt an zu weinen. Libby hält ihr den Mund zu.

Und dann geschieht es: Die Schranktür schwingt auf.

Im schwachen Schein von Libbys Nachtlampe erkennen sie die Silhouette eines Mannes.

»Bist du hier drin?«, fragt er mit Panik in der Stimme. »Bist du hier drin?«

Die Mädchen bleiben stumm.

Sie stellen sich nicht vor, was er in diesem Moment vielleicht sieht, die Gesichter von zwei kleinen Mädchen in Nachthemden, die sich unter ihren Pullovern und Jacken zusammenkauern. Die eine birgt ihr Gesicht an der Schulter der anderen, die weint. Aber eigenartigerweise scheint er sie gar nicht wahrzunehmen.

Mittlerweile können sie seine Füße sehen – keine Schuhe. Und sein Oberkörper – kein Hemd.

Er zieht die Jacken im Schrank wie Vorhänge auseinander.

»Bitte«, sagt er immer wieder. »Bitte sag mir, wo du bist.«

Da erkennt Sara ihn. Es ist ihr Nachbar von nebenan, der Professor mit dem Baby.

Es ist gut zu wissen, dass dieser Mann ein Vater ist, als ob jemand mit eigenen Kindern auch immer gut mit denen anderer Leute umgehen würde.

Sie bemerkt, dass er Blut an den Händen hat und dass in den nackten Fußsohlen kleine Glasscherben stecken.

»Wo ist mein Baby?«, fragt er. »Ich kann mein Baby nicht finden.«

Seine Augen sind merkwürdig. Sie stehen offen, sehen aber nichts. Als ob er träumt, wird ihr mit einem Mal klar.

Erneut vernimmt sie das Rauschen eines elektrischen Geräts. Er hält es sich ans Ohr. Es ist ein Babyfon. Das Geräusch wirkt wie von einer alten Aufnahme oder einem Radiosender, dessen Signal ständig abbricht. Immer wieder ertönt es von Neuem, aber es klingt nicht nach einem Baby.

Auf einmal rennt er genauso plötzlich wieder aus dem Haus hinaus, wie er hereingekommen ist.

Er schreit nicht auf und zuckt nicht einmal zusammen, als seine nackten Füße auf die Glasscherben treten. Doch bis nach Hause schafft er es nicht. Vom Witwensteg aus sehen die Mädchen ihn auf seiner Veranda liegen.

Libby läuft hinaus, um eine Decke über ihn zu breiten. Sara ruft die Polizei. Erst spät am nächsten Tag kommt ein Krankenwagen und holt ihn ab. Diese Leute mit den Anzügen verbringen eine ganze Weile in dem Haus und markieren es schließlich mit einem X. Falls sie das Baby da drin finden, sehen es die Mädchen nicht.

Bereits am Morgen bemerken die Mädchen, dass er im Schlaf unter anderem die schwarzen portugiesischen Keramikvögel ihrer Mutter zerbrochen hat. Die Scherben liegen auf dem Fußboden. Libby versucht den ganzen Tag, sie wieder zusammenzukleben. Doch die Zeit bewegt sich ausschließlich in eine Richtung, und nicht alles, was zerbricht, kann repariert werden.

In der folgenden Nacht erwacht Sara erneut mit einem unheilvollen Gefühl. Diesmal ist das Bett ihrer Schwester leer. Sara schaltet rasch das Licht an und sieht, dass Libby reglos auf dem Holzboden liegt. Doch noch schlimmer sind ihre weit aufgerissenen braunen Augen.

Fünf Sekunden lang ist Sara sicher, nun allein auf der Welt zu sein – nur Tote liegen so da.

Doch dann dringt ein seltsames Genuschel aus Libbys Mund, ein Singsang, der klingt, als spräche sie im Schlaf. Ihre Augen sind immer noch offen.

Später wird sie herausfinden, dass diese Symptome unter den jüngsten Ansteckungsopfern weitverbreitet sind.

Sara legt ihr eine Hand auf den Rücken, anfangs noch ganz sanft. »Wach auf«, sagt sie.

Doch da weiß sie bereits, dass das geschehen ist, wovor sie sich seit Wochen am meisten gefürchtet hat: Der Schlaf hat sich auch Libby geholt.

KAPITEL 42

Diese fremden Jugendlichen in College-Sweatshirts tragen ihre Schwester. Ein Junge und ein Mädchen, die zu wissen scheinen, was sie tun. Sie tragen weiße Masken und grüne Handschuhe.

»Ich hab immer wieder 911 angerufen«, sagt Sara. Ihre Stimme zittert vor Dankbarkeit, die sich in ihrer Verzweiflung wie Liebe anfühlt. »Ich hab dauernd angerufen. Aber sie sind nicht gekommen.«

»Sie haben nicht genügend Krankenwagen«, sagt der Junge.

Er hebt ihre Schwester vom Holzboden auf, wo sie den ganzen Tag gelegen hat. Libby – in ihrem grünen Pyjama, barfuß und mit Abdrücken auf der Wange, die das unebene Holz dort hinterlassen hat. Sara macht sich Sorgen, dass ihre Lippen aufspringen könnten.

»Lebt ihr beide allein hier?«, fragt die College-Studentin durch ihre Maske.

Sara hat das große Bedürfnis, sich bei den beiden für die Unannehmlichkeiten zu entschuldigen.

Der Junge, der dünne Beine und Joggingschuhe an den Füßen hat, hält Libby, als hätte er noch nie ein Kind auf den Armen gehabt – vorsichtig, steif und weit von sich weg. Er behandelt ihren Körper wie ein teures Familienerbstück, das zerbrechen könnte.

Aber sobald er sie sicher hat, eilt er die Treppe hinunter, durchquert das Wohnzimmer und läuft durch die Vordertür hinaus.

»Das Krankenhaus ist voll«, sagt er und sieht sich mit zusammengekniffenen Augen auf dem Gehweg um. »Aber auf dem Campus können sie ihr helfen.«

Die Maske ist über sein Kinn gerutscht, und das Mädchen möchte sie ihm wieder aufsetzen. Sanft versucht sie, das Gummiband hinter seinen Ohren festzuziehen. Aber der Junge hat es eilig.

»Das reicht schon«, sagt er und dreht sich von ihr weg.

»Du solltest Schuhe anziehen«, sagt das Mädchen zu Sara.

»Nein«, entgegnet der Junge. »Sie sollte hierbleiben. Mit ihr werden wir nicht so schnell vorankommen.«

Einen Moment lang liefern die beiden sich ein Blickduell. Das Mädchen setzt sich durch.

Sie reicht Sara ein neues Paar grüne Latexhandschuhe.

»Zieh die an«, sagt sie. Sie sind zu groß für ihre Hände, aber Sara trägt sie trotzdem. Sie wird tun, was immer die beiden sagen.

Und dann gehen sie zu dritt los.

Am Himmel lärmen die Hubschrauber, aber hier unten sind die Straßen leer, gelegentlich hört man in der Ferne eine Stimme, und manchmal taucht hinter einem Fenster ein Gesicht auf. Doch die meiste Zeit teilen sie sich die Welt nur mit der Sonne, dem Wald, den Vögeln auf den Ästen und den geräuschlos im Wind tanzenden Piniennadeln.

Es ist zwar warm für Dezember, aber eine stetige Brise erinnert Sara daran, dass sie das Haus nur in einem Flanellnachthemd und mit Sandalen an den Füßen verlassen hat.

Libbys Augenlider zittern, als würde sie auch jetzt noch träumen, während ihr Kopf in der Armbeuge des Jungen hin und her pendelt. Sara findet den Anblick beunruhigend, weil er beweist, dass sogar die Gedanken ihrer Schwester vor ihr verborgen sind.

Die Vordertür der Garibaldis steht sperrangelweit offen. Im Haus flattert ein Vogel herum, aber von den Garibaldis selbst ist nichts zu sehen.

Ihr Vater hat mit allem recht behalten.

Als ein Krankenwagen um die Ecke biegt, hält das Mädchen ihn an. Aber die Sanitäter mit ihren Schutzbrillen und Ganzkörperanzügen schütteln hinter der Windschutzscheibe den Kopf.

»Wir können niemand mehr mitnehmen«, rufen sie durch ihre Masken. Nur ihre Augen sind zu sehen. »Wir sind voll.« In diesem Moment – während der Krankenwagen wie ein Traum in der Ferne verschwindet – geschieht etwas mit Saras Brust. Plötzlich ist sie so eng, dass sie kaum atmen kann.

Sie bleibt, wo sie ist, auf dem Gehweg stehen und beugt sich nach vorn. Ihr ist schwindlig. Jemand massiert ihr den Rücken.

»Hast du heute überhaupt schon etwas gegessen?«, fragt das Mädchen.

Essen – was für ein überraschender Gedanke. Wasser hat sie auch noch nicht getrunken. Schlagartig fällt ihr auf, wie trocken ihr Mund ist.

»Dafür haben wir jetzt keine Zeit«, sagt der Junge. »Ihre Schwester braucht unsere Hilfe dringender.«

Das Mädchen zieht ein paar Sachen aus der Tasche ihres Sweatshirts. »Hier, für dich.«

Nach ein paar Schlucken Wasser und einem Energieriegel hat Sara wieder genug Kraft, um aufzustehen. Aber vielleicht hat es ihr auch einfach geholfen, dass sich jemand um sie kümmert.

Ein Humvee rast, ohne langsamer zu werden, an ihnen vorbei, gefolgt von einem rennenden Polizisten.

Der Junge nimmt Libby anders auf die Arme, sodass ihr Kopf nun auf seiner Schulter ruht. Ihre Haare berühren seinen Hals. Er sieht aus wie ein Vater, der einen Säugling trägt. Die Maske des Jungen ist wieder heruntergerutscht, und das Mädchen versucht erneut, sie ihm wieder aufzusetzen, aber er schüttelt den Kopf.

»Lass sie einfach«, sagt er.

Sara sieht, dass das Mädchen etwas erwidern will, sich dann aber dagegen entscheidet. Stattdessen träufelt sie ein bisschen Wasser in Libbys Mund, und ihre Schwester hustet leise, während ihr die Flüssigkeit über das Kinn rinnt.

»Sie braucht eine Infusion«, sagt der Junge.

Das Mädchen nimmt Sara an der Hand, was sie anfangs merkwürdig findet – schließlich ist Sara nicht mehr so jung, und wegen der Handschuhe fühlt sich die Berührung komisch an. Aber je länger sie gehen, desto mehr gefällt es ihr.

Als sie am Campustor anlangen und Sara die Menschenmenge sieht, die sich dort versammelt hat, fällt ihr plötzlich wieder alles Schreckliche ein: Sie sind nicht die Einzigen, die Hilfe benötigen.

Von weit weg sehen all diese Menschen, die von anderen Leuten in den Armen gehalten werden, leblos aus. Ihre Köpfe hängen herab, und die Hälse sind entblößt. Ihre kraftlos baumelnden Arme sehen wie verwelkte Blumenstängel aus, genau wie bei Libby. Noch schlimmer sind diejenigen, die auf dem Boden liegen, rücklings auf dem Gehweg oder mit dem Gesicht nach unten im Gras. Wer weiß, wie sie dorthin kamen oder wer sie sind? Helfer in blauen Anzügen gehen durch die Menge, aber bereits aus einem halben Block Entfernung erkennt Sara, dass die Hilfsbedürftigen ihnen zahlenmäßig weit überlegen sind.

Langsam, ganz langsam werden die Kranken auf Tragen gehoben und auf das Campusgelände gebracht, wo auf dem College-Rasen weiße Zelte auf sie warten. Und die ganze Zeit sausen die Hubschrauber so nutzlos wie Fliegen am Himmel herum.

Jemand in einem blauen Anzug verteilt Handschuhe an die Wartenden. Ein anderer besprüht den Boden und die Schuhe der Leute mit etwas Durchsichtigem. Vielleicht ist es Bleiche.

Sara bekommt Sehnsucht nach ihrem Vater – sie hat keine Ahnung, wo er schläft.

Ein sehr dicker Mann liegt schnarchend auf dem Gehweg, das Hemd ist ihm über den Bauch hochgerutscht. Er sieht so einsam aus, dass sie den Anblick kaum erträgt: Möglicherweise ist seine Familie nur kurz weg, um etwas zu erledigen, und wird schon bald wieder bei ihm sein. Vielleicht musste seine Frau ja dringend auf die Toilette. Vier Helfer in blauen Anzügen versuchen mit vereinten Kräften, ihn auf eine Trage zu hieven. Es riecht nach Urin.

Ein Gerücht macht die Runde. Es soll eine Evakuierung geben. Mit Bussen.

Doch der Junge ist skeptisch. »Warum sollten sie jetzt irgendjemanden evakuieren? Damit würden sie alles gefährden, was sie erreichen wollen.«

Sara kommt es ohnehin so vor, als gäbe es dort draußen niemanden mehr und ihre Stadt wäre die letzte auf der Welt. Dieses Gefühl lässt sie nicht los, wie etwas, von dem man weiß, dass es wahr und gleichzeitig unwahr ist.

Ein paar Menschen sind wütend. Ein Mann hört nicht auf, die Soldaten anzuschreien: »Schämt euch! Ihr solltet euch schämen!«

Im Grasstreifen zwischen der Straße und dem Gehweg liegen eine Frau und ein kleiner Junge bewusstlos nebeneinander. Auf die Latzhose des Jungen hat jemand Namen und Telefonnummern geschrieben. Wer hat das getan? Aber es gibt niemanden, den Sara danach fragen könnte. Eine Biene landet auf dem Gesicht der Frau. Das College-Mädchen scheucht sie weg.

Am Zaun, der den Campus umgibt, hängen Stiefel und Anzüge, eine gruselig anzusehende Wäscheladung, die in der Sonne trocknet. Aus der Ferne weht Rauchgeruch herüber.

»Sie verbrennen die Masken und Handschuhe«, sagt der Junge.

Er und das Mädchen lassen Sara mit Libby allein und helfen, wo immer sie können. Sie sieht sie Wasser verteilen.

Libby liegt auf dem Gras, ihr Kopf ruht auf Saras Schoß. Sara hält ihre Hand.

Libby murmelt etwas im Schlaf, aber Sara kann es nicht verstehen. Vielleicht haben die Träumenden mehr Glück als die Wachen. Sara träufelt ihrer Schwester noch etwas Wasser in den Mund.

Der Junge bleibt lange verschwunden und kehrt dann mit ein paar Helfern zurück – für die Frau und den kleinen Jungen. Und was ist mit ihrer Schwester? denkt sie. Aber sie traut sich nicht zu fragen. Es ist schwer zu sagen, ob hier Chaos herrscht oder ob sie die zugrunde liegende Ordnung bloß nicht durchschaut. Als die Helfer die Frau und den Jungen schließlich auf Tragen gehoben haben, wollen sie die beiden getrennt voneinander abtransportieren.

»Können Sie sie nicht zusammenlassen?«, erkundigt sich das Mädchen. »Er ist doch noch so jung.«

Einer der Helfer besprüht das Gras, auf dem die beiden gelegen haben.

Der Junge bringt Sara ein Stück Papier, das wie eine Karteikarte mit einer Schnur daran aussieht. »Schreib den Namen deiner Schwester darauf«, weist er sie an.

Sara tut es, und als sie ihn in ihrer Handschrift sieht, wird sie noch trauriger. Der Junge knotet die Karte fest um Libbys dünnes Handgelenk und verschwindet dann wieder.

Nach einer Weile entdeckt Sara jemanden in der Menge, den sie kennt, ihre Schauspiellehrerin, Mrs. Campbell. Es überrascht sie, außerhalb der Schule eine Lehrerin zu sehen, aber noch mehr überrascht sie der schmerzliche Ausdruck in ihrem Gesicht. Sie hält einen kranken Mann in den Armen. Er trägt ein kurzärmliges Hemd und eine Decke um die schmalen Schultern. Diesen Mann kennt sie ebenfalls. Es ist Saras Mathematiklehrer, Mr. Guitierrez. Sie weiß nicht, warum, aber sie tut so, als würde sie die beiden nicht bemerken.

Bald darauf ist das College-Mädchen wieder da, um nach ihr zu sehen. Sie drückt Saras Hand. An jedem anderen Tag hätte dieses Mädchen, es heißt Mei, sie eingeschüchtert. Wegen ihrer dichten Haare, ihrer engen Beziehung zu diesem Jungen und weil sie so weltgewandt ist. Aber im Moment macht sich Sara darüber keine Gedanken. Ihr ist nur wichtig, dass sich die Brust ihrer Schwester weiter hebt und senkt und dass sie die warme Hand dieses älteren Mädchens in ihrer spürt.

»Komm schon«, sagt der Junge. »Du verschwendest Zeit.«

»Das hier ist auch wichtig«, erwidert das Mädchen und bleibt bei Sara auf dem Gehweg sitzen.

Nur weil dieses Mädchen sie an der Hand hält, schafft Sara es, durch den Tag zu kommen, bis die beiden Stunden später beschließen, nicht mehr länger auf Helfer zu warten, und Libby stattdessen selbst durch das Tor tragen. Anschließend bringt das Mädchen Sara nach Hause, wo sie allein einschläft – im Bett ihrer Schwester.

Das College-Mädchen verspricht, später noch mal nach Sara zu sehen, aber aus Stunden wird eine ganze Nacht, und sie kehrt nicht zurück.

KAPITEL 43

Die jüngsten Infizierten schlafen inzwischen im zweiten Stock der College-Bibliothek.

In dieser improvisierten pädiatrischen Abteilung schlafen sie in Katzen-T-Shirts und Ballettröckchen. Magensonden kleben an ihren rosigen Wangen. Infusionsschläuche ragen aus den Ärmeln von Feuerwehr-Pyjamas. Ein paar von ihnen halten beim Schlafen Stofftiere, die ihnen irgendwer in die Armbeugen gelegt hat, einen verschlissenen Elefanten oder auch ein kuscheliges Kaninchen. Ein Säugling hat ein Plastikbaby in den Armen. Ein paar haben Notizzettel an ihrer Kleidung. Darauf stehen ihre Namen, Telefonnummern und Aufforderungen wie *Bitte helfen Sie*. Ein paar schlafen wie Libby mit halb geöffneten, zur Decke gerichteten Augen. Während sie träumen, heben und senken sich ihre kleinen Bäuche.

Vielleicht schlafen ihre Eltern woanders – im Krankenhaus, auf anderen Stockwerken dieser Bibliothek oder in den Zelten draußen auf dem Rasen. Vielleicht haben sie aber auch bereits aufgehört zu schlafen. Doch wo immer sie sich aufhalten mögen, hier sind sie nicht.

Über den Kindern ragen die zur Seite geschobenen Bücherregale auf, während Ärzte und Krankenschwestern in blauen Plastikanzügen von einem Bett zum anderen gehen und ihre Vitalfunktionen überprüfen.

In der Bibliothek herrscht eine beinahe sakrale Atmosphäre. Es ist still hier, abgesehen von den leisen Atemgeräuschen der Patienten, gelegentlichem Husten und dem permanenten Piepen und Summen der Monitore, die die Schläge ihrer kleinen Herzen aufzeichnen.

Aber es herrscht auch eine gewisse Unordnung. Ständig tauchen Helfer auf, die weniger Schutzkleidung tragen, als sie sollten, aus Versehen, aus Ignoranz oder weil es nicht genügend Ausrüstung gibt. Manchmal bringen Freiwillige, die lediglich Handschuhe und Papiermasken tragen, kranke Kinder direkt in diesen Raum, wobei der Rest ihrer Haut schutzlos der kontaminierten Luft ausgesetzt ist.

So wie Mei und Matthew, die das Mädchen durch die große Doppeltür und die Treppe hoch bis in diesen Raum tragen, nachdem sie stundenlang vergeblich auf jemanden gewartet haben, der sie abholt. Damit verstoßen sie gegen ihren letzten verbliebenen Vorsatz, nicht die Krankenstationen zu betreten.

»Lass uns verschwinden«, sagt Mei, sobald sie das Mädchen in die Obhut einer Krankenschwester gegeben haben.

Aber Matthew zögert, gebannt von dem, was er um sich herum sieht: Hier drinnen sind mindestens hundert schlafende Kinder und nur wenige Schwestern und Ärzte, die sich um sie kümmern können. Der Gedanke an die Arbeit, die es hier zu tun gibt, beflügelt ihn.

»Matthew«, sagt Mei. »Wir müssen los.«

Doch anstatt auf sie zu hören, geht er zu einem Bett ganz in der Nähe, in dem ein kleiner Junge schläft. Sein Infusionsschlauch hat sich gelöst. Das Problem ist leicht zu beheben, aber bislang ist es noch niemandem aufgefallen.

»Komm jetzt«, sagt Mei. Ihr wird ganz heiß vor Angst.

Aber Matthew weigert sich zu gehen und ignoriert auch die Versuche der Krankenschwestern, ihn zu vertreiben.

»Ich hau ab«, sagt Mei.

»Na, dann geh halt«, erwidert er.

Und genau das tut sie dann auch. Als sie wieder draußen an der frischen Luft ist, fühlt sie sich erleichtert, aber auch schuldig. Manchmal raubt ihr dieser mutige und oft kopflos handelnde Junge wirklich den letzten Nerv. Wem hilft es denn, wenn sie selbst krank werden?

Matthew kehrt erst spätnachts zu ihrem Zelt im Garten zurück. Sie wacht auf, als er den Reißverschluss öffnet.

»Macht das bitte nie wieder«, sagt Mei.

Aber Matthew ist noch ganz aufgekratzt von dem Tag, an dem er einen wirklich wichtigen Beitrag leisten konnte.

»Denk doch bloß daran, wie viele Jahre noch vor diesen Kindern liegen«, sagt er. »Ihre Leben sind viel wichtiger als die der Erwachsenen.«

»Wir haben weder die richtigen Masken noch Anzüge, um da drinnen zu arbeiten«, erwidert Mei. »Und wir sind nicht dazu ausgebildet.«

Er seufzt tief und legt sich neben sie. Eine zähe Stille breitet sich im Zelt aus.

»Ich habe nachgedacht«, sagt er. »Ich glaube, du hängst zu sehr an mir.«

Schlagartig bildet sich ein Kloß in ihrem Hals. Sie ist überrascht, wie dicht diese Gefühle unter der Oberfläche lauern. »Hängst du nicht auch an mir?« Sie greift nach seiner Hand, aber er zieht sie weg.

»Ich möchte dich etwas fragen«, sagt er. An seinem Ton erkennt sie, dass er auf etwas Abstraktes hinauswill, irgendein philosophisches Beispiel, von dem er in einem Buch gelesen hat. Spätnachts kann dieses permanente Gerede über Logik ganz schön ermüdend sein, genau wie seine täglichen Moralvorträge.

»Angenommen, ich wäre am Ertrinken«, beginnt er, »und zwei Fremden in der Nähe erginge es ebenso. Wen würdest du retten? Mich? Oder die beiden Fremden?«

»Was glaubst du wohl?«, fragt Mei. Sie weiß, welche Antwort er hören will, aber die wäre gelogen. Ihn – ihn würde sie retten. Wen denn sonst? Während der letzten Wochen hat sie sich noch nicht getraut, das Wort *Liebe* laut zu sagen, aber es fühlt sich richtig für sie an.

»Aber damit triffst du die falsche Wahl«, sagt Matthew.

Während draußen heulende Sirenen vorbeijagen, fällt blinkendes rotes Licht auf sein Gesicht.

»Zwei Leben sind immer mehr wert als eins«, sagt er. »Es darf keine Rolle spielen, dass du mich kennst.«

»Ich *kenne* dich doch nicht nur«, erwidert sie. Manchmal kann er so kalt sein. »Darf ich das so verstehen, dass du mich nicht retten würdest?«

»Siehst du?«, sagt er. »Deswegen halte ich Liebe für unmoralisch. Ich glaube nicht daran.«

Schockartig wird ihr klar, dass sie ihn erst seit wenigen Wochen kennt. Sie hat das Gefühl, als würde er ihr den Boden unter den Füßen wegziehen.

Er führt noch weitere Beispiele an, aber sie hört ihm gar nicht mehr zu. Wenigstens ist es so dunkel in diesem kleinen Zelt, dass er ihre Tränen nicht sieht. Aber sie kommen so schnell und heftig, dass sie sie nicht lange verbergen kann. Vielleicht kennt sie diesen Jungen ja überhaupt nicht, der nicht einmal jetzt, als sie zu schluchzen beginnt, den Arm nach ihr ausstreckt, um sie zu trösten.

»Das ist genau das, was ich meine«, sagt er. »Du hängst zu sehr an mir.«

Plötzlich fühlt sie sich an ihre einsame Kindheit erinnert und bekommt Sehnsucht nach ihren Eltern, die es immer als Einzige gekümmert hat, wie es ihr ging.

»Wieso bist du so gemein?«, bringt sie schließlich heraus.

Anstelle einer Antwort öffnet er den Reißverschluss des Zelts. »Darum geht es doch gar nicht.« Er tritt so rasch auf den Rasen hinaus, als hätte er das Gefühl, sich dringend von ihr befreien zu müssen.

Sie hört seine Schritte auf dem trockenen Laub, als er eilig irgendwohin läuft und sie mit nichts außer dem Zirpen der Zikaden in den Bäumen, dem fernen Wummern der Hubschrauberrotoren und der Sehnsucht zurücklässt, an irgendeinem anderen Ort zu sein.

Danach weint sie so bitterlich, dass sie davon Kopfschmerzen bekommt. Sie überlegt, ihre Eltern anzurufen, bringt es aber nicht über sich. Sie ist ganz allein in einer fremden Umgebung. Was folgt, ist ein Gefühl der Taubheit.

Schließlich sinkt sie in eine Art Schlaf.

Doch plötzlich hat sie das merkwürdige Gefühl, nicht allein im Zelt zu sein.

»Matthew«, sagt sie oder versucht es wenigstens.

Aber Matthew ist nicht hier, sondern irgendeine dunkle Gestalt, die gleichzeitig menschlich und nicht menschlich zu sein scheint. Sie klettert ihr auf die Brust und liegt so schwer auf ihr, dass sie ihre Arme nicht mehr heben kann.

Sie versucht zu schreien, aber es gelingt ihr nicht. Ihre Kehle verschließt sich.

Nun begreift sie, dass sie die Kontrolle über ihren ganzen Körper verloren hat und wie gelähmt ist.

Wegen des enormen Drucks, der auf ihrer Brust lastet, kann sie kaum nachdenken, aber sie hält es nicht für ausgeschlossen, dass das die Krankheit ist. Vielleicht fängt sie ja so an.

KAPITEL 44

Als Erstes spürt sie Hände – Matthews –, die sie vom Bett hochheben. Und jetzt hört sie das Echo seiner Stimme, die ihren Namen ruft. *Mei, Mei, wach auf. Wach auf, Mei.* Sie merkt, dass sich das Licht verändert, und spürt eine Brise auf ihrer Haut. Er hat sie in den Garten hinausgetragen.

Dieser Schlaf ist ganz anders, als sie ihn sich vorgestellt hat: eher ein Zwielicht als eine finstere Nacht. Irgendwie sickert immer noch die Außenwelt herein.

Sie weiß, dass er sie zum Campus tragen wird, wohin sie alle anderen gebracht haben. Aber diesmal sind die Arme, die schlaff an den Schultergelenken baumeln, ihre eigenen. Und der Kopf, der hintenüber hängt, die Haare, die über das Gesicht wehen – das sind auch ihre.

Ihre Lider sind geschlossen, und dennoch kann sie sehen – oder sie sieht, ohne zu sehen, ohne sehen zu müssen. Sie weiß, dass der rissige Gehweg in der Sonne glitzert. Sie hat die zerklüftete Skyline der Berge vor Augen. Und der frische Duft von Eukalyptus beschwört in ihrer Vorstellung das genaue Abbild dieses spinnenartigen Baums herauf.

Und noch etwas anderes erstrahlt hell in ihren Gedanken: die Freude über Matthews Aufmerksamkeit und Fürsorge. Schließlich erreichen sie das College. Er trägt sie immer noch auf den Armen. Nun umgeben sie die Kühle alter Gebäude, das Gemurmel zahlreicher Stimmen und der Geruch von Bleichmitteln.

»Wie lange ist sie bereits in diesem Zustand?«, will jemand wissen. Die Stimme klingt gedämpft, wie hinter einer Maske. Es ist jemand Offizielles.

Plötzlich glaubt sie, dringend etwas tun zu müssen. Ich kann Sie hören, will sie sagen, aber sie kann es nicht. Zumindest tut sie es nicht. Ich bin hier, denkt sie, aber sie scheint die Stimme verloren zu haben. Ich bin hier.

»Ich weiß nicht, wann es losgegangen ist«, sagt Matthew. Er spricht schnell und atemlos. So ängstlich hat sie ihn noch nie reden gehört. »Ich glaube, dass sie seit zwölf Stunden schläft«, sagt er. »Vielleicht noch länger.«

Seine bloße, ungeschützte Hand streicht ihr die Haare aus dem Gesicht. Seine Herzensgüte, die in dieser Berührung liegt, fühlt sich fast wie elektrischer Strom an.

Als Nächstes kommt die kalte Scheibe des Stethoskops auf ihrer Brust, und gleich darauf sinkt sie mit dem Rücken auf ein Feldbett.

Sie nimmt sich vor, es später noch einmal mit dem Sprechen zu versuchen, wenn sie nicht mehr ganz so müde ist.

Verwirrt bemerkt sie, dass sie von alten Büchern umgeben ist. Vielleicht erkennt sie es am muffigen Geruch verrottender Papierseiten. Möglicherweise hört sie aber auch im Schlaf jemanden sagen, dass sie in der Bibliothek untergebracht ist, ein Stockwerk unter der Kinderstation.

Ihre Wahrnehmungen werden lückenhaft. Sie merkt nicht mehr, wie die Zeit vergeht. Jeder Augenblick existiert für sich allein und losgelöst von allen anderen.

Irgendwann erinnert sie sich vage an eine alte Geschichte, aus einem Buch oder aus einem Film. Vielleicht war es auch ein Artikel, den sie vor Jahren gelesen hat – über einen Mann, der nach einem Unfall gelähmt war. Alle um ihn herum dachten, er wäre hirntot, aber das war er nicht. Keiner wusste, dass er noch immer in seinem Körper steckte, nachdachte, alles bemerkte und sich nach menschlichem Kontakt sehnte – und das jahrelang. Locked-in-Syndrom, so nennt man diesen Zustand.

Panik ergreift sie. Kann Matthew diese Angst irgendwie spüren? Das würde erklären, warum er in Momenten wie diesem immer zu ihrem Bett zurückkehrt und ihre Hand drückt.

Aber es gibt auch unerklärlich friedvolle Augenblicke, in

denen sie zu schweben scheint. Alles wirkt weiß und weit entfernt, als ob nichts mehr eine Bedeutung oder Konsequenzen hätte.

Vielleicht steckt eine Magensonde in ihrem Hals – ganz sicher sogar. Aber wenn es so ist, verursacht sie ihr keine Schmerzen. Und da ihre Hände nicht mehr ihrem Willen gehorchen, verspürt sie auch nicht den Drang, den Plastikschlauch zu betasten, der an ihrer Wange festgeklebt sein muss.

Hin und wieder fühlt sie, wie ihre Beine sich leicht bewegen, aber das geschieht ganz ohne ihr Zutun – wie Schilfrohre, die von einer Strömung gebogen werden.

Manchmal ist sie wieder ein kleines Mädchen, das mit seinen Eltern über den Strand spaziert oder der Großmutter beim Kochen hilft, während die auf Chinesisch Geschichten erzählt, die Mei nur halb versteht. Andere Male ist stattdessen Mei die Großmutter, die diese Geschichten ihrem eigenen Enkelkind erzählt.

Die Geräusche der anderen Schlafenden dringen an ihr Ohr, ihr Schnarchen, die tiefen Atemzüge, hier und da ein Stöhnen oder ein Schrei. Sie begleiten ihre Träume – die schrecklichen und die schönen. Außerdem hört sie die knisternden Plastikanzüge, Gerätewagen, die quietschend über das Parkett rattern, und die Hubschrauber, die in der Ferne knattern.

Und permanent dünsten die papiernen Stapel um sie herum den Modergeruch alter Bücher aus, der sie an Erde und die Wurzeln der Bäume erinnert, aus denen sie gemacht sind. Vielleicht befindet sie sich ja gar nicht in der Bibliothek, sondern auf dem Boden eines schattigen Waldes. Womöglich schläft sie in irgendeinem unwiederbringlichen Gehölz.

Irgendwann taucht ihre Mutter auf. Was für eine Überraschung und Erleichterung, ihre Stimme zu hören. Wie bist du hier hereingekommen? möchte Mei sie fragen, aber es gelingt ihr nicht.

»Was ist mit ihren Augen los?«, will ihre Mutter immer wieder wissen. »Was ist mit ihren Augen los?«

Mei macht sich Sorgen, dass irgendwas ihre Augen im Schlaf entstellt hat, angefressen oder entfernt. Als sie versucht, sie aufzuschlagen, erkennt sie plötzlich mit erschreckender Klarheit, was geschehen ist: Ihre Lider sind über den Augäpfeln zusammengewachsen.

Und ihr wird klar, dass ihre Mutter gar nicht wirklich hier bei ihr ist. Natürlich nicht. Sie ist am Telefon. Jemand muss ihr einen Hörer ans Ohr halten. Vielleicht spricht sie aber auch über den Lautsprecher. Das würde auch erklären, warum ihre Stimme so verzerrt klingt. Sie könnte genauso gut aus dem Fernseher auf der anderen Seite des Raums kommen. Vielleicht dringt sie aber auch durch tiefere Signalkanäle wie ihr Gehirn oder ihr Blut in ihr Bewusstsein.

»Weshalb stöhnt sie so?«, fragt ihre Mutter. »Versucht sie, etwas zu sagen?«

Eines Nachts – jedenfalls hat sie das Gefühl, es müsse Nacht sein – flüstert Matthew ihr etwas ins Ohr: *Es tut mir leid.*

Er hätte genauso gut *Ich liebe dich* sagen können. Und sie hat das Gefühl, dass sie es ebenfalls sagen kann. Nicht mit Worten, aber per Gedankenübertragung oder mit dem Geräusch, das sie beim Atmen erzeugt – wie einen Code, den nur er hören wird.

In derselben Nacht, vielleicht aber auch in einer anderen oder mitten am Tag, legt sich Matthew zu ihr ins Bett und schläft dort so lange, bis sie irgendwann so sicher wie sonst nichts in ihrem Leben weiß, dass sich sein Körper an ihren schmiegt.

KAPITEL 45

Es gibt keinen Teil des Gehirns, der die Zeit misst. Im Bewusstsein ist die Zeitwahrnehmung diffus und verschiedenen Verzerrungen unterworfen, wie zum Beispiel Liebe, Trauer und Jugend. Der Verstand dehnt die Zeit aus und zieht sie zusammen. Verschiedene Tage vergehen unterschiedlich schnell.

Bestimmte andere Körperteile messen die Zeit dagegen mit größerer Präzision. Zu Beginn wachsen wir alle in einem bestimmten, festgelegten Tempo.

Und so entwickeln sich zu Beginn von Rebeccas siebter Woche im Schlaf zehn Finger und zehn Zehen. Ein Paar winziger Löcher öffnet sich in der Nase. Die Augenlider bilden sich. Zu diesem Zeitpunkt ist der Schädel, in dem die allerersten Verbindungen des Gehirns entstehen, noch durchsichtig wie eine Qualle.

Schon bald werden die Fortpflanzungsorgane Form annehmen. Die Eierstöcke füllen sich dann mit Eizellen, die dieses kleine Mädchen – sofern es überlebt – für den Rest ihres Lebens begleiten werden.

In Rebeccas Zimmer ist es still. Nur gelegentlich dreht sie im Schlaf den Kopf. Ihre Lider bewegen sich rhythmisch, während die Augen darunter in einer Weise hin und her zucken, die auf Träume hindeutet.

Aber schon bald werden die federleichten Arme und Beine in ihr beginnen, sich zu bewegen. Die Arme werden sich beugen, ebenso die Knie. Die Hände werden sich berühren und wieder voneinander trennen. Vielleicht findet ein Daumen den Weg in den Mund. Jede Minute werden eine Million neue Neuronen entstehen.

Seit einem Bluttest wissen die Ärzte nun endlich von ihrem Geheimnis. Sie sind überrascht und besorgt. Niemand kann voraussagen, wie sich das Virus auf den Fötus auswirken wird und ob sie Rebeccas guten körperlichen Zustand so lange erhalten können, bis das Baby Geburtsreife erreicht hat. Seit sie es wissen, behandeln die Krankenschwestern sie besonders pfleglich.

Während Rebecca schläft und die Schwestern ihre Anzüge an- und ausziehen, wobei draußen die Soldaten ihre Schichten beginnen und beenden und die ganze Welt die Medienberichte über die Krankheit in Santa Lora verfolgt, gehen die Entwicklungen eines einzelnen winzigen Menschen in absolut vorhersagbarer Geschwindigkeit vonstatten, wie das komplexe Räderwerk der allerfeinsten Uhr.

KAPITEL 46

Die Nachricht verbreitet sich wie ein Lauffeuer. Zu Beginn ist es kaum mehr als ein Gerücht. Eine weitere neue Entwicklung, die in gewisser Weise schockierender ist als alles, was zuvor geschehen ist. Nach sieben Wochen sind derartige Neuigkeiten schwer zu glauben. Aber es stimmt: Einer der Schlafenden ist aufgewacht. Damit ist er erst der Zweite, der seit dem Ausbruch der Krankheit die Augen öffnet.

Zuerst glaubt die Krankenschwester noch, sich geirrt zu haben. Schließlich schränken die gewellten Kunststoffvisiere an den Masken die Sicht erheblich ein. Doch als sie noch einmal über die vier Reihen hinweg zu dem Mann in der Ecke blickt, weiß sie, dass es stimmt: Seine Augen sind offen. Und nicht nur das. Er bewegt sich auf einmal auch ganz anders in seinem Bett als die anderen Schlafenden – entschlossen und zielgerichtet. Er wendet den Kopf hin und her und sieht sich um.

Sein Feldbett ist eines von zweihundert, die im Speisesaal aufgestellt worden sind. In jedem liegt ein Schlafender. In jedem Arm steckt eine Infusionsnadel. Zu beobachten, wie einer von ihnen sich aufsetzt, ist kaum weniger schockierend als der Anblick einer Leiche, die sich aus ihrem Grab erhebt.

In keinem der frühen Berichte steht, dass die Krankenschwester in diesem Moment zu ihrer eigenen Überraschung große Angst bekommt.

Der Mann fängt an zu reden.

Dass die Träumenden murmeln und stöhnen, ist ja nichts Ungewöhnliches, aber das hier ist richtiges Sprechen. Wie eigenartig es ist, seine Stimme zu hören, die anfangs noch sehr heiser ist. Aber seine ersten Worte sind ganz deutlich zu verstehen. »Hallo?«, fragt er. »Hallo?«

Er hebt den Kopf und dreht ihn rasch zur Seite. Als sie die

Kabel und Schläuche von seinem Körper entfernt, wedelt er mit den Armen vor sich herum, als wäre er blind. Was er in gewisser Weise auch ist, wie sich herausstellt, da während der Wochen, in denen er geschlafen hat, seine Brille verloren gegangen ist.

Mit quietschenden Gore-Tex-Stiefeln versammeln sich nun alle Krankenschwestern um ihn und bilden eine Traube aus gelben Anzügen.

Eine ansteckende Krankheit, sagen sie. Sie haben sich eine ansteckende Krankheit zugezogen. Schwer zu sagen, ob er ihre vom Plastik gedämpften Stimmen hören kann. Ob er begreift, was sie ihm mitteilen.

Er hat hellgrüne Augen, mit denen er sie ausdruckslos anblickt.

Später werden die Krankenschwestern einander gestehen, dass sie es merkwürdig fanden, mit ihm zu sprechen. Es ist wie der Versuch, sich mit einem Reisenden aus einem weit entfernten Land zu verständigen.

Der Mann spricht schnell. Seine Worte sind kaum auseinanderzuhalten. Noch dazu schreit er. Irgendwas über ein Feuer.

»Haben sie es gelöscht?«, will er wissen. »Ist es aus?«

Sie haben lange Zeit geträumt, sagen sie ihm.

»Es hat gebrannt«, schreit er erneut. »In der Bibliothek. Alles stand in Flammen.«

Obwohl seine Stimme immer lauter wird, schlafen die anderen Patienten um ihn herum ungestört weiter.

Er fragt nach Wasser. »Bitte«, ruft er und zupft sich am Bart. »Ich habe Durst. Ich bin so durstig.«

Er will gar nicht mehr aufhören zu trinken und schluckt so viel Wasser, dass es ihm sofort wieder hochkommt und über die Stiefel der Schwestern spritzt. Anscheinend machen einem Körper nach einer Weile sogar die schlimmsten Umstände weniger aus als allzu plötzliche Veränderungen.

»Ein Feuer«, stößt er erneut hervor. »Es war ein riesiges Feuer.«

Die Schwestern in ihren gelben Anzügen nicken. Sie sind Freiwillige, die aus anderen Bundesstaaten eingeflogen worden sind, nachdem die meisten hiesigen Schwestern eingeschlafen waren. Sie möchten ihn beruhigen, aber der Mann lässt es nicht zu. Eine der Schwestern berührt ihn mit ihrer behandschuhten Hand an der Schulter.

»Und meine Mädchen«, brüllt er. »Wo sind meine Mädchen? Wo sind sie?«

In seinen Unterlagen steht nichts von irgendwelchen Angehörigen. Es ist nicht auszuschließen, dass diese Mädchen genau wie das Feuer Teil eines nicht zu entschlüsselnden Traums sind.

Er bittet um etwas zu schreiben und füllt anschließend stundenlang die Seiten eines Notizbuchs – im gehetzten Tempo eines Menschen, der dem Tod entgegensieht.

Nachdem sie wochenlang im Krankenhaus in Quarantäne gewesen ist, kommt die Nachricht, dass sie auf dem Campus benötigt werde, wie ein Schock: Catherine ist eine der wenigen noch verbliebenen Psychiater in Santa Lora und die Einzige, die das Erwachen des ersten Jungen miterlebt hat. Den Anblick seines Körpers auf dem Gehweg hat sie immer noch überdeutlich vor Augen.

Als zwei Soldaten sie die drei Seitenstraßen vom Krankenhaus bis zum Speisesaal eskortieren, ist sie zum ersten Mal seit über einem Monat im Freien. Das Wetter hat sich seither geändert. Es ist Dezember. Im Gehen sieht sie totes Laub über den Asphalt wehen. Hier oben in den Bergen unterscheiden sich die Jahreszeiten deutlicher voneinander als in Los Angeles, wo ihre Tochter mittlerweile Gott sei Dank aus der Quarantäne in die Obhut von Catherines Mutter entlassen worden ist.

Seit sie einander zum letzten Mal gesehen haben, hat ihre Tochter gelernt, bis zwanzig zu zählen und sich selbst ein T-Shirt anzuziehen. Von ihren abendlichen Videotelefonaten weiß sie, dass ihr der Pony inzwischen bis über die Augen gewachsen ist.

Als Catherine eintrifft, schreibt der Patient etwas in ein Buch. Sie haben ihn in einen abgetrennten Raum neben dem Speisesaal verlegt.

Nach ihrem Erlebnis mit dem Jungen möchte Catherine diesmal vorsichtiger sein und nähert sich dem Mann so ruhig wie möglich. »Wissen Sie«, fragt sie ihn, »wie lange Sie geschlafen haben?«

Er antwortet nicht sofort. Stattdessen sieht er in die Ferne, als würde er den Blick über seine unzähligen Erinnerungen gleiten lassen. Catherine erinnert sich, dass der Junge die Welt in seinem Kopf ebenfalls mehr zu interessieren schien als die äußere.

Plötzlich zeigt sich ein misstrauischer Ausdruck auf seinem Gesicht. »Sie können mich nicht hierbehalten«, sagt er. »Das können Sie nicht.«

»Es ist ganz normal, dass Sie sich ein wenig desorientiert fühlen«, sagt Catherine durch ihre Maske hindurch. Patienten, die aus dem Koma erwachen, haben oft das Gefühl, bloß ganz kurz ohne Bewusstsein gewesen zu sein, nur wenige Stunden oder eine Nacht lang. Die Information, wie viel Zeit tatsächlich vergangen ist, kann traumatisierend für sie sein.

Der Mann zeigt einige ungewöhnliche Symptome, die Catherine an dem Jungen nicht bemerkt hat: zum Beispiel Palilalie, also die Tendenz, einzelne Wörter oder Sätze zu wiederholen. Und er schreit. Der Fachbegriff dafür ist Megaphonie. Dem Patienten selbst scheint beides nicht bewusst zu sein. Möglicherweise hat er eine ganz eigene Wahrnehmung von der Welt.

»Ich beantworte Ihnen keine weiteren Fragen mehr«, sagt der Mann. Und tatsächlich schweigt er von da an hartnäckig, während er bis tief in die Nacht weiterschreibt.

Im Verlauf des Abends diagnostiziert Catherine bei ihm ein weiteres ungewöhnliches Symptom, über das sie bislang nur in Fallstudien gelesen hat: Er füllt die Seiten des Notizbuchs mit einer so winzigen Handschrift, dass man sie nur mit einem Vergrößerungsglas lesen kann.

Was sie entziffert, während der Mann kurz einnickt, deutet auf Wahnvorstellungen und Verwirrtheit hin. Außerdem ist er fest davon überzeugt, länger als fünf Wochen geschlafen zu haben.

KAPITEL 47

Sechs Uhr morgens: Draußen bellen die Hunde, und sie hört die Sperrkette am hinteren Gartentor rasseln.

Sara, die im zweiten Stock im Bett liegt und ganz allein im Haus ist, macht sich stocksteif, als könnte der Unbekannte dort draußen selbst ihre kleinsten Bewegungen durch die Wände spüren. Sie hat sich zum Schlafen wieder einen Pullover ihrer Mutter angezogen.

Jetzt erklingen Schritte im Kies, und nun rüttelt jemand an der Seitentür.

Die Hunde bellen immer weiter. Von den meisten kennt sie nicht einmal die Namen. Libby hat sie einen nach dem anderen vor dem Verhungern auf der Straße gerettet. Aber Sara dankt Gott für ihre Treue und für den Lärm, den sie veranstalten.

Als Nächstes hört sie Metall über Holz schaben. Irgendetwas wird über die losen Bretter der hinteren Veranda geschleift.

Sie wünscht sich ihre Schwester so dringend herbei, dass der Gedanke fast wie ein Gebet ist. Und in der Dunkelheit ihres Zimmers, in dem immer noch die gleichen Puppen Schatten werfen, von denen sie beide früher geglaubt haben, sie könnten sprechen, glaubt sie beinahe wirklich, dass eine ähnliche Form der Magie Libby von dort, wo sie schläft, zu ihr zurückholen könnte.

Auf Zehenspitzen geht sie zum Fenster und zieht mit zittrigen Fingern den Vorhang auf.

Auch die Kätzchen sind aufgeregt. Das kleinste rennt unentwegt im Zimmer herum, während die anderen sich unter Saras Bett verstecken und warten.

Als sie zwischen den Brettern vor dem Fenster hindurchlugt, sieht sie in der frühmorgendlichen Dunkelheit einen Mann auf einer Mülltonne stehen. Er streckt sich und versucht, ein Fenster im ersten Stock zu erreichen. Diesmal ist es nicht der Nachbar.

Als er den Hunden zuruft, sie sollen leise sein, erkennt sie ihn an seiner Stimme.

Er betritt das Haus zwar wie ein fremder Einbrecher, aber er ist ihr Vater.

Anfangs freut sie sich einfach nur. Was sollte sie auch sonst tun? Ihr Vater sitzt am Küchentisch. Lebendig und wach.

Er sagt immerzu ihren Namen und: »Gott sei Dank.« Sie kann sich nicht daran erinnern, je zuvor so eine überschäumende Erleichterung in seinem Gesicht gesehen zu haben.

»Ich wollte dir keine Angst einjagen«, sagt er. Er ist ein bisschen außer Atem.

Sein Kopf ist kahl rasiert, und er hat auch keinen Bart mehr.

In den ersten Minuten redet er nicht viel, als gäbe es nichts zu sagen und wäre er nach fünf Wochen einfach aufgewacht und nach Hause gegangen.

»Ich weiß gar nicht, was mit meinem Schlüssel passiert ist«, sagt er. »Weißt du, wo er ist?«

Er ist sehr blass und blinzelt durch die Gläser seiner geborgten Brille. Er sieht sogar noch dünner aus als sonst und trägt ein grünes T-Shirt, das sie nicht an ihm kennt. Aber er ist es. Kein Zweifel. Die Arme, die auf dem Küchentisch liegen, sind seine und auch die Tattoos: der ziselierte Wolf mit den gelben Augen, die grob gestochene schwarze Spinne an seinem Ellbogen und der allmählich verblassende Name ihrer Mutter auf seinem Unterarm, daneben die Geburtsdaten seiner beiden Mädchen. Es erscheint ihr wichtig, seinen Körper zu inspizieren, denn irgendetwas an ihm hat sich verändert.

»Weißt du, was aus meinem Schlüssel geworden ist?«, wiederholt er.

Seine Fingernägel sind inzwischen so lang wie die einer

Frau, aber ganz rissig, und der Daumennagel ragt so weit hervor, dass er sich einzudrehen beginnt.

»Was ist mit deinen Haaren passiert?«, fragt Sara. »Und was ist aus deinem Bart geworden?«

»Keine Ahnung«, antwortet er.

Seine Haut ist wirklich bleich, und das haarlose Gesicht, das sie immer wieder ansehen muss, obwohl sie den Anblick kaum erträgt, sieht aus, als fehlte ein Teil des Kinns. Der Wunsch, ihre Schwester darauf hinzuweisen, fühlt sich an wie ein Phantomschmerz.

»Dir geht es doch gut«, sagt er. »Oder?«

»Und *dir*?«, erwidert sie.

Mittlerweile geht die Sonne auf. Das milchige Licht, das wie an jedem anderen Morgen auch durch die Schlitze zwischen den Brettern hereinfällt, hat etwas Beruhigendes.

»Wo ist deine Schwester?« Er blickt zur Treppe hinüber. Sie kann ihm nicht in die Augen sehen, während sie es ihm erklärt. Also blickt sie stattdessen zu den Hunden im Garten hinaus. Sie muss jedes einzelne Wort an dem festen Knoten in ihrer Kehle vorbeipressen.

Ihr Vater wirkt verwirrt. »Das hast du mir doch schon erzählt«, sagt er. »Oder? Du hast mir doch bereits gesagt, dass sie krank geworden ist.«

»Was meinst du damit?«, fragt sie und spürt, wie ihr die Tränen kommen.

»Wir haben über sie gesprochen«, erwidert er.

Sie hat Angst, Nein zu sagen, und ringt nach Worten, aber er kann ihr die Wahrheit ohnehin vom Gesicht ablesen.

»Schon gut«, sagt er und reibt sich über den kahlen Schädel. Er hat dort ein Muttermal, das sie nun zum ersten Mal bemerkt. »Vergiss es.«

Sara versucht, die Irritation mit einem klaren und positiven Gedanken zu überspielen. »Wenn du gesund geworden bist«, sagt sie, »dann wird es bei Libby doch wahrscheinlich genauso sein, oder?«

Ihr Vater schweigt und sieht aus, als würde er sich mit komplizierten Kopfrechnungen abmühen.

Sie bringt ihm eine Limonade und genießt das Gefühl der kühlen Dose in ihrer Hand. Anschließend legt sie noch den Nagelknipser neben ihm auf den Tisch. Es ist nicht ganz eindeutig, wer sich in diesem Raum um den anderen kümmert und wer Unterstützung braucht.

Da ihr Vater jetzt wieder zu Hause ist, erkennt sie plötzlich, dass ihr das Haus in letzter Zeit über den Kopf gewachsen ist – wie Unkraut, das in einem Garten wuchert. Die kleinen Kügelchen der Katzenstreu verteilen sich auf dem Badezimmerboden, und das Geschirr stapelt sich in der Spüle. Überall stehen Limodosen herum und von den Katzen sauber geleckte Müslischalen.

Aber ihr Vater scheint von alldem nichts zu bemerken.

Er fragt nicht, wem die Hunde gehören, die schwanzwedelnd und winselnd aus Näpfen trinken und dabei auf dem ganzen Linoleumboden Wasser verspritzen.

»Kannst du die Hunde aus der Küche bringen?« ist alles, was er in Bezug auf die Tiere sagt. »Ich muss über vieles nachdenken.«

Sara ist froh, dass er nicht in den Keller hinuntergeht und sieht, was ihre vierbeinigen Mitbewohner mit seinem ordentlich gestapelten Toilettenpapier und den Müslischachteln angestellt haben. Ebenso wenig würden ihm die vielen Einmachgläser mit Karotten gefallen, die sie auf dem Zementboden zerbrochen haben.

Die erste Nacht verbringt ihr Vater am Küchentisch und beugt sich über ein Spiralschreibheft, das ebenfalls neu sein muss.

»Was schreibst du da?«, fragt sie ihn nach einer Weile.

»Ich weiß es nicht genau«, erwidert er. »Ich versuche nur, ein paar Dinge zu verstehen.«

Den ganzen Tag rührt er sich kaum vom Fleck. Kann es sein, dass sich sein Körper an die Reglosigkeit des Schlafs gewöhnt hat? Und wenn er sich doch bewegt, dann ganz langsam, als müsste er gegen mehr Luftwiderstand ankämpfen als Sara. Sein Stift bewegt sich Zentimeter für Zentimeter über die Seite und hinterlässt dabei eine Spur winziger Worte.

Das ist bloß der erste Tag, denkt Sara, mit einem unbehaglichen Gefühl. Vielleicht muss er erst noch richtig aufwachen.

Als Chloe über den Boden geschlittert kommt und ihn zum ersten Mal sieht, stößt sie ein Zischen aus.

»Das ist doch Daddy«, sagt Sara zu ihr, während die kleine Katze den Schwanz wie einen Staubwedel aufbauscht. »Den magst du doch am liebsten, weißt du nicht mehr?«

Vielleicht stört sie sich ja an seinem kahlen Kopf oder dem unbehaarten Gesicht. Es könnte auch an seinem ungesunden Teint liegen. Aber was immer es ist, Chloe hält sich von ihm fern und macht auf ihrem Weg zur Wasserschüssel einen unnatürlich weiten Bogen um ihn.

Im Fernsehen bringen alle Sender die gleiche Nachricht: *Mann erwacht aus der Santa-Lora-Krankheit.*

»Ich glaube, die reden über dich«, ruft sie ihrem Vater vom Wohnzimmer aus zu.

Aber er bleibt am Tisch sitzen und schreibt ungerührt weiter. Aus ein paar Metern Entfernung sieht er aus wie ein gewissenhaft arbeitender Uhrmacher.

Die Journalisten scheinen nicht viel über ihn zu haben, kein Bild, keinen Namen und auch keine Informationen darüber, wie es ihm geht.

»Kannst du mir einen neuen bringen?«, ruft ihr Vater aus der Küche und schüttelt heftig den Stift, den er mit seinen Gedankengängen mittlerweile komplett geleert hat.

Unter den Dingen, die ihr Vater an diesem Tag nicht bemerkt, befinden sich auch die Habseligkeiten ihrer Mutter, die im ganzen Haus verstreut sind. Die Kartons vom Speicher, die Libby und sie im Wohnzimmer ausgeweidet haben, und daneben die Schätze, die darin enthalten waren: die Hochzeitsfotos und Kassettenbänder, ihre Türkisschmuck-Sammlung, all die Gegenstände, die sie beide liebevoll untersucht haben, wie Hinweise, mit denen sich ein altes Rätsel knacken lässt. Und natürlich auch das angelaufene Silberarmband ihrer Mutter, das Sara in diesem Moment um ihr schmales Handgelenk trägt und dessen Anhänger leise gegen die Tischplatte schlagen.

Sara nimmt das letzte Brot aus dem Tiefkühlfach und macht damit Thunfischsandwiches zum Abendessen, aber ihr Vater lässt das meiste auf dem Teller liegen.

Den ganzen Tag liegt der Nagelknipser unbenutzt neben ihm auf dem Tisch, während er gleichzeitig andauernd mit den Fingernägeln über die Limodose kratzt.

»Geh jetzt mal ins Bett«, sagt er schließlich. Das ist etwas, was sie seit Wochen nicht mehr gehört hat. Und irgendwie ist es schön, es gesagt zu bekommen und dann auch zu tun. Die ganz selbstverständliche Aufforderung eines Vaters an seine Tochter.

Stunden später hört sie ihn immer noch schlaflos durch die Küche geistern.

Am nächsten Morgen stehen zwei Polizisten vor der Tür.

Sara beobachtet sie vom Witwensteg aus und hat Angst, herauszufinden, wieso sie gekommen sind – mit ihren weißen Masken und den grünen Handschuhen, die sie fest unter die Ärmelaufschläge ihrer Uniformjacke gestopft haben.

Das Klopfgeräusch an der Tür schreckt die Hunde auf.

Sara ruft nach ihrem Vater, der wieder mal vor dem klobigen

Computer sitzt und darauf wartet, dass eine Seite lädt. »Die Polizei ist gekommen«, sagt sie ihm.

»Ignoriere sie einfach«, erwidert er, als wären sie Handelsvertreter, die irgendwann von allein wieder gingen.

Die Polizisten treten von einem Fuß auf den anderen und sehen sich ständig um. Anscheinend würden sie tatsächlich am liebsten sofort wieder verschwinden. Hinter ihnen, auf der anderen Straßenseite, steht das, was vom Haus der Krankenschwester noch steht, wie ein Schiffswrack zur Seite geneigt. Nach all den Wochen hat der Wind das Absperrband zerfleddert, und in dem Ofen, der rostend im Freien steht, haben mittlerweile Vögel ein Nest gebaut.

Die Polizisten klopfen erneut an.

Sara hört die Hunde winseln und von innen an der Tür kratzen. Vielleicht bekommen die Polizisten es auch mit.

Irgendwann hört das Geklopfe auf. Sie errötet vor Erleichterung und sieht zu, wie die Polizisten von der Veranda heruntertreten und dann einen Moment lang im Unkraut stehen bleiben, das sich überall im Garten ausbreitet. Einer von ihnen sagt etwas in sein Funkgerät.

Anstatt zu ihrem Auto zurückzukehren, verschwinden sie hinter der anderen Seite des Hauses. Sara hört, wie das Tor dort quietschend aufschwingt, gefolgt vom schrecklichen Knirschen ihrer Schuhe auf dem Kiesweg, der zum Garten führt.

Und dann geht das Geklopfe wieder von vorne los, diesmal allerdings an der Hintertür.

»Hallo?«, rufen sie. »Hallo?«

Inzwischen ist Sara in der Küche, wo die beiden sie wegen der Bretter vor den Fenstern nicht sehen können. Sie hört deutlich das statische Rauschen ihrer Funkgeräte.

Plötzlich schwingt völlig unerwartet die laut knarzende Hintertür auf, und das Sonnenlicht, das bislang nur in einem dünnen Streifen unter dem Türblatt zu sehen gewesen ist, erfüllt explosionsartig den gesamten Durchgang. Ihr Vater muss vergessen haben, sie über Nacht abzusperren. So ein Fehler sieht ihm gar nicht ähnlich.

»Oh«, sagen die Polizisten, als sie Sara bemerken, die in ihrem Pyjama in der Küche steht und blinzelt. Nun kann sie sich nicht mehr verstecken.

»Oh«, wiederholt einer von ihnen. Sie sieht ihn nur als dunkle Gestalt im Türrahmen stehen. Um ihn herum gleißt Sonnenlicht. »Wir wussten nicht, dass jemand zu Hause ist.«

Als die Hunde beginnen, an den hellbraunen Hosenbeinen ihrer Polizeiuniformen hochzuspringen, weichen die beiden zurück. Vermutlich haben sie Angst, die Tiere könnten ebenfalls mit dem Erreger infiziert sein.

»Ist Thomas Peterson hier?«, will der andere wissen. Es kommt ihr so vor, als würde sich der Mann nach einem Fremden erkundigen. Niemand nennt ihren Vater Thomas.

»Wenn du weißt, wo er ist«, sagt der Polizist, der die Tür aufhält, »musst du es uns unbedingt sagen.« Seine Stimme dringt nur ganz leise durch die Maske.

Sie weiß nicht, was die richtige Antwort ist und ob sie lügen soll. Also schweigt sie einfach. Daher sind einen Moment lang nur die quietschenden Sohlen der schwarzen Polizeischuhe zu hören, während die Männer versuchen, den hechelnden Hunden auszuweichen.

Einer der beiden geht in die Hocke und spricht mit Sara wie mit einem viel jüngeren Kind. »Hör mal«, sagt er durch seine Maske und sieht sich über ihre Schulter hinweg im Wohnzimmer um, »er durfte noch nicht nach Hause gehen. Er ist vielleicht immer noch krank.«

Ob sie wohl wissen, wie langsam er sich bewegt und dass er so merkwürdig schreibt? Haben sie eine Ahnung, wie wenig er geschlafen hat?

»Es war noch zu früh«, erklärt er ihr.

Aber sie wird nicht zulassen, dass ihr Vater ein weiteres Mal verschwindet.

»Er ist nicht da«, antwortet sie schließlich, und ihre Stimme klingt kratzig, weil sie sie so lange nicht benutzt hat.

Die beiden Männer wechseln einen Blick. Sie kann oberhalb der Masken nur ihre Augen sehen, aber die drücken große Skepsis aus.

»Bist du allein hier?« Die Frage klingt in Saras Ohren wie eine Drohung.

Wie zur Antwort ertönen auf der Treppe hinter ihr die Schritte ihres Vaters. Sein Gang hat sich verändert. Er geht vorsichtiger und wirkt wackelig. So wie er einen Fuß vor den anderen setzt, könnte man fast meinen, dass er hinkt. »Sie haben kein Recht, sich auf meinem Grundstück aufzuhalten«, sagt er zu den Polizisten. Er trägt immer noch die Sachen vom Vortag.

Sie erklären ihm, dass die Ärzte ihn nur noch eine Zeit lang beobachten wollen.

»Darum haben sie uns hergeschickt«, sagt einer der beiden.

»Ich gehe nicht ins Krankenhaus zurück«, entgegnet er.

»Es ist im Interesse der öffentlichen Sicherheit«, wirft der Mann ein, der die Tür aufhält.

»Und wenn Sie hierbleiben, ist es weder für Sie noch für Ihre Tochter sicher«, ergänzt der andere.

»Ich bin nicht euer Versuchskaninchen«, gibt ihr Vater zurück und beendet die Unterhaltung, indem er sie hinauskomplimentiert und hinter ihnen die Tür verriegelt. Danach geht er wieder zum Computer hinauf.

Sara sieht zu, wie die Polizisten abziehen, und ist überrascht, dass sie sich nach all den Ereignissen der letzten Zeit tatsächlich noch mit Worten vertreiben lassen. Ehe die Männer wieder in ihr Auto steigen, streifen sie erst noch die grünen Handschuhe ab und werfen sie einen nach dem anderen in einen Müllbeutel.

Sie ahnt, dass sie wiederkommen werden, und wenn nicht die beiden, dann wer anders. Wie Wasser aus einem Leck, das man nur provisorisch abgedichtet hat.

In der folgenden Nacht hört sie aus der Küche ein leises Geräusch, das ihr zwar vertraut erscheint, aber nur schwer einzuordnen ist. Es klingt wie Schmirgelpapier. Und dann wieder: kratz, kratz, kratz. An seinem gelegentlichen Husten erkennt Sara, dass ihr Vater dort unten ist. Sie ist sich nicht sicher, ob man ihn allein lassen kann.

Ihr Vater sitzt am Küchentisch. Sie riecht das brennende Streichholz in seiner Hand im selben Moment, wie sie es sieht.

»Was machst du da?«, fragt sie.

Neben seinem Ellbogen liegen mehrere abgebrannte Streichhölzer. Er hat ein Päckchen aus dem Keller geholt und in einer einzigen Nacht fast komplett aufgebraucht. Dabei hasst er doch nichts mehr als Verschwendung.

»Diese Krankheit hat irgendwas mit meinem Gehirn gemacht«, sagt er und trinkt einen Schluck Bier. Dann holt er ein neues Streichholz aus der Schachtel und fährt damit über die Reibefläche, so langsam, dass es im ersten Moment nicht angeht. Aber er lässt sich nicht entmutigen und zieht es weiter ganz vorsichtig über den Rand der Packung.

Draußen knattern immer noch die Hubschrauber durch die Dunkelheit, aber sie weiß aus den Nachrichten, dass die Reporter ihre Adresse nicht kennen. Sie glauben, der Mann, der in Santa Lora aus seiner Schlafkrankheit erwacht ist, wohne ein paar Seitenstraßen von ihnen entfernt in einem alten weißen Haus, auf dessen Veranda Wildblumen durch die Holzdielen wachsen. Dieses Gebäude hat bereits vor Saras Geburt leer gestanden. Vielleicht halten sie es ja wegen der Bretter vor den Fenstern für ihr Haus. Auf jedem Fall schweben sie über dem falschen Dach. Doch nachdem sie den ganzen Tag die Live-

Bilder verfolgt hat, kommt ihr das andere Haus, dessen letzter Eigentümer vielleicht schon lange verstorben ist, allmählich vertraut vor. So wie man sich in einem Traum an einem Ort wie zu Hause fühlen kann, an dem man noch nie zuvor gewesen ist.

Schließlich entzündet sich das Streichholz in seiner Hand. Nachdem es ein paar Sekunden lang gebrannt hat, schüttelt er es aus.

»Während ich krank war«, sagt er, »hatte ich Träume, wie ich sie noch nie erlebt habe.«

Er trinkt noch einen Schluck von seinem Bier. Es ist nicht sein erstes. Auf der Küchentheke stehen bereits zwei leere Dosen.

»Was waren das für welche?«, fragt sie.

»Was meinst du?«, erwidert er, als hätte er nicht gerade eben selbst dieses Thema aufgebracht. Seit seiner Rückkehr scheinen sich seine Gedanken immer auf einem verborgenen Nebengleis zu bewegen.

»Die Träume«, sagt sie. »Wovon hast du geträumt?«

Er streicht sich über den kahlen Kopf. Dabei bewegen sich seine Finger ganz langsam, wie durch unerforschtes Terrain.

»Ich muss dich etwas fragen«, sagt er und sieht sie unverwandt an. In seinem Gesicht zeigen sich inzwischen erste Bartstoppeln. »Hat es gebrannt, während ich weg war? Hat es in der College-Bibliothek ein Feuer gegeben?«

»Im Wald hat es gebrannt«, sagt sie und wundert sich, wie er davon wissen kann, da er den Brand doch komplett verschlafen hat. »An dem Abend, als du krank geworden bist.«

Doch er schüttelt frustriert den Kopf, wie jemand, der schon seit Stunden vergeblich etwas zu erklären versucht. »Nein, nein, ich spreche nicht von einem Waldbrand. Ich rede von dem Gebäude. Hat es in der Bibliothek gebrannt? Im zweiten Stock?« Er schließt die Augen und versucht offenbar, sich an etwas zu erinnern. »Oder im dritten?«

»Ich glaube nicht.«

»Ich habe davon geträumt, dass es in der Bibliothek gebrannt hat und dass das Feuer … alle Kranken aufgeweckt hat.« Er scheint einen Kloß im Hals zu haben und trinkt einen weiteren Schluck. »Das Feuer hat sie irgendwie wieder gesund gemacht.«

Danach verfällt er wieder in Schweigen und zündet weiter die Streichhölzer an. Eines nach dem anderen. Dabei huscht von Zeit zu Zeit ein Ausdruck über sein Gesicht, den sie noch nie an ihm gesehen hat – ängstlich, aber zugleich zufrieden. Aha, da ist es ja, scheint dieser Blick zu sagen. So ist das. »Seit ich aufgewacht bin«, sagt er, »habe ich das eigenartige Gefühl, dass nichts so ist, wie es sein soll.« Er reißt ein weiteres Streichholz an. Es brennt nicht, und er versucht es noch mal. »So wie jetzt gerade«, fährt er fort. »Als du in die Küche kamst, hatte ich den Eindruck, du würdest neben mir stehen, aber schon bevor du hereingekommen bist.«

Es sei, als wäre alles durcheinander, sagt er, und nichts geschähe in der richtigen Reihenfolge. Als käme die Zukunft vor der Vergangenheit.

Er nimmt ein weiteres Streichholz. »Manchmal sehe ich die Flamme, bevor ich sie entzünde.«

KAPITEL 48

Die Bibliothek: In den Hunderten von Bücherregalen aus Metall, die dicht an die hölzernen Wandvertäfelungen und bodentiefen Fenster geschoben sind, stehen zehntausend Bände, die im trüben Licht Staub ansetzen. Sie enthalten die üblichen Errungenschaften des menschlichen Geists.

In der Altphilologischen Abteilung könnte sich ein Besucher der Bibliothek über die Orakel im antiken Griechenland oder Rom informieren und erfahren, dass die Menschen dieser Epoche manche Träume für Prophezeiungen hielten.

Einen Stock tiefer, im Teilbereich Psychologie, würde er irgendwann herausfinden, dass C. G. Jung zu einem bestimmten Zeitpunkt seines Lebens davon überzeugt gewesen ist, viele Jahre vor der ersten Begegnung mit seiner Frau bereits von ihr geträumt zu haben.

Auf derselben Etage könnte man sich in der Philosophischen Abteilung außerdem mit einer Theorie befassen, der zufolge es möglich wäre, exakt die Zukunft vorauszusagen. Allerdings nur, wenn man sämtliche Wechselwirkungen der Realität verstünde, da schließlich jeder Moment in der Zukunft eine Konsequenz vergangener Ereignisse sei. Dieses komplexe Gefüge könne der eingeschränkte menschliche Geist allerdings keinesfalls durchdringen.

Oben bei der Physik finden sich Zeitschriftenartikel, in denen behauptet wird, dass die Konzepte Vergangenheit, Gegenwart und Zukunft nur künstliche Konstruktionen seien, weil alle drei tatsächlich gleichzeitig existierten, wenn auch in verschiedenen Dimensionen.

In der Linguistik spiegelt sich diese Vorstellung in der Grammatik verschiedener Sprachen wider. Im Mandarin-Chinesischen zum Beispiel werden Verben nur im Präsens konjugiert. Für die Vergangenheit und die Zukunft gibt es keine speziellen Tempusformen.

Zeit, sagt der heilige Augustinus, sei nur eine Ausgeburt des Geistes.

Aber niemand liest die Bücher dieser Bibliothek. Immerhin dient gerade ein dünnes Hardcover als Stütze für ein kippeliges Feldbett im riesigen Lesesaal, auf dem ein kleiner Junge neben hundert anderen Erkrankten schläft.

Und selbst wenn man all diese Bücher läse, blieben immer noch ein paar Rätsel ungelöst.

Wie hat es William James, ein Stock tiefer bei den Philosophen, doch so schön formuliert: Jeder Versuch, den menschlichen Geist zu ergründen, ist, als wollte man mit einem Licht die Dunkelheit erforschen.

KAPITEL 49

Manches, was sich in der wirklichen Welt ereignen kann, kennen die meisten Menschen nur aus ihren schrecklichsten Fantasien. Daher schießt auch mehreren Krankenschwestern das Wort *Albtraum* durch den Kopf, als der Rauch in den großen Lesesaal der Bibliothek dringt und über den Körpern von hundert Schlafkranken wabert.

Später wird man darüber streiten, warum die Rauchmelder stumm bleiben. Keiner kann erklären, wieso sie ausgeschaltet sind – ob jemand sie absichtlich manipuliert hat oder ob sie bloß ausgesteckt wurden, um für die Herzmonitore und EEG-Schreiber Platz zu machen.

Manche werden die Masken verantwortlich machen, die nicht nur die allerkleinsten Mikroben aus der Luft filtern, sondern auch den feinen Staub, der vom Rauch aufgewirbelt wird. Hätten die Ärzte und Schwestern keine Masken getragen, wäre ihnen der Geruch vielleicht aufgefallen, bevor das Feuer sich ausbreitete.

Bis zum Eintreffen der Feuerwehr bleibt ihnen keine Zeit, darüber zu diskutieren, wer gerettet wird und wen sie zurücklassen. Und wer möchte es den medizinischen Helfern zum Vorwurf machen, dass sie erst ihre kranken Freunde und Angehörigen hinaustragen, bevor sie sich um die anderen kümmern?

Zehn Seitenstraßen entfernt füttert Sara gerade die Katzen, als die Sirenen der Feuerwehrwagen aufheulen. Der plötzliche Lärm vertreibt die Tiere von ihrem Schoß, und Sara läuft rasch zum Witwensteg hinauf, um nach Anzeichen eines Waldbrands Ausschau zu halten. Doch als sie durch die wellige Fensterscheibe hinausspäht, bietet sich ihr stattdessen ein unheimlicher Anblick – es ist genau das, was ihr Vater beschrieben hat: Nicht aus dem fernen Wald, sondern aus den Fenstern der College-Bibliothek steigt eine dichte Rauchwolke auf.

»Daddy!«, ruft sie und spürt ein Ziehen in der Brust. Und noch einmal: »Daddy!« Aber er antwortet nicht. Ihr Herz beginnt heftig zu schlagen. »Es ist genau wie in deinem Traum.«

Eine Stille wie bei Schneefall. Eine kühle, ruhige Wonne – so fühlt sich der Schlaf inzwischen für Mei an.

Doch nun gibt es eine Unterbrechung. Etwas zieht sie fort. Laute Geräusche. Schreie.

Sie glaubt erst, in ihrem Kinderzimmer aufzuwachen, aber der Eindruck verfliegt sofort wieder – dieser Raum ist riesig.

Und es geht hektisch zu. Die Leute laufen schnell.

Nach so langer Stille tut Hören weh.

Sie kann die Augen nur zu engen Schlitzen öffnen. Auf ihren Wimpern hat sich eine Kruste gebildet. Sie weiß nicht, ob die Schwaden, die sie sieht, auf ihren Hornhäuten oder in der Raumluft sind.

Auch ihre Gedanken sind benebelt, sie kommen nur ganz langsam und geraten immer wieder ins Stocken, aber ein wichtiges Wort steigt aus ihrem Verstand auf, zögerlich und abstrakt: *Feuer?*

Um sie herum ertönt Husten. Glas zerbricht. Ihr Hals tut weh.

Und dann durchquert Matthew den Raum.

Es kommt ihr vor, als hätte sie ihn schon lange nicht mehr gesehen. Wie gewohnt rennt er, mit seinen langen Beinen und den für ihn typischen hektischen Bewegungen. Er hält sich gut in Krisensituationen. Aber im Gegensatz zu sonst sieht er sehr besorgt aus. Im Näherkommen ruft er etwas, was sie nicht richtig verstehen kann, und sprintet, ohne sie zu berühren, tiefer in das Gebäude hinein.

Sie kann ihn nicht mehr sehen, aber er wird sich um sie kümmern. Er wird tun, was immer nötig ist. Das ist ihr letzter Gedanke, bevor sie in einen angenehm ruhigen Schlaf zurücksinkt.

In der Medizin kennt man ein Phänomen, das gelegentlich bei ansonsten katatonischen Patienten zu beobachten ist: In Notfällen kann es vorkommen, dass jemand, der bislang komplett bewegungsunfähig war, plötzlich wundersame Fähigkeiten entwickelt – aufsteht, schreit oder rennt. Eine Hand, die lange reglos war, tut womöglich im richtigen Moment etwas Entscheidendes, sucht zum Beispiel gerade noch rechtzeitig einen Halt, bevor der Patient aus dem Bett fällt.

An diesem Tag beobachtet man in Santa Lora bei einem kleinen Teil der Schlafenden einen ähnlichen Effekt.

Ben: Zuerst ist er mit Annie bei einer Party. Sie findet in irgendeinem Hotel statt. Nein, keinem Hotel, einer Art Loft. Vielleicht in Brooklyn, vielleicht aber auch nicht. Jedenfalls stehen in diesem Loft lauter Möbel, die ihn an das Haus seiner Großmutter in Wisconsin erinnern. Unter anderem ein cremefarbenes, mit Seide bezogenes Sofa aus den Sechzigern. Annie und er trinken Punsch aus kleinen Kristallgläsern. Wie schräg, sagt sie, dass sie die gleiche Couch haben! Es ist eine Halloween-Party. Darum trägt Annie diese Weste, die Krawatte, den knautschigen Hut und eine Kaki-Hose. Alle finden ihr Kostüm toll. Sie ist Annie aus *Annie Hall* – was perfekt zu ihr passe, sagen ihre Freunde. Perfekt. Es herrscht großes Gedränge bei dieser Party, und es ist auch sehr laut. Der Punsch schmeckt nach Gin und Rosmarin. Und auch ein bisschen nach Rauch. Und die Gäste amüsieren sich großartig – vor allem das fällt Ben auf, während er mit dem Arm um Annies Hüfte neben ihr steht. Es ist, als wären die guten Gefühle ein elementarer Bestandteil dieses Raums und würden alles, sowohl die Luft als auch die Getränke, diese Minuten, Annies Kostüm und die Couch, durchdringen.

Doch dann bringt ein Geräusch die Party jäh zum Verstummen. Es klingt wie berstendes Holz. Ben hat plötzlich das Gefühl, auf einem alten Schiff zu sein, das während eines Sturms in die Brüche geht. Befinden sie sich auf einem Schiff? Ja, sie sind die ganze Zeit auf einem Schiff gewesen.

»Ach du Scheiße!«, sagt jemand, »es ist der Boden.« Irgendwas passiert mit dem Boden.

Annie drückt seine Hand so fest, dass es wehtut. Und von einer Sekunde auf die andere bricht der Boden in der Mitte ein, wie bei einem Erdrutsch, und Annie …

Ben öffnet flatternd die Lider.

Im ersten Moment hört er nur sein eigenes Keuchen und das Blut, das ihm in den Ohren rauscht. Erleichtert erkennt er, dass es nur ein Traum war.

Doch nun bemerkt er, dass er die Zimmerdecke, zu der er aufblickt, nicht kennt. Sie besteht aus dunklem Holz und ist sehr hoch. Er befindet sich in einem riesigen, schwach beleuchteten Raum. Und ihm wird bewusst, dass um ihn herum Menschen schreien.

Jemand beugt sich über ihn. Ein Feuerwehrmann.

In diesem Augenblick scheinen die für das Sehen zuständigen Regionen seines Gehirns die Aufgaben des Geruchssinns mit zu übernehmen: Der Anblick der gelben Uniform löst eine ganze Kaskade von Assoziationen in ihm aus – und mit einem Mal nimmt er den Rauch in der Luft wahr.

Er versucht, sich aufzusetzen, aber etwas fesselt ihn ans Bett. Die Krankheit fällt ihm ein. Er hat sich offenbar genauso angesteckt wie Annie.

Wo ist sein Baby? will er wissen. Aber niemand hört ihm zu.

»Wo ist sie?«, fragt er. »Wo ist mein Baby?«

Dichter Rauch erfüllt den Raum, und seine Kehle beginnt zu brennen. Trotz seiner Verwirrung ist ihm klar, dass er hier rausmuss. Doch die Schläuche und Kabel lassen sich nicht so einfach von seinem Körper trennen. Der Feuerwehrmann hilft ihm dabei und verschwindet in der Dunkelheit.

Nach kurzem Flackern gehen die Lichter aus. Von irgendwoher fällt ein bisschen Sonnenlicht herein, aber es durchdringt kaum die immer dichteren Rauchschwaden. Ben beginnt zu husten. Er erkennt, dass er sich in einer Bibliothek voller Betten befindet.

Er kann gar nicht mehr aufhören zu husten und kriecht schon bald mit den anderen über den Fußboden. Sein ganzer Körper ist steif und schmerzt. Ben hat das eigenartige Gefühl, dass sich seine Extremitäten ein wenig asynchron bewegen, die eine Hand immer ein wenig früher als die andere. Mit seinen Knien auf dem Holzboden verhält es sich ebenso. Wegen des dichten Rauchs hat er Schwierigkeiten, den Ausgang zu finden, aber draußen stehen Leute, die in den Raum hereinrufen. Fremde rufen ihm etwas zu, und die Erkenntnis, dass Fremde anderen Fremden helfen wollen, treiben ihm in der verrauchten Dunkelheit die Tränen in die Augen. *Hierher, hierher,* rufen sie ins Dämmerlicht, *die Tür ist hier drüben.*

Später wird Ben sich kaum noch daran erinnern können, wie er es schließlich hinausgeschafft hat – auf den Rasen und ins Sonnenlicht, zusammen mit den anderen Überlebenden. Er wird vergessen, wie schockiert die Leute dreinblicken, weil er und eine Handvoll weiterer dünner Gestalten in Krankenhaushemden auf einmal wach sind. Ein paar von ihnen haben noch die Infusionsnadeln im Arm. Vielleicht kann der menschliche Verstand jeden Tag nur eine begrenzte Menge an Erfahrungen abspeichern. Was als Nächstes passiert, wird ihm dagegen für immer – und in beinahe fotografischer Detailtreue – im Gedächtnis bleiben.

Dort draußen ist eine Frau – sie steht barfuß im Gras. Und diese Frau ... sieht ein bisschen wie Annie aus. Aber er weiß, dass die Sehnsucht manchmal die Züge geliebter Menschen auf die Gesichter von Fremden projiziert. Und natürlich erinnert er sich beim Aufwachen sofort an Annie und daran, wie sehr sie ihm fehlt.

Aber die leicht gebückte Haltung dieser Frau und die Art, wie sie auf einer Haarsträhne herumkaut ... Er behält sie im Auge.

Sie dreht sich ein wenig, und nun sieht er sie im Profil. Annie hat sich als Teenager die Nase gebrochen, und auf dem Nasenrücken dieser Frau ist die gleiche kleine Kerbe wie auf ihrer. Sie steht in ihrem Krankenhaushemd im Sonnenschein und hat eine Löschdecke um die Schultern gewickelt. Sie ist dünn und scheint sich nicht sehr gut zu fühlen, so wacklig, wie sie auf den Beinen steht. Ihr Gesicht ist rußig vom Rauch. Aber es ist wirklich Annie, die dort drüben ungläubig in den Himmel hinaufblinzelt. Sie ist wach.

KAPITEL 50

In den Zeitungen wird später stehen, man gehe von Brandstiftung aus. Denn im Keller findet man Streichhölzer und daneben herausgerissene Buchseiten, mit denen die Flammen angefacht wurden. Der Feuerteufel wird jedoch nie gefasst werden.

Viele der Erkrankten haben überlebt. Die meisten von ihnen wurden schlafend evakuiert.

Die absolute Topmeldung ist allerdings, dass vierzehn von ihnen aufgewacht und wieder auf den Beinen sind.

Alle sind sich einig, dass es erstaunlich, vielleicht sogar ein Wunder ist. Die Menschen gieren nach Wundern. Unter diesen Überlebenden ist ein Ehepaar, Romeo und Julia von Santa Lora, wie viele Journalisten sie bald nennen. Tatsächlich heißen sie Ben und Annie.

Eine weitere Überlebende ist ein elfjähriges Mädchen, das, wie sämtliche Medien berichten, von seinem eigenen Vater hinausgeschafft wurde, der seinerseits erst vor Kurzem aufgewacht war und sofort zu dem Gebäude hingerannt ist, als er den Rauch bemerkte. Während er sie suchte, rief er die ganze Zeit ihren Namen: Libby.

Weniger Beachtung finden die Schlafenden, die nicht überlebt haben. Insgesamt sind es neun. In allen Fällen hat der eingeatmete Rauch zu einer Sauerstoffunterversorgung des Blutes geführt, das man in früheren Zeiten für den Ursprung ungewöhnlich lebhafter Träume gehalten hat.

Zu diesen Toten zählen zwei Krankenschwestern, ein Spezialist für ansteckende Krankheiten vom CDC und der Dekan an der Fakultät für Geisteswissenschaften.

Auf der Liste steht auch eine Erstsemester-Studentin aus San Diego: Mei Liu, achtzehn Jahre alt.

Die Feuerwehrleute finden sie zu spät in einer der hinteren Ecken des rauchgeschwängerten Lesesaals, wo sie zugedeckt auf ihrem Feldbett liegt. In die Hauptvene ihres schnell weiß werdenden Arms fließt immer noch Kochsalzlösung. Ihren Eltern versichert man, sie habe alles verschlafen und sei ganz friedlich aus dem Leben geschieden.

In den Tagen nach dem Feuer wird eine Geschichte besonders häufig erzählt, weil alle es hören wollen, wenn ein Unglück das Beste in den Menschen hervorbringt: Als die Bibliothek sich mit Flammen füllte, lief Matthew Baker, ein Erstsemester am College und Spross der Pharma-Familie Baker & Baker, in das Gebäude hinein und rettete ein Baby aus den Flammen. Die Story, wie er sich beherzt das allerjüngste der erkrankten Kinder griff, das noch sein ganzes Leben vor sich hat, wird immer wieder geteilt: ein in Decken gewickelter Säugling, gerade mal neun Wochen alt, der während der gesamten Rettungsaktion schlief.

Diese Geschichte über den Helden von Santa Lora ragt über alle anderen hinaus, weil sie beweist, wozu wir Menschen imstande sind. Und wer von uns liebt nicht solche klaren Botschaften?

KAPITEL 51

Ben und Annie berichten nur noch von leichten Beschwerden. Sein peripheres Sehen ist ein wenig eingeschränkt, und ihr ist ein bisschen schwindelig. Zunächst ist das alles.

Früher hätten sie bei ihrem Wiedersehen anders empfunden, es als unfassbares Glück betrachtet, ein Wunder, könnte man sagen, wie eine Auferstehung von den Toten.

Aber zu diesem Zeitpunkt ihres Lebens fühlen sie sich nicht vom Glück gesegnet und empfinden nur wenig Dankbarkeit, während sie sich fest an den Händen halten und aneinanderschmiegen. Sie sind beide mit ihren Gedanken bei jemand anderen. Er ist ein Vater. Sie ist eine Mutter. Ihr Kind ist krank.

Die jüngsten Überlebenden unter den Kranken sind nach dem Feuer in die College-Mensa verlegt worden. Hier finden Ben und Annie nach langem Warten, zahllosen Telefonaten und viel Papierkram schließlich ihr Baby.

Sie liegt in einem Stubenwagen aus durchsichtigem Plastik und ist in fremde Decken gewickelt. Ihr kleiner Verstand ist in diesem tiefen Schlaf gefangen, in dem niemand sie erreichen kann.

In einem ihrer winzigen Nasenlöcher verschwindet eine Magensonde.

»Seit ich sie das letzte Mal gesehen habe, ist sie viel größer geworden«, sagt Annie, die gar nicht aufhören kann zu weinen.

Sie hält die Kleine in den Armen, und die Schläuche baumeln von ihrem Körper herab. Sogar im Schlaf kuschelt sie ihren Kopf an Annies Schulter. Und man könnte fast meinen, dass sie die Erinnerungen an ihre Mutter komplett in ihrer Nackenmuskulatur abgespeichert hat.

Ihnen wird geraten, Masken und Handschuhe zu tragen.

Aber wie sollten sie mit Handschuhen ihrer Tochter den Schlaf aus den Augen wischen oder ihre aufgesprungenen Lippen mit Vaseline einreiben? Sie haben das überwältigende Bedürfnis, ihre Haut zu berühren.

Es ist nun zwei Wochen her, dass Ben sie das letzte Mal gesehen hat. Dass es sie noch gibt, ihre bloße Existenz, ist anderen Leuten zu verdanken. Den Krankenschwestern, die in raschelnden Schutzanzügen das Zimmer betreten und wieder verlassen. Sie haben sich in dieser Zeit jeden Tag um sie gekümmert. Und dem College-Studenten, den sie nie kennenlernen werden. Er hat ihr das Leben gerettet.

Sie hätte sterben können. Dieses Wissen lässt jeden Augenblick mit ihr umso kostbarer erscheinen. Die Dinge, die nicht geschehen, sind für das Leben genauso wichtig wie alles, was passiert.

Andere Mütter und Väter beugen sich über ein paar der übrigen Kinder – oder sitzen wie Ben und Annie auf Plastikstühlen neben ihren Pritschen. Aber die meisten Kinder liegen allein hier, wenn man von den wenigen Krankenschwestern absieht, die sie umdrehen und waschen, ihre Magensonden füllen und ihnen die Windeln wechseln.

Einer der letzten Träume, die Ben hatte, bevor er aus der Krankheit erwacht ist, ging so: Annie und er sitzen in einem Boot, einem Kanu. Die Sonne scheint ihr auf den Rücken, der abgesehen von den Bändern ihres grünen Bikinis nackt ist. Sie durchqueren irgendeine Bucht. Er weiß nicht, wo. Sie paddeln zu einer kleinen Insel, auf der eine einzelne Pinie wächst. Dort lassen sie das Kanu und die Paddel auf dem schmalen Strand liegen und gehen zu dem Baum hinauf, wo sie das Bier trinken, das sie in einer Kühltasche mitgenommen haben, und die anderen Boote beobachten, die im Sonnenschein vorüberfahren. Sie sind extrem glücklich, während sie auf das glitzernde

Wasser hinausschauen. Außerdem scheint alles möglich zu sein. Und leicht.

Aber plötzlich rufen ihnen Leute aus einem vorbeikommenden Boot etwas zu. »Hey, ist das euer Kanu?«

Und tatsächlich treibt es leer draußen auf dem Wasser. Während sie zu ihm hinschwimmen und unterwegs die treibenden Paddel einsammeln, wird ihnen klar, dass die Flut es sich geholt haben muss. Genau wie die anderen Träume zuvor fühlt sich auch dieser nicht wie ein Traum an, sondern – er kann es nicht anders sagen – real. Erneut hat er das Gefühl, dass seine Träume ihm die Zukunft zeigen.

Während der ersten Tage nach dem Aufwachen, die sie in der zweckentfremdeten Mensa verbringen, begleitet dieser Traum Ben wie ein Hintergrundgeräusch.

Er möchte ihn Annie erzählen.

Aber auf einmal kommt er ihm zu intim vor – und auch lächerlich. Und so sagt er nichts. Der Versuch, Worte für seine Traumerfahrungen zu finden, schwächt außerdem seinen Glauben, dass sie real waren.

Stattdessen kann er ihr nur eine Frage stellen: »Hattest du irgendwelche seltsamen Träume?«

Sie sieht nicht vom Baby auf.

»Nein, ich habe gar nicht geträumt.«

Sie kommt Ben so weit entfernt vor, wie eine Fremde, die ihm im Zug gegenübersitzt.

Am zweiten Tag beginnt ein älteres Baby in der Nähe im Schlaf zu wimmern und das Gesicht zu verziehen. Annie merkt schnell, dass seine Windel ausgelaufen ist. Ben ruft nach einer Schwester, doch als nach ein paar Minuten immer noch keine auftaucht und der Junge zu stöhnen anfängt, kümmert Annie sich selbst darum. Unter bestimmten Umständen ist ein Windelwechsel eine heilige Handlung.

Ein paar Tage darauf wacht ein kleiner Junge auf. Die Bewegungen seiner Lider und der Anblick seiner offenen Augen erfüllt alle Anwesenden mit Hoffnungen.

»Ich will zu meiner Mama«, sagt er. Einen Moment lang ist er ganz ruhig, weil er wohl glaubt, dass sich sein Wunsch umgehend erfüllen wird. »Ich will meine Mama.«

Aber als sie nicht auftaucht, fängt er an zu weinen.

Ben versucht, ihn zu trösten, doch er lässt sich nicht beruhigen.

Zu guter Letzt findet irgendwer seine Mutter und führt sie zu ihm ans Bett.

»Er hat wirklich nach mir gefragt?« Sie blickt ungläubig in die Runde. »Mit Worten?«

Er sei keine zwei Jahre alt, sagt die Mutter, und habe vor der Krankheit noch nicht in kompletten Sätzen sprechen können.

Aber das ist jetzt anders:

»Mama«, sagt er. »Ich hab was Schlimmes geträumt.«

Doch das Baby von Ben und Annie schläft weiter. Sie schneiden ihr die Nägel, waschen sie und schlafen auf dem Linoleumboden neben ihrem Bettchen.

Ben denkt immer öfter über seine Träume nach. Da er fest davon überzeugt ist, dass sie Vorahnungen waren, bekommt er es immer mehr mit der Angst zu tun. Denn in diesen Träumen hat etwas gefehlt: seine Tochter. Wo ist sie gewesen, wenn er wirklich von der Zukunft geträumt hat?

KAPITEL 52

In einem berühmten Experiment hat sich ein Geologe acht Wochen lang in einer stockfinsteren Höhle unter der Erde aufgehalten. Unter anderem wollte er dabei herausfinden, wie genau seine innere Uhr die Zeit maß. Er blieb wach und schlief, ganz so, wie es ihm gefiel, und zählte die Tage in einem Notizbuch. Ohne tickende Uhren und den Lauf der Sonne zu sehen, war sein Biorhythmus schon bald nicht mehr synchron mit dem der Welt. Am Ende war er davon überzeugt, lediglich fünfunddreißig Tage unter der Erde verbracht zu haben, während an der Oberfläche in Wahrheit sechzig vergangen waren.

Libby: Sie schläft drei Wochen lang, träumt währenddessen aber nur von einem einzigen Nachmittag.

Beim Aufwachen lächelt sie und ist ganz ruhig. Sie gähnt und rekelt sich in ihrem Bett.

Als sie die Augen aufschlägt, ist Sara so sehr nach Jubeln zumute, wie sie es noch nie erlebt hat. Erleichterung ist ein überwältigendes Gefühl.

»Wie geht es dir?«, fragt sie ihre Schwester.

Libby ist in ihrem eigenen Zimmer aufgewacht. Ihr Vater hat sie im Chaos nach dem Feuer, als niemand auf die Patienten achtete, mitgenommen und nach Hause gebracht. Er und Sara haben sie vier Tage lang ohne die Hilfe von Ärzten oder Krankenschwestern versorgen müssen.

»Letzte Nacht hatte ich den tollsten Traum aller Zeiten«, sagt Libby heiser.

Ihre Locken sind verfilzt. Sie scheint nicht zu begreifen, wie viel Zeit vergangen ist.

»Was für einen Traum?«, fragt ihr Vater mit einem eigenartig intensiven Unterton.

Libby wechselt wie immer in solchen Situationen einen kurzen Blick mit Sara.

»Was ist mit deinem Bart passiert?«, will sie wissen.

»Diese Träume«, beharrt ihr Vater. »Das waren keine normalen Träume, verstehst du? Was hast du darin gesehen?«

Auf seinem Kopf sind die ersten Stoppeln zu sehen, aber seine Haare sind nicht mehr braun, sondern weiß. Und er ist immer noch genauso dünn wie an dem Tag, als er aufgewacht ist.

»Ich habe von unserer Mama geträumt.« Libby spricht ungewöhnlich leise, fast ehrfürchtig. »Wir waren am See.«

Aber ihr Vater schüttelt den Kopf.

»Nein«, sagt er und hält eine Hand wie ein Stoppschild vor sie hin. »Das ist nicht die Art von Traum, die ich meine. Was hast du sonst noch geträumt?«

»Nur das«, erwidert sie.

Er fragt noch ein paarmal nach, ob sie ganz sicher sei. Und das ist sie. Schließlich geht er ins Erdgeschoss hinunter.

»Wie lang hab ich geschlafen?«, fragt Libby, als er weg ist.

»Drei Wochen.«

Sara sieht, wie es Libby den Atem verschlägt.

»Es hat sich bloß wie ein paar Stunden angefühlt«, sagt sie. »Wie ein Nickerchen.«

Die Katzen haben sich um Libby herum auf dem Bett versammelt und kuscheln sich in ihre Decke.

»Du warst auch in dem Traum«, sagt sie. »Wir waren zusammen mit ihr am See.«

Wenn Libby die Augen schließt, kann sie sich an jede einzelne dieser Minuten genau erinnern: an den lavendelfarbenen Zopfpullover ihrer Mutter und ihre Fingernägel, die rissig und in einem hellen Pfirsichton lackiert waren.

»Und diese Ohrringe hier.« Libby fischt aus den Schmuckstücken auf dem Nachtkästchen ein Paar silberne Kreolen heraus. »Die hat sie getragen.«

Auf einem Picknicktisch hat sie eine Zeitung ausgebreitet. Daneben standen Fingerfarben.

»Mit der Farbe haben wir Handabdrücke gemacht«, sagt Libby. »Und sie hat mit den Fingern ein kleines Bild vom See gemalt.«

Es roch nach Essen. Unten am Strand hat irgendwer gegrillt. Ihre Mutter hatte eine ganze bestimmte Art, sich die Haare mit dem Handrücken aus der Stirn zu streichen.

»In deinen Haaren trugst du eine Sonnenblumenspange, und du hattest ein weißes Sommerkleid an.«

Ihre Mutter gab ihnen Milch in Plastikbechern und einen Frischhaltebeutel mit Crackern.

»Ich habe angefangen, mit der Farbe rumzuspritzen und sie so: ›Mädels, jetzt habe ich es euch schon dreimal gesagt.‹«

Die blaue Farbe, die in den Linien ihrer Handflächen eintrocknete, Vogelgezwitscher, die Stimmen von planschenden Kindern.

»Kannst du dich an so einen Tag erinnern?«, will Libby wissen.

»Nein.«

»Ich glaube, dass es wirklich so gewesen ist«, sagt Libby. Sie ist in die tiefste Vergangenheit eingetaucht und hat einen intakten Nachmittag heraufgebracht.

Libby war noch so jung, als ihre Mutter gestorben ist. Bis jetzt hat sie sich noch nie an sie erinnert.

Plötzlich wird Sara ganz neidisch. »Das kann nicht sein. Du warst viel zu klein, um dich daran zu erinnern.«

Trotzdem bittet sie Libby, ihr den Traum noch mal zu erzählen, und zwar in allen Einzelheiten. Und schon bald dauert die Schilderung der Ereignisse viel länger als die paar Minuten, die sie damals, vor vielen Jahren, tatsächlich am See verbracht haben.

Libby senkt die Stimme. »Von was hat Daddy geträumt?«

»Von einem Feuer in der Bibliothek«, erwidert Sara.

»Sprecht nicht darüber«, ruft ihr Vater.

Sie hören, wie er die Treppe heraufkommt.

Nun flüstert auch Sara. »Und dann hat es da wirklich gebrannt.«

Libby blickt sie unsicher an.

»Es ist genau so passiert, wie du es geträumt hast, oder, Daddy?«, fragt Sara.

Er schüttelt nachdrücklich den Kopf. »In meinem Traum ist niemand gestorben.«

Während die Humvees weiterhin durch die Straßen von Santa Lora rollen, sichtet ihr Vater, den neue Sorgen plagen, immer wieder die Vorräte in ihrem Keller.

Er hatte auch noch andere Träume.

»Das Meer ist hundert Meilen weit ins Landesinnere vorgedrungen«, sagt er. »Es hat Los Angeles überflutet, und seine Ausläufer kamen bis zum Fuß dieser Berge.«

Er trinkt einen Schluck Bier.

»Und heute kam die Nachricht, dass schon bald das größte Eisschelf in der Antarktis abbrechen wird. Wisst ihr, was das bedeutet?«

Sie warten darauf, dass er es ihnen erklärt.

»Es passiert«, sagt er. »Meine Träume. Sie waren alle real.«

Sara ist hin- und hergerissen, ob sie ihm glauben soll oder nicht. Sie hat noch nichts von den Gerüchten gehört, dass auch andere Überlebende behaupten, in ihren Träumen die Zukunft gesehen zu haben. Aber existiert die Zukunft nicht immer bloß in unserer Vorstellung, bis sie schließlich zur Gegenwart wird?

KAPITEL 53

Noch immer schlägt in der Dunkelheit ein kleines Herz. Eine Wirbelsäule fügt sich zusammen. Durch die Synapsen des Gehirns fließt der erste Strom. Knochen und Zahnanlagen bilden sich. Augenlider. Haardünne Arme beginnen sich zu bewegen, und klitzekleine Fingernägel wachsen. Die Knie und Handgelenke können gebeugt werden.

All das verschläft Rebecca, die mittlerweile in der zehnten Woche schwanger ist. Ihre Wangen, die vom zusätzlich produzierten Blut ganz rosig sind, werden allmählich voller, während sich ihre Brust unter der Krankenhausbettdecke hebt und senkt. Die vermehrte Fettproduktion ihrer Haut ist die Folge eines Hormonschubs, und die Krankenschwestern weisen hinter ihren Masken und Schutzanzügen gern auf den einzigen Lichtblick an diesem finsteren Ort hin: Die Patientin hat tatsächlich dieses ganz besondere Schwangerschaftsglühen.

In derselben Woche schlägt mitten in der Nacht in einem der großen Sanitätszelte auf dem Campus der Biologieprofessor die Augen auf. Über Nathaniel spannt sich eine blendend weiße Decke mit Leuchtstoffröhren auf. Er ist nicht zu Hause – das ist Nathaniels erster Gedanke. Es riecht nach Erde.

Der erste Arzt sagt, er habe Glück – er sei nur leicht erkrankt gewesen. Nur drei Wochen lang. Jedenfalls vermuten sie das. »Ein Junge und ein Mädchen haben sie gebracht«, sagt er durch seine Maske. »Sie haben Sie hergetragen.«

Er ist noch zu schwach, um sich aufzusetzen, aber er fragt sofort, ob Henry auch hier ist. Erst Stunden später erhält er eine Antwort: Nein, hier gibt es keinen Patienten dieses Namens. Er leiht sich ein Handy und ruft zu Hause an, aber es geht keiner ran.

Die Ärzte erklären ihm, dass für die Überlebenden mit der Antwort auf die Frage »Wo bin ich?« oft eine Phase der Verwirrung beginne. Die Frage »Welcher Tag ist heute?« markiere den Beginn eines lang anhaltenden Schreckens.

Als er heimkommt, sieht er als Erstes ein schwarzes X, das auf die Vordertür gesprüht worden ist. Er betritt sein Haus, das aussieht, als hätte der Zahn der Zeit an ihm genagt, aber tatsächlich ist es ein Opfer der Flut geworden. Die Tapete schält sich ab wie die Rinde eines Eukalyptusbaums. In den Ecken breitet sich Schimmel aus. Die Teppiche fühlen sich wie vollgesogene Schwämme an. Der Couchtisch hat sich verzogen. Die Esszimmerstühle liegen umgekippt auf dem Boden. Wie es aussieht, ist jeder Gegenstand im Haus vom Wasser angehoben und, als es schließlich abgeflossen ist, wieder abgesetzt worden. Er erinnert sich vage an seinen Versuch, das Waschbecken im Badezimmer zu reparieren. Das kaputte Rohr tropft immer noch. Irgendwer hat es laienhaft mit Klebeband geflickt.

»Hallo?«, ruft er durchs Haus. »Henry?« Aber nichts regt sich. Er rechnet halb damit, Henry ertrunken auf einem der Teppiche liegen zu sehen. »Hallo?«

Stattdessen findet er Henry im Pflegeheim, wo er zusammengesackt und abermals in Stumpfsinn versunken auf einem Sessel sitzt. Nathaniel ist verwirrt, ihn wieder in diesem Zustand zu sehen.

»Wir haben versucht, Sie zu erreichen«, sagt einer der betreuenden Ärzte.

»Wie ist er denn wieder hierhergekommen?«, fragt Nathaniel.

»Was meinen Sie mit *wieder*?«, entgegnet der Arzt. Henrys wundersames Erwachen aus der Starre erwähnt er mit keinem Wort.

Sein Gesicht ist schlaff, sein Blick ausdruckslos. Als Nathaniel ihn anspricht, zeigt er keine Reaktion.

Nathaniel begreift sofort, dass er Henrys Rückkehr ins Leben bloß geträumt hat, dass sein spektakuläres Erwachen nur ein Wunsch gewesen ist, der sich in seinem schlafenden Bewusstsein erfüllt hat. Und dennoch will ein Teil von ihm nicht ganz an diese Erklärung glauben und sie nur als eine mögliche Deutung der Ereignisse gelten lassen.

Henrys Heimkehr fühlt sich überhaupt nicht wie ein Traum an. Diese wenigen Tage stehen ihm noch deutlich vor Augen. Deutlicher als jede andere Erinnerung.

»Hattest du irgendwelche merkwürdigen Träume?«, fragt ihn seine Tochter am Telefon. Sie ist von San Francisco hergeflogen, wurde aber in der Nachbarstadt aufgehalten. »Es heißt immer wieder, dass die Erkrankten träumen.«

»Ich hatte keine«, erwidert Nathaniel, weil er sich schämt, ihr die Wahrheit zu sagen.

Er stellt riesige Lüftungsgeräte auf, um das Haus trockenzulegen, und ruft bei der Versicherung an. Außerdem kehrt er zu seiner Arbeit im Wald zurück.

Aber seine Glieder sind schwer vor Erschöpfung – und kein Arzt kann feststellen, ob es ein Symptom der Krankheit oder des Kummers ist. Manchmal gerät der Absturz nach einem unerwarteten Höhenflug besonders tief.

Er liest die Veröffentlichungen eines alten Kollegen aus der Physik, der die abseitige Theorie vertritt, dass alles, was passieren könnte, auch *tatsächlich* geschieht – wobei sich mit jedem Alternativereignis immer neue Paralleluniversen abspalten.

Jede Nacht geht er allein zu Bett und fällt in einen traumlosen Schlaf.

In der dreizehnten Woche wachsen die Lanugo-Haare und die Augenbrauen. Die Knochen füllen sich mit Mark.

In den anderen Betten des Krankenhaustrakts, in dem Rebecca nach wie vor schläft, machen ein paar von den anderen

Mädchen im Wohnheim, die als Erste krank geworden sind, die Augen auf. Eine hat von einer langen und glänzenden Zukunft geträumt. Eine andere von einer langen Reihe von Schicksalsschlägen. Eine dritte berichtet von so furchtbaren Angstträumen, dass sie über die banale Realität, in der sie sich nun wiederfindet, unfassbar erleichtert ist.

Am Ende der Woche vermelden die offiziellen Stellen in Santa Lora einen neuen Wendepunkt: Seit sieben Tagen hat es keine neuen Ansteckungsfälle mehr gegeben. Auf diesen Moment haben sie gewartet. Kein Virus kann sich ewig ausbreiten, da jeder Erreger immer nur für einen bestimmten Prozentsatz einer Population ansteckend ist.

Als Ben in dieser Woche zum Bettchen in der Kinderstation zurückkehrt, hat sich in den wenigen Minuten seiner Abwesenheit alles verändert: Ihr Baby hat die Augen geöffnet.

Annie hält sie stumm in den Armen und betrachtet sie mit einem Ausdruck reiner Freude. Grace blickt genauso zu ihr hoch, wie sie es am Tag ihrer Geburt getan hat, nur dass ihre Augen inzwischen ein wenig dunkler geworden sind. Die Rückkehr seiner Tochter ist sogar noch kostbarer als ihre ursprüngliche Ankunft, weil er diesmal weiß, was es bedeutet, sie bei sich zu haben.

Ein paar Tage später sind sie wieder zu Hause und liegen zusammen im Bett. Während Annie dem Baby das Fläschchen gibt, ringt Ben sich endlich dazu durch, ihr von seinen Träumen zu erzählen.

»Sie waren wie Vorahnungen«, sagt er, und als er Annies besorgten Blick bemerkt, fügt er rasch hinzu: »Ich weiß, dass sich das merkwürdig anhört.« Als Erstes beschreibt er ihr den Traum mit dem Kanu und den Paddeln, die auf das Meer hinausgetrieben sind, während Annie und er unter einem Baum saßen und Bier tranken.

»Geht es dir wirklich gut?«, fragt sie und ändert den Griff, mit dem sie das Baby festhält.

»Ja, ja, ich weiß«, sagt er. »Aber hör mir zu.« Er schließt halb die Augen, um sich besser erinnern zu können und nicht vom schwachen Licht der Nachttischlampe abgelenkt zu werden. »In dem Traum sind wir irgendwo, wo es Wasser gibt. Und Bäume. Pinien, die direkt am Wasser wachsen.«

Annie entfährt ein leises Lachen. Es klingt nervös. Plötzlich wird ihm klar, dass es ein Fehler gewesen ist, davon anzufangen.

»Das ist nicht die Zukunft«, sagt sie. »Sondern die Vergangenheit.«

Es fällt ihm schwer, ihr zu glauben. Genauso gut könnte sie behaupten, die Zeit würde sich nicht nur vorwärts-, sondern auch rückwärtsbewegen.

»Das war in Maine. Im Sommer nach dem College. Erinnerst du dich nicht mehr? Darüber haben wir schon ganz oft gesprochen.«

Er erzählt ihr von dem Traum mit der Party, bei der der Fußboden eingebrochen ist.

»Das war an Halloween in Robs alter Wohnung in Brooklyn.«

Was sie sagt, kann unmöglich stimmen. Vielleicht hat der Schlaf ihren Verstand noch mehr durcheinandergebracht als seinen.

Während sie seine Träume einen nach dem anderen durchgehen, beginnt es draußen leicht zu schneien, und die Flocken tanzen im sanften Schein der Straßenlaternen.

»Du hast einfach geträumt, wir wären wieder jung«, sagt Annie.

Das Baby sieht ihm ins Gesicht, und er wäre plötzlich gern allein mit seiner Tochter, um mit ihr und nicht mit Annie die Bedeutung seiner Träume zu besprechen.

»Dein Daddy beschäftigt sich gern mit der Vergangenheit«, erklärt Annie dem Baby, das ihren Blick blinzelnd erwidert. »Er ist sich immer so sicher, dass früher alles besser war als jetzt.«

Ben sagt nichts mehr.

In dieser Nacht liegt er lange wach und findet keinen Schlaf.

Vielleicht wird es noch viele Abende wie diesen geben, an denen er neben seiner Ehefrau im Bett liegt und die Frau aus seinen Träumen vermisst.

In der siebzehnten Woche haben die Knochen im Innenohr eine feste Struktur angenommen. Von nun an kann sie Rebeccas Herzschlag hören, das Rauschen, mit dem ihrer beider Blut durch die Nabelschnur fließt, und das leise Schwappen des Fruchtwassers, wenn sie sich im Schlaf umdreht. Vielleicht sogar die gedämpften Stimmen der Krankenschwestern und das regelmäßige Piepsen des Monitors, der ihren Herzschlag aufzeichnet.

Da die Zahl der Erkrankten immer weiter sinkt und seit vier Wochen keine neuen Fälle hinzugekommen sind, stellt das CDC offiziell das Ende der Epidemie fest. Der Erreger wird – egal, ob er noch mal ausbricht oder nicht – für alle Zeiten als das Santa-Lora-Virus in Erinnerung bleiben.

Zuletzt steckt sich noch ein neunundachtzig Jahre alter Mann im Pflegeheim an. Danach verschwindet das Virus wie ein vorüberziehendes Unwetter.

Aber wo geht es hin? Es ist denkbar, dass es sich dorthin zurückzieht, wo es hergekommen ist – vielleicht in den Wald, wo ein Tier es durch das Unterholz trägt. Die Forscher kehren in ihre jeweiligen Bundesstaaten zurück und untersuchen das Virus weiter in ihren Laboren. Sie gehen alle davon aus, dass es wiederkommen wird. Die Frage ist nur, wann: in einem Jahr? In zehn? Oder in einem Jahrhundert? Bis dahin könnte es mutieren, schwächer werden oder sich im Gegenteil zu einer verheerenden landesweiten Seuche entwickeln. Wäre eine Welt, die im Schlaf versinkt, nicht viel friedlicher als jedes andere Ende, das uns ereilen könnte?

Ein Bundesrichter ordnet die Aufhebung des *cordon sanitaire* an. Als die Barrikaden beiseitegeräumt werden, strömen Angehörige und Reporter in die Stadt, während viele Überlebende sie in der Gegenrichtung verlassen. Die Abergläubischen unter ihnen werden niemals wiederkehren.

Nach der viermonatigen Quarantäne im Krankenhaus darf Catherine endlich wieder zurück nach Los Angeles.

Als sie das Haus betritt, verbirgt sich ihre Tochter hinter den Beinen ihrer Großmutter. Catherine ist zwar traurig, weil sie nicht gleich ihr Gesicht sehen kann, aber auch sie fühlt sich so aufgeregt, als würden sie sich gerade zum ersten Mal begegnen.

Sie kniet sich hin, wie vor einem ihrer Patienten, und fragt: »Darf ich dich umarmen?«

Ihre Tochter schüttelt den Kopf. Sie trägt ein grünes Dinosaurier-T-Shirt, das Catherine nicht kennt. Sie riskiert einen kurzen Blick auf ihre Mutter. »Du siehst anders aus.« Und es stimmt: Catherine ist während ihrer Abwesenheit dünner geworden.

Auch wenn es traurig ist, tröstet sie sich damit, dass ihre Tochter all das vergessen wird. Ihr Langzeitgedächtnis wird noch ein paar Jahre lang bestenfalls ein paar kurze Erinnerungsblitze abspeichern können.

Aber Catherine wird sich immer Sorgen machen, dass die Zeit, in der ihre Tochter von ihrem einzigen Elternteil getrennt war, nicht spurlos an ihr vorübergegangen ist. Wie bei einer Baumwurzel, die um einen Stein in ihrem Pfad herumwächst, oder einem gebrochenen Knochen, der ohne Schiene krumm unter der Haut verheilt.

Nach zwanzig Wochen beginnt die Region des Hypothalamus, die für den Schlaf-Wach-Rhythmus zuständig ist, die Herzfrequenz und die Ausschüttung bestimmter Hormone in einem Zyklus zu regulieren, der fast exakt der Länge eines Tages entspricht.

Vier Türen weiter wacht Caleb auf. Er geht nicht an Rebeccas Zimmer vorbei. Er berührt nicht ihre Hand. Er weiß nicht, was in ihr heranwächst, als er Santa Lora verlässt – begleitet von seinen Eltern, die all die Wochen unmittelbar hinter den Barrikaden kampiert und auf Neuigkeiten von ihrem Sohn gewartet haben.

Rebecca schläft indes weiter in Gesellschaft der anderen fünfundachtzig Erkrankten, die noch nicht aufgewacht und inzwischen in einem einzigen Trakt des Krankenhauses zusammengelegt worden sind.

Nach achtundzwanzig Wochen ist das Gehirn komplex genug verschaltet, um von jähen Geräuschen aufgeschreckt zu werden und den Kopf in die entsprechende Richtung zu drehen, wenn eine Stimme zu hören ist. In diesem Entwicklungsstadium beginnt das Gehirn zu träumen. Aber wovon? Vielleicht vom Gefühl zu schweben und den kaum merklichen Übergängen zwischen Hell und Dunkel? Möglicherweise träumen so junge Gehirne aber auch Dinge, die für uns unvorstellbar sind und weder wissenschaftlich ergründet noch mit Worten beschrieben werden können. Und da sie sich nicht aufzeichnen lassen, gehen sie uns für immer verloren.

Schon bald öffnet und schließt sich der Mund. Die Lungenflügel wachsen zügig und bereiten sich auf ihre Aufgabe vor, die Luft dieses Planeten in etwas umzuwandeln, was der Körper verwerten kann.

Die Schulen nehmen wieder den Lehrbetrieb auf.

Sara geht wie gehabt jeden Tag allein zum Mittagessen auf den Schulhof. Eines Tages entdeckt sie zu ihrer Erleichterung, dass Akil endlich wieder an die Schule zurückgekehrt ist.

»Hey«, sagt sie.

»Hey.« Er klingt bedrückt. Akil muss ihr nicht sagen, dass er krank gewesen ist. Sie sieht es ihm am Gesicht an.

»Geht es deiner Familie gut?«, fragt sie.

»Ja, wir haben es überstanden. Und ihr?«

Sie nickt.

Von da an sitzen sie oft beim Essen nebeneinander, während die anderen auf dem Hof herumrennen. Es ist schön, gemeinsam zu schweigen. Die Frühlingsblumen blühen, pinke Rosen beim Schullabor, neben der Turnhalle Ringelblumen, und überall im Gras wächst Löwenzahn.

An einem strahlend blauen Tag betrachten sie nach dem Mittagessen den Wald, der hinter dem Spielplatz in der Ferne aufragt, und Akil erzählt ihr, wie es seinem Vater ergangen ist.

»Er hätte sterben können«, sagt er.

Doch stattdessen habe er nur ein leichtes Hinken und eine lange Narbe an der Hüfte zurückbehalten.

»Ich werde das merkwürdige Gefühl nicht los«, sagt Akil, »dass das alles erst noch geschehen wird.« Er rechnet jeden Tag damit, sagt er, dass sein Vater in Ägypten ins Gefängnis kommt, worauf sie in ihrer Heimat alles und jeden zurücklassen und er nicht lange danach hier in dieser amerikanischen Stadt von einem amerikanischen Soldaten angeschossen wird.

Die Schulglocke läutet, und die anderen Kinder gehen in ihre Klassenzimmer. Aber Sara bleibt bei Akil sitzen und hört ihm zu.

»Ich weiß, dass das alles schon passiert ist«, sagt Akil. »Ich weiß das. Aber es fühlt sich so an, als ob es erst noch kommt, und zwar immer und immer wieder.«

Rebecca verschläft die einsetzenden Wehen und auch, wie die Nadel zwischen zwei Wirbel in ihrem Rückgrat eingeführt wird und das Anästhetikum sich in ihrem Körpergewebe ausbreitet.

Sie schläft, während sich die Ärztin und die Krankenschwestern in einem anderen Raum Schutzanzüge und Hauben überstreifen. Sie schläft, während sie ihr, vor direktem Kontakt geschützt, den Bauch mit Jod einreiben, um sie für den Kaiserschnitt fertig zu machen.

Nicht einmal das Skalpell stört ihren Schlaf.

Sie wacht nicht auf, als die Ärztin, nachdem sie die Hautschichten durchtrennt hat, mit zwei Paar Handschuhen übereinander ihre Bauchmuskeln auseinanderzieht. Sie schläft, als dieselbe Ärztin die Wand ihrer Gebärmutter durchschneidet und die Krankenschwestern das dabei austretende Blut aufsaugen. Sie schläft, während das Baby aus ihrem Körper gezerrt wird – wie ein Zahn, den man zieht. Sie verschläft die ersten Augenblicke des Babys außerhalb ihres Bauches.

Keiner der Anwesenden hat je so eine geräuschlose Entbindung erlebt.

Alle hoffen auf einen Schrei, aber er kommt nicht. Rebecca verschläft die gute Neuigkeit, dass das Baby atmet. Und auch die schlechte, dass es genau wie sie tief und fest schläft. Damit ist klar, dass das Santa-Lora-Virus die Plazentaschranke überwindet.

Nachdem die Nabelschnur durchtrennt und abgeklemmt ist, wiegen sie das Baby, wickeln es in ein Tuch und machen seine Nasengänge frei. Eine der Schwestern denkt daran, Rebeccas Hand zu nehmen und dem Baby auf die Stirn zu legen, um die erste Begegnung zwischen einer Mutter und ihrem Kind nachzubilden.

Rebecca schläft, während sie den Schnitt zunähen und die Wundränder kauterisieren.

Sie schläft, als sie ihr das Baby auf den Bauch legen. Und den Moment, als sie es an ihre Brust anlegen und das Baby im Schlaf zu trinken beginnt, verschläft sie auch.

KAPITEL 54

Die Toten: Sie sind Ärzte und Krankenschwestern, Lehrer und Künstler, Professoren der Philosophie und des Französischen. Auch der Bürgermeister von Santa Lora ist einer von ihnen. Sie sind jung, sie sind alt, und sie wurden mitten aus dem Leben gerissen. Alle Mitglieder einer Familie, drei schlagende Herzen, sterben innerhalb weniger Stunden, wie flackernde Glühbirnen an einer Lichterkette, die eine nach der anderen verlöschen. Wer unentdeckt bleibt, stirbt an Dehydrierung. Unter ärztlicher Überwachung ist es dagegen meistens der Blutkreislauf, der so extrem langsam wird, dass er den Körper irgendwann nicht mehr am Leben erhalten kann. Ein Phänomen, das man auch von manchen buddhistischen Mönchen kennt, die sich bei ihrer Meditation so sehr entspannen, dass ihre Herzen zu schlagen aufhören.

Für die Verstorbenen werden an den Straßensperren außerhalb der Stadt Blumen abgelegt oder spärlich besuchte Totenmessen abgehalten, die wegen der immer noch grassierenden Angst vor Ansteckung im Freien stattfinden.

Jeden Tag tun weitere Träumende ihren letzten Atemzug, und jeder zehnte Erkrankte erlangt nie wieder das Bewusstsein. Aber wenigstens, sagen manche, sterben sie friedlich und ohne etwas davon mitzubekommen.

Die Namen der Toten werden eines Tages eine Gedenktafel neben den Überresten des Sees zieren, im Schatten sterbender Pinien.

KAPITEL 55

Rebecca, die inzwischen fünf Jahre älter ist, geht eines Tages mit ihrem kleinen Sohn an der Hand im Wald spazieren. Er pflückt Pusteblumen und bläst ihre Samen in die Luft. Sein Anblick vermittelt ihr ein Gefühl von Weisheit, da sein wachsender Körper jeden Tag aufs Neue beweist, dass das Leben weitergeht.

Schon bald ist er ein sechsjähriger Junge und steht in seiner marineblauen Badehose auf einem Sprungbrett. »Mama, Mama, schau mal«, ruft er. Sie sitzt auf dem wild wuchernden Gras neben dem Pool. Es ist Sonntagnachmittag, und sie sind bei ihren Eltern. Sie hat die Flip-Flops ihres Sohnes auf dem Schoß. Die Sachen, die er in der Kirche anhatte, liegen in einem unordentlichen Haufen neben ihr. Aus dem Haus, wo ihre Mutter in der Küche das Mittagessen zubereitet, dringt leises Geschirrklappern.

Ihr Junge springt in den Pool. Mit einer Arschbombe. Sie liebt den Ausdruck in seinem Gesicht, während er springt: Seine Augen sind so schmal, als würde die Kraft seines Lächelns sie zusammenpressen.

»Unglaublich«, ruft Rebecca, als er anschließend wieder auftaucht.

Ihr Bruder hat in diesem Alter ganz ähnlich ausgesehen, mit einer Schwimmbrille, der Lücke zwischen den Vorderzähnen, seinen schlaksigen Beinen und den großen Füßen. Über den Zaun weht der Duft des Orangenbaums im Nachbargarten. Sie hört ihre Mutter in der Küche, die flachen Absätze ihrer Sonntagsschuhe auf dem Linoleumboden.

Inzwischen ist der Junge wieder aus dem Pool heraus. Wasser tropft von seinen Beinen auf denselben Asphalt, den auch ihre eigenen Füße früher nass gemacht haben. Und sie sagt zu ihm dieselben Worte, die sie sich damals immer von ihrer

Mutter anhören musste: »Nicht rennen. Du rutschst sonst noch aus.«

Aber dies ist nur ein einzelner Nachmittag in einem bestimmten Jahr. Ein einziger Tag in einem ganzen Leben.

Ihr Sohn entwickelt sich weiter. Er wird älter, erwachsen. Er geht aufs College. Er bricht das Studium ab. Sie streiten sich, es kommt zu Missverständnissen, und sie vergeben einander. Er zieht in dem Jahr weg, als Rebecca ihre Mutter verliert, und kehrt wieder zurück, als ihr Vater stirbt. Er kündigt seinen Job. Er wird Künstler. Er geht wieder an die Schule. Er heiratet. Er hat ein eigenes Baby und dann noch eins.

Eines Abends spazieren Rebecca und ihr Sohn durch sein Viertel. Rebecca ist inzwischen eine alte Frau und ihr Junge ein Mann in mittleren Jahren.

Sie haben sich wegen einer Kleinigkeit in die Haare bekommen, aber sie legen den Streit bei, während sie gehen.

»Du musst mich selbst entscheiden lassen«, sagt er.

Ein merkwürdiges Gefühl beschleicht sie. Es liegt an der Art, wie er das sagt und wie er sich zu ihr umdreht, während er spricht. Fast genau dieselben Worte haben vor langer Zeit ihre eigenen Eltern einmal von ihr zu hören bekommen.

KAPITEL 56

Rebecca erwacht in einem Zimmer, das sie nicht kennt, mit weißen Wänden und Neonlicht. In einem Arm hat sie eine Infusionsnadel stecken.

Verwirrt blickt sie zum Fenster hinaus und entdeckt schließlich etwas, das ihr vertraut ist: den im Missionsstil erbauten Glockenturm des Santa Lora College.

Neben ihr steht ein leise piepsender Monitor. Sie hat das Gefühl, nicht allein im Zimmer zu sein, und bemerkt, dass ihr der Bauch wehtut. Ihre Finger ertasten einen Verband.

Die Tür geht auf, und jemand tritt ein. Möglicherweise eine Krankenschwester. Sie trägt einen gelben Plastikanzug, der ihren ganzen Körper und sogar die Schuhe bedeckt. Wie in einem Film, denkt Rebecca. Die Krankenschwester benimmt sich, als wäre Rebecca gar nicht da, und beugt sich über etwas auf der anderen Seite des Zimmers. Rebecca sieht, dass es ein Babybett aus durchsichtigem Kunststoff auf einem Rollgestell ist. Darin liegt, eingewickelt in eine cremeweiße Decke mit rosa Streifen, ein schlafendes Neugeborenes. Es trägt eine kleine rosa Mütze. Rebeccas erster Gedanke lautet: Was ist das für ein Baby?

Aber jetzt kommt die Krankenschwester zu Rebecca herüber und sagt etwas durch ihre Maske. Sie ruft nach jemandem außerhalb des Zimmers.

»Sie ist wach«, sagt sie zu irgendwem, der ein Stück entfernt im Gang steht. Sie deutet auf Rebecca. »Die Mutter ist wach.«

Rebecca versteht nicht, was das bedeuten soll. Aber sie spürt Panik in sich aufsteigen.

Noch mehr Menschen kommen hereingelaufen – sie tragen alle diese gelben Anzüge.

Bereits jetzt verspürt sie eine große innere Leere, ein Gefühl von Verlust. »Wo ist mein Sohn?«, fragt sie.

Aber sie scheinen sie nicht zu verstehen. »Mein Sohn«, wiederholt sie. »Bitte sagen Sie ihm, dass er sofort herkommen soll.«

Das Sprechen fällt ihr schwer. Sie hat Mühe, sich verständlich zu machen.

Als ihr keiner antwortet, kommt ihr ein schlimmer Verdacht. »Geht es ihm gut?«, flüstert sie und spürt, wie ihr Tränen in die Augen steigen.

»Sie hatten die Schlafkrankheit«, sagt eine der Schwestern, »und waren fast ein Jahr lang ohne Bewusstsein.«

Rebecca hört zwar die Worte, kann sie aber nicht begreifen.

»Es ist ganz normal, dass Sie verwirrt sind«, sagt die Krankenschwester.

Eine Zeit später tritt Rebeccas Mutter durch die Tür, als wäre sie von den Toten auferstanden und hätte all die Jahre in diesem Korridor gewartet. Und sie ist nicht nur lebendig, sondern auch jünger, wieder ihre Mutter von vor dreißig Jahren, eine Frau im mittleren Alter, wie damals, als Rebecca ans College gegangen ist. Ihre Haare sind rot, ihre Zähne weiß. Sie eilt an Rebeccas Bett. »Mein Gott«, stößt sie immer wieder hervor und ergreift Rebeccas Hand. »Mein Gott.«

Und es tut so gut, ihr Gesicht zu sehen – diese Freude, die Erleichterung. Es fühlt sich gut an, ihre Mutter wiederzuhaben, nachdem Rebecca ihr Leben so viele Jahre ohne sie meistern musste. Aber so ein Besuch aus dem Jenseits ist auch verstörend.

»Wo ist mein Sohn?«, fragt Rebecca.

Aber ihre Mutter scheint die Frage nicht zu verstehen. »Ich weiß nicht, was du meinst«, sagt sie. »Du hast doch eine Tochter bekommen.«

»Ist meinem Sohn irgendetwas passiert?«, fragt Rebecca erneut und versucht, ein Schluchzen zu unterdrücken.

Ihre Mutter wirkt plötzlich verängstigt. Ihr Blick zuckt zu den Krankenschwestern hinüber, dann sieht sie wieder Rebecca an. »Die Ärztin hat uns darauf vorbereitet, dass du möglicherweise seltsame Dinge träumst.«

KAPITEL 57

Noch Jahre nach ihrem Erwachen werden Menschen aus Rebeccas Umfeld sagen, dass sie viel lebenserfahrener wirke, als man von jemandem in ihrem Alter erwarten würde. Kaum jemand erwähnt dagegen, dass sie auch müder zu sein scheint.

Es wird Monate dauern, bis sie begreift, dass sie ein neunzehnjähriges Mädchen und nicht eine mehrere Jahrzehnte alte Frau ist. Besonders verblüffend findet sie, dass das Baby auf ihrem Schoß ihr eigenes ist.

Und ihr Sohn: Seine Abwesenheit prägt jeden Augenblick ihres Lebens. Keiner kann verstehen, wieso sie sich so sehr an einen Traum klammert. Manchmal ist sie sicher, ihn auf der Straße zu sehen. Den Klang seiner Stimme und die Konturen seines Gesichts hat sie genauso lieb und ebenso deutlich vor Augen wie die kleinen Finger und runden Bäckchen ihrer Tochter.

Keine Trauer ist größer als die um das eigene Kind. Rebeccas Ärzte finden die Komplexität ihrer Wahnvorstellungen erstaunlich. Ganze Jahrzehnte sind ihr im Gedächtnis, ein komplettes Leben. Ihre Symptome erinnern an bekannte psychische Störungen: der Irrglaube, dass ihr Baby nicht ihr eigenes und ihr Körper nicht ihr richtiger Körper wäre, ihre Schwierigkeiten, zwischen Realität und Traum zu unterscheiden.

Außerdem scheint ihr Verstand gelitten zu haben. Sie kann nicht mehr so schnell denken wie früher und bringt verschiedene Erinnerungen durcheinander.

»Aber ist das nicht normal«, fragt ihre Mutter, »nachdem du so lange bewusstlos gewesen bist?«

Obwohl ihre Mutter, ihr Vater und ihre Brüder auch krank gewesen sind, haben sie nicht so lang geschlafen wie Rebecca, und keiner von ihnen kann sich an vergleichbar realistische Träume erinnern. Die Experten wissen immer noch nicht viel über die Hintergründe der Krankheit oder darüber, was sie mit Rebeccas Gehirn angestellt hat.

Man müsse vor allem dankbar sein, sagen ihre Eltern. Denk an die anderen. Denk an die Toten. »Seid dankbar in allen Dingen«, sagt ihr Vater, »denn das ist der Wille Gottes in Christus Jesus für euch.«

Sie hat keinen Kontakt mehr mit irgendwem vom College, nicht einmal mit Caleb. Wie geübt wir doch darin sind, unseren Blick von dem abzuwenden, was wir nicht sehen wollen.

Sie hätte nie gedacht, dass sie einmal eine alleinerziehende Mutter sein würde. Und genauso sehr überrascht es sie, dass ihre Eltern ihr keine Vorwürfe machen. Falls sie irgendetwas gegen die Situation einzuwenden haben, erwähnen sie es zumindest nicht. Ein Gottesgeschenk, sagen sie stattdessen. Dieses Mädchen, dein Mädchen, ist ein Geschenk. Egal, wie sie zu uns gekommen ist. Und dabei belassen sie es. Sie stellen keine Fragen. Und so verschwendet auch Rebecca kaum noch einen Gedanken an die genauen Umstände ihrer Empfängnis – die ihr anfangs so skandalös vorgekommen sind, dass sie Angst hatte, ihre Familie würde daran zerbrechen.

Aber sie wird das Gefühl nicht los, dass die Geschichte nicht vollständig ist. Das Gehirn sei ein Mysterium, sagen ihre Ärzte und versprechen ihr, dass es heilen werde. Aber sie müsse Geduld haben. Mit der Zeit werde es einfacher, sagt ihre Mutter. Wir haben etwas Schreckliches durchgemacht, aber wir haben es überlebt.

Ein paar Überlegungen behält Rebecca für sich. Wie kann sie sich zum Beispiel sicher sein, dass das andere Leben der Traum war, und nicht dieses? Wie kann sie ausschließen, dass diese Momente – mit ihrer Tochter auf dem Schoß, die mit ihren runden Bäckchen und dem ersten Zahn so süß zu ihr aufschaut – nicht nur Teil eines eigenartigen und angenehmen Traums sind, den sie als alte Frau hat?

Aber manche Dinge sind ganz einfach: Sie hält ihre kleine Tochter genau so, wie sie vor langer Zeit ihren Sohn gehalten hat, als der ein Baby war. Sie singt ihr die gleichen Lieder vor wie seinerzeit ihm. Sie liebt sie ebenso abgöttisch wie ihn. Vielleicht sogar noch mehr, weil die Liebe zu ihr durch den Verlust ihres ersten Kindes verstärkt wird.

Ein Jahr nachdem der *cordon sanitaire* aufgehoben worden ist, verlässt Nathaniel zum letzten Mal sein Haus.

In der Abschieds-E-Mail an seine Tochter fasst er sich kurz. Wir probieren eine neue Behandlungsmethode für Henry aus, schreibt er. Sie sei zwar noch im Versuchsstadium, aber vielversprechend. Nur weil etwas noch nicht erwiesen sei, fügt er hinzu, bedeute das nicht, dass es nicht funktioniere.

Er meldet Henry vom Pflegeheim ab. Sie fahren zum Flughafen. Von Los Angeles fliegen sie nach Mexico City und anschließend weiter in eine kleinere Stadt tief im Süden, wo ein Anästhesist versprochen hat, dass er Menschen medikamentös in einen Zustand versetzen könne, der dem Santa-Lora-Traumschlaf gleiche.

Henry wird eine Nadel in die Vene gestochen – und dann eine zweite in Nathaniels Arm. Er hält Henrys Hand, während es geschieht. In weniger als einer Minute schlafen beide ein.

Und da liegen sie auch jetzt noch, Seite an Seite in einer Klinik in den mexikanischen Bergen, wo sich Krankenschwestern um sie kümmern, während ihre Herzen schlagen, ihre Lungen atmen und ihre Augen vor der Welt verschlossen sind.

Und wie können wir wissen, ob die beiden nicht gerade irgendwo zusammen sind, im Wald hinter ihrem Haus, wo die Bäume noch genauso gesund sind wie vor dreißig Jahren, oder in den alten Sesseln auf ihrer hinteren Veranda, wo sie Henrys liebsten irischen Whiskey trinken, der mittlerweile gar nicht mehr hergestellt wird? Wie können wir sicher sein, dass sie sich nicht genau in diesem Moment gemeinsam eine bessere Welt erträumen?

Das College eröffnet wieder. Die Kurse gehen weiter, und man kann erneut Fässer sehen, die über Rampen in die Verbindungshäuser gerollt werden.

Aber es wird noch Jahre dauern, bis sich wieder genauso viele Studenten einschreiben wie früher. Eine Petition ist im Umlauf, die für eine Umbenennung der Stadt Santa Lora wirbt.

Das Virus wirkt nicht nur in Level-4-Laboren überall im Land weiter, sondern auch in den leeren Gebäuden in Santa Lora, den verlorenen Haustieren, den ungepflegten Gärten, den Kombis, die ohne Halter auf den Parkplätzen des Supermarkts und der Kirche stehen und schließlich einer nach dem anderen abgeschleppt werden. Und ebenso in den platt gedrückten und mittlerweile abgestorbenen Grashalmen, auf denen viele Wochen lang die Sanitätszelte gestanden haben. Das Virus überdauert auch in den erschöpften Gesichtern und langsamen Schritten mancher Menschen und in dem gesunkenen Fischerboot, das eines Tages vielleicht in der Mitte des Sees zum Vorschein kommen wird, wenn endgültig alles Wasser verdunstet ist.

Einige haben von ihrer Jugend, andere von ihrem Lebensabend geträumt. Manche träumten von Tagen, die es hätte geben können – von einem ungelebten Leben. Oder von einem Leben, das sie – in einer anderen Welt – geführt haben. Viele träumten von Menschen, die sie geliebt haben, in der Vergangenheit oder aktuell. Der eine oder andere hat von den Toten geträumt.

Ein Mann berichtete, er habe in einer Endlosschleife davon geträumt, in einem Fahrstuhl gefangen zu sein. Dabei habe er sich wie in jahrelanger Einzelhaft gefühlt. Die meisten Träumenden nahmen die Zeit verzerrt wahr, so als ob jeder Traum seinen eigenen physikalischen Gesetzen gehorcht hätte.

Vergangenheit, Gegenwart, Zukunft – ein Physiker könnte sagen, dass diese Unterscheidung ohnehin nur eine Illusion ist. Das menschliche Gehirn unterliegt zahlreichen Täuschungen, und der wache Verstand denkt nicht immer realistischer als der träumende.

Ein paar der Kinder träumten von ausnehmend schönen Welten, die noch jahrelang in ihren Zeichnungen auftauchen werden. Und von was die Babys geträumt haben, werden wir nie erfahren. Aber vielleicht wird es unterschwellig ihre Angewohnheiten und Triebe bestimmen, was ihnen vertraut erscheint und wovor sie sich fürchten.

Verschiedene Forscher werden diese Viruserkrankung noch jahrelang studieren und herauszufinden versuchen, warum die einen sie überlebt haben und die anderen nicht. Und weshalb das Virus auf einmal verschwand. Aber worum es in diesen Träumen ging, wird sie nicht weiter interessieren, so wie es für Neurologen ja auch nicht von Belang ist, ob es eine Seele gibt.

Kaum ein Wissenschaftler wird der wohl berühmtesten Behauptung nachgehen, manche Träumende hätten die Zukunft gesehen. Es gibt Anhaltspunkte, dass sich ein paar der Traumvisionen tatsächlich erfüllt haben – beispielsweise das Ende der Dürre oder der Tod von Angehörigen. In der Grundschule hält sich hartnäckig das Gerücht, dass einer der Väter das Feuer in der Bibliothek vorhergesehen haben soll.

Derlei Geschichten locken eine bestimmte Art von Besuchern in die Stadt, die sich für die mystische Kraft des Santa-Lora-Schlafs interessieren. Suchende, die im Wald oder in Kleinbussen am See kampieren.

Und während sie durch die Straßen von Santa Lora spazieren, könnten diese hoffnungsvollen Reisenden an vielen

Abenden einen Mann bemerken, der mit seinem Baby auf dem Schoß auf der Hollywoodschaukel sitzt. An manchen Tagen steht seine Frau hinter ihm, an anderen nicht.

Ben: Er wird niemals das Gefühl abschütteln können, dass das, was er in seinen Träumen erlebt hat – die gute Zeit mit Annie – die Zukunft und nicht die Vergangenheit gewesen ist. Auch später noch, als er weiß, dass es stimmt, hat er nicht das Gefühl, dass es wahr ist. Wie die Leute, die zwar behaupten, es gebe keinen freien Willen, aber trotzdem sorgfältig überlegen, bevor sie wichtige Entscheidungen treffen.

Je mehr Zeit vergeht, desto unheimlicher erscheint Ben die Tatsache, dass all die Tage, die vor uns liegen, in Dunkelheit gehüllt sind, dass wir uns wie Blinde durch die Stunden vorantasten und niemals wissen, was als Nächstes geschieht. Darf er seine Tochter in so eine Welt hinausschicken?

Aber selbst das Gehirn eines Säuglings kann die ungefähre Flugbahn eines herabfallenden Gegenstands vorausahnen.

Und so kann auch Ben in gewisser Weise vielleicht doch *sehen*, was passieren wird:

Seine Kleine wird lieben und geliebt werden. Sie wird leiden und Leid verursachen. Manche Menschen werden sie kennen, andere nicht. Sie wird zufrieden und unzufrieden sein. Manchmal wird sie sich mehr und manchmal weniger einsam fühlen. Sie wird träumen und in den Träumen anderer auftauchen. Sie wird trauern und betrauert werden. Sie wird kämpfen und triumphieren und verlieren. Sie wird unfassbar schöne Tage erleben, fantastisch und unverdient. Es wird in ihrem Leben glückselige Momente geben. Hin und wieder wird sie Angst haben.

Die Sonne wird ihr das Gesicht wärmen, der Boden unter ihren Füßen wird sie erden. Und ihr Herz, das in diesem Augenblick stark und regelmäßig an der Brust ihres Vaters pocht, während er sie, ganz am Anfang ihrer Lebensspanne, an einem Frühsommerabend auf einer Hollywoodschaukel in den Schlaf wiegt … dieses Herz: Es wird schlagen. Und eines Tages wird es damit aufhören.

Und vieles in diesem Leben wird ihr immer unverständlich bleiben, genauso schwer zu begreifen wie die Landschaften in den Träumen anderer Menschen.

DANKSAGUNGEN

Ich bin sehr froh, mich erneut bei den Menschen bedanken zu können, die es mir ermöglicht haben, dieses Buch zu schreiben.

Für die jahrelangen Freundschaften und wichtigen Erkenntnisse – nicht nur über das Schreiben, sondern auch das Leben an sich – danke ich euch, meine Autorenfreunde: Alena Graedon, Nellie Hermann, Nathan Ihara, Tania James, Susannah Kohn, Dina Nayeri und Maggie Pouncey. Für ihre besonders großzügige Unterstützung bei diesem Buch möchte ich mich vor allem bei Karen Russell bedanken.

Mein Dank gilt auch Sara Irwin, Heather Sauceda Hannon, Shiloh Beckerly, Kelly Haas, Lizu Guando und Dan Guando, Rachel Burgess sowie Jack Hostetter und Carrie Loewenthal Massey.

Für die Lesegruppe, die auf so wunderbar skurrile Weise ganz anders ist, als man es von einer Lesegruppe erwarten würde, danke ich euch: Brittany Banta, Jenny Blackman, Hannah Davey, Meena Hart Duerson, Paul Lucas, Devin McKnight, Finn Smith, Pitchaya Sudabanthad (sowie Nathan Ihara und Casey Walker).

Auch diesmal möchte ich mich wieder bei meinen Lehrern bedanken, die nicht nur meine Autorenarbeit, sondern auch meine eigene Lehrtätigkeit nachhaltig geprägt haben: Aimee Bender, Nathan Englander, Mary Gordon, Sam Lipsyte, Mona Simpson und Mark Slouka.

Ein ganz großer Dank geht an meine wunderbaren und kompetenten Kollegen an der University of Oregon: Daniel Anderson, Lowell Bowditch, Jason Brooks Brown, Marjorie Celona, Geri Doran, Garrett Hongo und Brian Trapp. Und auch an meine Studenten, deren Werke mich immer wieder herausfordern und inspirieren. Vielen Dank, Julia Schewanick, dass du mir den Weg geebnet hast.

Danke schön, Amelia Duke, dass ich mit deiner Unterstützung mein neugeborenes Baby über Stunden hinweg aus den Augen lassen und so völlig unbesorgt dieses Buch fertigstellen konnte.

Ich schätze mich sehr glücklich, eine so freundliche und brillante Lektorin wie Kate Medina zu haben. Ich danke dir, Kate, dass du dich so intensiv und sorgfältig mit diesen Seiten auseinandergesetzt hast.

Ebenso danke ich auch allen anderen bei Random House, insbesondere Anna Pitoniak, Erica Gonzalez, London King, Gina Centrello, Susan Kamil und Evan Camfield. Mein Dank geht zudem an die Korrektorin Deb Dwyer für die extrem gründliche und aufmerksame Überarbeitung der Fahnen.

Vielen Dank, Suzanne Baboneau bei Simon & Schuster UK, für den unerschöpflichen Enthusiasmus.

Eric Simonoff von WME, dir danke ich für deinen Rückhalt, deine Klugheit und deine Freundschaft. Ich möchte mich auch bei dem gesamten hervorragenden Team bei WME bedanken, allen voran Laura Bonner, Tracy Fisher, Jazmine Goguen, Alicia Gordon und Lauren Szurgot.

Ebenfalls dankbar bin ich für die folgenden Bücher, auf die ich bei meinen Recherchen zurückgreifen konnte: *Awakenings – Zeit des Erwachens* von Oliver Sacks, *Strangers Drowning* von Larissa MacFarquhar, *Spillover: Der tierische Ursprung weltweiter Seuchen* von David Quammen, *A Paradise Built in Hell* von Rebecca Solnit, *Das geheime Leben der Bäume* von Peter Wohlleben, *Im Reich der Träume* von David K. Randall – und aus der Reihe *A Very Short Introduction (Eine sehr kurze Einführung)*: *Sleep* von Steven W. Lockley und Russell G. Foster, *Dreaming* von J. Allan Hobson, *Freud* von Anthony Storr, *Jung* von Anthony Stevens und *Bewusstsein* von Susan Blackmore.

Und nun zu meiner Familie:

Ich danke euch, Liz Chu und Kiel Walker, dafür, dass ihr mich wie eine Schwester behandelt. Euch, Cheryl Walker und Steve Walker, danke ich für eure Liebe, eure Begeisterung und die vielen wichtigen Stunden, in denen ihr Babysitter wart.

Ich danke meinen Eltern, Jim Thompson und Martha Thompson, für eure Liebe, eure Hilfe, euer Interesse (und fürs Babysitten!) – und dafür, dass ihr meine größten Fans seid.

Danke, süße Hazel, für deinen unglaublichen Verstand, deine starke Persönlichkeit und dafür, dass du mein Leben – und dieses Buch – bereichert hast. (Als du gerade mal elf Tage alt gewesen bist, habe ich ein neugeborenes Baby in diese Geschichte eingebaut.) Ich danke auch dir, du winzige und unerklärliche Penny, für dein süßes Lächeln, deine Inspirationen und dafür, dass du so tief und fest an meiner Brust geschlafen hast, während ich dieses Buch zu Ende brachte.

Und zu guter Letzt danke ich dir, Casey, dem ich so viel verdanke, dass ich mich damit schwertue, alles aufzuzählen. Also lass es mich so ausdrücken: für alles.